徐风作品

江南繁荒录

徐风 著

译林出版社

图书在版编目（CIP）数据
江南繁荒录 / 徐风著．—南京：译林出版社，2020.3（2020.8重印）
ISBN 978-7-5447-7772-8

Ⅰ.①江… Ⅱ.①徐… Ⅲ.①散文集－中国－当代 Ⅳ.①I267

中国版本图书馆CIP数据核字（2019）第099666号

江南繁荒录　徐风／著

责任编辑　姚　燚
特约编辑　陈晓旭
装帧设计　周伟伟
校　　对　蒋　燕
责任印制　颜　亮

出版发行　译林出版社
地　　址　南京市湖南路1号A楼
邮　　箱　yilin@yilin.com
网　　址　www.yilin.com
市场热线　025-86633278
排　　版　南京展望文化发展有限公司
印　　刷　恒美印务（广州）有限公司
开　　本　880毫米×1230毫米　1/32
印　　张　14.625
版　　次　2020年3月第1版
印　　次　2020年8月第3次印刷
书　　号　ISBN 978-7-5447-7772-8
定　　价　68.00元

目录

全世界的土地都会秉承一个原则，你播种什么，它就生长什么。不过，历史上也有“种瓜得豆”之说，甚至在本该丰收的年景里，收获一片荒芜。

——题记

第一部

青玉案

远远地望见一条大河。河的两岸，颇见锦绣，亦有繁华，回首处，掠过荒芜与苍凉。

说的是江南。是我们赖以生存并滋养我们的文化摇篮。千百年来，其脉浩大，其果硕硕；行至当下，山高水远。其间多少传薪，多少相守，多少歧义，多少蜕变，多少新生，多少希冀，值得我们在回望中反思文明的挑战和机遇的流失。

欲以一种平白的中国话语去构建一个有生命温度的古典人文江南：这里有最真实的江南人民的生活。士子黎民、市井风土、风雅温润、情感操守。而重温先前的风气，则让我们在感知先辈的拙朴刚正、敦厚温良中，评估江南文化的当下遭际，拭亮诸多蒙垢而失去光泽的碎片。

一 风与气

风气源于精神，
山川始于胸怀。

一　古碑

行旅天下，古碑总是绕不过的。

我们的祖先似乎深谙人类健忘的毛病，也知道岁月剥蚀的巨大力量，更兼借一种庄重的行为艺术的仪式感，希图用勒石与碑刻，来铭记那些不该忘却的人事沧桑。于是，漫长的岁月里，所有蓬头垢面的古碑都充当了最好的历史解说员。当我们在一块古碑面前站立，冥冥之中总有一个苍老深沉的声音在告诉我们，这里从前原来是这样的。以致我们会产生一种思维上的惯性：一个地方，没有几块古碑，总感觉历史在这里遗忘了什么，没有根基，时间的隧道也被湮没了，容易产生一种难言的肤浅。

说话间就到了太湖边，水色迷离，天光炽炽。

传春秋时，伍子胥逃离楚国入吴，一路风餐露宿，饥肠辘辘。一日，来到溧阳与古阳羡交界的南溪河畔，一个叫虾笼泾的渡口岸边。见一村姑正在河边浣纱，便上前讨食。村姑见其相貌不凡，心生敬慕。但家中并无现成食物，只有身边一盆浆纱用的糨糊。伍子胥顾不得许多，狼吞虎咽，将一盆糨糊全部吃光。问明去吴地的方向后，便拜求村姑，万不可告诉即将追赶而来的兵士。村姑一口应允，伍子胥不放心，回头又交待一遍。村姑默默转过身，留给子胥一个柔弱的背影。他走不多远，听到背后扑通一声，人不见了，河面上泛起些许波澜。这个看似柔弱的姑娘好刚烈，竟然一头扎进河中自沉了。伍子胥跪拜于河边发誓，若有将来，定在此地建祠造庙，纪念村姑的忠义贞节。

子胥为吴国宰相后，专来虾笼泾寻找村姑家人。但村上人告诉他，此女姓史，名唤贞女；父亲早亡，言终身不嫁，事母孝纯。其殁后，老母亦亡，家中已无一人。又说，此等事情不必在意，乡风如此，换了谁，都会这样做的。

此时，河面应该有风，轻轻拂过，呈呜咽之态。

子胥有大感慨。当时的狼狈，只有这个史姓姑娘看见了。印象中，这个恩人长得不丑，眸子是黑漆漆的，腰很细，粉盈盈的樱桃小口，齿特别白；如果她能活下来，说不定他还可以收了她做小妾。不过故事的走向就偏离了轨道。死，有时对于成全一个人，成全一件事，是最好的解决办法。

后人回忆，伍子胥当时从村上走过去，坚持不肯骑马。走到村庄拐角处，他分明看到了一个熟悉的身影，裙裾飘飘，一阵风过来了。啊，那不是史贞女，又是何人？

快步走近细看，那女子确实与史贞女有几分相似。子胥便热热地呼喊了一声：姑娘，真是你吗？

先生，民女史小芽，乃贞女姐姐的堂妹。

哦，堂妹。

子胥眼里，竟然有薄薄的泪光。

虽然长得不如姐姐。但眉宇之间，气质还是有几分相近的。

能说一个姐姐的故事吗？那天，子胥心情有些特别。觉得这村子里，到处都是史贞女的气息。

于是子胥走进了一个语境里。那女子，五岁丧父，与母亲相依为命；她聪慧而勤快，到及笄之年，上门提亲的人便络绎不绝。贞女誓言孝母而不从。

有一天，贞女在走亲戚的途中不慎落水，被一个邻村的放牛郎救起。面对着救命恩人，贞女长跪不起。放牛郎说，我可以娶你吗？若是可以，明天我就请媒人来提亲。贞女取过对方的镰刀，割下自己的一缕青丝赠与对方，说，若是肯等贞女，便回去等。等到老母归西，贞女自然便是郎家的人。

听到这里，子胥长叹一声。

跃入河中的一刹那，史贞女难道把奉养老母抛于脑后了吗，难道把放牛郎的期待忘却了吗？纵身一跃，那是何等巨大的力量啊。

突然明白，史贞女不是为他死的，而是为了践行自己不出卖他的一份承诺。这个死，支撑着一份天大的义，它可以跨过生命的栏杆，把活在人间的所有快活与义务统统消解。

子胥洒泪。遂抛千金于河水之中，并建西溪贞义女庙，供后人景仰。

一座庙里供奉的香火，就像故事的情节在延伸，缭绕的烟气里，故事的外延会变得诡异而曲折，不断被融入教化的成分。

中国的乡村，庙是一个特殊的处所。那是人们安放精神的地方。一般情况下，能让人们涣散的精神产生敬畏、有所寄托的地方只有两处，一是庙宇，二是祠堂。给一个故去的人建庙，受百世景仰，当是中国人身后的最高礼遇。

唐天宝十五年，春，蜀人李白来此。闻听此事，心下怦然。李白在阳羡游山玩水，只因堂房孙辈李铭在这里任县宰。他给这位李家的后人留下了一首《赠从孙铭宰义兴》诗，勉励他好好做官为人。想来这一路留下的率性诗文并不少，就像我们旅行时随手写下的博客与微信一样。但是，他知道，这些应景之作，或许随风吹过。与其说他觉得这个故事可以传世，还不如说他被一个忠贞的女性所感动。他甚至有点嫉妒伍子胥，作为一个男人他真是幸运的，即便是在落荒而逃的危难时刻，他还能碰到史贞女，没有超过三句对话，对方就为他跳河而死。这种运气，并不是每一个好男人都能遇上的。按说，这并不是一个宏大叙事类的题材，但它连接着一个诗性男人发自肺腑的景仰。这一篇铭文，洋洋六百余言，是从心底喷出来的；深情赞颂史姓贞女功德之后，顺便也把江南灵秀敦厚的气脉源流，表扬了一番。文笔豪迈而凄婉，深沉而明隽。篇末的词句这样写道：

粲粲贞女，孤生寒门。
上无所天，下报母恩。
春风三十，花落无言。
乃如之人，激漂清源。
碧流素手，萦彼潺湲。
求思不可，秉节而存。
伍胥东奔，乞食于此。
女分壶浆，灭口而死。
声动列国，义形壮士。
入郢鞭尸，还吴雪耻。
投金濑沚，报德称美。
明明千秋，如月在水。

尤是那句“明明千秋，如月在水”，不胫而走，广为流传。李白对这篇铭文颇为满意。写女人，这是李白当时文稿中最好的一篇。接下来要找一个合适的人书丹。当地的书家，李白觉得名气不能与己比肩，于是找来族叔李阳冰。此公一生为官，精研书法，专攻篆书。其时正在离阳羡并不很远的浙江缙云县做县令。李白称其书法“落笔洒篆文，崩云使人惊”。阳冰以敬畏之心，饱蘸心血而书。其碑额为大篆，碑文则楷书，金钩铁划，字字如鼎。历代文士到此莫不仰慕，题咏是一定有的。所谓景观，那都是气场的叠加与升腾。局外的人懂不懂，从来并不紧要。

据说李白与李阳冰游历古阳羡之后，得出一个结论：此地文脉深厚，民风敦良。大抵的原因不外有二：一乃在此为官者，大都文士，皆有情怀，堪称草民榜样。其二，是佛教在当地的影响。地方官员向李白介绍，阳羡素有“佛窟”之称，六朝时，境内已创建大小庙庵寺院二十一处，几乎遍及乡村各处。且有二位大德高僧，即隋唐佛教天台宗师灌顶和湛然大师。佛教的盛行对民风的影响，当是必然。善根，需要文化之水来滋养。

古碑自有气场。不怕风雨剥蚀。

西晋时的江南，尚不拥有今天这样的文化厚土。就连南京也有个“冶城”的别称，说的是春秋时期，吴王夫差曾在此设兵工厂。满城皆是锻造兵器之声。其时群雄纷起，吴越争霸，越王剑、吴王戈闻名天下。《汉书·地理志》曰：“吴越之君兼好勇，故其民至今好用剑，轻死易发。”三国至西晋时代，江南的尚武之风，依然占着社会主流。

当时江南阳羡有个蛮汉周处，祖上系官宦，周姓乃当地第一大户人家。由于父亲早亡，周处幼时并未受到良好教育。渐为乡间凶悍之人。世称其横行乡间，无恶不作；后悔悟，斩水底蛟龙，射南山猛虎，终是为民除害，改过自新。后入吴，拜陆机、陆云兄弟为师。其时周处三十六岁，陆机才十八岁。陆机是西晋文学家、书法家，史书评价他“少有奇才，文章冠世”。其弟陆云，亦早慧，小小年纪便文才过人，与兄长陆机齐名。祖父陆逊，乃三国名将，曾任东吴丞相，因战功卓著，封华亭侯；父亲陆抗，曾任东吴大司马，可谓门庭显赫。

陆机为什么肯收一个比自己大十八岁的蛮汉为徒？因为周家与陆家是世交，这一点非常重要。而且，陆机敏锐地发现了周处身上的潜能。

看来，读书果真能将一个蛮汉变成一个君子。先读什么，再读什么，那是有讲究的。就像一个中毒颇深的人，要洗胃、洗肠，要放掉毒血、清空，然后针灸，拔火罐，说不定还要经历“刮骨疗毒”之类。可见要让一个人脱胎换骨，并不容易。陆机兄弟提供的一条龙服务，除了学术上的提携，处世上的提示，还应该包括著述的出版、推介。最终目的，当然还是入仕。不做官，就没有话语权，你凭什么改变这个社会？古人做官，著述非常重要，周处作品有《默语》、《风土记》（又称《阳羡风土记》）及《吴书》等。流传最广的，还是写他家乡一带的《阳羡风土记》，为写此书，周处做了大量田野调查，此书被誉为记述地方风俗和风土民情的开山之作。陆机首先出来为他站台，使得此书广受推崇。一直到唐代，刘知几《史通·补注》，亦称其书“文言美词，列于章句；委曲叙事，存于细书”。清人严可均认为，周处《风土记》除“《山海经》《水经注》外，此为最旧，《三辅黄图》《华阳国志》并出其后”，给出的评价甚高。

在陆机的处处关照下，周处开始做官。其间辗转颇多，从芝麻绿豆小官，一直做到御史中丞。不过这个官衔在当时的职责，主要还是将百官的奏章呈递给皇帝，并且对百官进行考核。考核是把双面刃，中央级别的官员，大抵是司马系统的贵胄皇亲，你怎么考核他们？官场的潜规则是，考，可以鼓声隆隆，核，则如鸟兽散。周处骨子里，虽然已经不再有斩蛟射虎那股子蛮劲，但他耿介，嫉恶如仇，秉公执法。这个“耿”字，包含的不仅是正直、仁良、磊落，更有倔强、执著、不善变通的含义。它诱发于江南文化的核心，也是江南人最醒目的性格标识。有人曾经用江南盛产的芋头来比喻江南人的“耿”，芋头质地软糯而不糊烂，任怎么煮，筋道是不改的。

古代在官场上，耍的都是太极拳。周处并非不懂，但他就是不理会。陆机很着急，能教给周处的，他都教了。而怎样做官，如何在刀光剑影的官场游刃有余，还要靠自己的悟性。周处的性格想必得罪的人太多，别的人可以忽略不计，但有一个人是不能得罪的，那就是手握实权的梁王司马彤。

让他去打仗，给他封个“建威将军”，让战争的魔手去掐断他高傲的脖子吧。司马彤一族此计高明。

那场战争，是剿灭被晋室驱逐的西北氐羌。氐羌族群，是中华最古老的民族之一。西晋末年永嘉之乱时，氐族先后建立了前秦、仇池、后凉等政权。周处和氐羌打的那一场恶仗，五千疲惫之师对七万精兵，而按兵不动的晋室嫡孙们内心窃喜，周处还没有死，但他们已经在给他准备一份言辞壮烈凄婉的悼词了。“建威将军”的名头当然不够，就让他死后做个“平西大将军”吧。

周处死时，本可弃阵逃生。卫士劝他保存性命，以图将来。

周处大笑，乃口占一绝：“去去世事已，策马观西戎。藜藿甘粱黍，期之克令终。”

陆机知道后痛哭失声。英雄末路，早现玄机。那个绵绵不断的“耿”字，让周处终究成为周处！惨然为其作《晋平西将军孝侯周处碑》，泣血之书，记述其品行忠勇、高洁。

……

俗歌揆日，人谣何暮。

忠贞作相，追踪绛侯。

将亭嘉茂，遽掩芳猷。

潜光阳甸，返旆吴丘。

旧关虽入，乡路冥浮。

从荣制墓，终非画游。

春墟以绿，清淮自流。

深沈素幰，缭绕朱旒。

玄堂寂寂，黄泉悠悠。

书方易折，家榻难留。

……

为死人树碑立传，一般总是锦上添花。但周处之死，陆机的悲切是发自内心的；先生对学生的恩情，可以用“再造”二字。但脸面光鲜有什么用？周处若是不死，那将是多大的气候！周家和陆家联合起来，可以做多少事情，江南还有别人插足的余地吗？所谓势力，有势才有力。人死势去，虽然周处留下了四子一女，长子周玘已然成熟，显示出沉着从容的风范。但纵然有一百个儿子，也换不回一个周处。而陆机失去的，何止是一条臂膀？周处之死，已经成为西晋提前灭亡的祭品。此篇铭文，当是陆机泣血之作。同时，此事也给了他最后一个机会。写过《平复帖》的陆机，非常清楚这篇铭文的分量，后世之人，会从这块碑文里认识周处，记住周处，同时也认识并记住作为周处之师的陆机。

耿节、忠勇、坚贞。陆机认为，是淳厚的乡风造就了周处。

当时的神州，因为周处，也因为陆机写周处的这篇祭文，一齐把目光投向了偏安一隅的古阳羡。

书丹，则是多年以后的事了。执笔者，乃会稽文士王羲之。

此时王羲之书名已然大噪。周处的碑文，由这样等级的书家来书

唐元和六年平西将军周处碑（黄兴南摄）

丹，应该是当时主事者的一个英明抉择。当时王羲之在湖州做官。他没有推辞，一口气从湖州赶到阳羡。感念周公身世，研墨时，王羲之落泪，滴入砚池。这个细节应该是后人附会。但此碑书丹，的确荡气回肠。完全是一个生命对另一个生命的叩拜，一个生命对另一个生命的仰望，也是一个生命对另一个生命的长吁。

一个地方，有这样一块碑，够了。

且说三国。东吴，天玺元年。忽一日，江南风雨狂加，地动山摇。位于太湖西岸古阳羡境内的离墨山忽然裂开大口，深不见底；周边天象奇异，邑人莫不惊骇。而东吴末帝孙皓却以为，这是改朝换代、统治天下的吉祥之兆，俗称“上天降祥瑞”。

看史书，历代皇帝都有些神神叨叨。那是装的。为什么？需要。一旦当上皇帝，他一定认为自己原本就是真龙天子，天上地下，必须有些东西来配合他，佐证他。当然，搬弄天上地下的，还是人。

于是派人到当地，举行封禅仪式，并在离墨山顶竖碑纪念。

此碑为圆锥形巨石，浑然天成，形如“国”字。百姓趋之若鹜，在他们看来，它更像古时的米囤，故民间俗称“囤碑”。离墨山，相传是仙人钟离墨在此修炼，得道而名。山即被奉为国山。一如草寇被招安，顿时身价百倍。

此碑的碑文，由东吴名家董朝所撰、苏建书丹。除了记述东吴得此祥瑞，封禅于国山之事，还详述当时吴国境内发生的数种奇异现象，洋洋洒洒一千余字。其风格篆势遒劲，结体圆中见方，饶有隶意。

本来，这只是一个末代皇帝为自己粉饰太平而自圆其说的记录事件，但它无意间，却是对中国书法史的一次提气与成全。此后历代文人书家，纷纷来碑前膜拜。李白、李商隐、杜牧、陆游、朱熹、文征明、沈周、唐寅、郑板桥……这个名单还可以开得更长。他们当然不是来凭吊那位颟顸的孙皓末帝，而是对碑上汪洋恣肆、一气呵成的书法，深深致敬，一再致敬。

两晋时期，因阳羡周氏一族称雄江南，成为晋室倚重的地方力量，特别是周处子孙三兴义兵，平定江南之乱，为西晋初期的安宁立下奇功。晋室为此专设义兴郡，下辖六县，地跨苏浙皖；北方一些大族蜂拥而至，中原文化与一些先进的生产方式也择机南来。古文献《读史方舆纪要》中，这样写道：

> 震泽与苏、常接壤，春秋时吴、越已从而争之矣。六朝都建康，以义兴为重地，东方有变，必争义兴，以其抗震泽之口也。

所以，朝廷派到此地做官的，或是王公贵族，或是当世名流。其中不乏书画大家，且能写一笔不错的诗文，如著名书法家孔侃、刘超、桓玄、羊欣、毛喜，文学家、书法家任昉等。

朝代更迭太快，“国山”一词早已成后世笑柄。但国山碑，却扛得住风雨剥蚀，一千多年过去，依然鲜活，魅力不减。

清代扬州八怪之一的金农，原以隶书见长，圆笔为主；得临国山碑文，兴奋异常，于山脚下，搭茅棚，守碑三月。后人评其书法，自临过国山碑后，结字方中见圆、横粗竖细，变隶书结体扁平为纵长，倾向使然。金农坦言，国山碑对他的书体有莫大影响。

1979 年，日本现代书法领袖人物青山衫雨，率日本书法代表团专访国山碑。此行目的，是为了研究中国书法史上的重要作品，为了这次访问，他们准备了二十年。青山衫雨认为，此碑是中国书法史上绕不过的里程之碑，极具代表意义。参观完国山碑回到日本，这位日本书法家以一种不可思议的语气告诉他的儿子，真的没有想到，国山碑文如此恢宏壮观。但是，作为一件国宝，它的待遇太差了：连上山的一条几乎无法辨认的小路，都被齐腰深的荒草所覆盖，而且，碑文久被风雨剥蚀，有的地方已经模糊不清，太让人痛心了。

由此，青山衫雨判断，此碑的“待遇”跟中国那些年的文化命运有直接关系，那被齐腰深的荒草所覆盖的上山小道，那被风雨剥蚀而模糊不清的碑文，恰恰是一种中国式的“天问”。

好在，青山衫雨在回国之前，将原话告诉了一位他在当地结识的朋友——制壶大师顾景舟。而顾景舟骨子里是个文人，书法功力极深。青山的一番话对他刺激很大。好端端的国宝就在旁边，竟然无人知晓。他让徒弟悄然去离墨山，将国山碑全文拓印下来，并以一位政协委员的名义，郑重地给政府写了一个“关于保护修复国山碑”的提案，国山碑终于得到了保护和修复。

二　仕与途

古代到江南做官，仪态与才学都很重要。

要会吟诗作赋。这大抵没有问题。一个文人，一步一步考到进士，多半变成了“两脚书橱”，人情世故方面，大都不是强项；官场是什么样子，还只是听说而已，说他们是“书呆子”有点刻薄，但确是实情。那些场面上的功课，当然要慢慢补上，除非你不想做官。朝廷的盘算，体现着当时的一种价值观。什么是应该挂在嘴上的，什么是应该记在心里的，什么是做做样子的，士子们必须心知肚明。江南这个地方，历来是朝廷的粮仓。但最关键的，是个文雅、知书达理的所在。就像凫水一样，你得下河，倒不是说，一定要你在水深的地方呛几口水才能学会凫水，但不呛几口水，你不会知道河的味道。

不过，像苏州这样的文脉厚重之地，一般文人是镇不住的。唐朝时，朝廷先后派了三个重量级的诗人在苏州做刺史，分别是韦应物、白居易、刘禹锡。以他们的诗名，完全够得上我们今天的“专业作家”，但光会写诗，肯定当不好刺史。所以，古代的文人，从来不会因为自己诗好，文字好，就不做事了。韦应物在苏州做了三年刺史，他对老百姓的疾苦，有深切感受。“自惭居处崇，未睹斯民康。”他理赋税，勤民务，为苏州人做了许多好事，诗却写得很少。古人爱用“两袖清风”来形容官员廉政，而韦应物三年任期做满离任，连回陕西老家的路费也没有，只得暂住苏州城外的永定寺。不做刺史，便没有了官俸，一家老小的生活，却还要继续下去。便与子弟们租地耕种。这时他终于有时间写诗了：“野寺霜露月，农兴羁旅情。聊租二顷田，方课子弟耕。”谁也不会想到，两年后，韦应物竟然在贫苦中病死，放在我们今天来考量，几乎不可思议。但在当时并不奇怪，如果连一份清贫都守不住，你还配称什么文人士子。当然，“三年清知府，十万雪花银”，说的也是古时官场的普遍现象。按理，以苏州的富裕程度，无论如何不会让一位卸任官员在贫病中死去。这里的解释，除了操守，或许还有死板？与外界的沟通与特定环境下的转圜，都是一个退休的官员所要面对的课题。韦应物的死，颇给了朝野一些震动。苏州的百姓自然非常敬仰他，但并没有想象中的那些场面和溢美之词。但他的诗作是传世的，后世的文学史家们给了他“韦苏州”的美誉，那是很高的评价了。不过今天的人或许觉得那还不够意思，因为那里面一点也不包含物质的奖励。

白居易的境况当然要比韦应物好。他也勤政，几个月不出衙门，也不宴客，当然更不会接受吃请。埋头处理公务，诗是肯定没功夫写了。他为苏州做的一件千秋好事，就是疏浚开凿了一条从阊门到虎丘长达七里的山塘河。对此，陆文夫先生在他的《老苏州》一书里这样评价：“河边筑堤，堤上遍植桃李，两边开了许多店铺，这就是现在的山塘街。七里山塘不仅解决了水患，同时还为苏州人游虎丘提供了水陆交通之便，造成了阊门外千百年来的繁荣。”这件事做完，白居易松了一口气，诗心上来了：“自开山寺路，水陆往来频。银勒牵骄马，花船载丽人。”那种为百姓做了好事以后的成就感、得意感，溢于笔端。

等到白居易离任，刘禹锡来了。他跟白居易诗缘颇深，两人常有唱和。但他们都知道，做官不是作诗，所以他们的交接应该没有诗情画意。刘禹锡到苏州当刺史的前一年，苏州遭遇了一场非常严重的水灾。他到任后一看，洪水虽然退了，但到处都是灾民，便立即投入赈灾。刺史相当于地方长官，权力有限。官府的粮仓，是给朝廷守的，动一颗粟，也要皇上恩准。最后朝廷被他说服，同意开仓济民，整整十二万石，按户发到灾民手中，并宣布免除赋税和徭役。苏州安顿下来了，这对整个江南都是一个极大的抚慰。刘禹锡在苏州两年，主要精力用在救济灾民和恢复生产。诗，被扔到了脑后。直到他离开苏州，才写下自己此时的心情：“流水阊门外，秋风吹柳条。从来送客处，今日自魂销。”

回过来说，为百姓办事的好官，历史上会有很多，但为什么比不上三位诗人加起来主政苏州才六年的影响？从长远看，他们对苏州的贡献，主要还是开了一代文风，用他们的秉赋和才情，为苏州的文脉注入了清新婉约的基因。这一点，一般官员绝对做不到。苏州的知名度一直很高，主要还是诗人的功劳。历代的大诗人，有几个没有写过苏州？好像苏州历来就是一个让诗人展露才情的擂台。就像张继，与白居易他们比，名气要小得多，但他写了一首《枫桥夜泊》，四句诗，就把他自己和苏州捆在了一起，名声响彻了天下。

唐代江南的“刺史”阶层里，还可以提到离苏州不远的另一位官员，时任常州刺史李栖筠。

说李栖筠，不妨先从陆羽说起。陆羽后来的出名与成功，光靠他自己是没用的，用我们今天的话说，他的起跑线太低，一个被僧人救命抱养，在寺院里长大的孩子，虽然他在无锡结交了官员兼诗人皇甫冉，还在湖州结识了同样是官员的书法大家颜真卿，但分量不够。他还有一位诗僧朋友，谢灵运的十世孙——释皎然。后来他的际遇表明，这个著名的和尚对他也很重要。但是，他要取得全国级别的影响，在当时封建的农耕社会，一定要靠够分量的官员出手相助，才能成功。于是时间到了代宗永泰元年（765 年），一个对陆羽，对茶乡阳羡非常重要的人物终于出现了，他就是常州刺史李栖筠。

太湖西岸的这一片好山好水，唐代归常州府管辖。大凡常州府的主政者，对古阳羡这个辖地总是重视的。这里风景优美，溪山如画，春夏秋冬物产丰富，佳肴美食应接不暇。但李栖筠并没有一般贪吃多拿的官员的恶习。他常来太湖边干吗？居然是剿匪。此地东部临湖，南部则多丘陵，正是盛产茶叶的宝地，无奈常年受贼寇侵扰，茶农们苦不堪言。李栖筠认为，阳羡的茶事要兴旺，不剿灭山匪不行。史载当时南部山区有个宿贼名叫张度，长期占山为王，欺压百姓，官府多次征讨，总是扑空。李栖筠知道了，还就是不买账。此公居然善用兵，没几下，就把张度的匪巢端了，其余喽啰一网打尽。史笔对这位官员不乏钟情，说他所到之处，尽受百姓拥戴。“登歌降饮，人人知劝。”不知不觉，李栖筠为阳羡茶创造了一个安定的生长环境。

接下来李栖筠做了一件天下人很少知道的好事。陆羽隐居在顾渚山一带写他的《茶经》，被李栖筠知道了。一次，陆羽在与浙江毗邻的湖汊山区落脚，在朋友的帮助下，准备在那里建一个“青塘别业”，也就是我们今天的“工作室”。李栖筠与之见面，大有惺惺相惜之意。读完《茶经》，他非常兴奋，果断地把陆羽和阳羡茶一起推荐给了皇上。看起来这只是李栖筠的举手之劳，细细分析，至少有三点：第一，他要真正懂得陆羽和阳羡茶；第二，他要有朝廷的人脉与管道；第三，他要有足够的胸怀。李栖筠的眼光肯定没有问题，虽然他只是一个刺史，但他早年做过唐肃宗时代的殿中侍御史，还当过吏部的员外郎、工部侍郎，至少是宠臣。史载，本来他可以当宰相，受人排挤，才远放常州。所以，他把陆羽和阳羡茶推荐给皇上，人脉与管道，应该是畅通的。说到胸怀，那才是最重要的，古时官员用文人，大都是利用，为自己所用。如果这个文人气场太大，本事太大，不能为自己所用，那他何必要用？不但自己不用，还不能让别人用，更别说皇上了。看着昔日的属下比自己还风光，于他们，也是人生的一种残酷。这样来看，李栖筠真是雅量。

结果，皇上尝了阳羡茶，龙心大悦；陆羽的《茶经》，陛下也很受用。其中，陆羽用传神的文字，吊了一下皇上对江南阳羡茶的胃口。大凡皇上开心和愤怒时，都喜欢拟旨。陆羽和阳羡茶一起，从江湖迅速走向庙堂，应该是朝野始料不及的事。太湖边的这个江南小邑，也一下子从大唐辽阔的版图上脱颖而出。不过，让李栖筠感到意外的是，皇上想赐一个“太子文学”的头衔给陆羽，让他当太子的老师，后来又改任为“太常寺太祝”，陆羽居然均予拒绝。李栖筠最终明白了，这个世界，并不是所有人都想做官。陆羽在这个时候，已经底气十足，就是给他个皇上，他也不干了。

无论如何，阳羡茶成为朝廷贡茶，头功当记李栖筠。为了方便修贡，李栖筠在古时阳羡一个叫罨画溪的地方，建起了一种茶舍。当然那不是为达官贵人休闲娱乐所备，而是一种季节性的制茶场所。史料表明，这种茶舍应该就是最早的贡茶生产与监督之地。一到采茶制茶的季节，李栖筠就在这里现场办公，官员们纷纷效仿，不敢懈怠。新茶的采摘与制作，想必在官员们的监督下，品质都有大的提高。今天的人们喜欢用“挑灯夜战”来形容加班加点，古人却不是这样的。早春时节，鸡叫时分，山野里还非常寒冷，茶农们就被官员们督促着上山了。干吗？敲锣打鼓把春山喊醒，好让茶芽快快生长。这种催生的方法，显然缺乏科学依据，但极具仪式感和娱乐性。山鸣谷应，此起彼伏。山野里到处都是欢快的脚步，果然太阳提前上山了，山风也不刺骨了，雾岚退去，茶树们都在阳光下婆娑起舞，拼命拔节。星星点点、深深浅浅的绿，居然布满了山岗。那凌厉的风神也回过暖来，变成绿色的精灵，它牵引天光，吐纳地气，铺陈翠绿，营造一种可人的清馨。那种似仙非仙的氛围，今天的我们只能通过想象来完成。李栖筠置身于此，能不陶醉吗？他一定有成就感，但他或许会不动声色地转身离去，而他一点也不摇晃的背影，让属下们不敢有半点非分之想。

古时贡茶，为保新鲜，采制完毕即用八百里铁骑加快，程程相送，一直送到长安，史称急程茶。在李栖筠手里，大约还建立了一整套驿路传递的程序与制度。好茶从来离不开好水，而金沙泉与阳羡茶堪称绝配。李栖筠干脆将此泉之水一起送往长安，贡茶若是新娘子，贡泉便是伴娘，主婢共获恩宠。李栖筠还在金沙泉附近建茶亭五座，“时役三万，工匠千余”。看官说，那还不是拍皇上的马屁吗？为臣者，当然要讨君主的欢心，但又何尝不是在提升一个江南茶乡的地位呢？

到后来李栖筠肯定爱上了这片山水。当他离开常州府，调任苏州刺史时，人们发现了他写阳羡的一首诗：

春日题山家

偶与樵人熟，春残日日来。

依岗寻紫蕨，挽树得青梅。
燕静衔泥起，蜂喧抱蕊回。
嫩茶重搅绿，新酒略炊焙。
漠漠蚕生纸，涓涓水弄苔。
丁香正堪结，留步小庭隈。

此诗写得颇有情致。画面非常生动，景致里流溢着温馨的暖意。轻松恬淡、活色生香的背后是什么？是对这块土地的深情。你看，紫蕨，青梅，嫩茶，丁香，蚕桑，溪流，新酒。此公的身段全部放下来了，他就是个穿官袍的茶人。原本这里就是李栖筠的精神家园，其间贯穿着中国文化语境的人文知识分子情怀，也是他性情深处的根本所在。

有地方文人考证并发表议论，这样的一首好诗，居然没有被收进《全唐诗》。这不奇怪。古往今来，文坛和官场一样势利。即便你写出一首好诗，也是偶然的。且你产量也不稳定，东一枪西一棒的，显然名气不够响亮，文坛也就对你没有期待，何来持久的关注？更何况《全唐诗》并不是唐人所编，而是清康熙年间的产物。其间岁月悠悠，被忽略的名气不大的好诗，估计不会是一个很小的数字。不过，像李栖筠这样勤政的官员，写诗于他，完全是兴之所至；对政声的在乎，肯定超过他对诗名的期待。道理大家都懂，所谓的身后名，莫如天上之浮云。好在今天的我们，还是读到了这首诗。《全唐诗》可以忽略它，但老百姓用口碑把它流传下来了，野史笔记把它保存下来了。到这里，官场和民间的力量突然发生了逆转，一千多年前的江南风情，温度依然，质感还是清新的。

不过很遗憾，有一天，突然有权威的资料从故纸堆里跑出来，说这首诗不是李栖筠写的。它真正的作者是李郢。此公诗风老到沉郁，官做得不大，到老也就是个侍御史。他也爱阳羡，最有名的诗作是《阳羡春歌》，当然他的文名要比李栖筠大，所以，《春日题山家》并没有被《全唐诗》所忽略。这个冤案必须澄清，否则对不起李郢，也对李栖筠不公平。古人的不严谨有时也无法避免，以讹传讹的种种可能里，是否有老百姓心情的某种附会？或许他们认为，这首诗真应该是李栖筠写的，只有他才配写这首诗。因为他太爱阳羡的山水。那个时代的刺史级官员，都是进士出身，写几首应景的诗，应该不是什么难事。为了照顾到民间百姓的情绪，同时也表明李栖筠的诗才，笔者不忍心把这首诗拿掉，但为了证明李栖筠的诗才，便从《千首古诗咏阳羡》一书里，找到一首真正属于李栖筠写阳羡景观的诗：

张　公　洞

一径深窈窕，上升翠微中。
忽然灵洞前，日月开仙宫。
道士十二人，往还驭清风。
焚香入深洞，巨石如虚空。

夙夜备蘋藻，诏书祠张公。
五云何裴回，玄鹤下苍穹。
我本道门子，愿言出尘笼。
扫除方寸间，几与神灵通。
宿昔勤梦想，契予在深衷。
迟回将不还，章绶系我躬。
稽首谢真侣，辞满归崆峒。

三 生命书

单锷不愿意做官。

嘉祐四年中了进士。其兄单锡，亦进士，早他两年，与苏东坡同榜，且友情甚笃。苏东坡喜欢阳羡风土，主雅客勤，系单家常客。最多时，一家三十余口，住在单家，那可不是举家出游，而是避难。后来他把自己甥女嫁与单锡为妻，此事东坡甚得意。但他说服不了单锷，这个书呆子，终究不肯入仕。

后来东坡不再劝单锷做官。可能他发现，单锷的志向，比入仕高洁。那个时代，求官之道已然拥挤，由士而仕，是主流社会拥戴的光明大道。归隐者当然亦有，那只是异数。后来，单锷身边的人都知道了，他要写一部书，不谈风月，亦非志怪，而是关乎水利，寻觅根治洪涝之策。

单锷的人生，走到这里，一下子就到“歧路”上去了。

本来，进士已经到手，“主流社会”已经对他刮目相看。此人早晚是要做官的。吃请之类，会一天天多起来；一些场面上的活动，断少不了他。古时风月和佳人，都是为成功者预备的。那时江南，对文人士子的“标准”，有如此概括：起个斋号，出入有轿，刻部书稿，讨房妾小。是文人就得有这样的“地位”，就别说那些个士子心气有多高了。男人就算是铁打的，也不会不喜欢“风雅”，更何况那是一种被公认的“普世价值”。单锷会附和吗？凭什么他不喜欢？更多细节，我们无从知道。但从他此后的选择看，他大抵不会看重并且超越了这些东西。

终于有一天，单锷背着一口袋干粮上路了。轿子肯定没有，随从书童，也勉为其难。单家的家谱记载，当时家里硬逼着他骑上一头驴子，但是沿着太湖行走，都是水路，把一头驴子搬上小舟，岂非累赘？于是，那头驴子只能乖乖在家待着。

此人应该是将三万六千顷的太湖，装进心里了。此话有点大，但我们找不到其他的解释，莫不是滔天的水浪，时时击拍着一颗强悍的心灵，他何需做出此举？

原来，在单锷居住的山村一带，几乎每年都要遭到山洪的袭击。此地人称山洪为“发礁”。有记载的1055年，特大的山洪暴发，大量民居被毁，一千多人丧生。一块巨石如野牛般从山顶冲下坡底，最后在山镇湖汊的小街上刹住其放纵的脚步。邑人称其“天石”，是老天爷赐给百姓的，遂肢解成若干块，造桥数座，还债于民。

从太平兴国二年，到宣和六年，其间一百四十余载，太湖流域共发生洪涝灾害二十余次。十年九荒，百姓遭难。有一年洪灾特大，单锷亲属之中，有数人被洪水卷走。

发誓要写一部水利书，于单锷，当非偶然。但根治水患，这个计划过于宏大，意味着他将以一己之躯，走遍吴中各地，沿太湖察访灾情。与之为伴的，只有星辰日月、风霜雨雪。

而悉心给出良策，对于一个文人来说，也是太难的课题。

世人皆曰，不切实际。

想必单锷上路之日，并无仪式；家人担忧，生离犹如死别。无论如何，都拗不过一个死心眼的士子。但见他一身皂衣，脚蹬山袜，腰束麻绳，怀揣遗书，俨然死士。

乘一叶扁舟，顺画溪河、蠡河，过诸家荡口，入茫茫太湖，遁影于天际。

想那风餐露宿，终是必然；驿路艰辛，更是秉笔难书。古时士子于驿路，总有红颜相随，然单锷却无。即便有与之肝胆相照的女子相随，也会半路退却，毕竟月黑风高，驿路茫茫。但一路之上，并非没有知音，凡知晓他心中宏图伟业者莫不击节称叹。想那沿途一沟一壑、一河一浜、一圩一坝、一潭一塘，单锷无不周览。沿途笔记，兼及水文资料，手提肩扛，即便三头六臂，亦无可奈何，应该船装车载才是。

以上笔墨，出自文人想象，读起来赏心悦目，也能自圆其说。但单家的家谱记载，当时单锷上路，并非一人独行，身旁伴有一条汉子，是他的二哥单钊。此公也饱读诗书，但一生未得功名，连个秀才举人也没捞到，所以史书便毫不留情地忽略了他。但单家的家谱却忠实记载了他伴随三弟单锷辗转太湖沿线的艰辛历程。单钊本人当然不愿意掠美，他甚至不希望弟弟提到他，他觉得自己能辅助弟弟写一部于人间有益处的大书，这一辈子就算没有白活。

自此竟三十年，单锷终于写成《吴中水利书》。这是一部以血肉之躯丈量太湖流域的万古奇书。该书结尾如此写道：

> 锷存心三州水利，凡三十年矣。每观一沟一渎，未尝不明古人之微意，其间曲折宛转，皆非徒然。惟执事者上之朝廷，则庶几三州憔悴之民，有望于今日也。

书写成，又如何？

一石沉大海。

元祐四年，苏东坡任杭州知府，对单锷之书大喜过望，极为推崇。杭州离阳羡很近，风习与地貌，血肉毗连。其主政浙西水利，当然以该书为参考。苏东坡素与朝廷周旋有术，凭他眼光，此书甚珍贵，远远超过那些“传世”的诗文。与朝廷较劲，这砝码够重的了。他多次劝单锷将此书上奏朝廷。这时单锷已经五十余岁，功名之类，更是随风吹过，况且，他对朝廷失望，已非一日。“上奏”之事，终是抛掷一边。而东坡心有不甘，于元祐六年，具疏代奏于当朝。然而，苏东坡的《水利奏状》呈上去以后，一直没什么消息。当然，没有消息本身也是一种消息。后来知道了，竟是苏东坡的某个政敌——比如沈括之类，认为《吴中水利书》是一部散漫而学术上疏漏太多的著作，没有推广的价值。皇上的耳根有时偏软，反正，吴中那点水患，就那么一调羹罢了。既然有人认为，那部书没多大价值，皇帝当然就把它随手撂在一边了。为什么这么一部治水的好书，竟然落到这样一个下场。关键在于，推荐人是苏东坡。敌人的朋友，自然也是敌人。凭什么让苏东坡的朋友得到皇上的重视呢，相反，必须把这种可能性掐死在襁褓里。

单锷的治水主张，一时受困，灼见与博识，只囿于书卷之中。

单家的人，并不认为受搁浅的只是一部书稿。他们看到的是官场的昏聩腐败，一句话，没意思。做学问的人，无非是当权者棋盘上的一颗棋子而已。

但《吴中水利书》还是在民间活下来了。

单锷活了八十一岁，在宋代，已属高寿。他有不灰心的底线。因为，吴中治水之策，是他用三十年生命丈量太湖流域、披肝沥胆之作。有的书，生便是死，所谓速朽；有的书，毋庸贴金，而需要用时间来做证明，而人们认知上的姗姗来迟，更多已转换成付出代价后的警醒。

他相信，《吴中水利书》会比他活得更长。

大观四年，单锷病逝于家乡。

如果说，《吴中水利书》最初是以手抄的形式在民间流传的，那么，随着时间的推移，随着水患的蔓延，如梦初醒的人们想起，时光深处的那一部被搁浅的奇书。那绝非是一堆故纸的复活。它从来就没有死。遮蔽的尘埃一旦拂去，这部江南第一治水之书，便成为汹涌灾患的克星。据载，明代疏通吴江水门，修筑溧阳两坝，均参照该书。各种刻本在坊间流传，几乎每一位县官的案头，都会放一部《吴中水利书》。

一个文人写一本书，能够用自己的生命作抵押，然后，持久地活在他写的书里，在江南，当是独绝。

这是单锷一生的最高褒奖。

四　山人

一个小地方的书生，熬成一个县长也算是造化了。何况这县长还是在本地当，如同太阳顶头，不似在外地为官，被人说“锦衣夜行”。要说资格，那是辛亥革命后的第一任县长，又是在太湖之滨的江南富庶之地做官，无论如何是很牛的了。此公名叫储南强，本地为官不算，还两任南通县长，县志说他“除积弊，平冤案，办学堂，修水利”。离任时，百姓夹道相送，还给他塑坐像。官做到这个份上，应该可以了。

古代做官讲究颇多，有些清汤寡水的虚衔，想腐败都没有机会。但此公最“实惠”的官，是在民国初期北京政府在苏州设立的“苏浙太湖水利工程局”任督办。具体地说，管辖江苏二十三个县，浙江十六个县的水利项目。那银子，要用马车拉几天几夜呢。

时年五十岁，正是做官的好年龄。他却突然登报声明：不干了！辞官卸下乌纱，谢绝一切世事，称自己从此乃“一介山人”也。

为何不肯做官呢？储南强坦言，做官很容易作孽，做清官太难。每天要吃三碗面：台面、场面、情面。这话好像是杜月笙讲的，反正民国时很流行。储南强被这三碗面包围得太久了，严重败坏了胃口，这才痛下决心突围。

不声不响隐居山中，起先以为他仅是避世，却不料修建了两个天下闻名的山洞。

早先，大凡人们在太湖西岸弃舟上堤，有两个地方是必去的，那就是善卷洞和张公洞。修建这两个山洞的主人，即是储南强，此公字铸农，别号简翁，前清拔贡。受“东林书院”的影响颇多，早年也是个愤青。特别在乎士者人格气节的高蹈。又与南通的张謇、无锡的荣德生意气相投，交往甚多。其时“西学东渐”之风弥漫，“经世致用”的旗帜被士子们举得很高。储南强为什么要修那两个洞？在他眼里，整个太湖西岸山清水秀，本身就是一个大公园。那时说到旅游，还是一个奢侈的词。但储南强非常希望天下人都来喜欢湖畔的这座江南古城。而要吸引人的眼球，必须要有点睛之笔。此地的溪山属于喀斯特地貌，有“洞天世界”之称。善卷洞和张公洞，应该是众多奇洞中的极品。在储南强看来，溶洞文化，也是江南文化遗产的一脉支流。他有一份雄心，但没有钱。一份骨子里的清高，让他不愿搞任何名义的募捐，更不向政府伸手。人说“三年清知府，十万雪花银”，这句话放在储南强身上有些冤枉。世人皆说袁枚是清官，想当初他在南京修随园，光是题名的景观，就有藤花廊、小仓山房、盘云中、古柏奇峰、金石藏庋、水精域、蔚蓝天、绿净轩、鸳鸯亭、渡鹤桥、山上草堂等几十处之多。据说《红楼梦》中的大观园，就是以随园为原型的。这么一大笔造园的钱从哪里来的？简直匪夷所思。同样做了多年县官的储南强却是真的没什么钱，他女儿储烟水回忆，家里稍值钱的东西，一件一件拿去当铺变现修山洞了。储的儿媳是大家千金，光陪嫁的一笔钱就三万银元。有段时间储南强不吃不喝，赖在床上怄气，家里人知道他为了什么。儿媳很开通，把陪嫁的钱全拿出来，说，爹，钱都在这里，你拿去吧。后来她甚至把戒指都捐出来了，不光如此，还动员自己妹妹捐助了一万元。一万银洋是个什么概念？那时县城里一个警察的月薪才两块银洋，可以养活一家数口。

连儿媳的嫁妆也不放过，这简翁也够狠的了。还有一个朋友，储南强也是不能放过的。他跑了一趟无锡，工商巨头荣德生请他吃饭。储南强说，上素菜吧，你请我吃饭的钱，还不如买几斤水泥给我修洞。荣德生说，简翁啊，饭要吃，水泥也要给，你那善卷洞，水泥我包了。储南强桌子一拍，说，既如此，上蹄髈！

储南强的“山人”名号，与那些攀附风雅的文人是不一样的。修洞的年月，他常常住在山洞里，好在那洞中是冬暖夏凉的，冬天他就睡在善卷洞的上洞，夏天就住在下洞的水仙龛里。睡觉的枕头是铁的，连鞋底也包了铁。一件自制的大衣，缝满了口袋，里面塞满了各种图纸、笔记。他说，这是我的办公厅。十余年间，无论人间发难，还是天公作恶，他带领工友吃住洞府，俨然都成了仙人。白天在洞里洞外忙乎，晚上秉一支蜡烛看书，床上、地上、书上，到处都是一滴一滴的蜡烛油。储南强看书，随手总要放把剪刀，看到重要的或者精彩的段落，立刻就把那页书剪下来，另外保存。所以他的藏书多半是缺页的，有的就扔掉了。他认为一部书的精华，也就那么几页，剩余的都是渣滓。

跟随储南强修洞的人回忆，老先生绝不只是一介书生。他太聪明了，什么都懂。原始的善卷洞中，到处乱石坍塌，淤泥遍地，险象环生。上洞与下洞原本是不通的。上洞的游人要去下洞，必须从洞外绕入，因颇多不便而兴味索然。储南强多番测量，决定把上洞与下洞打通。而洞内施工不能用炸药，只能用人工，靠钢钎凿子。这一工程长达十年，两洞打通之时，储南强胡子都白了。

储南强的朋友中，还有个国民党元老张静江。一日，张静江来访，把盏叙旧之间，自然要说到尚在修建中的两个山洞。张静江是国民党中常委，与蒋介石私交好，说话管用。此公还经营着江南汽车公司，财大气粗。其时正奉命构筑京杭国道，一高兴，顺便就在图纸上多画了一条线，为善卷、张公两洞修了一条善庚支线。一下子就把两个山洞跟世界接通了。这时的储南强，你让他下跪都肯的。张静江很够朋友，回去跟蒋公一吹，居然让蒋先生怦然心动。1934年，蒋介石正忙着第五次围剿红军，忙里偷闲，真的就到善卷洞来了。储南强不卑不亢，陪着蒋公这里转转，那里看看。那天蒋先生兴致很高，不住赞叹。张静江在一旁提醒老储，请“委座”题词啊。储南强刚说出口，蒋公就爽快答应，但说，回去写，此处不便。光线昏暗的山洞里，连走路都举着火把，书写确实困难。过后不久，题词到了，蒋先生一口气写了三幅，分别是“江南第一瀑”“江南明珠”，还有一幅是给储南强题的“美志清风”。上款南强先生雅正，落款是蒋中正。

换了别人，得到“委座”的题词，等于祖坟冒了青烟，不知要折腾出多大动静。可储南强悄声不响，将题词往抽屉里一塞，跟平日没什么两样。感谢当然是要的，他给蒋先生回了一封信：

> 主席崇鉴，承赐字，在此万机丛中，亲挥宝翰，奖勉策反微劳，钦感钦感。孟子曰：闻伯夷之风者，顽夫廉，懦夫有立志。闻柳下惠之风者，鄙夫宽，薄夫敦。敢不勉之。敬祝政躬健康。
>
> 山人储南强　叩

或许是储南强这封不长的信里除了掉些书袋、讲些平常的客气话，并无引起“委座”更大兴趣的内容，故后来储南强通过张静江向蒋公要钱修洞，并无下文。储南强感觉吃了个空心汤团。张静江说，简翁啊，你修两个洞就跟“委座”要钱，你知道泱泱民国有多少山洞要修，有多少窟窿要填！

蒋介石虽然没有给钱，但还是在国民政府主席林森面前，推荐了江南两洞美景。不久林森老也来了。钱照例没有，题词则多多益善。林森老法师，文字一级棒。储南强见了，还是蛮开心的——松已奇，实为石；鳞万片，柯千尺；撑洞府，镇蛟宅；娱诗人，忙画客；乾坤魂，宇宙魄——短短几十个字，把储南强的心声全写出来了。

1949年，共产党接管政权。储南强对新生的政权充满希望。做的第一件事，就是把善卷洞和张公洞无偿献给政府。共产党对储先生也很敬重，还是请他主持两洞工作。有人说，储南强厉害，当年蒋介石给他题词，他居然没有半点声响，莫非他当时就掐算出将来的天下是共产党的？话传到储南强耳朵里，他呵呵一笑，不卑不亢。又有人推测，如果换了毛泽东给他题词，他还能往抽屉里一塞吗？储南强听了，还是笑笑。之后，又捐出不少节衣缩食珍藏多年的文物珍玩，其中包括紫砂鼻祖之作——供春壶。

储安平是储南强的侄子，有一段时间名气特别大。他出道很早，早年给《中央日报》编副刊，自己写一手好文章，日子过得非常舒适。后来他想去英国读书，申请官费没有门路。1935年的柏林奥运会给了他一个机遇，当时中国太穷，派不起记者。储安平自告奋勇提出，不用专款，只需让他无偿搭乘奥运会专列，即可完成报道任务。当时有个名叫张道藩的，因为跟一位江南名媛有着特殊关系，故对老家人的事情，格外关照。张某人为了成全储安平，专门给江苏教育厅打招呼，但迟迟没有下文。关键时刻，储安平回了趟老家，把伯父储南强从山洞里请了出来。对这个自幼父母双亡的侄子，储南强视如己出，不愿求官的他，亲自跑了一趟省城。“山人”出马，居然比张道藩还管用。教育厅很给面子，很快一笔两千元的官费到手了。去英国学什么？如果保险些，那应该学金融，将来的日子会很滋润。但储安平一心要读政治系，研究英国宪政。老到的储南强心头掠过一丝忧虑，他知道侄子的秉性，许多地方跟他是一样的。江南的士子，骨子里的独立性、对社会的批判精神，都可以追溯到东林书院的那一脉。既然安平决意要走那条路，他不能阻拦他。谁料想，这一笔两千元的官费，把储安平推上了一条不归之路……若干年后，储安平倒霉，不久便以“右派”的戴罪之身，在北京一条胡同里“面壁思过”。远在老家的储南强寝食不安。有一次，让孙子储传亨去看望安平，带去了一个长辈的问候。根据储传亨的回忆，当时他到北京鼓楼附近的一座小院里去看望储安平，总以为他会告诉自己一些受委屈的内情，但储安平对自己的际遇半点没提，却兴致勃勃地拿出一张写得密密麻麻的纸，说，你知道你的祖父共捐了多少文物珍宝给政府吗？这里我给他列了一张清单，也只是记忆中的一部分而已。储安平把这份《储南强捐献所藏珍物简目》郑重地交给储传亨，又说，你知道你的祖父为什么要修善卷洞和张公洞？他是想让家乡名扬海内外啊！

储南强看到这张侄儿的手迹，听了孙子转述的内容，两行老泪顺颊而下。

有一天他突然想到，古时贬官，可以“开籍回乡”，如果安平在北京实在待不下去，干脆回老家得了。哪怕出家做和尚，也比在政治旋涡里受难强。家乡南部山区，有一处南岳寺，环境幽静、与世隔绝。寺中主持是他老友。安平若去那里“改造思想”，并且修身养性，当是最好了。甚至他还让家人多腌了几罐安平爱吃的“雪里蕻”。

知情人私下里说，老法师，越老越天真了。

1959年，储南强去世。享年八十三岁。他弥留时的最后一句话是：

“安平有什么消息吗？”

他的声音比较微弱，身边的人误听成了：

“平安有什么消息吗？”

二

古城签

抽签，是民间认定的一种宿命游戏。历史含有的戏份，有时会超过它很多。

很多遥远的记忆，都是我们通过曾经的当事人讲述后获得的。发黄的文字也会留住一些铁打的史实，这样就阻拦了道听途说的人们信口开河。但是，依附在那些人事上的温度早已随风消散。或许从风干的标本里，勉强可以提取一些我们需要的元素，但是，一个特定时代的潮汐风尚、身段眉眼、气息感觉，从来都是难以复制而一去不返的。岁月容易老化的程度，甚至不如一扇窗户，昨天被大家仰望的东西，到了今天便已不知所终。就像那高悬在夜空的月亮，年轮的太阳还未喷薄而出，它则已经消遁于无形。

显然打捞是本文的一个关键词。那么我们不妨把过往的岁月压缩成一口硕大的深漆皮箱，然后把一座江南古城两千多年的各种标本，塞进少有缝隙的箱子深处；并且以一种游戏的玩法，不按照时间的顺序、地位的尊卑出牌，而是通过抽签来决定出场的先后。

第一张签：沿运河行走的少年

徐溥决定给李东阳写一封信。

这位 1497 年的退休宰相，历经景泰、天顺、成化、弘治四朝皇帝，避过了太多的血雨腥风，终于幸运落地，在浩荡的皇恩庇护下，安居在江南太湖之滨的古城一隅，过着波澜不惊的晚年生活。

给李东阳写信，并不是闲来怀旧，而是因为一幅画：《清明上河图》。北宋画家张择端的传世名作。今天的人一定认为这很牛，一定值很多钱；但是古人，特别是仁义之交的故友，更多的是把它看作一种精神托付。徐溥在整理旧物时，在一口樟木箱里发现了它。多年前的一天，大理寺卿朱文征来宰相府见他时，将此画带来，两人一起在书房欣赏，徐溥还能记得，当时两人秉烛赏画、以茶代酒的情景，但是，当时朱文征为什么没有将此画带走，他却记不清了。想来朱文征是故意把画留下的。大理寺卿，正三品，老朱为什么要送此画给他？倒不是纯粹的拍马屁，而是仰慕他的人格与品位。当然，有一个因素不能不考虑，当时的孝宗皇帝对徐溥特别倚重，你不能要求一个身在染缸里的官员像少女一样纯洁。

想来，此画自北宋宫廷流出，在战乱中流落民间，辗转易手，可谓荆棘塞途，山高水远。这幅画名头太大，如果作为礼物，重到足以把一个书生之本的宰相徐溥压垮。朱文征应该知道徐溥大人的秉性，朝野皆知的两袖清风，小心翼翼几十年，堂堂一个宰相，居然在京城没有自己的一座宅邸。朱文征聪明，他希望给徐阁老这样一种感觉，虽然官职有尊卑，但精神是可以互通的，也是可以共享的。或许朱文征和徐溥在赏画时故意说起一件重要的事情，以致让徐溥大人的注意力转移到别的地方，然后，他们站起身，走到一张巨大的地图前说事，然后他们一起出门，直奔紫禁城而去，接着仆人就来收拾房间了。

多年之后徐溥再度见到这幅画，却失眠了。当年与朱文征的秉烛夜谈还历历在目，这位大理寺卿的心思让他感慨不已。甚至他也有自责，或许他当时赏画时，流露出太多对此画的喜欢，实际上已经流露了占为己有的意思，所以朱文征只能割爱？但又知道他爱面子，所以故意把画遗忘在他书房里？按理他不应该这么健忘，健忘到给人一种装糊涂的感觉，而且一装就是很多年。

总之，徐溥心里五味杂陈。晚年的他，已经把人生想得更透了，所谓财富，不过是人活在世上的一种依附，所有的身外之物，于己是累赘。特别是这样一幅国宝，留给子孙肯定是祸害，若赠与他人则是恩泽。他不能占有这样一幅稀世国宝。他现在还有能力做的一件事是，把这幅画归还给朱文征。

但是，当他再次瞪大目力不济的老眼细细观赏这幅画的时候，他发觉自己忽视了一个重要细节，此画的题款上，有李东阳的叔祖李祁的墨迹。

也就是说，此画更早的时候，曾经属于李东阳的叔祖。如此说来，最合适的继承人，应该是李东阳。

这个李东阳既是同僚，亦可称他的得意门生，此人天顺八年举二甲进士第一，授庶吉士，官编修；弘治八年以礼部右侍郎、侍读学士入文渊阁。其文采斐然，堪称天下文章领袖，更是当时名重一时的茶陵诗派掌门。

而朱文征老先生早已解甲归田，且驾鹤西去。所以，徐溥踌躇再三，决定将此画送给李东阳。

在徐溥留存的文字里，我们没有见到他写给李东阳的这封信。但是，依照徐溥的性格和办事特点，《致李东阳书》一定是有的。按时下的“情景演绎”来推算，他应该回忆一下当时他们一起在内阁共事时的和谐情景，然后婉转地告诉李东阳，《清明上河图》为什么会在他的手里。当时我与朱文征都太忙乱，以致把这样一幅国宝丢在我这里也不知道。既然画上有尊叔祖的题款，那么现在应该是物归原主的时候了。

这是徐溥式的表述。波澜不惊，点到即止，像什么事也没发生。徐溥大约知道，他们之间的任何一通手札，都有可能被后人评头品足。

然后，他会阐释一番自己的财富观，作为徐溥，他不会放弃任何一个这样的机会，并且努力不以一个恩师、一个曾经的上级，而是以平常人的口吻。字面上还是平静的。最终，他笔调一转，含蓄地建议李东阳，其实这样的一幅画放在任何人家里，都不是最好的归宿，即便它是祖传的，它也早已不属于任何个人，而是应该属于国家。

国家是谁？“朕即国家”，连天下都是皇帝的，难道要李东阳把这幅画送给皇帝吗？徐溥怕李东阳产生歧义，于是颤颤抖抖地把这一段删去了。

写完这封信，徐溥心里痛快多了。

问题是，如何将此画送到李东阳手里。此事他不可能惊动任何人，必须悄悄地进行。派谁去京城呢？他圈定了孙子辈的老三，名文灿，号中书舍人。这个孩子因为排行第三，昵称小三子。十八岁的英勇少年，却是难得的性格稳当，办事妥帖。徐溥将写给李东阳的信塞进鳄鱼皮制的画筒，让仆人把画筒缝进一个缀满补丁的布袋里。行前，他与小三子进行了一场重要的谈话。他要求小三子穿破旧的衣衫，只带少量盘缠，去时不坐船而是步行，沿着运河一路往北。日出而行，日落而歇。住大车店而不是驿馆，不与闲人搭讪。如果迷路或盘缠不够，要学会问路和讨饭。任何时候不可惊慌失措。等等等等。

小三子居然一一应允。末了，只说了一句话：万一路上遇到险情，晚辈何以应付呢？徐溥笑了，孩子毕竟还嫩。他从衣袖里拿出一个锦囊，命他缝在贴身口袋里，说不到生死紧急关头，不可取出。

头戴阔边深网巾，身穿缀满补丁的粗青布衫裤，手上搭一条青布长手巾，脚上蹬的是一双靸鞋——这是一种鞋帮纳得很密，前脸较深，上面缝着皮梁的布鞋。小三子这副行头，是当时江南地带典型的脚夫打扮。

一个薄雾缭绕的清晨，小三子悄悄出发了。

被乡亲们称为“徐阁老”的徐溥，平生乐善好施，退休后对乡里族人格外关怀体恤。晚年的他视力不好，大晴的天，眼前也是雾霭重重。他甚至看不清自己的宅邸到底有多大。某日，他由两小僮搀扶着，在整个宅第转了一遍，并用双手抚摸着每面墙壁和每根楹柱。仆人问：“相爷何必如此？”他说：“我是怕儿辈们把宅第造得太华丽啊！其实，六尺之躯，有张眠床就可以了。”

一是本色，二乃耿介。几十年夹着尾巴做人太久了，也有停不下来的惯性。

小三子上路已有月余。徐溥心里牵挂，经常由家人扶着在门外散步，谛听着路上由远而近的脚步声。某日，忽然问道：“门外原是东南山乡上城大路，怎么听不到车履之声？”家人告诉他：“为了相爷能安静休息，故将大路迁到河对面去了。”徐溥听了，少有的勃然：“此乃何人主意？岂可为我个人安逸，而劳乡亲绕道而行呢？”他即命恢复大路于相府门前。消息传到民间，百姓无不赞叹。

仿效宋代范仲淹置义田之举，将自有田产八百亩作为义田，分给族里村人耕种，是徐溥一直以来的心愿。更深的考虑是，如遇灾荒，减租免征，并开义仓赈济，凡乡里族人遇有婚丧之事或遭意外灾难，均有补急救济。

然后，聘请塾师，兴办义学，凡徐氏子弟和村里贫家子弟，一律免费入学。又在进城的祇溪河口设置渡船，雇人摆渡，方便行人，乡人称之为“徐氏义渡”。

徐溥做这些事心里应该是很开心的。疏财本是人生安稳的根基。一个富人身边如果集聚着三千个穷人，那他的日子一定孕育着危机。中等生活之外的所谓财富，其实是有害的。可以流传于世的东西唯有精神，而物质的东西如果太多，会把一个人的心志毁掉。只有穷人的掌声，才是世界上最金贵的东西，它不但让你安睡无虞，还让你彪炳青史。

这些道理，书上有吗？

三个月后，小三子终于在一个无月之夜回来了。他皮肤黧黑而粗糙，脚板上长了一层厚厚的硬茧。漫长而曲折的京杭大运河，让一个官宦人家的江南少年，变成了一个坚毅沉郁的青年。

小三子并没有过多地渲染一路上风餐露宿、讨饭问路的艰辛，也没有眉飞色舞地描绘见到李东阳大人的情景，他只是迫切希望知道，爷爷缝在他贴身口袋里的那个锦囊里，到底是什么东西。

徐溥呵呵一笑。允。

谜底解开了。那只是一张对折的白纸。上面一个字也没有。

世界上哪有什么锦囊妙计？假若真有，那也只能在自己而不是别人的心里。

徐溥如是说。

爷爷太厉害。沿着运河行走了三个月的少年有些开悟了。三个月的运河行走，足以让他回味一生。

顺便交待一句，小三子后来入仕官至尚宝司卿，正四品。这是一个为皇帝掌管宝玺、符牌、印章的官衔。他敦厚周慎、洁身自好，加之一直得到李东阳的关照，仕途也算顺风顺水。一直到爷爷去世了，他才悟到老人家当初让他步行去京城送画，含义多重，既是一次“劳其心智、饿其体肤”的历练，也是给他一个面见李东阳大人，给对方留下深刻印象的机会。

想那李东阳，虽然远在京城，却与阁老心心相印。时隔多年他在那幅画上题下长文，说明早先在此画上题跋的李祁乃是他的叔祖，祖孙在同一幅画上见面当属罕见，而徐阁老却是收藏此画最有风度的一位。

他没有忘记给恩师补送一份厚礼，那是一篇激情充沛、洋洋洒洒的《徐溥义田记》，这在当时，是件颇不小的事，勒石立碑那是一定的。几百年过去，碑文已然风雨斑驳，偶有残缺模糊，但文字的力道还在：

阳羡徐氏义田者，少师谦斋先生所置也。盖自先柱国公修祠堂、置墓田，又惧族指日众，昏嫁或不给，欲仿范文正遗法，为田赡之。以先生有职于朝，命少子时望领其事，事未就，而公遽弃养。暨先生入内阁，跻极品，获貤锡命，念禄赐浸裕，而先志尚未酬，乃召时望至京师，亲与计划，期于必举。未几时望亦卒，先生以宗子元楷专领祭田，供祀事，比于有职。命次子元相出地若干亩，渐增入之，如范氏之数，且酌其旧规，为条约若干目，于是义田之事始备。先生复具其事，请命于朝。下户部议，谓以元臣为义举，其系于天下甚重，宜如所请。别立义庄为户，有他人侵夺，若本族争分沮坏者，官为禁治，仍令府县正集其族属，宣□□□，俾世世遵奉，毋有所废。又按洪武间解学士缙言："世臣义族，当旌复以为世劝。"高皇帝时嘉其议。今义庄别户宜□示优异，其于国典亦有光焉。天子以为义田之举有补风化，令有司严为防护，仍蠲其徭役，如户部言。元相既得□□□□庙，退而受籍治事，因具书京师，请记于予。予惟家有训、国有法，虽小大殊，其道一也。然训止于劝戒，而法则有刑，刑之所施，□训之所不得行也。夫为国者，必使家不殊俗，乃可以言治，而势每弗及。亦惟修身正家示其所可慕者，其有弗率，则以法加之，使之有可畏焉，其本末次第固如此。先生厚德硕学孝友之行，仪于厥家，而又居庙堂台阁，佐天子□□为天下风化首，义田之训，何患乎弗行也哉。而必告之朝廷，闻之有司者，盖深见夫习俗之易移，礼义之难守，不如是不能久而无弊也，然则先生之心诚厚且勤矣。且家必有贤子孙，而后能守其训，国必有贤有司，而后能守其法。周之东郊，以周公之圣，继以君陈，毕公历三纪而其政始治。范氏之田，累代而不废者，以忠宣为之子，正平为之孙，其规制定，而势可依而久也。今徐氏自柱国公以义为教，至先生，前后数十年，屡议屡置而后备。田之成若是其难也，而其子方敦孝慕义，竭志力以为父干。诸孙林立，皆起而承之，其势亦奚容以但已乎哉。使凡掌是田者，皆礼先生之心不敢怠，凡为子孙者，皆遵先生之训不敢倍，贤有司又从而维持之，以化其乡党，及于天下，则圣天子惇孝明义之风，大臣元老辅治弘化之绩，岂非一代之盛举，足以为后世式哉。东阳晚且劣，不能为钱公辅之记，以扬成美，谨述国法家训之大者，刻诸金石，用征于来裔。

时弘治十一年龙集戊午三月吉旦，男元相谨立石，工部文思院副使东鲁阎杰镌。

第二张签：湄隐园

这是一座从来不曾存在的园子。

不过它已在纸上活了三百余年。

这座园子的建造者，叫卢象升。天下人都知道，他是明代的一员军事骁将，官至兵部尚书。崇祯十一年（1638 年）十二月十一日，他率五千残部至巨鹿贾庄，与敌遭遇，被数万清兵层层包围，激战中因寡不敌众壮烈牺牲，时年三十九岁。

两年前，亦即三十七岁时，他写下这篇《湄隐园记》，时值抗清最艰难、最危急之际，写作此文的直接动因，当与江南故乡家奴的远道前来有关。

家书抵万金，那不用说。胸臆打开，乡愁是起始，关键还是心路历程。

> 长须从里中来，话其崖略。莼鲈之思，宁待秋风而后起乎？

家奴向他述说了老家的境况，他动了思乡之念，联想到当年张翰不慕名利弃官而去的历史典故，顿时心生退意，欲“角巾竹杖，归钓溪湄”。

若是能够归去，他必要建湄隐园。这是他少时的梦想。陶渊明笔下世外桃源，几乎是中国古代文人的精神标配。那园中，应该有松径、桐蹊、花棚、竹坞、藕池、奇石，以及各种花草植物；更有双桂轩、斑衣亭、豹隐斋、听鹤山房、读书楼、敞居台、月窟、旭坞、明农逸墅、石友堂等景观点缀其中。

读书，休憩，酬唱，书写。读书人的精神需要安放。那是必然。

国家忧患之时，当以身许国，“夙兴夜寐，效一割于铅刀”；待局势安宁之后，卸甲则可归田。“角巾竹杖，归钓溪湄。尽发藏书，流览今昔，究养生之秘典，窥述作之藩篱，致甘旨以奉二亲，讨义理以训子姓。”

观卢象升此文，可以清楚地看到一条来路：儒家的道德浸润。无论文臣武将，忠孝节义是渗透到骨髓里的。遗憾的是，卢象升的这个志向，只实现了一半。抗清果决且英勇，让他终得彪炳史册，两年后他为国战死沙场，真正做到了“鞠躬尽瘁，死而后已”；而他理想中的湄隐园，最后只留在浩繁的历史深处。

文章有点长，但是非常有趣。很多高大上的英雄，我们只能仰望他的丰仪，却无法读到他的内心。这里的卢象升，却把内心全部打开了，像汩汩流淌的山泉，澄澈而晶莹。

> 阳羡桃溪，在邑西七十里，万山环匝，林壑鲜深，溪水涟沦，其中复有平畴墟落，映带左右，真习静奥区也。出城舟行雪蓑烟寺间，凡数百曲，乃至溪湄，余家读书园在焉。千柳垂垣，清流绕垞，苍峦绣壁当其前，远岫烟村绕其后，篱落鸡犬，景色蓊翳。衡门数尺，不容车马，今将凿石为额，曰“湄隐园”。门以内，松径桐蹊，花棚竹坞，及所谓“双桂轩”“斑衣亭”“豹隐斋”“听鹤山房”，皆创自家君，年来稍廓旁址，得旷地十余亩，余思筑室而归休焉。

有板有眼，娓娓道来，语境被渐次打开。

拟构书楼五楹，即颜曰“读书”。楼列架满，其四悬签万余，为朝夕自课地。楼须高敞，周以复道，绕以回栏，丹垩不施，绮绣不入，虚其中，前后洞达，令溪山烟月据吾坐上，时时遣我岑寂。启楼后望，作露台与复道平，宽广可十余武，列怪石、盆草、磁墩、石几之属。夜深人静，月冷风长，瑶琴一弹，洞箫一弄，此亦吾之丹丘也。台名“敞居”，镌片石识之。去台二丈许，高垣圭窦别为院宇。曲室数区，宛委而入，东西莫辨，岩壑同幽，为避暑室三楹，曰“月窟”，为暖室三楹，曰“旭坞”，大寒暑则入而盘礴焉。过此，开隙地，植女桑、弱柘、菜畦、稻垄其间，值山雨乍晴，吟诵余息，荷锄戴笠，亲执其役，以察物理攸宜，四时亭毒，曰“明农逸墅”。此楼以后之大概也。楼前三丈许，凿藕池半亩，引流以入，星布怪石于莲芡间，可据坐以钓。叠石为岛屿，峙乎中流，荷香酽时，或一披襟其上，亦不减登华顶看玉女洗头盆也。

或隐于道，隐于禅；或隐于医，隐于卜；或隐于诗，隐于酒。这些都是明季江南文士的归隐方式。且看卢象升的笔下：

池旁垂柳、瘦石、短草、欹花掩映萧疏，俾有远致。再前丈许，编柏为苍屏，作高轩五楹，名之曰“石友堂”。

堂与双桂轩近矣。客过予者当止于是，胜日偶逢良朋适至，汲清溪以煮茗，采园果而开樽，藉草飞觞，荫桐点笔，搜讨疑义则代尘以松枝，嘲弄风月则取茵于花片，乐不取乎丝竹，礼无拘乎送迎。堂前宽平，令有余地，石丈可呼，故所以名吾堂者于石、于友有取焉。花须茂密，树贵萧森。松桧、竹柏、棕榈、高杉有不瘁之颜，后凋之操，吾爱其贞；牡丹、芍药、桃梅、海棠有欢悦之色，吾尚其不寒俭；兰桂、蜡梅、茉莉有激烈之香，吾欣其不柔媚而臭味佳；芙蓉、垂柳、梧桐、莲菊以及水仙、秋海棠之属，并以韵胜；石菖蒲、薜荔、芭蕉以及古槐、老藤之属，并以幽冷胜；橘柚、葡萄、香橼、佛手、银杏之属，枝柯已极可玩，果实复具珍珠，咸当博求佳种，多植远移。夫吾园之富有至于如此，视古人三径松菊、蓬蒿一室不太侈乎？

唉，江南，这是一片过于柔软的土地，本身就不合适铁石心肠的政治家来耕作和培植。

然木石烟霞，造物不忌，吾将奢取之。平生无他嗜好，林泉、图史之癖苦不可医。一行作吏与山灵别，且十五年，隔溪长松再翦再茂，今又丈余，能作怒涛声闻于两岸矣。长须从里中来，话其崖略。莼鲈之思，宁待秋风而后起乎？家有藏书千卷，久束高阁，日事马足车尘，今谋归逸，方当觅绿醑红敧，纵酒欢乐，顾以读书名流作老博士生活，又远去城郭，索居荒寂，想闻者当为捧腹，然亦各从其志，不可强也。犹忆少时，每读书至“生于忧患”，未尝不低回三复斯语。年逾二十，筮仕得司农郎，持筹穷日夜，如是凡三载；出守天雄，值军兴征发如雨，讼狱、钱粮之苦视为郎时十倍，如是复四载；寻备兵畿南，镇抚郧楚，再拜简命，督七省将士，与大司马洪公同任讨贼，躬冒矢石，大小数十战，不宿署舍，岁且三周，无云家矣。今年东西兵阑，入上谷，奄至近畿，仓皇奉诏入卫，介马驰三千里，敌旋解去；再佩赐剑，督诸路勤王之师，远出塞外登木叶山，周视边地，振旅西回，及滦阳，宣云之命又下矣。时势孔艰，天语亟趣受事，因驰观边隘，冒朔风朔雪，束马度飞狐之塞，屈指前后在兵间八年矣。每追奔逐北，波血马前，深入穷搜，分餐剑首，军吏林立，煎迫所求，叠叠笺书、纷纷奏檄，唇焦腕脱，无间晨宵。褊衷敧肠之辈，复环伺而思钊刃。嗟乎！余之经历忧患至矣。独蒙圣明生全以有今日，岂非幸哉！

儒家理想人格的要求是：君子食无求饱，居无求安。一箪食，一瓢饮，在陋巷，人不堪其忧，回也不改其乐。任何时候、任何条件下，都不丧失自己对人格理想的追求。

> 然深悔服官太早，未及多读古人书，所在蹈危履险，触忌招尤，先哲所云“济变戡乱”之道，未之闻也。国恩深重，报称无期。今年三十有七，马齿渐长，心血已罄，夙兴夜寐，效一割于铅刀。倘穷边稍有起色，敌骑不敢南窥，当控朝端，亟辟贤路，角巾竹杖，归钓溪湄。尽发藏书，流览今昔，究养生之秘典，窥述作之藩篱，致甘旨以奉二亲，讨义理以训子姓。昔日溪中鱼鸟应有狎余者，山灵岂终相笑乎？或问卢子，今桃溪之上，君家庐舍数楹而已，未有改也，纸上园林，得毋为乌有先生之论耶？余曰：不然。兰亭、梓泽，转瞬丘墟。何物不等空花，岂必长堪把玩？向者邯郸卢生一枕睡熟，毕四十年贵贱苦乐。此吾家故事，吾园又何必不作如是观？客首肯，揖余而去。
>
> （《四库全书·忠肃集》）

儒寒道瘦。其中说到了中国古典哲学的另一支——道家。老子以“损”的观点反对“以求生之厚”，主张“少则得”，无为不争，知足常乐。以读书起家的江南文人大抵的思想脉络都是这样，开始是轰轰烈烈做事而功名兼得，突然却在一个节骨眼上大彻大悟，迅速退场。形成了士大夫清淡寡欲、不求闻达的隐逸文化。卢象升亦如是也。

索性将其译成白话文吧，或许并不能十分准确地传递原文的精髓，但可以让更多的读者进入湄隐园，去感受这座园子的脉息与气韵。

阳羡地域之桃溪，在城西七十里，群山环绕，树林青翠，山谷幽深，溪水泛起涟漪，其间亦有平坦的田地和村庄掩映围绕，完全可以静心在此安居生活。

出城乘船，行走在隐士的房屋和缥缈的寺院之间，大概只要拐上几百个弯，就会到达我家的读书园子。茂密的柳树垂在墙边，清澈的水流绕着小丘，前面对着苍翠的山峦和精美的墙壁，后边围着远山和烟雾迷蒙的村落，篱笆墙的院子，有鸡有犬，景色郁郁葱葱。横木做成的门几尺宽，容不下车马，现在准备刻石做成门额，刻两个字“湄隐”。园门里边，松树小径、梧桐小道、花棚、竹坞以及所谓的双桂轩、斑衣亭、豹隐斋、听鹤山房都是在我父亲手里创建的。

近年来，这园子稍微往旁边拓宽了一些，得到了十几亩空地，我想要盖些房子，在这里隐居休养。

准备构建五座书楼，取名就叫“读书楼”。读书楼里陈列着满架藏书，根据书的分类挂着一万多个颜色不同的标签，这是供我自己日常阅读学习的。书楼必须高大宽敞，周围是回环的道路和栏杆，墙上不使用带颜色的泥土涂饰，里边不放置丝绸和刺绣，楼中间是空的，楼前后是通的，让我坐在楼里就能看到溪水、山丘、烟雾、月亮，让它们随时排遣我的寂寞。

往楼的后边看，建有和道路齐平的露台，这露台有五丈宽，陈列着怪石、盆草、瓷凳、石几。夜深人静的时候，月亮发出寒光，大风吹着，我在这里弹奏瑶琴，吹起洞箫，这也就像是我的仙境了。露台的名字叫“敞居”，设立一块刻字的石头，标明这个名字。

离露台两丈左右，另外盖有一个院子，高高的院墙，小巧的院门是圭形的。院里有几间深邃的小屋，弯弯曲曲地走进去，辨认不出方向，就像山洞一样僻静幽深。三间是避暑室，名叫“月窟”，三间是温室，名叫“旭坞”，严寒酷暑的时候就进来盘桓。

过了这个院子，还可开辟一小块土地，其中种植小桑树、小拓树、蔬菜、稻谷；在山雨刚晴的时候，吟诗读书的业余，我扛着锄头，戴着斗笠，亲自来到田边地头，观察各类作物在四季生长的情况。这里叫“明农逸墅”。

这，便是读书楼后的大致情形。

读书楼前三丈左右，挖半亩荷塘，引活水进来，怪石在荷花与水草之间星罗棋布。可以坐在这儿垂钓。池塘的水中耸立着石块堆成的岛屿，荷香正浓时，如果有一个人敞着衣襟站在岛上，也不亚于在华山顶上观看“玉女洗头盆”的胜景了。塘边掩映着疏落的垂柳、瘦石、小草、斜花，便生起一种高远的情致。

再往前一丈左右，有个柏树枝编成的苍绿的屏风，盖了五间高大的房屋，取名叫“石友堂”。这个堂的位置靠近双桂轩了。前来访问我的客人应该住在这儿。在美好的日子，偶遇好友到来，打上清澈的溪水煮茶，采摘园中的果子下酒，在草地上举杯，在桐阴下运笔，谈论深奥道理的时候，用松枝代替拂尘，吟咏风花雪月的时候，用花瓣作为地毯，取乐不用演奏音乐，不拘泥于迎来送往的礼节。

堂前宽阔平坦，有空余的地方，有可爱的奇石。因此把我的这个堂叫作“石友堂”，既有拟人化的石头，又有活生生的朋友。多好！

花卉必须茂密，树木贵在萧森。松树、桧树、竹子、柏树、棕榈、高杉有不会憔悴的容颜，不易凋零的节操，我喜爱它们的坚贞；牡丹、芍药、桃花、梅花、海棠有欢悦的外表，我崇尚它们的富丽；兰花、桂花、蜡梅、茉莉有激烈的花香，我欣赏它们芬芳而不柔媚；芙蓉、垂柳、梧桐、莲花、菊花以及水仙、秋海棠之类的花木，都以韵味取胜；石菖蒲、薜荔、芭蕉以及古槐、老藤之类的花木，都以幽静取胜；橘子、柚子、葡萄、香橼、佛手、银杏之类的花木，枝条已经足以赏玩，果实又像珍珠一样佳美，都应该广泛寻求优秀品种，多多种植。我的园子丰富到了这种程度，比起古人在朴素的住宅简单地种些松树、菊花、野菜，不是太奢侈了吗？然而草木、石头、云霞是天地不禁忌的，我应当尽情享受。

平生没有其他嗜好，只是深深喜爱山林泉石图画历史，苦于无法戒断。我一旦走向仕途，离开故乡灵秀的山川，已经将近十五年了。溪水那边挺拔的松树经过砍伐又变得繁茂，现在又有一丈多高了，能够发出汹涌的松涛声，这涛声在溪水两岸都可以听见。家奴从故乡来，告诉我关于故乡的大致情况。

对于故乡，难道一定要像古代的张翰那样，等到秋风吹起以后才开始怀念吗？家里有藏书千卷，都长时间存放在高阁里没人打开。我每天车马劳顿，现在谋划回乡隐居，正应该寻觅美酒名花，放任地饮酒作乐。只是我想以读书名流的身份去过一种老学究的生活，又远离城市孤独地居住在寂寞的郊野，听说这种事的人必然会捧腹大笑。然而这也是人各有志，不可相强。

还记得年轻时，每次读书读到“生于忧患死于安乐”，总是徘徊着多次反复念诵这句话。

年过二十，我当官了，担任司农郎，夜以继日地理财算账，这样的日子总共过了三年。

后来我去管理天雄军，正赶上战争时期征兵，案件和钱粮方面的工作难度，比起我当司农郎的时候大得太多啦！这样又过了四年。不久以后，我到京城南部组织军队，镇压安抚郧地、楚地；又多次接受皇帝的命令，监管七个省的将士，与大司马洪公一起讨伐贼寇，亲自冒着弓箭垒石，参加了大小数十场战役，不住在官署宿舍。这样的生活过了三年，从无家室可言。

今年，国家的东部和西部都发生了战乱。敌人进入上谷，忽然来到京城附近。我在仓促之间奉旨保卫京城，披上甲胄骑着战马飞驰了三千里，不久京城解围。我又佩上御赐的宝剑，率领各路勤王的军队，远远地来到塞外，登上木叶山，环视边境地区。挥师从西部回来，到了滦阳，皇帝的新命令又下来了。

现在的局面非常艰难，皇帝急促地给我下达任务。所以我又到边塞巡视，冒着北方的风雪，策马度过飞狐关。

屈指算来，我前后在军旅中已经生活了八年。我经常追击流窜的敌人，战马前流淌着战血，深入敌境寻找敌人的踪迹，在剑环的辉映下吃我的战饭。无数的军人和官吏逼迫我满足他们的需求，我没完没了地写着书信、奏章、檄文，嘴唇都说干了，手腕也累断了，从早到晚忙个不停。心胸狭窄、心术不正的人们还围绕在旁边，想要找机会杀害我。唉！我经历过的忧患算是到了极致了！只因圣明的皇帝保护了我，今天我才活着，岂不是侥幸吗！

然而我深深后悔当官太早了，没来得及多读古人的书。我所在的地方是险境，触犯忌讳，招致怨恨，先哲所言“济变戡乱”的道理，我从来都不懂得。我受了深重的国恩，没有办法报答。

我今年三十七岁，年龄渐渐大了，心血已经倾吐完了。我每天早起晚睡，效法前人，用我微薄的能力为国家效劳。如果边境的战事稍微有点起色，敌人的骑兵不敢觊觎我国的领土，我应该请求皇帝赶紧另选贤能，我将恢复平民装束，回到桃溪边去隐居。那时我把藏书都拿出来，浏览古往今来的著作，研究养生的秘诀，体会写作的境界，获得美味的食物奉养双亲，探讨儒家的思想教育晚辈。当年桃溪那边的鱼儿、鸟儿应该有愿意亲近我的，山神不会总是嘲笑我吧？

或许这些都是我的白日梦。有一位客人问我：“如今桃溪边上，你的家里只有几间房子而已，境况并没有改变。你纸上谈园，可不是纯属虚构吗？”我说：“不是这样的。著名的兰亭、金谷园，转眼之间就成了废墟。任何东西不都像是容易消逝的雪花一样吗？怎么能够让人们长时间地把玩？从前邯郸的卢生在枕头上睡熟了，在梦中完全体验了四十年的贵贱苦乐。说到我家的旧事——我也姓卢，我的园子为什么不能视为邯郸一梦当中逼真的体验呢？”

客人点点头，给我行了个礼，走了。

这便是卢象升。才情风貌，筋骨气度，识见眼光，意趣闲情，皆在字里行间流溢徜徉。

记得牟宗三先生在其《历史哲学》一书里曾这样写道：文化生命有两个层面，一是尽才、尽情、尽气；二是尽心、尽性、尽理。在明清之际的江南文化背景下，很多历史人物的诗文手札，看似信手拈来，却都洋溢着山长水远的深意。无论豪侠义士、高人大儒，还是才子佳人、名姝国士，在他们素朴随心的文字里，意随景到，笔借目传，如数家珍，娓娓道来。意绪和思辨皆在这两个层面的疆域里信马由缰，尽显着生命的奔放与活力。

今天读来，卢公此文的语境仍然是鲜活的。古人说，闻歌始觉有人来。是的，正是这样的一咏三叹，木坚而焰透，铁实而声宏。以其纯粹的本质上的中国诗性智慧，来完成它的还乡之旅。

品读这样的文字，感佩之余，有一点纳闷，为什么卢家的后代，乃至崇拜卢象升的乡亲后学，不能按照卢象升此文意蕴，在他老家的那片山麓之间，建一座湄隐园呢？

想来，他老家边的那片山水，一直在等这座园子的诞生，一等就等了三百余年。对于有文化理想，特别是有审美需要的精神生命来说，以他生活经验的陈述、记录、反思，都需要借助语言文字的着力刻画。江南的存在，当然需要江南化的文字来描摹。这或可理解为一种江南话语。它的筋骨与力道，是通过软糯而铿锵的感性文字，来展现其理性的光辉和韵味。

后人纪念卢象升的场所颇不少，如忠肃第、卢公祠等，但是，湄隐园却鲜有人提起。或许，在儒家的文化里，这座园子不是用来励志的，而是安放懈怠、休闲的心情的；或许这于治国平天下的大目标而言，终究有些“不合时宜”。世人难以接受一个卸下盔甲、不再领兵驰骋疆场的卢象升，一个闲散疏放、避世隐逸的卢象升。

这其实是对卢象升的一种误读。以读书起家，开始是轰轰烈烈做事而功名兼得，突然却在一个节骨眼上大彻大悟，迅速退场。这正是江南士大夫清淡寡欲、不求闻达的隐逸文化。卢象升的心路历程亦如是。

这样想来，便又释然。安息在历史沧桑的烟尘文字里，何尝不是湄隐园最好的归宿。

第三张签：浮在一壶茶里的沧桑

前两张签也太高大上了吧，动不动就是宰相名将，老百姓仰望了一会儿，脖子也有点酸。其实古城内外世世代代苟活的，太多的还是平头百姓。很久以来他们的精神如何安放，如何给他们构建一些够得着的精神平台，往往容易被历代太忙的大人物们所忽略。

上庙烧香，下馆喝茶。老百姓的精神就是这样安置的。烧香的事咱们不说，就说喝茶这件事，基本与口渴没有关系，它是人的一种精神念想，一种肢体活动，一种瘾。一张喝茶的嘴，在这里只是帮衬。古城外的南山上产茶，南山边上的黄龙山，还出独绝的紫砂泥。水呢，到处都是，弯腰就舀。这里的人爱说一句话：用壶泡茶的地方，哪怕是个茅棚，也是茶馆；用水杯解渴的场所，就算富丽堂皇，也只是个喝茶处所。

太湖之滨的这座江南古城里，原先茶馆很多。大大小小，有五条河穿城而过，古城就像一把大茶壶，舒舒服服地泡在水里。茶馆就设在临水的楼屋，不是湘西的那种吊脚楼，那比较逼仄；江南茶馆的格局，要的是宽敞明亮，要的是河风穿堂而过，要的是边品茶边凭栏欣赏河景，人坐在里面当然舒服。不过古城外的乡村茶馆不会那么讲究，乡下人也要喝茶。有点实力的角色都去了城里的茶馆，草民也分三六九等，进不了城里的茶馆，乡下人就去小街上的茶社、茶摊，一样开心。

老娘舅的一壶茶，喝了几十年。

古城的茶馆，首先不是讲喝什么茶的。它是当地新闻的权威发布中心，比如当年，国民党要走，共产党要来。各种谣言满天飞，老百姓手里的金圆券都变成废纸了，以前银行的存款还作数吗？新政权甫一落地，为了安定民心，贴了很多布告。但是，毕竟许多百姓是不识字的，以讹传讹的事谁敢相信呢？再就是江南的雨水多，一夜风雨刮下来，什么都没了。准确的消息，还是要到茶馆里去打听。

老娘舅的信息发布，总是蛮准时的。

或许，你掀起茶馆的门帘，就听到他的公鸭嗓在发布消息：凡是国民党遗留的银行债权债务之清理，一律以人民币结算，一元人民币折合金圆券六千五百元。利息呢，结算至1949年4月23日。

这一天是共产党进城掌权的日子。

没有人会问，老娘舅，您这消息准确吗？

不需要问，既然是老娘舅说的，基本八九不离十。

好了，大家都清楚了，共产党还是讲道理的，虽然过去的钱已经不是钱了，但是，新政权并没有把它们当作擦屁股纸。老娘舅肯定不拿政府一分酬劳，但是他一张嘴，那些泡沫般的流言蜚语，都没影了。

久而久之，在茶馆聆听老娘舅说古道今，慢慢成为此地茶友们精神上的一种依赖。

老娘舅在茶馆的江湖地位，是经过多年历练慢慢形成的。他祖上是这城里的衙役头子，自己早年练过几路拳脚功夫，一张嘴能说会道。关键是，他辈分大，记性好，这古城里，稍上些年纪的，稍有点身份的，他都认识；不但认识，还能说出你幼时拖鼻涕辰光是什么样子，还能说出你父亲的小名是什么，尿床尿到几岁，右眼旁边的那个疤是怎么落下的。

知根知底本身，就是一个谁也夺不走的饭碗。大凡江南一带的古城，人口稠密，各式人等聚居在一起，政府的掌控总是脆弱的。民间智慧人物便在这样的环境里脱颖而出。这与上海滩上的爷叔文化，有着异曲同工之妙。

总是顺势而为，而不是无事生非。有些消息，本身就是替政府在说话。比如，抗美援朝那会儿，政府号召捐飞机、大炮，有人在茶馆里说得慷慨激昂，志愿军在前方流血牺牲呢，我们总不能袖手旁观吧，一进茶馆老娘舅就问你，喂，老贾，你捐了多少？哎哟，老李你太厉害了，捐这么多啊！

最后政府统计的数字，老娘舅也在这里传播："全县人民共捐献飞机大炮折合人民币 57.9 万元，慰劳品 284 365 件。"

没有捐献的人，喝茶的那颗头颅，怎么也抬不起来。

当然也有政府不便公布的负面消息，老娘舅在茶馆流传得特别厉害。因为消息本身是带翅膀的，即便是资讯不发达的年代，你也封锁不了。你不报道真相，谎言就会登堂入室。比如，刚解放那年，徐舍区美栖乡政府助理员杨某，被潜伏在上海的特务头子高某策反，居然携一挺轻机枪投匪。杨某投匪后，先后在张渚、鲸塘、徐舍、官林等地发展特务组织，杀害政府工作人员多名。此事在茶馆被老娘舅编成了段子，茶客们听得心惊肉跳。最终大家还是嘘了一口气，共产党江山都拿下来了，还怕你几个虾爬虫？

有些事情传起来特别来劲，比如古城东门外最大的尼姑庵"净山堂"被遣散，十多名尼姑还俗，其中有两个号称绝色美人，她们去了哪里，如何安生，还俗后她们会嫁人吗？茶客们比政府还上心。又有某青楼老鸨居然摇身一变，当了居委会的治保委员，也笑翻了大家的肚皮，至于谁谁谁贪污腐化吃官司了，谁谁谁咸鱼翻身平步青云了，都在老娘舅的辛辣点评之中。

什么话可以说，什么话一个字也不能说；什么话只能点到为止，什么话可以信马由缰，都在老娘舅的口舌间自如切换，说他滴水不漏，与其说那是一种功力，不如说那是一种境界。

说茶馆里只有茶香，那是外行话。一壶茶之外，还有蟹黄生煎馒头的飘香，各式应时零食的诱惑，也是不可阻挡的。比如百合莲子羹、推酥麻糕，以及蛤蟆酥饼、烧麦、炸春卷、鸭饺面、鸭血粉丝汤、开洋馄饨等花样小吃，纵然你有两个肚皮，也让你吃撑了兜着走。

嘴里吃着，耳朵和眼睛也不能闲着呢。本地戏曲有滩簧调，俗称常锡文戏，昆曲和苏州评弹，也让茶客们着迷，扬州评话与南京白话也不赖，说武松血溅鸳鸯楼，光是从楼上跑到楼下，就讲了一个月，听众还真没办法不跟着如痴如醉。江湖上的草根说唱艺人，大有大的来头，小有小的出处。他们的献艺场所，主要还是茶馆里。自诩品味高雅的诗人词客，也会放下身段，到茶馆的雅座间里吟诗作词，号称雅聚。清末民初，本地有白雪诗社，江南一带小有诗名，常熟太仓、昆山江阴，这些地方的骚客文人经常跟他们来来往往，客人来了，大家就在茶馆里轮流做东。到民国初年，古城最牛的茶馆当数凤阳楼了。老板姓王，家藏唐伯虎、郑板桥等名家字画，茶馆里有时来了大菩萨（本地对大客户的俗称），王老板为了给客人助兴，就会把那些镇宅的宝贝挂在茶馆后边的一间雅室里，供茶客们欣赏，座间也时有艺人前来清唱助兴。乾隆年间，西城墙下靠近护城河的一家茶馆，名叫春泉楼，某日来了一位皂衣茶客，包了一个雅间，大锭的银子往桌上一搁，要当地唱滩簧戏的头牌花旦莫水蓉来给他唱上几曲。可是那天有一个当地的巡捕头子过生日，提前一天订了莫水蓉的戏牌。当时戏就在他的隔壁唱，一阵阵软糯婉转的曲调传过来，让这个茶客好没面子，此人故意去隔壁挑事，没好好说几句话，就跟巡捕头子打起来了，从楼上一直打到楼下，围观的人跟着起哄。原来那客人是苏州巡捕房的，也是个捕快领班角色，这真是大水冲了龙王庙。当地的巡捕头子赶紧谢罪，把那莫水蓉拱手相让。没想到莫水蓉是个有血性的女子，她竟然不依，朝那苏州巡捕房的客人唾了一口，水袖一甩，掀翻一盘送上来的银锭，转身就走。围观的茶客一齐鼓掌，说这女子真帮咱古城长脸。

特殊情况下，茶馆跟戏园子一样，也是可以包场的。比如民间诉讼，类似土地纠纷、房屋债务、婚姻冲突等，矛盾的双方都不愿意去官府报案，花冤枉钱，影响也搞得太大，相比之下，还是在茶馆“吃讲茶”，私了比较妥当。如此，茶馆就变成了一个临时审事庭。大法官是谁？当然是“老娘舅”，平时他就吃三碗面：场面，情面，人面。比如兄弟两个为了祖传的房屋起了争端，不惜大打出手，于整个宗祠都没有面子。老娘舅虽然不是宗祠的长老，但是，即便是长老，也得给他面子。把茶馆包下来是因为家丑不能外传，费用是按座位计算的，由双方平摊。茶馆收了钱，有义务把场子重新布置一下。老娘舅肯定是高居中间的主位上座，他的左右边，分别是矛盾的双方。待堂倌给每位泡上香茶，老娘舅就开始讲话，实际上是给双方制定一个游戏规则，有理可以说理，无理不可取闹，更不可大声喧哗。每个人手里的一盏茶也在提醒大家，这里是说理的茶馆，不是喧嚣的闹市。各种申述、争辩由此展开。如果哪一方情绪激烈、言辞失当，老娘舅就会适时地假咳一声，这比法官的惊堂木灵多了。其实双方的矛盾分歧，老娘舅心里早就心知肚明，要不他还能吃这碗饭？他用的是平衡法加推背法，说是非他必有定见，讲公道则不带私情。他说出的每一句话，看似随口而出，实则

古城茶馆听评弹，幽梦与闲适，俱在一壶茶中（韩青秋摄）

深思熟虑，句句都是点到为止，进退自如。说到最后，有理的一口气终得释放，亏理的脸面上也能过去；赢了理亏些钱，赢了钱挨些骂，大家心理上都扯平了。若是夫妻破镜重圆，还得给老娘舅送份厚礼。

想一想也真是，一座古城真该有那么多的茶馆。那都是存放精神的一个巨大气场，是江南市井文化的一个载体。它不具备教化的功能，但时时在提供一种约定俗成的价值观。如果一个人在这里喝几十年茶，肯定会有恬淡、通达、世故、善于转圜的脾性。每天去茶馆里舒舒坦坦喝一壶茶，换一口气，释放一下精神，应该是江南男人不可删除的一份资历，也是庸常人生得以润泽的一份乐趣。

可是，时光到了20世纪的60年代，古城里的茶馆，却只剩下两家了。

并不是喝茶的人少了，而是大大小小的茶馆经历了合并与归公，这里并不是说合并与归公有什么不好，而是说，作为公家，他总有全盘的考量，在一种跟以往不同的价值观的支配下，他有权力对茶馆进行改造。经营不善的可以撤并、改行。所以最后就剩下两家了。

一家叫畅和茶馆，场面很大，就在蛟桥附近的闹市，喝茶的人大都是“五匠”：泥瓦匠、木匠、铁匠、油漆匠、箍桶匠，当然它的外延太大，还可以有钟表匠、豆腐匠、弹棉匠、理发匠、阉猪匠、补锅匠、焗碗匠，等等。有些还称不上匠人，凭点死力气吃饭的角色，比如脚夫、撑船佬、举重（非体育项目，单指抬死人的行当），也在这里喝一壶茶。

被保留下的另一家茶馆，叫公园茶馆，略偏僻些，在古城南的护城河——南虹河边，原来的任姓私家公园里。有巨大的银杏、倒垂的古柳，有九曲桥、藕池、半山凉亭。茶客多半是教师、医生、会计、文书、画人像的、代写书信的、邮差、唱戏的、写招牌的，反正都是断文识字、有文化墨水的人。

老娘舅去世以后，接班人断档了。年代也不一样了，一个接着一个政治运动，人心也有些叵测。但还是有人喜欢站出来说话。有个刘木匠年纪并不大，但颇有点老娘舅风范。他是匠人里的班头，喜欢管事，爱打抱不平。嗓子不大，却似闷雷。据说在家练过童子功，当然是甩石锁、舞宝剑之类。他对文化人蛮反感的，嫌他们酸文假醋。但凡有文化的人在那里滔滔不绝，他就会凑上前去，提出一些让人啼笑皆非的问题：为什么火车不能站起来开，为什么豆油和水不会融在一起。这些倒也罢，关键是，有的问题让人发恼：为什么这世道还是挣钱不出力，出力不挣钱。你一个耍嘴皮子的人，凭什么比我做木匠挣得多，等等。

有一位王老师，据说在古城中学里教英语。他也好一壶茶。刘木匠挑事的时候，他就出来接招，四两拨千斤，他有时会把刘木匠搞得很难堪，因为刘木匠的问题到了他这里，全都变成了他讲课的内容，那些一般茶客还不太懂的知识，在王老师这里不过是小菜一碟。他当然不是以教训刘木匠的口气，相反，从来是和风细雨的，有学生说，王老师在学校里上课就是这样，你不觉得他在上课，而是在跟你聊天，或者谈心。但越是这样，刘木匠反而更尴尬，因为他原本就不是为了汲取知识而来。

自打这古城有茶馆以来，茶客们都是“混搭”在一起的。虽然古人说绸不搭布、穷不搭富，可在一壶茶面前，人人都是客人。为什么后来的茶馆会这样分？那可能还是跟每个人的“成分”有关。那个年代，每个人的出身、成分太重要了，两个陌生人在茶馆相遇，一起喝茶前，先要问一下什么成分。贫下中农是不可以和地主资本家坐在一起喝茶的，这属于阶级立场问题。有必要重温一下当年成分的划分，贫农乃至雇农，是最可以依靠的革命阶级，中农这个档次里面比较复杂，下中农还可以跟在贫雇农后面一起进步，但已属于受重用的边缘；轮到富裕中农就要打折扣了。因为贫下中农吃不饱穿不暖的时候，富裕中农肯定是不愁温饱的，甚至是饱暖思淫欲的，能重用他们吗？至于地主富农，那是被打倒的阶级，是剥削贫下中农的。

过去穷人和富人最大的区别在哪里呢，不是钱多钱少，也不是房大房小，而是穷人基本上不识字，而识字的大都是剥削阶级。按这个意思来理解，那些能跟文字打交道的人，其“成分”基本上好不到哪里去。

所以，畅和茶馆就变成了古城的一座革命大本营；刘木匠就成了这里的老娘舅。匠人们都来自苦大仇深的贫下中农，或者是贫下中农底子的工人阶级。凑在一起喝茶时，虽然也开一些不那么革命的玩笑，但是他们大体上不会豁边；共同的乐子，共同的嫉恶如仇，编织成一种温暖的、不可替代的氛围，而且这是茶资以外的馈赠，是免费的，大家都很在乎。他们凑在一起还有一个好处，谁要修个房子、砌个灶台、搭个牛棚、堆个猪圈，你只要到畅和茶馆，大着嗓子一喊，立马就有一圈人站起来跟你走。

公园茶馆的茶客呢，如果你说他们没有那么革命，他们会生气的。事实上，在那样一个时代，每个人都在努力进步而生怕被时代抛弃。有些娘胎里的“毛病”，比如，书读得多了些，脑子就会多动一些，眼光就会独特一些，都是没有办法的事。这些几乎是共同的“毛病”，让他们的人生总是磕磕绊绊。比如王老师，据说他成分不太好，祖上是富农，比地主稍微好一点点。后来他就成了公园茶馆的权威人士，他讨厌“老娘舅”这个称号，这里的茶客，也不需要一个老娘舅式的人物，因为大家都有文化，都有点小清高。

那时的小知识分子，成分都不太好，在单位里即便不受排挤，也会过得不太顺心。打死也改不了清高、雄辩、爱激动的毛病，有点事就长吁短叹。而他们喜欢了一辈子的古典诗词，已经逐步让位于时尚的口号与标语了。怎么办呢，毕竟精神的标配比口渴的时候喝一壶茶要难得多。

很多年后，王老师退休了，变成一个被大家遗忘的老人。他腿脚不方便，只能在自己家里喝茶，后来连茶也不喝了，因为他失眠，喝了茶会更加睡不着。有一天，他从抽屉深处找出两张畅和茶馆与公园茶馆某日的节目单：

畅和茶馆

1965 年 5 月 1 日

上午：说岳全传第三回:《岳飞枪挑小梁王》

（江都县曲艺团　刘一先）

下午：革命长篇评书《烈火金刚》

（吴江县评弹团　钱浩榕）

茶资：上、下午（各）绿茶一角　红茶八分

特供：绿茶末六分　红茶末五分

公园茶馆

1965 年 4 月 15 日

上午:《梁祝》

（特邀苏州评话名家　金声伯）

下午：革命长篇故事 《青春之歌》

（特邀著名弹词演员　邢晏芝）

茶资：上、下午（各）绿茶（毛尖）两角

特级红茶（阳羡金毫）一角五分

另有各式时令小吃，味美价廉。

这两份节目单看上去平平淡淡，细细琢磨，却觉得蛮有意思。首先，从两家茶馆上演的节目看，除了传统书目，都加上了革命题材。1965年已经是“文革”前夜，即便是在偏安一隅的古城，政治空气一样很浓；不过，即便是革命题材，也有区别，畅和茶馆讲的是从头打到尾的抗战故事《烈火金刚》，而公园茶馆却选择了有大段知识分子爱情故事的《青春之歌》；其次是演员的阵容，畅和茶馆的两档节目，都是县级剧团的演员挑梁，公园茶馆却不同，居然请来了金声伯和邢晏芝这样的曲艺名家；即便当时他们的出场费不像今天这样昂贵，但肯定比县剧团演员要高得多。再就是茶资，显然畅和茶馆走的是大众路线，且特别考虑到收入低的人群，以价格低廉的茶叶末子来惠及囊中羞涩的茶客。

王老师觉得这两张节目单蛮有意思，他把它们捐给了某某馆。但是，接待他的一位小年轻说，老先生，这个不是文物啊，我们这里不收这样的东西。

王老师感到有点失落。

茶虽然不喝了，但王老师还是会跟小辈们讲一些茶馆的往事。

比如，那时的公园茶馆是以名家的影响加茶叶、小吃的档次来拉开与畅和茶馆的距离。去过公园茶馆喝茶的人知道，每逢早晨八九点钟，茶馆还免费提供一把热毛巾给每位茶客，据说那把热毛巾很香，热腾腾的，喝早茶的人出门早，很多人还没顾上洗脸，三壶茶一喝，浑身汗津津的，这个时候来把热毛巾，有醒神提气之功效。江南四五月份，正是新茶上市的季节，一杯新绿售价两角钱，价格确实不菲，当然，节目门票已经包含其中。即便这样，对于一个月薪金几十元钱养一大家子的职员来说，依然是个考验，也就是说，来公园茶馆喝茶，可不能打肿脸充胖子，你得有点文化，要不然别人说话你接不上茬，比如你能参与讨论林道静和余永泽的爱情吗？你得会品茶，懂点茶道，要不这么好的茶，你当河水井水喝，脖子一仰一通牛饮，岂不糟蹋了。最关键的是你舍得口袋里的两角钱吗？ 20 世纪 60 年代的两角钱，可以买八个鸡蛋，或买三碗阳春面，可以供四个人同时看一场电影。如果你一边喝茶一边心疼，那么你的胃是舒服了，但小心脏会受不了的。

不过，喝茶叶末子的畅和茶馆，绝对有政治上的优势。这些是后来的人才醒悟到的。许多“五匠”身份的茶客，由于“革命形势”的需要，先后放下了手艺，当上了干部。由于他们出身，政治上可靠，虽然识字不多，但经常走南闯北，嘴皮子功夫没有问题，组织上需要把他们充实到革命的第一线。有的在村里担任治保主任、民兵营长，也有当村支书的，厉害的角色，被选拔到城里来了。

比如刘木匠，这个老爱跟王老师抬杠的乡村角色，出身是三代贫农，各种身段恰当，造化弄人，没几年出息得有头有脸，七拐八弯就进了城，到商业系统当头头了。

可能是太忙，刘木匠慢慢地不能来畅和茶馆喝茶了，但是，这个地方有他喜欢的那种温暖的气场，办事的时候，总要给畅和茶馆一些照顾。煤、茶叶、碗碟之类，当时都是紧俏物资，他说一句话，什么都有了。

相比较之下，刘木匠路过公园茶馆的时候，特别是见到王老师在那里口吐莲花的时候，心里突然会感到一阵别扭。你们不就是荷包里的铜钿多一些，伸出的手白嫩一些，识的字多一些，脑子里的想法多一些吗？两角钱一壶茶，你们知道贫下中农在田里干一天挣几角钱吗？你们聚在一起，拉呱一些什么鸡毛蒜皮啊，牛给谁看？根据线报，你们谈论的东西，貌似革命，其实是对社会的不满！过去政府对你们太客气，给你们三分颜色，你们就开颜料店，如今不成，得收回来。

这个时候，中国城乡的权力重新分配，已经在敲锣打鼓和口号喧天的形式中完成。按当时人们的理解，革命，就是革掉那些不合时宜的、非无产阶级的，让人瞧了不舒服并有可能毒害劳动人民的东西。

王老师当然不可能再给刘木匠上课了。相反，学校邀请刘木匠给学生们上了一堂课，刘木匠声泪俱下地给学生们痛说贫苦家世，然后把祖辈讨饭的经历接通到“阶级斗争”。反正，那一天刘木匠的一双小而尖锐的眼睛哭得有点肿。而且，见到王老师，刘木匠连招呼也没有打一个。这应该不是哭肿的眼睛视力下降的原因。但王老师一直安慰自己，可能是当时人多，也可能他站得比较靠后，刘没有注意到他。

接下来很快，公园茶馆因“上级通知”和“革命需要”，撤并到畅和茶馆了。为了接纳新的茶客，畅和茶馆盘下了隔壁的两间门面，增加了若干桌椅，颇有一种“兼并”的味道。

王老师突然对喝茶这件事有了一些厌恶，这一壶喝了很多年的茶，不喝也罢。

当然，有些人还是来了，开始不习惯，慢慢就融入了，不就是喝口茶嘛；有些人却来了又走了，虽然是喝口茶，这茶也要喝得舒坦，喝来喝去，难道不是喝的心情吗？还有些没有来的人，改在家里喝茶了。

一种接近主流价值观的民间舆论认为，古城过去的茶馆太多，容易滋生好吃懒做的资产阶级思想；现在古城的群众比较忙，又要抓革命、又要促生产，少喝一壶茶，多干一会活，这才符合时代精神！把公园茶馆撤并到畅和茶馆，有利于让贫下中农和工人阶级彻底地占领一切阵地。

很快，规模扩大后的畅和茶馆出台了惠民措施：为了让更多的工农群众能够更好地喝茶，茶资一律五分钱，取消所有茶食点心。据刘木匠透露，把一壶茶降到五分钱，壶里泡的可不是茶末，而是正宗的阳羡红茶，当然是亏本的经营。领导层为此分歧颇大，最后民主集中，还是决定，为了方便工农群众，这一壶亏本的“革命茶”，必须让大家喝。

然后，评话说书的内容，把帝王将相、才子佳人一律扫地出门，全都改成了革命故事。比如《李双双》《红色的种子》《平原枪声》等。茶客们觉得也挺好，一样有噱头，有乐子，吊胃口。但也有的人私下说，爱情没有了，难道这些故事里的英雄都是和尚加尼姑？

据说，公园茶馆的招牌被摘下来之前，一些老茶客相约一起，以茶馆为背景，请王老师拍了一张照。王老师有一架德国徕卡相机，是这古城的稀罕之物。四十年后，它成为一张典型的老照片，出现在一本古城文化界的回忆文集里，当然也是王老师捐献出来的。从画面上看，你看不出那个时代的人们，心情有什么不畅快，所有的人面容安详，目光沉静，并且略带笑意。如果细细端详，依依不舍的意味是有的。或许他们想说，这个世界爱怎么折腾就怎么折腾吧，人活一壶茶，怎么也得喝好它；老百姓怀里揣着一颗平常心，日子总是要好好过的。

这张照片的影调很柔和，背景虽然有些发黄，但愈益增加了沧桑感，让我们今天的人心生感慨与敬意。

第四张签：户口啊户口

1985 年冬天，农民作家余晓复正式接到让他“农转非”进城的通知。

对于今天的人们，“农转非”是一个遥远而陌生的词汇。一种通俗的解释是，本来你是乡下的农民，是“交公粮”的角色，一下子被转成城市户口了，从此你吃的粮食不需要你自己来种，是国家给你分配的，于是又一个名词出现了，叫“吃皇粮”。

余晓复是农民。但他除了是农民，他还喜欢写字，还写出了名气。村边的小道上，隔三岔五会有外地的陌生人来找余晓复，有的是采访，有的是约稿，按余晓复的话说，是“订货”。余晓复不爱吹牛，但有时口风难免不紧，也会透露他一篇文章得了多少稿费，比如他家里的蚊帐破了，就用写了篇小文章的稿费买了一顶新蚊帐。也就是说，即使他不下田干活，他也一样“发家致富”。在当时的乡村，一个农民不好好干活，专门趴在家里鼓捣文字，居然可以比在农田里累死累活的人挣的钱还多。这就挑战了一种亘古以来颠扑不破的价值观，所以你不能怪村上的乡亲们对这事大惑不解。

不光如此，这还给乡村的干部提出了难题。这村里的农民，吃的每一颗粮食，都是生产队分配的，谁家有多少钱、多少粮，都在生产队长心里记着。你每天干什么活，干多少活，也都是生产队长调派的，让你往东，你不可以往西。但是余晓复竟是个例外，他不出工，你拿他没办法；他每天写多少字，也不是生产队长下达的任务。还有更气人的，余晓复经常去小街上的邮局领钱，都是外地的报纸杂志寄来的稿费，这个也不需要生产队长批准。邮局的人透露，余晓复一年的稿费，比当地五个正劳动力挣的工分加起来还多。这样折算起来，可能也超过生产队长甚至大队书记的收入了。实际上余晓复的存在，已经严重地挑战了乡村干部的权威。

接下来，余晓复要“农转非”了。进一步的消息说，不但余晓复，就连他的妻子、两个孩子都要跟着“农转非”。

这事居然没有经过村里。按往常的做法，这乡村里的一个人，或者当兵，或者上大学，就算到社办企业当工人，都要经过村里推荐。你就是上边有人，但乡村这一关不能不过，就别说像“农转非”这样的大事了。

于是有一天，古城的一位领导接待了余晓复所在村里的两位干部。他们当然不会责备领导没有经他们同意，就把余晓复“农转非”了，而是选择了一种婉转的口气，说，像余晓复这样的人也能“农转非”，是不是哪个部门弄错了？如果到乡村征求意见，贫下中农是不答应的。要是余晓复真的可以转，那……说着，他们拿出了一份盖了村部公章的人选名单，说，这些同志长期在乡村务农，政治素质好，吃苦耐劳，根红苗正，等等。

领导说，你们知道余晓复是什么人吗？

村干部说，知道，他是我村的农民，只读了两年半小学，表现嘛，比较一般。

领导说，他是目前为止，本地区唯一的一位中国作家协会会员，写了很多优秀作品，是有全国影响的农民作家。给他和家属“农转非”，是县委常委会的决定，不需要村里的同意和推荐。至于文化程度，不能光看文凭，你们读过他的书吗？

村干部摇头。说，农村工作那么忙，哪有工夫看那些乱七八糟的闲书。

虽然不敢跟领导顶撞，但话里还是有骨头的。

领导的一席话，实际上是推翻了当时社会的一种价值观。因为，很久以来，由于众所周知的原因，太多的人并不把脑力劳动者当一回事，就像太多的人并不知道作家是干什么的。

“农转非”这件事让当时的余晓复非常兴奋。但他拿着有县委书记批示、县长签字的文件去公安局办“农转非”手续时，却遇到了一点麻烦，接待他的一位局领导，据说是个老八路，人是蛮好，可惜文化低点，拿着文件瞅了半天，说了一句后来成为经典的话：

> 我就搞不懂了，凭什么给作家转户口啊，作家，不就是开作坊的嘛。

请体谅余晓复当时的哭笑不得。他说，我是个开作坊的，不过我的作坊只生产小说散文，不弹棉花也不做豆腐。

好在有惊无险，余晓复的户口终于落到了城里，定为副科级，每月 66 元工资，加 6 元奖金。他拿到的第一笔工资，老伴数了半天，还是数错了，激动得手一直发抖。余晓复心疼她，就用这 72 元工资奖金，给老伴买了一块手表。

从此古城里有了自己的一位作家。他不用上班，就在家里写作。尊严和体面，不是落在纸上，而是落到了实处。县政府还按照相应的“级别”给他分配了房子。

这件事一时成为古城内外的美谈。这个时代好不好，要让老百姓来说。一个勤奋写作的农民，不靠任何关系，用余晓复本人的话说，连一支香烟也没有递，就成了一个吃皇粮的副科级干部。这在过去不是天方夜谭吗？余晓复不知道，有多少年轻人为此夜不能寐，有多少文学青年发誓要好好写作，努力奋斗，早日成为像余晓复那样的作家。

当时的乡村社会，你再怎么优秀，只要两只脚上还沾着泥巴，就不算真正的成功，但凡有一天你吃上皇粮了，哪怕你在城里是个打酱油的，那你也算是成功了。

没过多久，又一个“开作坊的”进城了，此人比余晓复年轻很多，是某边远山镇小厂的一个青工，名叫杨瘦人。他没有文凭，没有干部身份，甚至也没有余晓复那样的名气，但他能写，拼了命写，据县文化馆的老师推荐说，写得真不错，有潜力。正巧古城文化馆的蒋馆长下乡，得知情况后就去看他，一间局促的斗室，破旧的木床下塞满几只大麻袋。蒋馆长问，麻袋里装的什么？怯生生地答曰：稿件。蒋馆长抽出一篇，翻了一下，谁知道一翻就放不下。最后蒋馆长又看了看三个大麻袋，感动了，说，跟我去城里吧，给你一个环境，好好地写。

他说得轻巧。却把一群人吓坏了，除了杨瘦人，还有杨瘦人的家人，以及杨瘦人所在工厂的领导和弟兄们。

按说一个县文化馆馆长，充其量不过是个正股级，这个职级的干部是没有人事权的。为什么口气这么牛，有人说他文化高，气场大。别的馆长下乡，顶多一个当地的文化站站长陪同。他不一样，他不要谁陪，他会直接找乡镇的一把手书记，或者企业的一把手厂长。如果领导没空，他会等。然后见了面，语气硬邦邦的，一口要求领导重视文化，而且说出一二三四。有的领导见他说得真切，会肃然起敬；也有的领导不买账，并不是嫌他级别低、口气横，而是经济工作压力太大，各种指标的排行榜，把干活的人压垮了，文化算什么，只能垫垫床脚。于是蒋馆长就当着大家的面给领导上课了，说你不重视文化工作，经济肯定上不去，然后又是一二三四，吆五喝六。

很多事情，只要蒋馆长想办的，居然就办成了。他并不是胡搅蛮缠，也不是目无领导，但认准了的事一根筋到底，那是肯定的。他有句口头禅，文化人不把自己当老子，没文化的人就把你当孙子。

认准了要调杨瘦人进城。于是开始走程序。比如，了解该同志平时的思想表现。问题来了，倒不是杨瘦人在厂里表现不好，而是厂里的领导提出了一个意想不到的问题：

……他只是个初中生啊，平时一声不吭的，他会写文章吗？我们怎么不知道？我们厂里连黑板报也不让他写，因为有那么多高中生，还有中专生，轮不到他啊。建议你们再了解了解，不要搞了半天是个同名同姓的。我们可要对年轻人负责，万一将来被你们退回来，得了精神病谁负责？

人事干部犹豫了：是不是缓一缓？蒋馆长却不买账，拍着桌子说：

“他床底下的三个大麻袋，就是文凭！比个文凭重得多！这个人我要定了！”

这些，杨瘦人起先都不知道。不知天高地厚的他，真的跟着蒋馆长，挑着一个小铺盖进城了。一个山镇小厂的工人，很快正式转为县文化馆的一名专业创作人员，进入了“文化干部”序列。很长的一段时间里，他还老觉得在做梦。体制、编制、人脉，这些沟沟坎坎他都不懂。

和余晓复一样，前前后后他也是连支烟也没送。后来他懂得珍惜，那是那个时代的风气。

后来他才知道，从山镇工厂到县文化馆的几十里地，其间有多少堡垒和障碍。不过，事实表明，坚固的时候，它们是铜墙铁壁；脆弱的时候，一脚它们就被踹掉了。

杨瘦人记得，奉调进城的通知来了，他去跟父亲要户口本，说户口要转到城里去了。父亲怎么也不相信，以为儿子莽撞，要去做什么出格的事，还把那个表明全家身份的本本藏起来了。后来，父亲知道了真相，偷偷抹泪了。一个城市户口，对于太多的非城市人来说，就像悬在天上的月亮一样遥远啊。

可不是吗？

在高考没有恢复之前，一个乡村的孩子想要脱胎换骨，只有两条路，一是当兵，二是推荐上那种“工农兵大学”。这二者的结果都有可能通向城里。可是，这样的名额实在太少了。那种无声的残酷的竞争，绝对超过一般人的想象。

于是就出现了人和身份的分离。人在城里，身份在乡下，比如有些“先富起来”的农民在城里买了房子，但他们的孩子上学必须回到乡下去；他们在单位干得再好，甚至在城里当了老板，也改变不了农民的身份。过去讲成分，现在讲户口。城里的姑娘，不会愿意嫁给户口在农村的小伙子，哪怕你有再多的钱。

终于熬到了改革的年代。有一天古城的领导们忽发奇想，既然户口这么金贵，能不能当作“商品”一样出售呢？比如，乡村的“先富起来”的人群，古城需要他们的加盟，古城的发展需要更多的优秀人士参与，一个“农村户口”就把他们排除在外，无论从哪头看，都是划不来的事。如果能卖出一万个城市户口，那就是一亿元人民币，古城可以盖多少房子，修多少马路啊！

据说决定此事的古城顶层设计者们只开了一个争论激烈的会议，最后少数服从多数得以通过。这个会议没有留下任何记录，也不发文件，只在相关的部门做口头传达。

于是20世纪90年代初，这座江南古城上演了一出亘古未有的“卖户口”的喜剧。说它是喜剧，是因为这个政策一出台，鞭炮店里的炮仗就卖空了，一连多天，古城几乎所有的饭店家家爆满。为什么？喜庆啊，一夜之间很多农民变城里人了。这种彻底改变身份的事，让很多人奔走相告，吃，必须大吃一顿，不吃不足以抚慰自己怎么也平静不下来的心。并且还要借助古老的火药，以升腾的喧响，带动他们内心被压抑已久的火焰，然后以婆娑的泪眼仰望漫天的缤纷，来庆贺他们突然降临的新生。

> 凡农村户口，只要交一万元“城市建设配套费”，就可以转为城市户口，在入学、吃粮、招工、提干、选举、计划生育、结婚登记等方面，享受古城居民同等待遇。

这是若干年后，一个列席古城顶层设计者会议的老干部，在自己的笔记本上写下的话。他怕政府赖账，所以违反纪律，偷偷记下了这几句让他当时“心惊肉跳”的话。

20世纪90年代初的一万元，或许相当于今天的一百二十万元之多。即使当时的乡村农民已经普遍尝到了分田到户的甜头，但真正的“万元户”还属于凤毛麟角，于是民间的地下钱庄空前活跃。很多人变卖房产、田地，甚至借高利贷；待嫁的姑娘甚至推迟婚期，变卖嫁妆，无论如何要凑满那一万元，先变成城里人再说。城里的房地产突然火爆起来，廉租房不声不响地一路涨价，各种小广告像膏药一样贴满背街小巷。也不想想，一个城里户口，难道是一个简单的存在吗？即便是一个单身汉进城，他的父母、兄弟姐妹乃至所有的社会关系都会蜂拥而至，一个世世代代在农村的家族，突然在城里有了一个安身之处，所有人的精神为之一亮，岂止是一个家族，甚至那就变成了一个村子的驿馆，会带动一大群人的吃喝拉撒，就连城里的河水也金贵了三分。

甄孝思老先生，时年八十一岁，早年在一个小单位里做会计，积蓄并不多，他是老城里人，古城纱帽巷深处，有一间冬暖夏凉的祖传老房子，就是他的。是夜，观赏鞭炮烟花，喜极而泣，继而泣不成声。为何？他续弦的老伴小他近十岁，一辈子是农民户口。老先生有点私房钱，也就万把块，为了让老伴高兴，私下里给了子女们，以他们的名义，给继母买一个城市户口。老太太兴奋过了头，其实还是柴米油盐、粗茶淡饭的生活，但精神上打了鸡血，突然就中风了。

甄老先生身体好，自觉担当起去医院送饭的职责。老伴爱喝他熬的糯米百合粥，他就天天熬，天天送。有一天，上楼梯的时候，不小心摔了一跤，粉碎性骨折。这下好，老两口都住院了。子女们还算孝顺，轮流陪夜伺候。但时间长了，医药费就扛不住了。老太太坚持要把自己刚刚获得的“城市户口”转卖掉，否则她就去寻死。她还说自己做了一个梦，有个仙婆婆给她指点，千万不能转成城里户口，她是土命，做乡下人，像一条土路，千人踩、万人踏，终是无恙。一旦户口进了城，土便被大水冲决。因为这古城是水城，五条河流穿城而过，甄家楼下就是水。撑不住，她就会有灭顶之灾。这个荒唐的梦和荒唐的结论竟然给了子女们一点启发，其时城市户口买卖已经刹车。没有买到户口的人还在像蝗虫一样乱撞，据说，私下的转让交易，一个城市户口已经卖到三万元了。这个节骨眼上，医院频频催缴两个老人住院的各项费用，而子女们囊中羞涩，一个个都像热锅上的蚂蚁。既然老太太的话说到这个份上，何不就依了她呢？结果，一转手，三万元立马飞进怀里。医药费付清，还有结余。没想到，老爷子知道了这件事，气坏了，他居然也有个梦，却与老伴相反。替他解梦的算命先生说，只要老伴转成城市户口，他就功德圆满，可以活一百岁。这个梦想可能跟他的潜意识有关，他一直希望老伴是真正的城里人，而一个无法改变的农村户口，会让一个即便长期居在城里的人，始终伴有一种被“打入另册”的感觉。想想也是，好不容易转成城里户口了，却被一群不肖子孙，一夜之间，变成一个乡下女人。

于是甄孝思先生强行要求出院。那天晚上，一口痰呛在喉咙口，怎么也抠不出，最后竟然撒手人寰了。

万余人在一夜之间转户口这件事太大，大到影响了一座古城的精神层面发生连续性的震动。一万多个变换身份的农民突然闯进城来，说实话大家都没有做好准备。古城的很多生活配套设施，比如菜场、供电、自来水、液化气、垃圾处理场，等等等等，也都是老胳膊老腿了，哪里经得起如此的折腾。一下子增加了这么多人，连街头的皮匠都抱怨，他的地盘说没就没了，一碗饭原来是一个人吃，突然变成十个人来抢，谁都觉得有点乱套。不过，城关派出所治安记录表明，那几个月的刑事犯罪案件数量反而下降了，而城里几乎所有挣钱的单位乃至个体都说爆满甚至撑死。包括影剧院、茶馆、歌舞厅、酒店、副食店、小吃店、澡堂、理发店、菜场、自来水公司、医院、学校、幼儿园以及管厕所的环卫所，都说撑不住了。

若是别的事做到这样的场面，报纸要大版面宣传，电视台要连篇累牍报道，会有光荣榜，会有大红花，会有领导的表扬和某些人的火线提拔。但是，这件事很奇怪，自始至终没有人出来说话。没有书面总结，没有文字记录。也就是说，没有人邀功，也没人给你发赏。或许谁都知道，今日之功说不定就是明日之过。至于到底有没有人留下文字，这个难说。反正谁也没有见到。譬如前几年，某个权威部门奉命编纂《古城百年大事记》，有人建议将此事写入此书，所有的桥段写得客观而含蓄，但最后成书时，该条目不翼而飞。

好在民间的口头记忆还是清晰而坚挺的。有谁能够未卜先知、不走弯路呢，有谁能够跨过时光的栅栏，一步跃向远方呢，这个世界太宽广，不怕人们折腾，但愿人间万般疾苦，常常能够秋风苦雨化作春光荡漾，或如寒梅傲霜、否极泰来。

“户口”这个话题，维系着一国的国情和几代人的精神状态，其背影已经渐行渐远，记录下它在特定时刻的特定表情，只是为了抚慰我们曾经经历过的那些岁月，也为了让我们永远不能忘却。

三 仰望与遗忘

山河滋养万物，
圣贤引领众生。

一 很久以来

郭沫若在一个漆黑的夜晚走进太湖西岸蜀山脚下的东坡书院，应该是民国十三年的初冬。即便是一个信手拈来即华章的文人，也并不是每到一地就可以大放厥词的，但郭沫若的蜀山之行却写了一篇洋洋洒洒的文章。与郭氏的其他文字比，这一篇写得仓促而散漫，难怪后来他出了很多名头轰响的集子，但都未将此篇收入。写此文的缘由，他倒是在文中说得明白，但是，有一个重要细节他没有提及——其下榻的东坡书院，是他的前辈老乡苏东坡当年在此的栖身之地。

领略古阳羡人的执拗与热情，在郭沫若还是第一次。那一晚，一个姓吕的校长在与他稍事寒暄后，就提出请他为东坡书院——彼时的该县第六高等小学堂的学生做一个讲座。郭沫若的婉拒理由很足，他不是来游玩的，上海“孤军社”委托他调查江浙战争的起因与后果，这并不是一桩美差。风尘仆仆的郭大才子很累，何苦在阳羡这样的小地方出风头呢。关键，他还知道，讲座这种事众口难调，他没有做功课，手头也没有资料。一般人会说这是郭某人好面子、端架子，其实也不尽然。以郭沫若对江南地域的认知，他应该知道太湖之滨的这座让苏东坡非常着迷的古城有多少分量。说他心存敬畏，并不过分。只是，吕校长的不屈不挠实在让郭沫若头疼——“哪怕讲五分钟，也要满足一下盼望已久的师生们啊！”然后吕校长带他参观校舍，给他讲述八百年前苏东坡在蜀山之麓搭建草堂、呼朋唤友的故事。于是，郭沫若知道了，早先他的老乡苏东坡是多么喜欢这里，于此留下了多少故事与传说；老苏还在阳羡买田置地，并且把外甥女嫁给阳羡人，甚至两次给皇帝写信，希望终老在此地。而阳羡人对东坡，简直是好到顶礼膜拜。他说蠡河边上的独山，与他家乡的山很像，不过随口说了一句“此山似蜀”。当地人立马就把独山改成蜀山。早年东坡留下的草堂，其实就是几间东倒西歪的茅屋，阳羡人连一根稻草都保存着，后来将其改建为白墙黑瓦、器宇轩昂的东坡书院。

而且，吕校长一口咬定说，东坡书院不但在古阳羡，就是在整个江南，都具有标杆性的意义。

于是，郭沫若被吕校长说服，硬着头皮做了一个名为《达尔文的一则轶事》的讲座，他哪里知道，他的半小时近于信口开河的演讲，不但迷倒了几百个天真烂漫的学童，而且在江南乡村教育史上留下了浓重的一笔。此话怎讲？因为郭沫若名头大，他讲了什么，讲得怎么样都不重要，关键是他来过并且讲了。之后的人很看重这一点，谁谁谁都来讲过了，你还摆什么谱？所谓文脉的深厚，可不是一天两天的积累，而是一种类似水滴石穿般的内功修炼，其中也包含着声名的不断积聚。

如果我们回到吕校长的语境，重返苏东坡那个时代的江南乡村，我们大约可以知道，作为文化符号意义上的江南，彼时已经属于儒家文化的高地。不过，说江南乡村教育的功臣，一时还轮不到苏东坡，而是一个名叫范仲淹的前辈。他诗写得好，一句“先天下之忧而忧，后天下之乐而乐”，成为古今人人景仰的名句；官也当得不赖，宋仁宗景祐二年，他在苏州太守的任上，奏请在辖区各地设立学校，并在南园之地建起府学，给田五顷，以赡学徒。其时入学者才二三十人，有人说占地太广，范仲淹道：我恐异日太小。于是置立学监，延请胡瑗为首位讲席。胡瑗乃北宋学者，理学先驱、思想家和教育家。因世居陕西路安定堡，世称安定先生。胡瑗教育得法，历年登科者百余人。无疑苏州要给朝廷做一个教育先进的“示范区”，全国都瞪大了眼睛呢。

附近的镇江、常州，小碎步很快跟进，请了江南名士李觏讲学。此公博学通识，尤长于礼，且不拘泥于汉、唐诸儒旧说，敢于抒发己见，推理经义，成为“一时儒宗”。然后，周边一些县学也不甘落后，比如太仓县学、常熟县学、无锡县学等，都因为不乏饱学之士，有想法，又有银子，于是学堂说办就办起来了。

范仲淹还做了一件让天下人叹服的事。他在家族里率先设立义田和义庄。大要为全族人每口日给白米一升，冬给布一匹。其初衷是为了“扬祖德”和“赡同族”，而真正的受益者，却是在逆境里读书科考的同族学子。据范氏义庄家谱记载，自宋至清末，九百余年，始终不变。

公元 12 世纪的一个夏天。朱熹汗流浃背地跑到古阳羡参观县学，从他留下的一篇文字来看，这位不太容易动情的理学家大人，居然被这里的热心肠的办学者和学子们折服了，我们来看看文中记述的某些片段：

> 绍熙五年十二月，宜兴县新修学成。明年，知县事、承议郎括苍高君商老以书来请记，而其学之师生迪功郎孙庭询、贡士邵机等数十人，又疏其事以来告曰：
>
> 吾邑之学久废不治，自今明府之来，即有意焉。而县贫，不能遽给其费，乃稍葺其所甚敝，亟补其所甚缺，且籍闲田五千亩以丰其廪，斥长桥僦金岁入七十余万以附益之。为置师弟子员，课试如法，而又日往游焉，躬为讲论，开之以道德性命之指，博之以诗书礼乐之文，使其知士之所以学，盖有卓然科举文字之外者。于是县人学子知所乡慕，

> 至于里居士大夫之贤者，亦携子弟来听席下，无不更相告语，更相勉励，而自恨其闻之之晚也。

朱熹记述了绍熙五年十二月，阳羡古城新修学堂的事。他很机智，一开始并没有说此地的办学有多么好，而是通过县里的一帮文人，说学堂“久废不治”的实情。无非是穷，没有银子，没有校舍，等等。然后他说到了一位“高君”，是这里的知县，也是艰苦办学的扛鼎人物。文字不长，但有几个关键词值得注意，第一个，是收“闲田五千亩”，解决了办学的供给问题，然后又拿出“长桥僦金七十余万”，长桥是古城里一座名震江南的古桥；所谓僦金，应该就是租赁费。意思是把凡可以收缴的钱，都用来办学了。这其中最关键的一个词，就是高知县。你想想，光有钱，没有高人，能办得成学吗？传统社会的法则是，权可以生钱，权指向哪里，钱就流向哪里。高知县等一干官吏的囊中想必是羞涩的，那些没有被中饱私囊的钱，都流向了办学。为让老师、弟子依照法度学习，高某人确实不容易，每天要去衙门主持工作，坐班之余还挤出时间去学堂讲学。在太湖之滨的秀才堆里，你得有自己的东西，别人才能听得进、坐得住。一般来说，一个知县在当地就是土皇帝，古时做官的人，心气总是很高，他哪里还能愿意给学子们开课，还言必以道德、性灵的主旨，博之以诗书、礼乐的文采，不但洋洋洒洒，而且实实在在，使那些学子知道，士之所以爱学习，是因为有高于科举文字之外的内涵在吸引他。于是，县里的学子们都知道了自己所向往追求的，应该是怎样的境界，纷纷到他的住处拜访。就是贤明清高的士大夫，也带了子弟来听。席下没有不相互转告，相互勉励的。

朱熹写此文的意思非常明了。一个地方要重视教育，首先要官员重视，然后有稳定的经费投入，然后有懂行的先生引领教导。但是有一点他没有提到，那就是所有的一切，必得有一个地域的文脉来做支撑。像常熟、昆山、太仓、宜兴这样的江南古城，要说其文脉厚重，故事肯定是一串串的。顺着朱熹大人的笔意往前走，我们不妨梳理一下江南民间敬重文化的价值观是如何确立的。

历史的老账，总是等着后人去翻阅。早在春秋战国时期，像阳羡这样的地方便已设立庠序，亦即乡村塾学，开始蒙童教育了。相传孔子七十二贤人中唯一的南方弟子言子，就曾居此读书。六朝以来，朝廷派到此地为官的，皆是全国意义上的文化名人，比如著名书法家孔侃、桓玄、羊欣、王俭、毛喜，著名画家刘瑱，著名文学家任昉，等等。他们都当过此地的县官。他们最大的政绩，就是引领一方的文化风气。确立士农工商的排序，让文化人排在第一，倡导一种坚挺的民间价值观。

然后，永嘉之乱，晋室南渡。大规模的战乱导致中原地区的大量优秀人士来到这里，于是魏晋南朝成为江南一带文化发展的第一次高峰。当然，北方来的大佬与当地的土著也断不了发生冲突，儒释道便站出来摆平各方诉求。道家解决了人与自然如何相处的问题；儒家解决了人生的理想价值问题，教导人如何修身治国平天下；佛家解决了人内心生死苦乐如何对待的问题。这儒释道原本在北方是各顾各的，但到了江南就合成“股份制公司”了，后来人们说到江南文化其实是一种“和”文化，连吃的菜肴里，也有一道“和菜”，各种口味的人，都能在“和菜”里找到自己喜欢的那一口，想想也是，一道菜里都断不了有儒释道的支撑。

来自北方的士族里有很多孔子的后裔。他们很快习惯了江南的山水与美食，不想回到北方去了。江南人暗暗得了便宜，也不声张，靖康之难导致了宋室南渡，京城便设在临安。阳羡离得很近。各种方便自不待言。南宋在杭州一百五十九年，江南就有了四百八十座书院。而太湖西岸这座古城最多的一年参加“童试”的读书人居然有两千五百多人。

得风气之先的阳羡人并没有把自己说成是“首都郊区人民”，那不是此地人的风格。不过南宋的阳羡士子真是出了很多，像蒋捷这样的“芭蕉诗人”，吴炳这样的“粲花”剧作家，都具有全国影响。科举的盛行，人才的盛名，让长江以北的许多士族把目光投向了这个太湖西岸的江南古邑。即便是在南宋灭亡之后，聚集在江南的一些文人为了对故朝表示忠贞，拒绝在异族统治下就任官职，一种由“隐士”组成的士大夫民间联盟，由此开始形成，文人在杭州附近的县邑游荡、定居。他们写诗、酬唱、习字、绘画，也为生计所谋，开个蒙馆，收些学生，无形之中为江南的乡村教育添薪传火。

现在我们把话题重新回到苏东坡身上。

近一千年后的今天，苏东坡假如地下有灵，还在乎别人在堆积如山的颂词上多点缀几个花骨朵吗？不过，此间的人想要表达的，确是一种发自内心的感激之情。说实话，在他之前，来这里采风游玩的文人墨客非常多，什么陆机、李白、陆羽、卢仝，什么白居易、杜牧、陆龟蒙，等等等等。他们并不是没有在此点赞画圈，并不是没有留下倜傥文字，但应景毕竟是应景，与深切的生命体验完全不同。像苏东坡那样真心深爱江南，甚至把身家性命赋予阳羡的传世文豪，千古唯此一人。

前面说到，苏轼中年时便在古阳羡买田筑室，意欲在此卜居终老。他在贬谪岭南琼海的最困难时期，应该把什么都想到了。一家子孙三十余口，全部安置在此地避难，两次上表皇帝，要求到常州阳羡居住。那篇被世人忽略的《乞常州居住表》，今天读来依然可以让人涕泪横流。

> ……臣有薄田在常州宜兴县，粗给饘粥，欲望圣慈，许于常州居住。又恐罪戾至重，未可听从便安，辄叙微劳，庶蒙恩贷。……

太湖之滨的山水真有那么好吗？即便是真有那么好，也未必是全国第一啊。而苏东坡游历四方，好地方好风景见得太多太多，为什么他独独喜欢这里？想来是因为此间有他可以托付生死的朋友，而绝不仅仅是“粗给馇粥”。任何时候，人，永远比地方重要。古代阳羡的山水既峭拔，也温软，比较契合苏东坡内心深处的那一份柔韧。这里的人比较容易理解他的感伤，也能给予他喜欢的那种简单的快乐。此地人厚道，不趋炎附势，无论他宦海浮沉，这里的山水都在向他伸出温软的双臂。

最重要的是，这里的人懂他。

“买田阳羡吾将老，从初只为溪山好。”这样深情的词句，苏东坡其实不是为古阳羡所写，而是为自己的内心写的。但是，这里的人感恩了一千年。仁厚的乡亲还送了他一把紫砂壶，三叉提梁，上面题了两句风雅词句：松风竹炉，提壶相呼。尽管北宋的时候还没有严格意义上的紫砂壶出现，但是本地人固执地称它为“东坡提梁壶”，这不是为了攀附一个名人，而是对苏东坡在阳羡时提倡“饮茶三绝：阳羡茶、金沙泉、紫砂壶”的一份纪念。民间的传说也不全是朴素的，但所有的附丽都带着民间心情。我们又何必去考证它的真伪，就当它是民间舆情记录，或者朋友的聊天忆记也无妨。遗憾的是，这里的人没有等到苏东坡终老在他钟情的这块土地上的这一天，他死在离本地不远的常州，阳羡人没能为他送葬。但是，东坡书院的风雨屹立，却是提供了让此间的人世代仰望的一个精神坐标。说苏东坡守护着宜兴的文脉或许有点夸张，但正是苏东坡魂魄的纵身一跃，阳羡人才有了前仆后继的肝胆和心气；在他身后，更多的东坡式文人则加快了他们奔向这里的脚步。

二 吾宗吾土

重温一个久违的词：社稷。

社，被古人称为土地之神；古人还将祭土地的地方、日子和礼仪都称为社；稷，指五谷之神。从字面来看，社稷就是土谷之神。古时君主为祈求国事太平、五谷丰登，每年都要到郊外祭祀土地和五谷神，社稷也就成了国家的象征。

宗祠，其实就是古代社稷的最小单元，是农耕社会最坚实的细胞，也是最基层的社会组织。土地不经农人汗水耕耘，如何长出五谷？于是支撑一个宗祠的关键，先是血缘、价值观，然后是土地、五谷。具体到个人对社稷的感受，就是他从小跟着大人祭祀的地方，就是有一片庄稼养活他、供他读书的地方。每一个宗祠都会留有一块公田，其收入等于是宗祠的社会保险或曰基金会。宗祠里的人，哪家遭难了，大家就会商议从公田里拿一部分钱给他补助；再比如，哪家的孩子特别聪明，读书厉害，但家里穷，父亲死得早，母亲又有病，这个时候宗祠会合议拨出一笔特别奖励资金。这个孩子从小就知道，他是靠宗祠养大的，他必须好好读书，没有回头路可走；他长大了不一定报效国家，但一定会报效宗祠。

站在宗祠的角度，有限的肥水是不能流到别人的田里去的。请先生来教孩子断文识字，学堂通常设在宗祠里，钱当然是各家摊派。外姓的孩子肯定进不来。江南最早的乡间教育，就是从祠堂开始的。它封闭而敞开，幽暗而明亮，法度森严而自在悠闲。祠堂给予学子们的至深印象，莫过于厚而沉的戒尺，莫过于先生威严的咳嗽和抑扬顿挫的诵读。当然，祠堂的作用并不是专门用来教学，它还是血缘宗亲用来敬尊祖宗的殿堂。每年冬至与除夕，都有固定的祭祀仪式。识字的人，哪怕是个孩童，他的位置一定排在不识字的长辈前面。他可以随意进出，并且发表观点。明嘉靖十五年，奏本《乞诏天下臣民冬至日得祀始祖》得到明世宗准许，民间皆得联宗立庙的法令颁发后，江南城乡一时建祠风起，仅无锡惠山一带，陆羽、顾宪成、尤袤、邵文庄等二十多处祠堂相继建立。明代诗人浦长源这样写道："出郭楼台三四里，游人不得见山谷。"寥寥十几字，记录了当时惠山附近五步一楼、十步一阁、触目祠堂、伸手庙宇的盛况。

无论在舟楫穿梭的运河边，还是在广袤的原野上，一种无声的角逐，是从以姓氏为基础的宗祠之间培养子弟的角逐开始的。书声有时是朗朗的，有时是喑哑的。清晨有风，子夜有雾，终是挡不住读书郎们对黄金屋与颜如玉的逐梦脚步。因为先生反复说过了，这个世界的黄金屋与颜如玉，都在书里。许多年后的民国十五年，江南某县政府做过一项社会调查，该县用来作为私塾的各地宗祠，竟有两千多座。

太湖的支流滆湖边的高塍小镇，有个亳村，与其他平常的村落相比，看不出什么特异之处。但是明代的时候，这个村颇出了几个大人物，据《亳村陈氏家乘》记载，明嘉靖年间，陈氏宗祠办有塾学，名浩然堂，花重金聘青浦进士陈子龙、苏州进士钱僖等来坐堂教授。入读的陈家子弟里，陈于廷后来当了都察院左都御史，陈贞慧成为复社四公子之首，陈于泰中了状元，任翰林院修撰。这样一来，浩然堂这样一个乡村的塾室，就被抬到天上去了。

不是比谁家钱多地多，而是比哪家出了几个举人、进士，这样的价值观牢牢地揳入了江南大地的深处。仕宦之家要保持家业不坠、富贵长久，读书及第是最为有效的途径，江东大族的某县排行榜上，你方唱罢我登台，各领风骚三五年。明代仅阳羡一地就出了一百五十九位进士，分别属于四十二个姓氏。进士及第较多的家族，有徐氏、吴氏、王氏、周氏、蒋氏、储氏、张氏、黄氏、卢氏等。这些家族不仅在当地有着殷实的家产，而且世蝉科名、才俊辈出。更为突出的是，在门当户对的理念下，这些大佬的子孙纷纷联姻，编织了一张巨大的人际关系网络。比如，张家的公子考上进士后，娶前朝进士钱某的千金为妻，张家在商界，钱家在官场，当时还没有"官商勾结"一说，但两家的联姻实际是彼此社会关系的绝妙整合。然后钱家的少爷与另一位举人的女儿结亲了，他们生下的公子，又与另一位门第相当的人家的千金结了娃娃亲。这个雪球就越滚越大。人们发现，能够迅速派生出许多宅子与田地的，并不是种地的农民或造房子的工匠，甚至不是地主或经商的老板，而是戴在入仕的士子头顶的乌纱。"三年清知府，十万雪花银。"人们终于明白了，人生的所谓输赢，其实一开始就决定了，所有的竞争都是悄悄进行的。抬头望去，草色青青的阡陌丰盈滴翠，微风吹过，让人心旷神怡。你看不到什么起跑线或竞技场，但是突然从乡间大道上走过的一支浩浩荡荡的官轿队伍，让你恍然梦醒，某某人家的公子、三品大官人光宗耀祖地回来探亲了。一颗高悬的新鲜出炉的太阳，可以让周边的景色顿时黯淡无光。

对于寒门小户的平头百姓来说，科考则是其摆脱贫困，或扩大财富、跻身上层行列的唯一途径，其迫切之心更为强烈。清人彭元瑞在其著作《恩余堂辑稿》中写道："贡、监、生员等，奋志芸窗，希心桂籍。或贫而辍馆，远道盈千；或老且观场，背城战一。少年英俊，父兄之督责维严；壮岁飞腾，妻孥之属望尤切。"不少农家子弟因而崛起于茅舍寒室。如江南无锡的顾宪成、顾允成兄弟，分别为万历八年和十四年进士，其父名顾学，只是个肩挑豆腐担做小买卖的乡下人，至民间有"一担两尚书"之美称。想来，明清两朝江南文运弘开，进士辈出，正是朝野皆视读书应考为安身立命的不二法门所造就的。

这样说话，容易产生一个悖论，读书等于做官，做官等于发财。尽管那是几千年来的不争事实，但是也遮蔽了太多的清流与贤士。于是想到社稷之后还有一个词：家国。

在士子们寒窗苦读的案头上，家国二字，总是与社稷首尾相随，堪称板上钉钉，俯仰天地。当牙牙学语的三尺学童在背诵岳飞《满江红》的时候，当胡须花白的先生在讲解诸葛亮《出师表》的时候，当《苏武牧羊》的故事在一灯荧荧的寒窗下引发一腔恨楚愁怀的时候，那些原本意义上的“黄金屋”与“颜如玉”，应该有了质上的变化。黄昏平原上的西风瘦马，原本是用来抚慰那些不得志的士子的。枯藤老树昏鸦们的一路相伴，平添了他们颇多空怀愁绪的悲壮。

做官，难道必得脑满肠肥吗？难道不可以独秉清志、刚正不阿吗？修己治人之道，在于为政者的德性与心性。帝国的官场昏暗了几千年，历代辞官返乡、独持清静，终生不向权贵、腐败低头者，每每不绝于书。他们的路线图往往是这样的，年少即英雄，科考脱颖而出，受朝廷青睐，担重任于一肩。之后或受政敌掣肘，或为腐败所困，忍无可忍之时，纵身一跃，卸乌纱于朝廷，潜江湖而求清净。于民间僻静处，置一小馆，收门徒若干，讲经授课；日日天马行空，夜夜青灯白茶。为万世开太平已无可能，但还是要为生民立命，为天地立心，为往圣继绝学。

且说万历十一年的一个江南学子史孟麟，二十四岁即中进士。此人一进入官场，就遇到不止一个烫手山芋。贪官太多，无从下手。他的官职是“吏科给事中”，这个拗口的职务，其职能是谏言和监督。这份官职其实不赖，进可以攻，退不妨守。所谓谏言，你可以捡领导爱听的话说，或者顺着领导的思路说；至于监督，那就更宽泛了，场面上的事你可以监督，桌椅下的事你可以装傻；对于没背景的官员你可以出手，有靠山且不止一座的酷吏，你根本不必将一枚鸡蛋往石头上撞。但史孟麟原本就是一个凡事顶真的人。乌纱帽没戴几天，就上疏他的一位领导在典试时作奸犯科。但此事很快被更大的领导按住了。按例这个时候他应该“识相”些，顺势而退。没想到他一气之下，居然把乌纱也摘下了。这种不干不净的官，不当也罢。史孟麟愤然回到老家，什么人也不见，天天在书房里看书。从兵书上讲，这叫以静制动，等待时机，但史孟麟是个单纯的书生，他哪里会有如此的机心。宗祠的长辈为他惋惜，也为他的一身正气而激赏。没过多久，朝廷来人了，说史孟麟的两位领导全被抓了。他又回到了官场。于是很多人知道这是一个来自江南水乡的狂生，动不动就掼乌纱帽，居然朝廷还买他的账，又让他当了“兵科给事中”，专门监督那些手握兵权的人。史孟麟的脾性当然不会改，皇帝喜欢听顺耳的话，但有时也需要他这样的人，来打击那些心怀异梦的臣子与贪赃枉法的官吏。于是事情又来了，万历二十年，大学士赵志皋和张位两人提出，“凡会议会推，并令廷臣类奏，取自上裁，用杜专权”。此番言论，实际是削夺各职能部门的权力，使个别人独揽朝政。史孟麟当然要跳出来反对，他写了一篇洋洋洒洒的上疏之文：

自臣通籍以来，窃见阁臣侵部院之权，言路希阁臣之指，官失其守，言失其责久矣。陛下更置辅臣，与天下更始，政事归六部，公论付言官，天下方欣欣望治，奈何忽有此令？曩太祖罢中书省，分设六部，恐其专也；而官各有职，不相侵越，则又惟恐其不专。盖以一事任一官，则专不为害；即使败事，亦罪有所归。此祖宗建官之意也。今

> 令诸臣各书所见，类奏以听上裁，则始以一部之事，分而散之于诸司；究以诸司之权，合而收之于禁密。事虽上裁，旨由阁拟。脱有私意奸其间，内托上旨，外诿廷言，谁执其咎？又脱有冯保、张居正者，夤缘为奸，授意外廷，小人趋承，扶同罔上，朝廷不得察其非，当官不能争其是，又谁执其咎？……

此状不仅把当时朝廷的弊端说得淋漓尽致，甚至把权势通天的冯保和张居正也大骂了一番。这史孟麟何止是个狂生，简直就是一个不怕杀头的死士。顿时官场大哗，看热闹的人很多，所有的人瞪大眼睛，就看陛下如何裁决。令很多人失望的是，虽然史某的上疏有违圣旨，但万历皇帝并没有把他怎么样。大太监冯保和内阁首辅张居正，也只好暂时收回心头的一把火。史孟麟反正是死猪不怕开水烫了，此后大凡被他监督的官员们，一个都别想浑水摸鱼，于是个个都躲着他。最终史孟麟得罪的官员太多了，人人都想吐他一口唾沫，其下场可想而知。不过，他的政敌们也颇懊恼，因为史孟麟为官正直，两袖清风，你想告倒他，还真是难度不小。后来史孟麟之所以选择“告病还乡”，并不是以退为进，而是在京城实在无法待下去了。腐败就像雾霾，你能够与空气做斗争，能够把风声打倒吗？朝廷跟他玩的戏法，其实并不高妙，过了一段时间，又给他颁了个新职，但变来变去，还是让他换一个部门去监督。所谓鞭策，其实是把双面刃，别人被砍得有多少疼，他自己也有多少痛，几年下来，浑身都是暗伤，他还有继续监督的勇气吗？还不如回到古城宜兴，烟霞碧水，风清月朗。建一所书院，收一帮门生，将一肚子不合时宜的学问、体验、才情，传授给家乡的一帮热血青年，也不枉了这几十年读过的诗书课律。史孟麟去意已决。他在县城有些祖产，遂选一座宅园，改建为书院。知县闻讯赶来祝贺，还给书院捐银子、题匾额。顿时名贤学士云集，成为江南美谈。

此时的江南，表面上安稳，骨子里有暗流涌动。前面说到无锡的顾宪成，原先也是在朝廷的户部做官，因为上疏申辩的词语里，多有触犯权贵之处，被圣旨责备，贬谪为地方判官。后来顾宪成咸鱼翻身，任吏部文选司郎中，掌管官员迁升、改调等事务。这是个肥缺，只要顺着主子的意思，自己这顶乌纱帽，什么风也吹不掉，腰杆也会越来越粗的。但顾宪成还是不识时务，有一次会同朝廷推荐选任内阁大学士，他提名的人，都是明神宗所厌恶的，神宗本来就不喜欢他，这一次就更触怒龙颜了，顾宪成被削去官籍，革职回家。此人的性格跟史孟麟有得一拼，招惹是非必然处处碰壁。空怀一腔子报国热忱没处安放，就搞了个东林书院。这块牌子据说北宋的时候就有，系北宋学者杨时所创办，当时是为了宣扬程颐理学。名气并不大。顾宪成这辈子让人记住的，先是东林书院门口的一副对联：风声雨声读书声，声声入耳；家事国事天下事，事事关心。这副对联浑厚恳切，有人间炊烟气，令读者萦怀，令听者感动，且流传甚广。史孟麟读到这副对联，赶紧把顾宪成从无锡请到阳羡，两人一见如故，惺惺相惜。于是，顾宪成兄弟带着他们的同道高攀龙、安希范、刘元珍、钱一本、薛敷教、叶茂才（时称“东林八君子”）等人，经常出入于史孟麟的会所，他们一起发起东林大会，制定了《东林会约》。从字面上看，他们提倡的不过是“经世致用、不尚空谈”的学问，骨子里却盯着朝政与社稷。或嘲讽，或臧否，不管天子庶民、文臣武将，都是他们碗里的菜。顾宪成与史孟麟，一个在运河边搞东林书院，一个在西氿边办明道书院，脉理上当然是一致的。当时来投奔史孟麟的年轻人很多，除了本地人，居然还有千里迢迢赶来拜师的。甚至有邹元标、刘宗周等著名学者自带口粮来投奔他，甘愿在他麾下做一名讲习教师。有些远道赶来的穷困学生，跋山涉水把脚都走烂了，哪里还交得出学费？史孟麟不但分文不收，还安排他们吃住，给予生活补贴，学成回家还给路费。他自己当然是学院的主持人，经常为门生授课。估计史某人是在这里找到感觉了，三尺讲台，一样马奔车驰；士大夫的生命格调，需要有一个氛围来涵养。老子的那些斩钉截铁的语言，到了他这里，就变成了和风细雨的诠释；韩非子和墨子，那些干净而雄辩的逻辑，那些简洁明快的句式，到了他这里，就变成了山间的涓涓细流；庄子和孟子，那种大气磅礴、浪卷潮涌，那种畅然无遮、气血旺健，到了他这里，仿佛成了生命的注脚，孤傲而天真，凄楚而高贵，门生们无法不被他的激情感染，无法不跟着他在精美汉赋的氛围中，享受那些从容真切的自然之美。西氿，阳羡古城边一脉接通太湖的明净水域，夜晚月亮升起来的时候，隐约的潮汐奔腾而来，仿佛莘莘学子夜课诵读的东坡诗词的境界，与史孟麟黑瓦白墙红皮松的明道书院倒是很搭。有一点毋庸置疑，史孟麟做什么事都是用整个生命来投入。说他不谙世道倒也未必，在螺蛳壳里做道场，除了教授学生文学，他还给学生讲经学。为什么？光教文学，无法取得科举的功名。当时有一本名叫《课艺》的书，等于是我们今天的“高考指南”，那上面汇集了成功士子的优等习作，可以用作学子们撰作时文的范本。那上面还有山长的科场成功经验的评点，可谓字字珠玑，对生徒们的应考极为有用。

在朱元璋之后，明成祖朱棣组织人力编辑《四书大全》《五经大全》《性理大全》，并严格规定，在科举考试中，《四书》必依朱熹注释，《五经》必依宋儒注释，否则就是异端。朱熹当时确实很牛，但凡书院教学，必得以他的《白鹿洞条规》来制定教学准则。当然那也不尽是僵硬的教条，但是，以学生的无休止背诵抄写模拟，必然会营造出一种悖世的伪古典梦境。没有一个学生敢走半步岔路，因为那连接着心仪梦想的康庄大道。

史孟麟自己是过来人，他虽然痛恨并远离了那个水很浑的官场，但那又是古老帝国价值观里“成功人士”的唯一体现，假如他没有在官场待过，他哪里会有今日这样的名声？现实就是这么残酷，如果不按照帝国钦定的“规矩”来，即便你才高八斗，也不会得到科举的青睐，也就不可能得到入围官场的门票。而一个文人如果没有科举中的一席位置，哪怕就是个最起码的秀才、举人，恐怕连谋个饭碗也是难的。投奔他的学生难道仅仅是要学到知识吗？许多家长表示，天下兴亡，匹夫有责。这句话的另外一种解读，其实是不能做匹夫，而是要做官，只有做官，才能治天下，才能实现人生的理想。传统的江南农耕社会，既讲精神也论物质，就是农民种田，一锄头挖下去，也要有一锄头的效益。如果史孟麟只重“清谈”而不给他们“出路”，那岂不是误人子弟？逃离官场的史孟麟，在阳羡这个偏安一隅的江南古城，还是在千方百计地为培植他的学生有朝一日能够进入官场而不懈努力。

这一点，可能是史孟麟和顾宪成、高攀龙他们的区别。太湖之滨，历代出的进士太多，榜样也太多。太多的榜样合聚成太多的惯性。一个史孟麟能挡得住吗？而后者，基本就是一部民间政治机器，轰鸣的声音全国都被闹醒了，所以后来惨遭剿灭。

有一个名叫周延儒的学生进入了史孟麟的视线。这个孩子非常聪明，三岁即会背诵经书，坊间流传着他机敏过人的许多传说，有“神童”之称。比如，天气骤暖的闷热天，有钱人家都换上薄罗单衫了，穷秀才家庭出身的周延儒，上身穿一件单衣，下身却还穿着一条旧棉裤。周家住在县衙附近，其父与知县很熟。有一天知县看到周延儒这身打扮，就笑着出了一副对子的上句：穿冬衣，拿夏扇，不知春秋。周延儒不慌不忙应道：做南官，行北礼，混账东西。

这话有些不知轻重，但童言无忌，知县也不好发作。关键是，小小年纪的周延儒一点都不怕官，还知道官场运作的奥秘。又比如，周延儒在书院读书的时候，有一年稻收季节，连绵秋雨，地里的庄稼都烂根了，史孟麟站在讲台上看着窗外，叹口气说，晴天千日无怨。周延儒从座位上站起来接口道：大旱三年无妨。史孟麟说，三年大旱，岂不是五谷无收，百姓遭殃吗，怎么可以说无妨？周延儒从容答道，先生说晴天千日，不就是三年大旱吗？先生既然说无怨，门生为何不可说无妨？

史孟麟竟然无以回对。

周延儒幼时其实并不用功，和普天下的孩子一样爱玩。但是这个孩子自有一种惊人的过目不忘的本领。一个读书人，光是一目十行，也未必有用。关键是开蒙、领悟，有什么样的师父，就有什么样的徒弟。史孟麟与顾宪成等给学子们讲授的，自然是家国与社稷的千秋大业。历史并没有记载史孟麟是周延儒的恩师，但是，周延儒在明道书院度过了他的少年时代，却是不争事实。史孟麟有一种直觉，这个孩子将来可以做官，机灵、好胜、巧言善辩，在大人面前不怯场，且口吐莲花，从善如流。果然，万历四十一年的科考大钟敲响了，从古城鸡笼巷里的世代书香寒门走出的周延儒连中两元，被皇帝钦点为“第一甲第一名”，时年二十一岁，从此名声大噪，成为江南读书人的偶像。他曾两度入阁，官拜宰相。皇帝一高兴，赐他在家乡建造“会元状元坊”，当地亦称相国牌坊。这是一座供人们仰望的皇恩浩荡的宏伟构造，且不说其金玉般的材质，器宇轩昂的结构，单是那崇文重教的含义，光风霁月，为的是让普天下的人效法读书、为国效力。尽管周延儒后来的命运和名声并不好，明史的笔墨将其定位为“奸臣”，但是，屹立在古城文庙的这座牌坊，一直是江南学子心头的伟岸坐标。

即便在目不识丁的乡村群体里，文字也有着非常崇高的地位。太湖边有座周铁古镇，这个小镇上读书人多，唐代诗人陆龟蒙，曾经侨寓于此，著有《太湖》一诗；前面说到的南宋大诗人蒋捷，就出生在这里，抬头不见低头见，平时大家也没把他太当回事。方圆几十里有名的竺西书院构建于此，吸引南来北往天下贤士，传道讲经。从明代的时候起，这个小镇上就有一个民间组织：惜字会。这个民间社团的主要职责，就是维护文字的尊严。每天傍晚，由小镇关帝庙的小和尚，带领在宗教堂读书的孩子们，上街挨家挨户收集写过字的废纸，然后统一在关帝庙的“七石缸”里焚化。在这个小镇上，就是三尺孩童也知道，写过字的纸片是不能乱扔的。此间的价值观里，文字肯定是高于一切的东西。若问当地的百姓是否有文化，那就举个例子吧，古镇上挨挨挤挤的铺子很多，其中有家小酒铺，门面逼仄、陈设简陋，一副对联是这么写的：

虽无易牙调羹手
却有孟尝饱客心

易牙是春秋时期齐国人，精于烹饪，称庖厨祖师。孟尝君，战国四公子之一，宁肯舍弃家业，也要给他的宾客丰厚待遇，号称食客三千，不分贵贱。

再一问，这对联还是酒铺里的伙计随手写下的，字是行草，笔墨里自有野趣；酒铺的老板是惜字会的骨干。农闲的时候，惜字会有时还借这里的地方，一壶茶、半盅酒，几碟茴香豆，聚在一起就乐子不断，都与传播、爱惜文字的内容有关，比如，讲习、诗会、灯谜活动等。文字的传播在乡村，自有一种与地气相融合的力量。支撑这个民间惜字会运转的经费，来自小镇望族捐献的几十亩“公田”，凡是这个小镇上读书有出息的学子，都可以按“出息”的级别等次，得到不同数额的资助。一块斑驳的石碑至今还屹立在小镇的某个公共场所，上面记述了惜字会的宗旨和运作概况。其中经费的公开透明，具体到一分一厘，这大抵也是文字带来的严谨和自律吧。

三 心灯未泯

一个节点指向明熹宗天启五年。魏忠贤下令，尽毁天下书院，以防止像东林书院那样拥有反骨的秀才们利用书院犯上作乱。魏忠贤这个司礼秉笔太监，因为极受皇帝宠信，居然被称为“九千九百岁”，乃排除异己，专断国政，以致人们在很长的时间里“只知有忠贤，而不知有皇上”。

如果我们来盘点一下明清时期江南民间书院的状况，那真是可以用“雨后春笋”来形容。苏州有文正书院、紫阳书院，丹徒有濂溪书院，太仓有娄东书院，常州有龙城书院，金坛有茅山书院，吴江有盛湖书院，江阴有南菁书院。单是阳羡这个江南小城，除了明道书院，还有东坡书院、崇儒书院、阳羡书院等。各座书院的山长，多为饱学之士，不少是驰名一时的学术大师。他们尤其精通科考，知道怎么才能从严苛的考试选拔中让自己最得意的弟子脱颖而出。最有名的山长如明人湛若水，清人姚鼐、翁心存、俞樾等，足迹遍及江南各地，弟子何止三千。当然，明清书院里，最曾让朝廷头疼的，还是无锡东林书院的顾宪成、高攀龙们。所谓“讽议朝政、裁量人物”还只是其次，关键是，东林书院暗地里联合各地的文人士子，一时名贤云集、聚众结党，甚至是诛灭阉党的江南大本营。

所以，东林书院的命脉必然要受到“阉党”的砍伐。东林党人“六君子”悉数落难。消息沿着运河一路扩散，一时举国萧条、书生哀怨。著名学者丁帆先生，曾经对东林党人有过这样的评价：知识分子生存的意义和本能，就在于守护正义和道德，就在于站在人性和人道主义的立场上，对他所处的那个时代进行文化的批判。否则，他只能是那个时代的鹰犬，或是行尸走肉而已。

书院二字，一时成为举国禁忌。但是魏忠贤不可能不让天下的学子念书吧。况且科考的机器还在运转，自洪武四年（1371 年）开始恢复科举考试以来，虽然中途也停顿了几科，于洪武十八年再行开考，此后每三年举行一次，科举考试已经趋于定型。帝国的运作机器需要大量官吏，也给了民间的学子们太多的指望与念想。好在江南很多地方除了书院，还有星罗棋布的县学，以及数不清的宗祠私塾。县学大抵设在当地文庙，自唐至清，文庙是祭祀孔夫子的法定场所，里面就是当地的最高学府。这种庙学合一的体制，带有较多的官方色彩。新知县上任后的第一件事，就是视察文庙，或题词，或写碑记，或拉赞助；也有自己解囊相助的，反正都要有所表示。以太湖之滨、天目山余脉的一座古城的情形看，早在明嘉靖九年（1530 年），县学就改在文庙里进行。当地的旧县志记载，当时的学宫规模宏大，这座古老的县城里最巍峨的建筑，不是什么商厦，不是什么会馆，而是学子们读书的文庙，各类房舍达一百二十多间。文庙也有其标准的建筑制式，大成殿当然是宏丽有加的，正位居中，以示至尊。殿前正门外有泮池，池上有拱桥，桥前有下马碣。文官到此要下轿，武官必下马。徒步前行，肃穆恭敬之意。殿后有明伦堂，再往后是尊经阁，即学校的藏书楼。配套文庙的东侧，有崇圣祠、土地祠；西侧有名宦、乡贤、忠义、孝悌四祠。文庙前的各种牌坊，均是对县内取得功名、有所作为的官员及忠孝仁义之士进行褒奖的记录。想获得功名的年轻学子走到这里，读一读碑文，看一看牌坊，无不心情激动、血脉偾张。

文昌宫，也是学子们心头的一座圣殿。这里是决定士子生死的考场，也是人生的一个艰难的转折点。地方是明万历十二年的一个道士

江南乡村古牌坊，记叙昨夜长风（陈寿春摄）

谈园慧募资修建的。与县学的建筑很匹配。一座古城里，没有一个让文人清谈聚会的场所，总是个遗憾。三年一次的乡试，文昌宫的使用频率并不很高，而平时文昌宫的大门并不紧闭。有身份的文人墨客都可以来。每天都有慷慨激昂的评说国是，也有摇头长叹的臧否人生。如果说，县学的大殿是一个人的身板，那么文昌宫就应该是一个人的肝胆。

说到底，县学与书院的区别还是大的。书院虽然也以科考为目标，但那不是唯一的。它给学子们的导向，是“务实而不近名，正义而不谋利，养士所以盛也”。流动而高端的师资，鲜活而自由的思想，灵动而不羁的理念，成为学子们得天独厚的精神标配。

县学则不同。就像今天的地方领导最关心的是区域综合指标排名一样，古时一个知县或道台，目光总是要盯牢当地科考的成绩单。那时对一个地方官员的考量，虽然没有今天的 GDP 指标，但学子中举的数量也是决定一个官员升贬的主要因素；更别说那些望子成龙的父母了，所以县学的压力总是很大。“夫学桃之教，所以明道也。其入道之方，则以读书为务。惟读书可知天地实物之理，而修身为国家之要。”从这几句经常挂在训导先生嘴边的座右铭来看，读书固然是为了国家，但骨子里还是要鼓励入仕做官，不入仕你连入场券也没有，还侈谈什么治国之道？在门外嚷嚷，不但没人理你，还要被轰走。

真正的压力，其实还在那些肩负重任的学子头上。他们来自各个宗祠的私塾，进入县学已经经过了“童试”的严格挑选。所谓青灯黄卷、如履薄冰，都还不能真实概括彼时学子们的状态。有时读书读到两眼昏黑，困顿如坠崖，所幸还有信仰的力量，又如暗夜中一烛茕茕，可以唤回灵性与信心，摆平一切困难。而这信仰的灌输，则来自私塾先生与县学教谕、训导。这些饱学之士极爱脸面，万一学子们科考失利，他们的脸面往哪里搁？以后的饭碗只怕也是问题。为了积极“备战”，县学的教谕和训导们把学子分为三个等级，一等称廪膳生员，也叫廪生。是童试中成绩最好的一批。他们享有政府按月发给的伙食费。据江南荆溪县旧志记载，县学的廪膳生待遇颇不低，“膳银每名六两，学租银每名一两七钱”。第二等称为增广生员，也叫增生。他们除了不享受政府发给的伙食费外，其他待遇和廪生是一样的。第三等叫作附学生员，也叫附生。县学的学生参加岁科两试，优者食廪，次补增广。名额都是严格控制的。如果是两千人参加童试，那么入选廪膳生员的学子不会超过二十人，是真正的百里挑一。县衙补贴给学生的费用，可以在上交给朝廷的款项里扣除。所以每一次考试，都是残酷的竞争，总是难分伯仲，学子们都是拼了小命的。我们今天学校的“特优班”“精一班”“普通班”，都可以从古代找到它们的前世。县学里成绩最差的，甚至要被劝退回家。就这样，用杀一儆百的淘汰法，来保证生员的质量，以利最后的决战冲刺。嘉庆年间江南《增修荆溪县旧县志·学秩名宦》记载，正统年间，荆溪县学训导林智先生，不但白天给学子们讲经，夜晚还“秉烛登堂”辅导学子们写作论文。无论寒冬腊月，还是酷暑高温，林先生都始终如一，从不懈怠。有一次林先生因故短暂离开，学子们丢了魂似的，一致要求他赶快回来。林先生回来那日，学子们欢天喜地，张灯结彩地迎接他。正德年间有位训导宋鸿，“教育成规，言不妄发，卒于学舍，门下诸士无不涕泪者”。万历年间的一位教谕，名叫王梦周，此公对学生，简直做到了鞠躬尽瘁。而且他特别清廉，平时只吃蔬菜，导致营养不良，身体本来就不好，后来他竟然“卒于署，不能丧，诸生殡之”。这大概是个天下奇闻，以江南荆溪这样的富庶之地，一个堂堂的县学教谕，这个位置折换在今天，至少也是个县中的校长，居然在贫病中去世，连给自己殡葬的钱都没有，简直匪夷所思。实际上，他把自己的钱补贴在教学上了，朝野无不感佩至深。王梦周的灵柩送回家乡时，众多学生痛哭流涕，扶棺送行，一直送到浒墅关。

县学开始时举步维艰，后来渐渐囊中就不羞涩了。办学的经费主要来自学田。据明万历五年实地丈量，仅江南荆溪一地的学田，包括濠塘、田地、屋基、房产等共 1 228 亩 9 分。这些资产主要来自各方的捐赠，以及县衙用罚没款项购置的民田。当时有个知县名叫刘永基，此公入仕前，曾经跟随老师在荆溪的芙蓉山中讲学，做了知县后，全心扑在县学的修建上。因为当时的学宫年久失修，他自己拿出俸金，用以修缮学宫。他离任时，百姓夹道相送，当地人还修筑了一座“望来台”，表示对他的怀念。

明清时期的江南进士不但在全国独为翘楚，而且其科试名次也在全国最为显赫。掇巍科，点翰林，洋洋洒洒，人数之多，好不快哉。据两朝统计，光是状元，江南就占了全国的三分之一。一地同科或一门再及第者，比比皆是。父子鼎甲，自古稀见；而苏州一地即有三对：明代太仓王锡爵与王衡，清代吴县缪彤与缪曰藻，镇洋汪廷玙与汪学金。一般来说，士子成名要趁早，所谓年少得志是也。但也有大器晚成者，称老树弥坚，愈益经霜耐雪。如清代荆溪县的任启运，自幼家贫却酷爱读书，因家无藏书，只能四处借读。《清史稿·儒林二》称其“夜乏膏火，持书就月，至移墙不辍”。可是，光用功有什么用呢？任某人前半世命颇不好，不断地遭受丧父、殇子、丧妻之痛。等到他稍微安稳下来，时年已五十四岁，按我们今天的标准，基本属于退居二线的年龄。但是，从唐代延续的一个说法是：五十少进士。意思是五十岁考上进士还算是年轻的。所以，对于任启运来说，还可以抓住一个牛尾巴。果然，当时的两江总督尹继善邀请他修纂《江苏省志》，这不但是件体面的事，饭碗也算有了着落。然后雍正十一年春，正值进士科开考，雍正向群臣了解，有谁精通性理之学。时任刑部尚书的张照推荐了任启运。看来这任某人出道虽然晚，人脉却颇广，于是雍正特招任启运参加廷试，出题是《太极似何物》。此等题材，像任启运这样在民间操练太久的人，就像吃一碗不烫的豆腐，任启运不慌不忙在最短的时间内，即写好洋洋洒洒的一篇通论。雍正帝看得是满口生津。朱批一挥，中二甲第四十七名进士，并赐旨嘉奖，授予翰林院检讨一职，在阿哥书房行走。这个恩典相当于天上掉下的一块巨大的馅饼，把个任启运吓蒙了。所谓阿哥房行走，就是当皇子皇孙们的老师啊。这一年任启运六十四岁。胡子肯定是花白了，但看上去老成持重，让人特别放心。这个例子表明，运气来得晚，有时并不是坏事。值得一提的是，皇子皇孙里面，有一个就是日后继位的乾隆。任启运当然披肝沥胆、尽心侍教于每一个清晨与夤夜。据闻雍正对他很敬重，某次向他垂询，“朝闻夕死”为何意。启运从容答道：生死一理，未知生，焉知死。雍正叹道，此乃贤人分上事，未到圣人地位，从此作去，久自知之。

后来乾隆登基了，依然对他很敬重。不但让他在上书房行走，还委以重任，一直做到都察院左佥都御史。不过任启运前半辈子一直磕磕碰碰，学问虽大，胆子却小。后来改任“三礼馆”副总裁官，这个机构是清代由理学转至经学、以“礼”代“理”的权威学术转型部门。“因尽发中秘所储，平心参订，目营手写，漏常二十刻不辍。论必本天道、酌人情，务求合朱子遗意，而心神煎耗，竟以是终。”说到底，任启运还是蛮顺利的，以半百之身一经出道便扶摇直上，除了人品与学问，还有就是中规中矩，绝不越雷池半步。官场上处处聪明就是最大的不聪明，装傻却是一门大学问。清代的皇帝喜欢乾纲独断，谋臣只能小心侍奉，不可半点僭越。也遑论什么革故维新之类。后来任启运又升任宗人府府丞，掌管皇帝九族的宗族名册，撰写帝王族谱，记录宗室嫡庶、名字封号、世袭爵位、生死时间、婚嫁程序、谥号安葬之类。反正皇帝家里的大小事项、鸡零狗碎，什么都管，虽然没什么实际的权力，但很体面，也足够安全。任启运的成功，几乎是后来江南进士的一个榜样。反正是做官，只消兢兢业业，不须东张西望；在不太平的年代，如何做太平官，那就研究一下任启运吧。

当然也有例外，因为盛世出良臣，衰世则出能臣。同样是荆溪人的徐致靖，却敢将一颗头颅系在腰间。这位光绪二年的进士，被康有为、梁启超称为“维新元老”。维新变法之前，他上疏给光绪皇帝，力荐康有为、梁启超、谭嗣同、黄遵宪、张元济等人。百日维新失败，慈禧太后的黑名单上第一个人就是徐致靖。老佛爷批的是“斩立决”，但居然被李鸿章巧舌如簧地保住了一条命。李鸿章为什么死命保他？因为他父亲徐家杰与李鸿章是道光二十四年的同科举人，彼此交往颇深。当谭嗣同等六君子喋血京师菜市口的时候，徐致靖的“斩监候”令悄然而至。判处死刑缓期执行，基本就能保命。以徐致靖本人的意思，他非常希望能够成为六加一，自己的名字能与谭嗣同等绑在一块，青史留名，此生不虚也。关键他是光绪身边的人，侍读学士、内阁学士、署理礼部侍郎。谭嗣同没有完成的大业，徐某人还得接着干。甲午战争惨败后，光绪痛定思痛，力图改革朝政，但老佛爷和荣禄之辈势力太大，上下钳制，光绪哪敢往前大跨一步？徐致靖一腔子没有洒出去的血依然很热，肯定没在这位弱帝耳边少鼓捣。一会儿上疏，一会儿请命，笔和嘴都歇不住。无非是要在晚清这条破船上多打几枚补丁。最后终于把慈禧给彻底惹恼了，光绪被囚瀛台，树倒猢狲散。徐致靖当然脱不了干系。他本来就没想活，就等着慈禧派人来杀他，这样的世道，像他这样的人活着还不如挨一刀，成为千古英雄。他非常清楚，古往今来，很多传世文字不是在书房而是在牢狱里写出来的，于是徐致靖在牢里写了大量文章，什么《祭六君子》，什么《续正气歌》，反正就是等着人来收尸时传播出去震惊华夏，可是，慈禧一直留着他，或许是给光绪一个面子，或许是她老人家太了解徐致靖这样的人了，你想死个痛快，老娘偏要留一个活口，让你生不如死。光绪二十六年八国联军入侵北京，慈禧偕光绪出逃，徐致靖也被放了出来。他觉得很没面子，不肯回到家乡。他在狱中写下的文字，都与诀别有关，但他终究没有死，文字也就失去了应有的分量。晚年他说的最多的话就是，无颜见江东父老，我应该跟六君子一起走，留下我有什么意思？

光绪三十一年，实行了一千三百年的科举制度宣告废弃。

彼时江南的乡村教育，已经有了盘根错节的网络体系。不再选拔举人进士，固然给太多的读书人带来困顿与迷茫，但铁律一般的民间价值观，水银般浇注在这片山河土地上，丝毫不会减弱人们对读书的热情。一些有实力的开明绅士站出来，出钱办教育，把原先的那些书院牌子，换成了师范讲习所。从这里走出去的学子，便是乡村教育的后继之人。原先的士子晋升图是秀才——举人——进士，现在是小学——中学——大学——出国留洋。无论晚清还是民国，像江南太湖之滨这样的地方，虽然偏安一隅，但从来并不闭塞。一个出紫砂壶的县邑，早在16世纪，那些茶壶就跟着茶叶，由东印度公司的邮轮远渡到阿姆斯特丹的港口。紫砂壶引来的文人很多，有的留下不走了。教书是他们的首选。你别看一个简陋的乡村学校，走出来的先生可能就是一个学问家。包括徐悲鸿的父亲徐达章这样的乡村画家，画过传世之作《荆溪十景》，早年就是附近乡村学校一名默默无闻的教师。再比如东坡书院这样的老牌子，自然要被县里收编，改为高等小学堂后，附近的大户人家都把孩子送到这里；原先有实力的乡村宗祠塾学，也相机改为小学和初级中学。太湖之畔芳桥镇有个前清秀才周文伯，出资将村上周姓祠产充作学校，名“作人小学”。周文伯是个开明绅士，他要求村上的孩子，不管家庭贫富，必须念书识字。每天他都要拄着拐杖，站在村东头的小学校边，听一会儿孩子们的读书声，这于他，是一种莫大享受。穷人的孩子没钱交学费怎么办？他另捐出三十亩地，作为学田之用。当然他并不知道，自己的儿子周培源从这里的乡村小学读到县城中学然后出去读大学，会一直读到出国留洋，最终成为物理学家、北京大学校长。

江南荆溪西部太华山区，看起来要比四通八达的水乡闭塞一些，但我们从一份《北川张氏宗谱·学校津贴条例》里可以看到，一条割不断的脉理，从科举延续到当下，维系着这个农民宗族未来走向。

> 曩昔国家以科举取士，我张氏代有英彦。尝取青紫掇巍科光宠宗族。故订有宾兴条例。……现今科举罢废，学校

代兴，名虽异，其实则同，我族子弟，有志愿响应者，仍本斯旨薄事津贴，以初中为始，至高中、大学而留学，惟小学不预焉。条例附左：

初中　每学期津贴白米壹市石

高中　每学期津贴白米贰市石

师范及专科视高中

大学　每学期津贴白米弎市石

出国留学另议。

当时的一石白米是一百五十斤。如果一个学生考上大学，他每个学期能够得到四百五十斤大米的津贴。这在民国江南乡村早期的“上学族”里，也是够奢侈的生活了。供养他的，是整个宗祠的劳力，你不能保证私底下没有一句怨言，但因为他是宗祠的希望，谁都必须尽一份义务。

也并不是每一个乡村都有既殷实又开明的绅士来捐助办学。太湖边的西桥村，要说风景，那是典型江南水乡的明净与清丽。但这地方并没有一掷千金的大佬，村上大都是穷苦的种田人。不过村里有一个名叫承国英的识字青年，利用自家的房子，帮助村上的穷苦孩子读书识字，赢得大家的赞誉。有一次他在无锡的一家书店，买到一本陶行知所著的《中国教育改革》。夜晚，在昏暗的油灯下，他读到了这样一些滚烫的句子：

> 中国的乡村教育走错了路，它教人从乡下往城里跑，它教人吃饭不种稻，穿衣不种棉，住房不造林，它教人羡慕奢华，轻视劳动，坐吃山空……

这个承国英是个有心人。他从报端了解到陶行知先生为劳苦民众办教育、办学校，并在上海开办山海工学团的消息，便与两名同伴给陶行知写了封信，向他求教工学团的性质、内涵、开办方法等。没想到陶先生很快复信，支持并鼓励他们开办乡村学校。承国英和同伴很激动，决心办一所像样的乡村学校，附近失学的儿童都能读书。西桥的农民们听说承国英要办学校，都很支持，有的出一担稻，有的出半担米。承国英还说服新婚的妻子卖了戒指，给学校添置了风琴和时钟。而陶行知先生从上海派陆静山等人带着一批书和三十元大洋来到西桥，协助筹办学校。1934 年元旦，西桥召开村民大会，会上宣读了陶行知先生致西桥小学董事会的信，信中写道：国英先生系中国最有希望之青年，我和他没有见过面，但自去年七月十五日起，我们时常通信，他在五个月当中，给我写过十万字的信。这十万字的信，乃十万滴热血，十万斤力量。西桥得一国英，胜得百万黄金，这是最可恭贺的一件事，他办儿童工学团是一定会成功的。

为什么学校叫工学团？按陶行知先生的概念解释，工就是做工，工以养生，因为陶先生知道中国的国情，太多的人念不起书；学即学习，学以明生，只有学习社会知识和自然知识，才能明白学习的道理；团就是团结，团以保生，只有抱团取暖，学习的目标才能达成。

于是，一所新型的乡村学校——西桥工学团，1934 年 1 月在太湖之畔的一座乡村得以开办。它吸纳周边十六座村子的一百多个孩子来上学，可谓功德一件。后来陶行知到过这所学校面授指导，他很喜欢吃这里的太湖三鲜：白鱼、白虾、银鱼。高兴之余还给学校写过一首词：“西桥，西桥，你像冬天的阳光，向大地照耀。你像旱天的雨露，滋润田间禾苗。愿你抚养新生命，为穷人解决温饱，让你掌握新扫帚，将文盲腐朽清扫……”陶行知的这些押韵的通俗文字风靡一时。主要还是不识字的人多，没钱念书的人更多，朴实的文字容易记住，易于传播。

到了抗战的岁月，到处打仗，天天死人。按理，江南的乡村教育不说遭受重创，也应该偃旗息鼓了。但是事实恰恰相反。以江南阳羡一地为例，各类学校从抗战前的二百二十五所，到 1945 年抗战胜利时，反而增加到三百八十二所。也不是这里的老百姓不逃难，也不是到了这里的日本兵不杀人，而是此地的文脉兴旺，地理位置独特，在其南部丘陵山区，群山连绵，接通苏浙皖三省。山路四通八达，但日本人就是不敢进山，因为有新四军在这一带活动。青山的天然屏障，不光吸引了许多学校搬迁到此，在大山的怀抱里讲学读书，倒也苦中作乐。还有比如镇江、常熟、武进、无锡、吴江、吴县、昆山、句容、丹阳、金坛等县的县长们，战争一来，哪里还有昔日的威风？还是偏安一隅的张渚山里安稳，各自先后流亡到张渚山镇办公。日本人枪声一响，他们夹起皮包就往山里跑。一时热闹非凡。然后逃难的人群里有很多各地的名教师，他们到这里后一看风土人情不错，山里又特别清静，就合计着留下来教书，本事大的，几个人合起来办一所临时的学校。因为他们原来就有名气，像浙江金华中学的高中化学名教师芮仲吕、武进县中学的名校长徐槐青、省苏州女师附小的语文名教师蒋品珍，都是名重一时的教育家。招牌一挂，学生争先恐后。战争虽然残酷，但始终没有摧毁几千年延续的文脉。就是汪伪政权在宜兴驻扎之后，为了安抚民心，也只能把教育挂在嘴边。城里有钱的绅士赶紧把钱花在办学校上，学生都来上课，也给社会维持了起码的安定，这样日本人和汪伪政权也不会把他们怎么样。一些省内的高校，比如颜文梁先生主持的苏州美专，日军占领苏州后，该校实际已解散，但有两名太湖边长大的学生不甘心，在征得颜先生同意后，居然在紧靠太湖的周铁古镇的一座古庙里，开办了该校的分校。当时的省第五临时中学和第六临时中学，为了避难也迁到了宜南山区，反正哪个山旮旯里，冷不防就冒出一块名字响当当的学校牌子来。如果你哪天去山里，翻过一座岭，你突然听到一阵山涛般的连绵不断的声浪，然后你停下脚步细细谛听，时而隐隐约约，时而霹雳雷霆，是学生们在读书吗？“靖康耻，犹未雪。臣子恨，何时灭。驾长车，踏破贺兰山缺。壮志饥餐胡虏肉，笑谈渴饮匈奴血。待从头，收拾旧山河，朝天阙。”是的，你见不到一个人，这是每一座山、每一棵树、每一棵草发出的声音，在中国的江南，这读书的声音是与日月天地交融的，无论古往今来，无论朝代更替。

四　女人何必江南

菊与刀，皆自红颜性情；
冰与炭，俱为女人肝胆。

一　贞女

说到江南女子，人们的印象里大抵会出现“红袖添香”“柔情蜜意”这样的词句。

天下人都愿意相信，江南女子是水做的骨肉，是春天的彩蝶，是夏天的彩虹，是水中月，是镜中花，是为才子准备的佳人。王宝钏寒窑苦守的故事，花木兰替父从军的故事，都不可能发生在江南。

都喜欢江南女人。帝王能到边远的荒蛮之地去选妃吗？自然不会，江南的气场总是温情脉脉，皇上说到江南，语气会不一样，于是江南的极品女人，大都是为皇上准备的，明代的第十二代皇帝嘉靖，登基十年没有龙子，朝廷上下急坏了，派了精干的工作组来江南选妃。江南女子当然不会让皇上失望，仅南京一地，就有三位美女入选，其中一位王氏，生了太子载壑，被册封为庄妃；还有一位方氏，后来还升为皇后，明史上记载的“孝烈皇后”就是她老人家。

最资深的江南美女应该是西施，她的成功当然是男人造就的。吴越争霸的相互杀伐，给了她一个非常吃重的角色。她扛住了。许多女子不是没有机会，而是不能把握机会，如果西施不将自己变成灭亡吴国的祸水，不把自己炼成越国复兴的英雄，她就不是历史意义上的西施了。如果她只是一个村姑，一个村头河边的浣纱女，任她再怎么花容月貌，也熬不过岁月的风霜，她老了，和所有的村妇一样，也无异田间一只秋后的蚂蚱。

说到底西施只有一个。太多的未能出道的“西施”则被湮没在江南民间的皱裥深处。如果我们把目光投向那些民间的文本，许多故事的内核会颠覆千百年来对江南女子的概念。一份与江南不相称的沉重，会出现在我们的字里行间，让我们压抑，甚至透不过气来。

案头有一本清代江南某县的县志，其中有一册《列女传》，文字练达绵密，亦时有适度的开张。藏匿的历史，时不时裸现出旧时肌理，透露陈腐气息。也堪称江南民间价值观的说项，既有晦暗、惨烈的人事，也有豆蔻被碎裂后的荒芜。登堂入室、值得称颂的女人大抵有三种：贞女、孝女、烈女。许多记载，读来不能释怀。

第一个故事是讲贞女的。旧时女子，未出嫁时随父姓。父姓潘，她就是潘氏，她嫁了一个姓蔡的男人，就变成了蔡潘氏。关于蔡潘氏，县志上是这样记载的：

> 蔡川大之妻潘氏，川大原安徽人，徙居县北青龙桥西，成婚之夕花烛失火，氏觅衣，急不能得，川大促之出，氏曰：吾新妇，奈何裸见人？川大出，将取衣衣之，而火已塞屋，不得入，氏遂焚死。邑侯万公立钧闻之，重其人，厚殓之。

这一段文字非常精当。新婚之夜，新郎新娘正当缠绵交媾之际，洞房内花烛失火，一时间火势弥漫，潘氏在慌乱中找不到自己的衣服。老公川大敦促她赶快逃出洞房，潘氏说，我是个新媳妇，岂能裸身出门，被人见到成何体统？估计此时川大方寸已乱，记不起妻子的衣服脱在哪里了，或许已经被大火烧着了。反正是里里外外乱找，等到他找到可以让妻子穿的衣服，洞房内火势太大了，人根本进不去。潘氏就这样被活活烧死了。

这段文字还透露了一些信息：第一，作为新婚的丈夫，川大裸着身体跑出跑进是没有关系的，他不用担心外人看见自己的“裸身”，因为旧时社会的观念里，男人裸身在外，虽然“有碍观瞻”而有失文雅，但至少与贞操无关。江南乡村的男人，酷夏车水的时候，基本是不穿衣服的，那是一种彪悍的证明，不会有人骂他们流氓。第二，川大还是有良心的丈夫，最紧要的时刻，他一直在敦促妻子快冲出洞房，哪怕她一丝不挂也无所谓。第三，潘氏是有机会逃生的，但她放弃了，因为她知道，如果她裸身逃命，最终命还是保不住的。为什么？因为让外人见到她的裸身，她的贞操就打折扣了，这个折扣看起来不用性命去抵押，但是，她是一个不完整的女人了，如果真的有人见到她的裸身，那更不得了，添油加醋的说辞，街头巷尾的议论，会一直跟在她的背后，也会动摇川大以及川大家人对她的看法。最终川大可以行使男人的特权，一纸休书便可以打发了她。退一步，即便川大心善，把她留下了，她的尊严也没有了，无非是忍辱含垢地苟活，那不比死还难受吗？

在最危急的时刻，潘氏肯定把这一切都想到了，所以她宁可被烧死，也不会离开洞房半步。

这段文字里的最后一段不可忽略。此事在当地肯定是家喻户晓了。县里的最高领导必须有个姿态。“重其人，厚殓之”，这六个字的分量，说重不重，说轻不轻。因为潘氏不是因公殉职，所以很难授予她一个什么称号，但她维护了一个女人的贞操，她的死，为广大妇女树立了一个榜样。给潘氏一个说法，是为了让更多的潘氏效仿潘氏，让大家记住，死不足惜，而万事贞为首。“厚葬”的规格折换在今天，就是她的葬礼会有妇联这样的官方群团机构来主持，县里的四套班子主要领导会出席，而在旧时还可以赏赐一口像样的棺材。那是很高的规格了，看起来潘氏真是死得其所。但潘氏肯定是死不瞑目的，因为她只当了半夜新娘，她的生活才刚刚打开。如果让她活下去，她会给川大生一堆孩子，她会做个好妈妈，她会卅年媳妇熬成婆，成为一个坊间称颂的贤良女子。然而，这里的男人们谈到她的时候，都在为她的死庆幸，这种死法简直滴水不漏，或者天衣无缝。你想想，她只做了半夜新娘，还没有来得及行使为人妻为人母的权利，或者她付出的很少，获得的却是一下子那么多、那么高的荣誉，死 次又算什么？太多的良家妇女，一辈子修行，相夫教子，到头来有什么？

还有一段更短的文字，读起来一样触目惊心。

> 童生许定宝未婚妻唐氏女，童养夫家，未成婚。夫病殁，女时年十八，不次投水，家人百计救护始止。五十四岁寿终，终身未字。

这个唐姓女子从小就去夫家当了童养媳。她十八岁那年，丈夫病死。此前她并未与夫君圆房。但她悲痛欲绝，多次投水自尽而被家人救下。直到五十四岁去世时，终身未嫁。

替她想想也真不容易，十八岁到五十四岁，其间有三十六年，或许前十八年，她还算年轻的时候，一直在试图投水自尽。那是一个寡妇证明自己清白的功课。没有前十八年的打拼，何来后十八年的安稳？为什么一直想投水？想必她的家靠近水边，是江南小城典型的那种临水而居的吊脚楼。十八岁的女子，丈夫还没有正式和她睡一个被窝，就撒手离去。日子是很难熬的，生活上的清苦倒是其次，关键是她如何做人。她不能有自己的生活，不能有心仪的男人，更不能忘了那个没有给过她多少温暖的男人。寡妇门前是非多。这一句话沉重得很。如果亡夫和她生下一儿半女，也好有个依靠。婆家的人看在小孩分上，也会给她几分面子。但事实上，最终除了一个亡夫的牌位，许家什么也没有给她。她或许长得周正，更兼有几分姿色，那就更会无端生出许多是非，她只消出门，就会碰到各色人等，特别是看社戏、赶庙会，一个新寡的女子，会是人们消闲的谈资。如果她无意间朝某个时尚男人多瞧了一眼，抑或是朝与她搭讪的男子礼貌地浅浅一笑，而这随意的一笑偏偏有些迷人，就会引来一片非议。简直是闷骚啊，看男人的眼光那么放肆，好像要把男人一口吞下去。笑起来那么轻贱，真是骨头没有三两重！

作为童养媳，唐氏还有一个问题就是，到底是不是处女。这在旧时非常重要。唐氏的丈夫去世时，她已经十八岁，旧时女人的这个年龄，正是生儿育女的大好时光。老公虽然没有正式跟她圆房成婚，但只要愿意，就随时可以跟她睡在一起。但街坊们都知道，那个小伙子自小多病，连走路都喘得慌，只怕是有那个心，也没有那把力气，甚至丧失了那个功能。那么，如果丈夫真和她没有什么肌肤之亲，如果她还真是个处女，她怎么可能对那个痨病鬼那么一往情深，誓言不嫁？旧时人的观念非常实际，男女感情可不是谈出来的，而是睡出来的。

这就导致了唐氏坚持不离开许家的原因变得复杂起来。娘家人会可惜，既然还是处女，就应该重新嫁个好人家。但是，力量的博弈需要时间和际遇。唐家这时各方面的气候还不够。街坊中的好事者，比如王婆阎婆惜之类，也会旁敲侧击地说媒。谁也不能保证，古城里就没有像西门庆这样的人。很快就有一些柳絮般的闲言碎语飞进许家，即便是谎言，听多了，许家也会当真，于是对唐氏留下不走的原因，必须重新加以考察。或许唐氏的老家在偏远的乡下，而许家是地地道道的城里人，门前的河水也比乡下贵三分。城里阔少多，倜傥的公子多，唐氏不走，是不是想留在城里等待机会，要么嫁个大佬，要么最终占有许家的家产啊？

但是唐氏暂时会过得比较安稳。因为她的留下，不但给了许家莫大面子，也迎合了当时主流社会的价值观。女人，生下来就不属于自己，她要么必须是孝女，要么必须是贤女，必要的时候，还应该是烈女。唐氏起早贪晚地敬奉公婆，进进出出小心翼翼。应该给她一个什么称号呢，还不能，因为一切才刚刚开始。

现在大家都知道了，虽然唐氏没有为许家生下一儿半女，但她坚持要把许家的媳妇做下去。说坚持，是因为有难度。旧时社会，虽然不似当今，公共场所到处都是摄像探头。但似乎每个人都对寡居的年轻女子持有一种兴趣，历史上是一以贯之的。这种兴趣，往往是以不感兴趣的方式进行的，也就是说，唐氏走在街上，正面看她的人并不多，很多认识她的人与她相遇，只是用余光瞄她一眼。一个年轻女人如果没有男人，只要她长得不难看，只要她没有坏名声，就会有人来提亲。唐姓女人保护自己的方法，想必比较独特，她周围的人都知道，虽然丈夫已经不在了，但她还生活在亡夫的世界里，每天给他的牌位供香火，逢年过节给他上坟，她嘤嘤的哭声是巷子里人都熟悉的音乐，江南民间把这称为“哭青天”，其腔调和词汇，都有相对固定的格式。女人哭青天的时候，男人们大概会有片刻的肃然起敬，甚至会有片刻的幻觉。将来老子有那么一天，会有一个女人这样来哭我吗？但唐氏哭过了，爱占便宜的男人就还是会来骚扰她，明明是男人对她非礼的，偏偏说成是她撩拨男人的。唐氏纵然浑身是嘴，也解释不清。这个时候，唐氏只能亮出自己的杀手锏了。那就是在适当的时候、适当的地点，在有适当的娘家人监护下，悲情万丈地朝河里纵身一跳。飞溅的水花会替她堵住流言蜚语，还将洗清她的淑德与名节。投河的地点，说不定是事先勘察过的，必须是稠人广众的闹市，水却不宜太深。小命是自己的，虽然不值钱，好歹还要活下去。所以，在最危急的时候被救起来，也是必须的。在附近游弋的娘家兄弟，肯定有一身好水性，此刻就混迹于人群中，唐氏在水里挣扎的时候，娘家兄弟就在岸上大叫救命。这里不是演戏，悲情是真的，但既然河岸上有那么多的看客，就必须加强悲壮的浓度和烈度。

很惊险地，唐氏被救起来了。

有一段时间唐氏过得很安逸。婆家人几乎全部被她感动了。街巷里的邻舍也什么都不说了，这么一个以命相抵的贞节媳妇，走到哪里都是一块招牌。

也不是一直云淡风轻。江南一带，把不好的天气叫“作阴天”。风雨交加的黄昏，是最难耐的。唐氏一直到五十四岁才彻底安稳。之前她跳过几次河，没有人能记得清。到后来，当地的男人都怕她，动不动就跳河，谁扛得住啊。唐氏简直就是当地的一面“西洋镜”，因为她说不定就会制造一次小小的轰动。但五十岁后，唐氏被这里的人称为唐奶奶了。用我们今天的话说，她已经安全落地。县里要修志，秀才监生都找她，并不是要她“口述历史”，而是非虚构的县志列女传中，有关“烈女”一节的撰写，需要唐氏的素材，那是励志的需要。为了增加一点现场感，秀才们来下生活、接地气了，他们发现，这位刚五十出头的烈女，已然飞雪白头，弯腰驼背。满脸的风霜，已经彻底改变了曾经美丽的容颜。她坐在那里，时刻做警惕状，与来人保持一定的距离，有一种难以亲近的凛然。秀才们过后感叹，天知道，她是怎么活到今天的。

二 孝女

接下来说说孝妇。

吴履祯妻钱氏，未嫁时，割股疗父。既归吴，又割股愈姑疾。夫病，亦割股疗之。年二十九夫殁，守节抚孤，卒年八十。履祯亦曾割股疗亲。人谓诚孝如氏，不愧履祯之妇云。光绪十五年，学使杨奏旌，并给“贞松并茂”匾额。

先要把什么是“割股煎汤”搞清楚。据说，古人认为，人肉是一个疗疾的偏方。如明代，武陵人柳汝霖，在他年仅十岁时，母亲患病垂危，父亲也恶疾缠身，无论如何医治，总不见效。汝霖除了每天晚上向上天祈祷，还割自己的肉，掺在猪肉一起煮给父母吃。他父亲吃了这些肉，病就好了。而他母亲的病并不见好，自从知道儿子的肉能治病，也想吃上几口。汝霖由于多次割自己的肉，伤势很重，他已经没有力气再举刀割身上的肉了，于是他就用嘴撕下自己的肉煮给母亲吃。最终，他母亲的病也痊愈了。

突然想到鲁迅笔下的人血馒头。

曾经问过一个老中医，人肉到底有没有药物的功能。他诡异一笑，说主要还是心理作用。人在无奈的时候，总是希望感天动地。当爹妈的，吃了孩子割下的肉，感动得一塌糊涂，还好意思病在床上吗？必须得好起来。不好也得撑起来。

老中医强调：那都是封建社会的糟粕。

仅仅是糟粕二字，未免简单武断。它的外延或许很大。

现在我们回到钱氏的故事上来。未出嫁时，她就把自己大腿上的肉割下来，给患病的父亲吃。这应该不是一个偶然的事件，或许她从小就接受了某种孝道教育。甚至，这已经是当地的一种潜在的价值观。古人“割股煎汤”的故事，和岳母给儿子岳飞背上刺“精忠报国”故事的意义，或许是可以相提并论的。一种观点认为，身体发肤受之父母，母亲常常把自己的孩子说成是自己身上掉下来的肉。既然自己的肉都是父母给的，那么，剜一块下来，又有何妨？

所以，在父亲病重的时候，钱氏在精神上已经做好了准备。但一个女人，割自己的肉，绝不是一件小事，有没有仪式，有没有看客，我们无从查考，估计动静应该不小，名声是肯定远播了。所以她出嫁后，婆婆病了，她股上的肉就该派上用场了。

首先，如何割肉。我们有时不小心被菜刀划了一道口子，会非常疼。用一把磨得锋快的刀子，直接剜肉，怎么下得了手呢？当时没有麻醉术，那是肯定的，甚至，在偏僻的乡村，消毒、止血的设备都无从谈起。别的不说，光是一刀剜下去，血流如注且撕肝裂肺地疼，人会休克的。乡下人止血，一般采用稻草灰，所以有的人认为，那种草木燃尽的碎末，是天然的消毒止血的神物。此时钱氏不能因为自己的疼痛影响父亲的情绪，她必须忍。如果她大哭大叫，父亲会被她吓坏，甚至不敢吃她的肉了。并且，钱氏还要起身为父亲煎汤。用这块血淋淋的肉来煎汤喝，父亲怎么会没有一点心理障碍？如果让我们来设计并且重返那个屋檐下的现场，空气肯定是凝重的：摇晃的油灯下，钱氏端着一碗冒着热气的汤，说，爹爹，起来喝吧。父亲颤巍巍地喝了一口，说，是什么肉汤啊？钱氏笑着说，就是肉汤嘛，您喝了，病就好了。

然后父亲真的就好了。父亲从病榻上爬起来，能够去小街的茶馆喝茶了。他变成了女儿的活广告。钱氏身上有几个不小的刀疤，那是肯定的。姐妹们聚到一起，会争着看她的刀疤。这些是她的勋章，比细软还值钱，但也是她内心的创痛。她有过彷徨吗？她嫁到夫君家，婆婆就病倒了。这时候，她的刀疤会隐隐作痛。毕竟，婆婆不是父亲。心情的不爽还不能倾吐，因为舆论已经在等着她出场。

此时郎中们有意见了。这个世界，抢别人饭碗总是不厚道的。钱氏的名气，一时压倒了当地的华佗扁鹊。他们集体罢工，有人找他们看病，他们没好气地来一句：你们去找钱氏啊。那种语气，把钱氏当作开肉铺的。钱氏不是会割股煎汤吗，那是包医百病的啊。私下里他们也会议论，说割股煎汤，是一种畸形的变态的恶习，是违反人性的东西。但这竟然是一种被广泛传扬的“好人好事”，他们拿它一点办法也没有。

郎中们这样做，其实是激励了钱氏割股煎汤的意志。没有回头路，必须勇往直前。平时她的身边赞美的话语想必很多，慢慢地，变成一种惯性的力量。她必须那么好，必须持久地那么好，一种矗立在民间语境的高大上，会让她缺少一种寻常女人的安全感。所以，她的再度割肉，已经不是新闻，而是日常生活的某种需要。

然后，丈夫也病了。刚刚痊愈的婆婆有些不忍。毕竟她也是女人，知道“割股”是怎么回事。所以她劝儿媳钱氏，你已经付出那么多，这次不能再那样了。她说得婉转，把割肉说成“那样”，其实是等着钱氏表态。而钱氏还有回头路吗，这一次是自己的丈夫患病，男人从来是女人的天。天是不能塌的。所以她的身体上，又多了一枚沉重的勋章。

值得注意的是，旧志的记载里，郑重地提到钱氏的丈夫吴履祯也割肉了。那可能是钱氏割肉给他吃以后的事。一而再，再而三的割股煎汤，让钱氏的身子特别亏，或许已经到了崩溃的边缘。偏偏这个时候，吴履祯的某位长辈又病了，钱氏知道后，顿时晕了过去。于是吴履祯说，这一次，我来吧。

居然。吴履祯割下的肉，熬成汤，也治好了长辈的病。郎中们会休克吗，天晓得。

过去的民间总说女人是一根稻草，绑在豆腐上，就是豆腐价，绑在龙虾上，就是龙虾价。但现在吴家的情况，恐怕是倒过来了。吴履祯割肉给自己的长辈煎汤当药喝，并没有引起太大的轰动，因为钱氏的名气比他大。更多的人认为，他在向妻子学习。女人们松了一口气，但街坊上的男人们就有些不安，此事一经传开，引发了更大范围的议论。那就是，当一个人患了重病，到底是应该让郎中来治，还是让儿女们割股煎汤。这场民间大讨论，最终在一位朝廷的三品官员、“学使”（亦即提督学政）杨大人出面后，才落下帷幕。古人的习惯，总是喜欢在关键时刻赠一块匾额。字面清峻、含义深邃，供朝野仰望。杨大人上奏朝廷，旌褒给吴家的匾上写着“贞松并茂”四字。懂点文墨的人知道，这是很高的褒奖了。吴家寒陋的居所顿时蓬荜生辉。所有对“割股煎汤”持有异议的人，在这块匾额面前只能集体失语。但是，钱氏的不幸还在继续，夫君最终还是在她二十九岁那年撒手离去。她往后的日子，其实不比割股煎汤好过。但她竟然活了八十一岁。成为吴家的掌门寿星。也是这古城里家喻户晓的励志人物。通往寿星的道路上她一共割了多少次肉，她成了长辈后，子女是否割肉给她？旧志上没有交待。但是，她的生活不会空白，该上演的节目，一个也不会少。我们可以大胆推测，钱氏熬成婆婆后，谁要是提到割股二字，她就会勃然变色。于她，或许那是一个痛不欲生的盖子，拧紧了，就别再打开了。

三　烈女

> 汪大保女，小名小乌头，张渚人。幼字查氏子，及笄，查氏子殁，父母匿不使闻。女微有所知，拟以身殉，遂辍刺绣，废膏沐，忽忽不乐，终日木坐，不数月而卒。查氏嘉其志，迎丧归葬。

我们见到一个跪坐的女子。身前一个钵，是空的。女子身上穿了件青黑的麻布衣服，并不见褴褛，但在这深秋里，是很单薄了。她家里人认得出，那是她未婚夫的长衫改的，过分的宽大，随女子佝偻的身体，空落落地堆叠在地上，落满了污垢。街坊邻居从她眼前走过，她看不到了，青黑的瞳仁，也不转动，问她，说眼前都是白光。

这个小名叫“小乌头”的女子，已经年满十五周岁。本来她可以嫁人了。江南民间，“及笄”是一个少女成熟的标志。与夫君查某，是自小攀的亲。但旧法如天，他们是否见过面，恐也难说。很难想象，在一种严酷的男女授受不亲的环境下，小乌头与查公子能有多深的感情。

查公子天不假年。这没有办法。消息传到汪家，小乌头的父母，知道女儿性烈，情又用得诚切，只能死命瞒着。可是，消息是有翅膀的，小乌头上街，看到有人对着她窃窃低语，神情俱是诡异。她奔到查家，一切都明白了。当时就哭得昏过去，遂以自己的头颅，撞那漆黑而硕大的灵柩。幸被众人救下。

按理，丧事办过，小乌头从此应该有自己的生活。一棵芝麻，方才开花，结籽还是秋后的事。老天做证，她与查公子只是摇篮里攀亲，对方长什么样子，她也未必清楚。但是，小乌头完全丢魂了。原本的一手好刺绣，废了；做出的女红，就像被虫子咬过的。她也不化妆，蓬头垢面；膏沐之类，全弃之不顾。空虚，恍惚，茶饭不思。泥塑木胎一样，基本上是一个废人了。

没过多久，她就走了。

这可能吗？

这个文本的神来之笔，是最后两句：“查氏嘉其志，迎丧归葬。”

原来，查家终是遂了心愿的。原来，查家私下里，与小乌头一直是有接触的。他们会给她送来问候，说昨夜查公子回来了，当然是他的魂魄，当然是托梦给家人。他在那边很好。他什么都放得下，就是放不下小乌头。然后，查家的人问她，梦见过公子吗？小乌头点点头，泪流满面。接下来查家向她描绘的，是一幅与查公子在天堂拜亲的绚丽画面，行进的迎亲队伍里，男人走在哪里，女眷走在哪里。怎样上轿，如何下船。有多少金银财宝，有多少华屋楼榭。田地是如何丰饶富足，子孙是如何绕膝欢愉，全是七彩的画面，等等等等。

查家这样做，并不是发神经。江南古老的婚俗里，有一项叫作“奠雁礼”。新婚的丈夫迎亲时，须与新娘一起对着一对原配的鸿雁行大礼，表示对爱情的忠贞不渝。即使万一将来丧偶，他或她，也将和孤雁一样永不再娶嫁。问题是，谁来证明一对鸿雁是不是原配，而寻找一对真正原配的鸿雁，在操作上难度太大。所以，后来的人们就改换一对家鹅来代替。届时，新郎是要对着花轿三跪九叩首的。新娘呢，也要以她特有的方式，表示此身的忠贞不贰。

于是小乌头变得义无反顾。生活的另一面向她打开了。虚幻是美妙，现实则无比冷酷。人们只见到她的面黄肌瘦，却不知，她内心的一株狼毒花，正在拼命地绽蕾怒放。

这边小乌头还没有咽气，查家就来迎殇了。查公子的墓穴，本来就是双门，是宽大的一应俱全的阴宅。若查公子真的地下有灵，他真要高兴坏了，小乌头款款地来了。飞舞的微尘，将她坚硬的轮廓，勾勒得更为分明。周身华服，没有一点血色，仿佛一尊蜡像。见那眉眼，雪雕般冷，怕是路途艰辛，身乏所致。只听那鞭炮，于深沉的寂静中，爆响连片；唢呐与笙鼓，更如那吃了天风的鹞子，无数声线，伴随着铜板大的纸钱，在微风中扶摇直上。

查家的人此刻怎么想，还用说吗。再说那汪家，所有的人涕泪横流，眼睛都哭肿，如同紫葡萄一样了，那是必然。但此刻他们全都放下一块压在心上的沉石，竟有雨过天青的爽心。好歹，小乌头有归宿了，她与查公子终于团圆了。恍然，他们明白，这小乌头的命，自娘胎里落地，便是查家的了。

这便是江南女子的命，呜呼哀哉。

> 岁贡生校女，武进庠生杨铁聘妻。杨业中替，校改字女于华某，女年十二，矢志不移。杨亦讼之官。无何，铁父卒，女潜持翁丧，父母兄嫂厌薄之，乃依外家祝陵邵氏，处一小楼，焚香礼佛。(尚作诗云："妾身十二许杨生，岂得违盟恋富赢。惟有祝陵楼上月，年年照见妾心清。")俄闻父竟受华聘，赋诗遂自经。(有"一死定知身不免，九泉终信义能全"句)万历四十六年，杭氏婿陆完学为之请旌，又作烈女传勒石。

杭氏，都知道她是城南岁贡生杭校的千金。十二岁，聪明伶俐，能诗善文，坊间是有名的。谁都知道，杭校一提到这个宝贝女儿，山羊胡子都要翘起来。

杭校一步一步考到岁贡生，那容易吗？在古城里，他自然还是要摆一点谱的。就说女儿吧，他不能随随便便许人，有一个名叫杨铁的武进县的县学生，人不错，也有起码的功名了，县学生就是秀才，以后还可以升。他当年也是从县学生起步的。有人来说媒，杭校觉得面子上还说得过去。女儿虽然还小，见了杨铁，倒也顺眼遂心，这就是缘分使然了。科举时代，朝廷挑选府、州、县生员（秀才）中成绩或资格优异者，升入京师的国子监读书，才称为贡生。在杭校看来，今天的县学生，就是明天的岁贡生。

本来是件美事，却因为杨铁没能继续学业，事情就搞砸了。这个杨铁，搞什么搞，杭校怎么可能把女儿嫁给一个半途而废的秀才呢。经朋友说合，他就把女儿改聘给了华某。

华某当然比杨铁强。家境殷实，世代做官，光是祖传良田就近千亩，自己当然也有地位，秀才早拿到了，正准备在乡试中一搏身手呢，说不定就是明年的状元探花。杭校很高兴，他当然相信，女儿会跟他一样开心，因为华某确实比杨铁高出很多。

没想到杭氏坚决不肯改聘。她的理由听起来非常荒唐，一是她喜欢杨铁；二是她不能嫌贫爱富。小小的年纪，道理一套一套的。杭校很恼火，婚姻这东西，自古以来都是父母之命、媒妁之言。哪里轮到女孩自己做主啊。杨铁这边也不买账，居然把这事诉讼到官府。当然，官府并没有把杭校怎么样，说到底，一个岁贡生，一点不比今天的“博士后”弱，更何况，官府里的县太爷，还是杭校当年的同桌呢。

事情就这么耗着。没过多久，杨锳的父亲去世，杭氏居然偷偷地到杨家服公爹丧。目击者说，她不但披麻戴孝，还大呼小叫，眼泪鼻涕抹得很像那么回事。这事有点闹大，因为看热闹的人太多，消息传到杭校耳朵里，让他的脸有点挂不住。岂止杭校，就连杭家的亲戚，走在路上都被别人点点戳戳。于是杭家上下老小，都瞧不起她。这样没有尊严体面的日子，杭氏自然待不下去。她只能投靠城外几十里的祝陵舅家——姓邵，一家子都是老实本分的山里人。杭氏整天待在一个小阁楼里，烧香拜佛之余，她还写诗，大概是愤怒出诗人的缘故吧。当然我们不能要求一个十二岁女孩的诗去跟李清照或朱淑真比。有一首诗，确实写得情真意切，如果翻译成白话文，大概是这么个意思："我十二岁许配杨生，怎么能违背盟约而贪恋富贵？只有祝陵楼头的明月，一年又一年照见我清白的内心。"

这里必须腾出一点笔墨来说一下祝陵，这是个地名，顾名思义，是祝姓的墓地。哪个祝姓啊？居然是祝英台。民间传说里的祝英台，家就住在这里。她和梁山伯的爱情故事，成全了这个寂寞的山村，山坡背后的祝英台墓，据说真的是跟梁山伯合葬的。当然，从古以来，"据说"这个词可以让信口开河的人不负半点责任，但陵墓不远处的祝英台读书楼，却是真真切切的楼台亭阁，骨子里泛出很古旧的味道，完全不是今天文化景点里那种恶俗的临时拼凑的新东西。

对于杭氏来说，凭吊祝英台墓，让她有一种很励志的感觉。巧的是，她舅舅家离祝英台墓只有一箭之地。夜深人静的时候，冥冥之中有一个声音在呼喊她，甚至她看到有一双纤纤手指，在轻轻地敲她的窗棂。受伤的一颗心，就这样怦然萌动了。

奈何，杭氏在这里的活动半径很小，小阁楼以外，都不是她的天地。唯一与她为伴的，就是一本祝英台的诗抄。那是古时的鸡汤文，一个个字都浸在情里。她的行为是如此的大逆不道，场面上的人都不会替她说话。舆论这个东西，你抬眼看的时候，它是无影无踪的，顶多像杨花柳絮一样飞来飞去；但不知不觉你就窒息了。不久她听说父亲最终接受了华家的聘礼，这虽然不在意料之外，但对她的打击是致命的。家里派人来让她回去，这于她，简直就是一个生死关头。古时的聘书，就是今天的红头文件或合同文本，铁板钉钉且无可改变。她推开阁楼的木格窗子，看见对面山坡上的一棵树，忽然就变成了一个人，定睛一看，是英台姐姐，山风吹散了她的长发，像黑色的瀑布在四散开来。她冲她笑着，朝她招手。迎面吹来的风里，夹带着一句话，妹妹，你还在等什么啊？

她回了一句，姐姐等我。

后来，她舅舅在小阁楼上发现了她挂在半空里的遗体，还有桌上留下的一首诗，是咬破了手指，写在一块白帕子上的。这是那个时代殉情男女的标配，洁白的帕子，就是为鲜红的血字准备的。这首诗写得有点急，有点打油，估计是上路之前一挥而就的。所以也用不着翻译了，最后两句，应该是全诗的“诗眼”：

一死定知身不免，

九泉终信义能全。

单看这两句，对仗还是很工整的。她只有用自己一死来证明自己忠贞不渝、棒打不回；同时她坚信，即便到了九泉之下，她的义节也是会保全的。

这两句诗，大半是写给杭校看的。父亲大人，你从小教导我，女孩子必须忠贞不贰，做人更要信义两全。现在我就这样做了，父亲大人有什么感觉？

估计杭校受到的打击，也是毁灭性的。收了华家的聘书和聘金，却交不出一个活人，他这个当爹的，非常失败。一生累积起来的价值观，被女儿这一首打油诗，全部击得粉碎。想必他会郁郁而终的，什么名声，地位，全没有意义了。

没承想，杭氏的死突然改变了一种风向。坊间的议论里，居然有称赞她的。因为人死了，社会评估体系就发生了变化。就像一根火柴终于点燃了一堆烂稻草，回旋的罡风颇有助力之势。那种烈焰也是烤人的。大家突然觉得，这个小姑娘好有骨气啊，她是那么专一、忠贞、刚烈且决绝，真不容易。

这样一来，杭校的日子就更不好过了。耳朵里听到的每一声赞叹，都是给他的一记耳光。而且他还不能解释什么，只能装糊涂。他的生活由此驰入一种光光鲜鲜的黑暗之中。

文本最后提到，万历四十六年，有个叫陆完学的人，据说是杭家的女婿，为这位杭氏向朝廷写了一通呈文，申请荣誉表彰。上边有没有批复，文本并未提及。也许杭校有不止一个女儿，也许他还有干女儿。所以派生出这么一个愤青来。这个陆某人肯定一根筋，他不依不饶坚持上疏，还写了一篇洋洋洒洒的《烈女杭氏传》，刻成石碑，他相信这个俗世里并不鲜见的故事，会传世的。

四　义女

知道李娃吗？岳飞的第二个夫人。

如果不是知县钱大人给岳飞写信，请求岳将军驻兵太湖西岸，并主动承担筹集岳军十万石军粮，恐怕岳飞与李娃是会擦肩而过的。

建炎四年的阳羡县令钱谌，是个亨通时势的明白人。南宋初年，金兵南侵，生灵涂炭，匪患猖獗。说白了，整天有匪报的县衙里，县令的交椅总是摇摇晃晃的。旧县志里这样写道："金人入县之金泉乡，允武率士兵、乡民迎敌，杀获数级，夺弓箭与旗。后遇金兵梅岭村，力战而没。"

岳飞的大军在江南与金兵作战，仗打得确实不错，但是缺乏粮草的困扰始终没有解决。部队饱一顿、饿一顿的，军心未免会不稳。县令钱谌筹集十万石军粮给岳飞，得到了当地百姓的拥戴。岳飞一来，保民安邦，局面很快就稳定了。钱谌一高兴，还给岳飞立了生祠；为一员武将立生祠，这在江南历史上也是绝无仅有的。这个时候岳飞的威望正如日中天。他身边并没有女人，之前的原配夫人刘氏，当年在河南汤阴老家战乱时，弃下子女独自逃命，且不知去向。岳飞曾经前后十八次派人去老家寻找家眷，均无着落。后来终于找到了失散的儿子岳云、岳雷，但刘氏去了哪里，却没有人知道。最后岳飞得知，刘氏已经改嫁两次，无脸再见岳飞。此乃岳飞心头的一块痛，尽管如此，岳飞还是派人给她送去五百贯钱以助其生活。

史料没有记载岳飞是如何与李娃认识的，只是交待李娃乃太湖边一个渔民的女儿，字孝娥。当时岳飞与金兵作战的战场在南部山区的张渚、茗岭、太华一带，这时李娃的出场，我们可以把她推演为古城各界慰问岳家军的妇女代表。这个慰问团的团长应该是县令钱谌，是他第一个发现岳将军对李娃有好感。历史记载的岳飞并不好色，但时年三十几岁的他，在江南地带的温柔风月之地，见到合意的女子，也是会动心的。钱谌劳军有方，区区一个民间女子算什么？可能他会亲自找李娃谈一次话，古时的女子，哪有什么婚姻自主的权利，自己的一切都由父母做主，钱谌是父母官，这方圆百里都得听他的。所以这件婚事没有任何悬念。李娃应该很庆幸，她第一次见到岳飞时，自己已经二十八岁；古代的女子，十五岁称及笄之年，便可婚配，这个年龄颇不年轻了。她没有想到，居然岳飞大将军会看上她。岳飞与她的第二次见面，已经略去了男女之间的浪漫章节，所有的细节都围绕着如何随军过日子，李娃虽然不是大户人家的孩子，但她幼时也颇识些字，道理都是懂的。关键她的仪态里，有一份江南水乡女子的沉静与灵动兼容的气质，让岳飞颇为心动。一见面他们就很谈得来，想必一切都是前世注定。

彼时岳家军的大本营在张渚山镇，但是钱知县认为岳飞的婚宴必须在县城进行；在他看来，这不但是全县人民的一件大事喜事，也是他钱某人的一件政绩。他要让全天下的人知道，是他钱某人在给岳飞大将军操办喜事，而岳飞必须给钱知县这个面子。这一天无疑是个黄道吉日，凌晨，县城里从各地征集来的足足一千头肥猪被集体屠宰，它们发出的惨烈嚎叫很快被喧天的锣鼓声所湮没。人们舞起龙灯，扯起花船，踩着高跷，载歌载舞拥向县城中心的文昌宫，这里原本是书生考试的庄严之地，现在临时充作岳大将军举办婚宴的喜庆场所。摆不下的筵席，只能沿着街道一路排去，那一天岳家军的中下级军官都到了，轮不到坐席的军士们，大块肉一样吃，大碗酒一样喝，好不痛快淋漓。清香的米酒是本地农家酿制，那是酸甜可口的标本。几百个厨师炒烩烹熘，各显其能；更多的人沿街观望，他们穿上只有过年才穿的新衣服，等候古城的新女婿从这里经过。南宋时的阳羡古城区域，仍旧保留以蛟桥河为横向水轴、主城路为纵向陆轴的“田”字形空间布局。四街八巷、七座城门各有出处。城中心的蛟桥堪称古城肝胆。这一天早晨，所有的城门全部打开，城外的人群蜂拥而入，热闹的程度比过年更甚。这里顺便说一下宋代的服饰，宋太祖时规定，庶民百姓不得采用绫缣五色华衣。但到仁宗、英宗、神宗直至政和七年时期，官府提倡改良服饰，而且更趋奢华。江南太湖沿岸属于富庶之地，对于这些规定，民间从来置若罔闻，不但绫缣锦绣任意服用，而且还别出心裁地设计出多种装扮方法，不但衣料选择考究，而且梳妆也很特别，有的梳大方额，有的扎发垂肩，有的云光巧额鬟撑金凤。贫穷人家还有用剪纸装饰头发，身上抹香，足履绣花等装扮。当岳飞迎亲的马车队伍从西城墙的荆溪门呼啸而入时，人们看不清被红盖头遮蔽的新娘子的容颜，却看到了威武的岳飞和他那闻名天下的坐骑“雪花骢”。在乡亲们的认知里，岳飞的容貌应该属于年画上画的那样，身躯魁梧，着黄金甲，披紫蟒袍，腰横玉带，一手抚剑，一手牵马，威风凛凛，相貌堂堂，特别是那双眼睛，炯炯有神，令人望而生敬意。却不料骑在马上的岳飞是个温文尔雅的书生，他的眼睛亮得纯净，脸上是慈意的笑容，如果卸去身上的战袍，真像个邻家的大哥。他的坐骑“雪花骢”倒是非常了得，那是一匹浑身雪白、没有一点杂色的高头大马，据说此马健步如飞，长啸一声便吓破敌胆，令敌闻之溃退；又传说它食量也惊人，每天要吃几升黄豆，要喂几石草料，只喝泉水，河水则不吃，脏水更是闻也不闻。

总之，那一日，古城的父老乡亲们过足了一把瘾。满城的酒香肉香让吃不上酒席的人，站在下风口闻闻味道、听听故事也蛮满足。有一个结论似乎是一致的，李娃这丫头嫁得好，嫁得真是时候。她应该为岳飞生五个儿子。满城的美女则一致嫉妒李娃的命好，凭什么呀，不就是个捉鱼佬的女儿吗，她身上的鱼腥味只怕还没洗干净呢。也不知道她哪来的福分。

这李娃倒是不肯辜负乡亲们的厚望。她一口气给岳飞生了三个儿子岳霖、岳震、岳霆，一个女儿岳银瓶。如果只把她看作一台给岳飞传宗接代的生育机器，那就错了。史书称她忠贞贤惠，有胆有识。首先，她对岳飞前妻刘氏生的孩子岳云、岳雷倍加爱护，视如己出。然后，对岳飞母亲姚太夫人非常孝敬，深得姚氏欢心。其实对于一个古代女子来说，这两样都是起码的功课，否则你怎么立足，怎么抬头？因为社会的主流价值观在。或许会有一千个女人跳出来说，这有什么，我们都会，因为我们生下来就被告知，每个女人都必须这么做。不过，接下来的事，就不是寻常女子所为了。居然这个渔家女子心细如发，不但能给岳飞管家，还能给他打理军队的后勤安抚事务，每当部队出去打仗，她必定要去那些部将的家中慰问女眷与孩子，那些来自五湖四海跟着男人闯荡的女人，特别信服岳夫人。据汤阴县志记载，李娃还“日夜协助岳飞布置军事，部下军事有谋叛者，李夫人廉得之，不以言，一日会诸将于门，立命捕斩叛者，一军肃然”。这就更厉害了，李娃居然发现，岳飞的部将里有谋逆之贼，而当时岳飞并不在军中。情况想必十分危急。李娃不动声色，迅速搜集谋逆证据，然后布置妥当，突然齐集诸将，当众揭穿叛贼行径，并宣布调查结果，将几个毫无防范的叛将悉数捉拿斩首。岳飞闻讯大惊，安抚妻子那是必然，但作为一个统帅，他是否也有用人失察之错？彼时男人的心思比较复杂，在整顿军纪的时候，岳飞加了一条：女人在任何时候都不得干预军事。具体地说，李娃不得代行军令。这一条，想来并不单是对女人的限制，而是做给男人们看的。

不但限制李娃的权利，还限制她穿绸缎的衣服。作为岳飞的夫人，李娃平素非常注意自己的穿着，不华丽的素派装束，是她的基本格调。李娃的贤德内外皆知，皇家封给她的荣誉也很多，什么正德夫人、晋秦国夫人等，断不了有些场面上的应酬。岳飞对她的限制，有点说不过去，但他应该不是一般男人的那种小心眼，他是要李娃做全军家属的榜样，这跟他自己一贯的节衣缩食、不贪不占的风格是一致的。好在李娃听话，从此素食素衣，丈夫的话都是对的。古时大凡夫妻能够琴瑟和谐，必是女人让步，男人有数。岳飞和李娃都做到了。

其实李娃的主要功绩，还在岳飞被害之后。绍兴十一年的年底，她突然失去了青天般伟岸的丈夫，剩下她和一群孤儿寡女。于岳家、岳家军，这无疑是一个灭顶之灾；于神州大地，则是一个举世皆知、人神共愤的冤案。老百姓的情感比较朴素，对于正在演绎的历史，他们一时缺乏与事实对称的信息，只能共同把愤怒的矛头指向“秦桧矫旨”。其实他们哪里知道，真正的主犯，是那个离古城不远的临安皇宫里的高宗皇帝，这个被朝野称为“官家”的赵姓男人此时的心理，是不可能让岳飞多活一天的。李娃虽然是个女人，但她非常清楚，她丈夫的死，根源并不在秦桧，而是那个权谋权术已经相当成熟的帝王兼性格上的偏执狂。为什么要杀岳飞？一般人认为他是不想更深地得罪金人，是为了保护尚在北庭的母亲，实际上是为了规避更大的风险：哥哥钦宗尚在五国城“坐井观天”，假如金人一急之下将其放回，那么他的帝位的合法性将受到严重挑战。宋金重新开战之后，“岳家军”已经成为全国军容最盛、战力最强的部队，而且他杀气腾腾，动不动就“怒发冲冠”，扬言“靖康耻，犹未雪；臣子恨，何时灭”。如果岳飞借此谋求政治地位，甚至挑战朝廷的权威，有谁可以与他交战并且取胜？

所以，岳飞必须死，死定了。这不光是做给金人看的，也是自己内心最迫切的需要。至于罪名，这并不重要，“莫须有”，便是一个上不封顶的滔天之罪。从岳飞开始，它成了一个专有名词，代表着千百年来那些难以自圆其说的强加罪名。

接下来，李娃见证了抄家罚没等皇家对待死囚的程序。她想带着孩子们回老家宜兴。老家的父老乡亲也在以各种方式安慰她，亲朋好友甚至已经在太湖边的唐门村为李娃的到来准备生活上的安置。但是官家咳嗽一声就否掉了，不允。从地图上看，宜兴离临安太近了，任何一个君王都不会允许一个死囚的家属定居在皇城的眼皮底下。于是，一份荒蛮且悲苦的流放文书放在了李娃面前，举家去岭南，这个队伍里包括与岳飞一道遇难的长子岳云之妻巩氏，四岁的长房幼孙岳甫，才一岁的次孙岳申，三岁的幼孙女岳大娘；岳飞的次子岳雷，时年十六岁，次媳赵氏，一岁的次房幼孙女岳二娘；另外还有她与岳飞所生的三儿一女。

流放岭南，这是当时对重要政治钦犯的特别待遇，酷热加上瘟疫，加之江南人的水土不服，官家希望李娃一家最好是死在那条艰难的驿道之上，这样于大家落得个干净。临行前，官府的衙役突然不允许年幼的岳甫、岳申与母亲巩氏一起上路，这让巩氏大哭不止，甚至以自杀相抗。李娃安抚巩氏道："以吾夫之贤，可使无后乎？"巩氏于是忍痛不再哭泣，携着坚忍的婆婆踏上征途。

通过渠道，与官府一再交涉，李娃此时已经没有什么人脉资源，但是她不弃不馁，最后官府终于同意两个幼孙跟他们一起上路。

历史没有记载李娃拖儿带女前往岭南的具体时间，但是古城的父老乡亲却打听到了他们动身的日子，那一日城南的城隍庙前集聚了许多百姓，他们面朝南方，焚香祷告；更有三二文人赶到古城墙外当年岳飞与金兀术大战一百回合的"百合场"，临风洒泪，挥写胸臆。

岭南是李娃生命里的一阕绝唱吗？整整二十年，仅仅用"凄风苦雨"来形容她和儿女们的困苦与卓绝是不够的。那个年代，纵穿帝国南北的道路主要有两条：一条是从大运河入长江，再入赣江，翻南岭，过梅关，入珠江流域；还有一条路是由长江入湘江，经过灵渠，再进入珠江流域。李娃一家应该是走大运河这一条路线的，这条布满冤魂怨鬼的曲折道路，多像一根长长的绳子，把历朝历代不同际遇却同等命运的人捆绑在了一起。不过，若要盘点历史，像李娃这样的女子，在流放的人群里，绝对是绝无仅有。

最难忍的苦，不是瓦灶绳床、缺衣少粮，而是精神上的种种奴役。今天的人们或许久违了古时发明的一种惩罚之法，叫作“编观刑”。这是流放人群里最为严苛的一种刑罚，表明人身自由受到了严格的限制。比如你到了一处稍有人气的村落，你却不能与当地的人有任何交流。你隔三岔五必须去监管人那里“呈身”，这里的呈身可不是旧时意义上的自荐求仕，而是带有“验明真身”的味道。如果李娃是个意志薄弱的女子，在岭南的七千多个日日夜夜，她完全有理由去死一千次。但是，汤阴县志称她“居患难不改幽闲之操”。她竟然是乐观的，当眼泪已经流干，当心肝已经变铁，当脚茧已经变厚，你还能把我怎么样？在暗无天日的岁月里，李娃一定把什么都想到了，她眼前晃动着一个女人的身影，岳飞的第一任夫人刘氏，她给岳飞生了岳云、岳雷，自己却在战乱中弃下儿子，改嫁他人。刘氏被天下人耻笑了许多年，成为铁板钉钉的著名民间弃妇个案。她爱岳飞，生是岳飞的妻，死是岳家的鬼。只要一息尚存，她一定要带着儿女们活下去，以自己的全力，照看好岳氏一门的生命脉息。

史书或许忽略了这样一个事实，即李娃在流放岭南的二十年里，从来没有停止过为岳飞申冤，她在飘忽的烛火下秉笔直书的，其实是自己一直没有放弃的信念，她的丈夫是顶天立地的英雄，她相信那些横加的罪名，终将要被推翻，一定会被推翻。

说什么梦里家山、故园依稀，古城在她心头，从来不是一个飘渺的梦幻，而是一个巨大的精神依存。事实上，她和老家一直没有断过联系。《岳氏家谱》这样写道：“霖以家难去相徙阳羡，阳羡之民念飞之功，相率为买田宅以居之。”这里记载的，是岳家的一个重大转折，李娃之子岳霖带领家族的部分成员终于从岭南迁到宜兴，在岳飞生前住过的唐门村落户。这里地处太湖之滨，也是李娃早年随父打鱼的栖息之地，河汊港湾、水陆通达，能进易退、民风敦厚，是避居的绝佳之地。给岳家买田置地的钱物，除了亲朋好友，更有老家的一些望族出手相助。这个时候的知县已经不姓钱了，但是，老家人不忘旧恩、乐施好善的古风还在。这座厚道的古城不会忘记她的优秀女儿，不会忘记曾经前后十年之久在古城保家卫国的岳将军。

彼时宋高宗已经下野，以“太上皇”之名安享晚年，他的侄儿宋孝宗继位，形势似有松动，时局也今非昔比。李娃的申诉状一封接着一封飞向皇宫，朝野对岳飞一案的议论波涛，更是一浪高过一浪。当时有一位名叫张伯麟的内侍右武大夫，号称白锷馆客，曾在太学壁上题字：“夫差，尔忘越王杀尔父乎？”当时徽宗已经死在金国，明白人都知道这是讽刺赵构的。如果说，当年官家杀岳飞是政治需要，那么，现在孝宗为岳飞平反昭雪也是政治需要。然后，此时秦桧已死，把所有的罪名推到他身上，更是一种政治需要。不过，秦桧可没有那么傻，他或许知道身后的千古骂名，在晚年的日记里，他披露了一段当年他与官家的对话，大意是，他曾经劝官家不要杀岳飞，一是罪不至死，二是动静太大，恐会引起举国上下的动乱。官家盯着他说了一句话：岳飞不死，那就你死。

彼时李娃已然飞雪白头，她等到了丈夫的昭雪。绍兴三十一年十月，她和家人从惠州生还。荣誉突然像雪片一样飞来，岳家的子孙不但获得自由，又可以做官、封妻荫子了，之前她被剥夺的荣誉，诸如“正德夫人”“晋秦国夫人”“楚国夫人”等，一起回来了。不过，历经生死大劫的她，无论皇恩的雪球滚得多大，皆能平淡面对。心头唯有一处是热乎乎的，那就是故乡一直爱她。平生最大的欣慰，就是她的儿女们都爱阳羡老家。岳霖把乃父的衣冠冢建在阳羡唐门村，供爱戴他的人们凭吊，他自己活到八十八岁，乃选此地，作为自己的安眠之所，永远陪伴父亲的脉息。

古城的父老乡亲有个朴素的心愿，就是希望李娃能够在家乡安度晚年，退一步说，纵使生不能还乡，至少也能在身后魂归故里。老家方面派亲属代表与李娃接触，表达故乡对她的挂念。李娃长泪双流，面朝故乡的方向，深跪不起。她托来人转告家乡父老，因为岳飞的母亲葬于江西庐山，出于孝道，也出于对岳飞的交待，她不能回来与家乡父老团聚了，假若人有来生，她定会给家乡父老尽孝。之后，她立下遗嘱：终后葬庐山，陪伴岳母姚老太太。

古城闻知消息，一片喑然。

绍兴三十二年十月十六日，孝宗皇帝发表《复岳夫人楚国夫人文告》，称：

荣悴有时而不同，忠邪既久而自判。昔飞以篆车绨冕，备大将之多仪；而李以文驷雕轩，正小君之显号。系疆宗之鼎盛，何奇祸之骤兴？殆兹天定之时，宜尔邦诬之辨。前楚国夫人李氏，柔洁以为质，俭勤而自修，处安荣不闻骄妒之愆，居患难不改幽闲之操，阖门远徙，阅岁屡迁。眷念前朝既下生还之命，志伸今日，再加甄叙之封。锡以土田，为其汤沐，子孙并仕，顾惟晚岁以何忧？门户再兴，尚识大恩之所至！可特复楚国夫人。

五 逆女

仿佛一道魔咒。江南女子的命，说到底都不是自己的。当然有破除魔咒的人。但时代的变迁和机缘，是慢慢等来的。人的一生，何其短暂，许多人的命，只有标本意义，只有垫脚意义。已经成为意义的东西，便没有了鲜活与神采。时间到了民国，西风东渐，究竟就大不同。且说太湖边的古城南街大人巷里，蒋家，有一个名叫蒋棠珍的名门大闺，按照门当户对的民间规则，民国元年，棠珍十三岁，父母将其许配给苏州的望族查家公子查紫含。蒋家的祖上在江西为官多年，父亲蒋梅笙，满腹诗书的复旦教授。家族的根基与气脉，在当地都是上乘。查家也不含糊，查紫含的父亲查亮采，早年做过荆溪知县，能诗善文，也是风雅中人。如果不是一个名叫徐悲鸿的年轻人闯入其间，这个查太太一生会过得非常富足且平安。

蒋棠珍后来叫蒋碧微。棠珍的故事，只止于阳羡古城的大人巷。如果她嫁给查家，她的故事能延续到姑苏。而取蒋碧微这个名字，仿佛是她新生的开始，她与悲鸿的恩怨，几乎家喻户晓。无论如何，她都是民国女流中的一道风景。

为什么蒋棠珍不喜欢查紫含？蒋碧微在自己的回忆录里，给出的理由有些勉强。当时蒋父已经在上海复旦大学做教授。查紫含原先在苏州就读，蒋家迁到上海，他当然要向未来的岳父靠拢。据说，那一年暑假前，快要大考了，查紫含让小弟到蒋家，私下里讨一份蒋教授所出的国文试题。这件事被蒋棠珍抓住了把柄，认为他品行不端。

其实，这只是蒋棠珍不愿意嫁给查紫含的一个借口的开端。跟未来的岳父讨一份试题这样的小事，用得着大惊小怪吗？讨，毕竟还有征询的意思，又不是偷。如果棠珍对小查有感情，根本就用不着查家的小弟来讨要，她早就在父亲的书房下手了。不就是几个试题吗？就算蒋棠珍是个注重品质的人，以这样一件小事，将小查一棍打死，无论如何出手也太重了。问题在于，之前棠珍居然从来没有跟查紫含见过面。根本不可能有什么感情。而这里，她已经在跟徐悲鸿眉来眼去了。这样说蒋棠珍，并没有轻薄的意思。她是好人家的女孩，重情义，重感觉，不重钱财。当时徐悲鸿有什么？一个穷书生，家在乡下，讨过一个老婆，还生过一个孩子。鬼才知道日后他会有多大造化。但是，蒋棠珍就是喜欢她，男女之间的喜欢，不需要理由，只要来电就行。但蒋棠珍已经有男人了，跟上述几位古代的“贞女”相比，这简直大逆不道。不过，既然已经是民国了，女人为什么不能有自己的主见。“门当户对”之类，于民间，虽是铁律，但也就是个纸糊的灯笼。徐悲鸿让蒋棠珍喜欢的，首先是他的气质，这不是一个乡下人，虽然家在乡下，虽然每天为了生计奔波，要走三十里地，在三所学校任教，甚至路过家门而不入。但他身上没有乡下人的土气和呆气。他的略带抑郁、伤感的气质，让蒋棠珍很痴迷。她的生活圈子里，要么就是纨绔子弟，要么就是遗老遗少。绝对没有悲鸿这样艺术范儿的人。再有就是，徐悲鸿身上有一种内在的潜质，被蒋棠珍捕捉到了。这是蒋棠珍的造化。再说徐悲鸿，他经常去蒋家玩，其实理由是不充分的。从门第来说，徐悲鸿父亲徐达章只是一个乡村画师，折换在今天，充其量乡文化站下面的一个业余画家罢了。而蒋家是古城大人巷里的望族。但徐悲鸿胆子大，他喜欢蒋家的书卷气，总会编造些理由，一会儿古玩，一会儿书画，到蒋家扯闲篇。这是场面上的说辞，关键还是蒋家有个棠珍小姐，让他心仪。

今天的人来读这样一折旧故事，或许打不起什么精神来。但要知道，民国初年，让一对男女走向私奔，有多难。徐悲鸿那边还好说。彼时他自己不爱的老婆已经死了，和不爱的老婆生的儿子也夭折了。一切的一切，冥冥之中都在为一场私奔做准备。

蒋棠珍这边就要难得多。查家与蒋家走动很勤。虽然两个年轻人没有见过面，但这并不影响他们的婚约。因为婚姻这东西，自古以来就是父母之命、媒妁之言。见面，一直要到洞房之夜，新娘的头盖才掀开。“试题”事件后，小查似乎感觉到某种危机，他提出要见见棠珍。但棠珍已经有了不爱他的理由。此人在她心中，已经面目可憎，还见什么面啊。小姐总是有脾气的，在“脾气”的掩护下，蒋棠珍在感情上已经把小查晾在一边了。但是，这会儿说她要废掉小查，另立悲鸿，她还没有这个胆子，也没有这个主意。

往前走的钥匙，掌握在悲鸿手里。其时他已经投到康有为门下，在姬觉弥掌管的哈同花园混得尚可。但在上海滩，说他小有名气，还有些勉强。论经济实力，支撑一场远赴异国他乡的私奔，他还远远不够。如果不是有一天，他在蒋家聊天，听棠珍的母亲无意间说到，明年查家就要来迎娶棠珍，他不会着急地准备和棠珍私奔的。关于这一段细节，蒋棠珍在其回忆录里，有着详细的记载：

> 一天早晨，母亲为我梳辫子，徐先生坐在一边看，嘴里在和母亲聊天，母亲随便地告诉他说：查家明年就要来迎娶了。我听了不觉一震。后来梳好了头，母亲下楼做饭，徐先生也告辞离去，剩下我一个人在楼上，思前想后，不禁悲从中来，就伏在桌上饮泣。这时忽听楼梯急响，徐先生又匆匆地跑回来了，原来他走到弄堂口，才想起忘掉了一条手帕，回转来拿，正好撞见我在那儿哭着。他像是很了

解我的心情，伸手拍拍我的肩膀，说了一句：“不要难过。”

然后折身下楼。

悲鸿的回马枪杀得太漂亮了。他先是故意把一条手帕落在徐家，然后算准了时间，趁蒋母在楼下做饭的当口，突然返回。“楼梯急响”表明着他的焦虑，也有点心虚。倒不是怕撞见蒋家的人，而是他吃不准棠珍对查家来迎娶这件事，是怎么想的。万一蒋棠珍对小查并不如他想象的那般反感，万一她胆子小、脸皮薄、嫌他穷，不肯跟他走怎么办？结果他看到了最满意的一幕：棠珍趴在桌上哭呢。少女的哭，应该是世界上最美的风景。此刻，他放心了。以悲鸿的老到，这时不须多言。但一句话也不说，肯定不行；说过于直露的话，也不妥当。于是他用那只日后画出了许多传世之作的手，拍了拍棠珍的肩膀，说：不要难过。

潜台词是，有徐某人在，你就放心吧。

以蒋棠珍有限的阅历，当时肯定听不懂悲鸿的弦外之音。但肩膀上被悲鸿轻轻一拍，温暖且给力之外，还给她传递了既模糊又清晰的信息。她或许有预感，一个以她为女一号的故事，正在按照它自身的规律，悄悄生长。

终于有一天，徐悲鸿派朋友朱了洲来跟棠珍探底：假如有一个人，想带你去外国，你去不去？

朱了洲不直说悲鸿的名字，实际是一种转弯抹角的询问。毕竟，蒋棠珍是订过婚的人了，说不定小姑娘被家人劝劝，已经回心转意了呢。得罪棠珍，不就是得罪蒋家和查家吗？朱某人可没那么傻。

> 我听他这么一问，心头就立刻映出了徐先生的影子，这“一个人”和“外国”同时对我构成强烈的吸引，使我心底的暗潮汹涌澎湃不可遏制。耳畔仿佛响起嘹亮的喊叫声：“去啊，去！你为什么不去！难道你想等着查家来迎娶？”

沉默了半天，蒋棠珍终于说出两个字：我去！

朱了洲暗自庆幸，也有点羡慕加妒忌。悲鸿这个人，天生有桃花运。接着他告诉棠珍，这个人就是悲鸿，他要带你去的地方是法国。

蒋棠珍想必才子佳人小说读得不少。民国初年的法国，对于一个接受了一些新思想的年轻女子是什么概念？仿佛天堂在招手。蒋棠珍是大家闺秀，此时她不会考虑，悲鸿家在乡下，负担重；自己没有稳定的收入，也没什么积蓄；在上海滩名气也不大，甚至连一间体面的房子都没有，将来他怎么养活家庭。查家很富裕，可那又怎样？她讨厌小查，其实是以喜欢悲鸿为前提的。不愿意跟一个喜欢作弊的小男人过日子，是因为有了悲鸿这样一个参照。穷，相反成了悲鸿的财富。他在奋斗，在努力，身上那种迷人的气质，让她非常迷恋。

就这样简单。棠珍决定跟悲鸿走。她对悲鸿的爱既单纯，也朦胧，但终归是真切。之后会发生什么，她不敢多想。有悲鸿，她就什么也不怕。

老到的悲鸿一刻也没有停止他的私奔计划。他先是给蒋棠珍改了一个名字：碧微。棠珍这个名字并不坏，但那是跟查家订婚时用的名字。他带棠珍走，等于是拐走别人的老婆，这或许是悲鸿的心理障碍。新生的碧微，才是他的爱妻。这个名字和悲鸿一起，首次出现在一对水晶戒指上。不好意思，此时徐悲鸿的确囊中羞涩，买不起钻戒，但戒指是定情物，必须要有的。只能用水晶货来代替。但蒋棠珍不会计较，此时悲鸿就是用稻草给她编一枚戒指，她也乐意。带上这枚戒指，她就是蒋碧微了。

其间仓促而周密的私奔过程，蒋碧微回忆录里均有详细交待。在此略过。有时人算不如天算，徐悲鸿想带蒋碧微去法国，但是，第一次世界大战正打得难分难解。上海到法国的航线不通。徐悲鸿不敢再等，遂改道去一衣带水的日本。而蒋碧微临走前给父母留下的一封"遗书"，写得实在潦草。或许，她希望父母明白，一向认真的女儿，只能用潦草来掩饰真相，而这样的一种潦草，还宣示着另一种认真。这封潦草的遗书，不经意成了蒋碧微的代表作，时隔一个世纪，温度依然，值得今天的人们向其致敬。

蒋家父母看到女儿的遗书，一时五雷轰顶。但以老蒋的世故，很快就知道这是假的。并且，蒋家判断此事跟徐悲鸿有关。有一个细节很有意思，他们找到此事的牵线人朱了洲，希望他告知详情。哪知朱某一口否认，推了个精光。这就更让老蒋深信，宝贝女儿真的跟着徐

蒋碧微女士的民国范儿（郎静山摄）

悲鸿私奔了。

对徐悲鸿，蒋家的印象是好的。老蒋有一次在说到悲鸿的时候，曾经感叹：要是我们再有一个女儿就好了。这个民国初年的老秀才眼光不错。但是，此事如何向查家交待呢？按照旧制，即使女儿真的死了，也该葬到查家的墓地去。老蒋在这个问题上很纠结。虽然，他是复旦的教授，满口都是新思想。但是，操控主流社会价值观的，还是前朝遗留下来的陈规。重大事项的做法和说法，跟小乌头那时候并无二致。

实际上，查家也很快知道了事情的真相。蒋家和查家之间，一场不动声色的博弈已经开始。蒋家走出的一步棋非常高明，一方面他们通知亲友，说棠珍不幸夭亡；一方面在苏州买了一口棺材，里面放了一些石头，送到郊外的一个寺庙里，暂时寄厝。这一着，叫作进可攻，退可守。在苏州买棺材，亦即在查家的眼皮底下，故意弄出许多动静，让查家及亲友们知道，蒋家的女儿殁了，因为和查家订过婚，所以，丧事还是在苏州办。但是，由于女儿是暴病而亡，说起来不那么吉利，为了不影响查家，也为了尊重查家，所以把灵柩暂搁在姑苏附近的寺庙里，而不是运回宜兴。

接下去如果查家要闹，要给说法，甚至要把棠珍的“灵柩”葬于查家墓地，蒋家也有了转圜的余地。反过来，如果需要进攻，蒋家也有砝码。棠珍的灵柩已经寄厝在苏州地盘上了，你们还要怎么样？不怕病菌传染，你们就把棺材扛走吧。总之，只要战争不是在阳羡而是在姑苏的地盘上打响，最大的输家肯定不是蒋家。

查家这一边，其实很窝火。这件事，明明是打查家的脸，无异于奇耻大辱。查家的主战派是主张闹一闹的，不给蒋家一点教训，这口气如何下得去？但是，主和派在冷静分析了形势之后，觉得这个时候如果把事情闹大，吃大亏的还是查家。总不能让天下人都知道，因为小查搞不定蒋棠珍，所以她跟着徐悲鸿跑了。你能把她追回来吗？即使追回来，你能得到她的心吗？闹得大家声名狼藉，最后还不是查家被人笑话吗？

默认。顺水推舟。查家的基调定下来了。此时不用力，即是最好的用力。

于是乎，查家上下一片哑然。

这一仗，由于双方都不想打，故而一台“瞒天过海”的折子戏，在蒋、查两家的默契下，以“不了了之”的结果，勉强得以落幕。

蒋碧微后来回忆，当时她父母的压力非常大。满城风言风语，柳絮一般飘飞。最大的压力，竟是来自家族内部。她的伯父非常气愤，写了一封长信，指责她父亲管教不严，败坏门风，竟然让已经订婚的女儿，跟着别人私奔。然后，蒋家的其他长辈，纷纷出来说话，大骂蒋梅笙教子无方，简直让蒋家斯文扫地。

即便是在西风渐来的复旦校园，蒋梅笙的背后，也被人指指戳戳，诟病不断。想来，从长袍马褂换成西装革履是容易的，甚至，一刀剪掉头上盘缠的辫子，也是容易的。而封建的习俗乃至观念的废除，之所以难，是因为它变成了一个民族代代相袭的遗传基因，深深地嵌入人们的肌体甚至血脉。

紧接着，蒋碧微的堂妹，也效法棠珍姐姐，不顾父母反对，嫁给了她父亲最反感的朱了洲先生。天知道，朱某人是不是受了徐悲鸿的影响。他不动声色，就跟徐悲鸿做了连襟。而蒋家的人一致认为，正是棠珍的私奔，给姐妹们树立了一个坏榜样。

蒋碧微这边也不消停。虽然日本远离上海，但只要有中国人的地方，听说了蒋碧微和徐悲鸿的私奔故事，也纷纷予以谴责。许多年以后，蒋碧微还记得那些中国留学生在见到她和悲鸿时，那种公开的冷嘲热讽的嘴脸。想来，留洋并不能改变中国人骨子的“国粹”。一百年后有一首歌里这么唱：“洋装穿在身，我心是中国心。”我们知道，那歌的意思，不是我们要说的意思。但是，许多发生的事情，却证明还就是我们说的那个意思。

现在我们知道，蒋碧微跨出这一步，当时有多难，有多不容易了。

她后来与悲鸿分道扬镳。其间恩怨，众说纷纭。历史自有公论。但是，蒋碧微作为从一个江南县城走出的女子，冲破“婚约”，在民国初年那样的情景之下，与徐悲鸿一意孤行，亡命天涯，确实具有里程碑意义。

如果我们回过头，让唐氏、潘氏、钱氏以及小乌头来讨论蒋碧微的私奔，会得出什么结论呢？或许，她们会睁大惊恐的眼睛，然后集体晕倒。或许，她们会用尽吃奶力气来谴责碧微的不端和背叛。但是，如果给她们时间，与碧微坐下来聊天，交心，最后的结果说不定会产生逆转。

或许她们会问，哦，自己做主，爱一个真正喜欢的人，那可能吗？然后，还与他一起私奔，就不怕天谴地诛吗？

碧微会说，天和地，都在自己心里。

说了半天，唐氏会突然怯生生地冒出一句：和自己爱的人在一起，那是什么感觉？

碧微看到她眼里有泪光，心微微一颤，答：那样一种甜蜜，何曾可以言说呢。你想吧，山重水复，否极泰来，那又是怎样的苦。

钱氏说，难道比一次又一次地割自己的肉，给长辈煎汤喝还苦吗？

唐氏说，难道比用一次又一次跳河自尽来证明自己的清白还苦吗？

又都说：其实，那不是苦。是应该的。

说来说去，她们又还是回到了原地。

最后的结论是没有结论。因为蒋碧微跟她们说不清楚。一种定格，解释了什么叫云山雾罩。一种标本，印证了什么是长夜难明。

第二部

声声慢

俗世生活是江南腹地最真实的肉身状态，它保存着元气充沛的韵致与风骚，并且记录它逆变、生长的走向。

江南人因读书而改变命运，命运又反过来重新塑造读书人。无论温儒与精雅，还是叛逆与骚动，抑或是剑走偏锋的变异，但最终读书人的内心还是笃定如常。不放弃的底线与恒定的风骨，守住了自己的性格、声音和尊严。而最终，它还留给现实的迷路人和未来的还乡者一份永不磨灭的江南精神版图。

五 读书不好玩

恰同学少年，
殊途同归。

一 谁在尴尬

江南的五行八作、三教九流，最受尊敬的，自然是读书人。

如果你要考问一位读书人，读书到底有什么用处，或许他不会说什么黄金屋或颜如玉之类，而是告诉你：“读书让人变成人。”

就这么一句话，即刻便把你带入一种陈述：古代江南民间，读书人和文盲的“待遇”是有天壤之别的。一个乡村的孩子，只消上了塾学，能熟读四书五经，即被视作已经“开蒙”，便可入本家祠堂，喝酒、议事、祭祀，三尺学童一样有话语之权。而不读书的人，即使长大，生儿育女，也会被认为心智尚未成熟，必须年满三十六岁，当地俗语称“全福全寿”，按照古法，这个年龄即便亡故也不称“短寿命”了，才可以进入祠堂喝“守岁酒”。

一种温和的残酷，把一种人抬得那么高，把更多的人压得那么低。没办法，康庄大道和羊肠小道都摆在那里。穷人家的孩子要有地位，所谓跳出农门，唯有读书，还是读书。

于是，就有了耕读传家的遗训。

故事太多。有些就被我们翻篇了，但有的故事，会让我们停下脚步。

这个故事有一个比较无趣的开头：20 世纪 60 年代中期，江南太湖流域的一个小镇，一个炎热夏天的清晨，一位中年农妇，两脚带着田野草地的露水，神色匆忙而忧虑，来到当地人民公社大院的台阶下，做徘徊状。起先，门卫以为她是来告状的，当时共和国的词典里，还没有“维稳”一词。河水是清的，天空是蓝的。公社的大门也是敞开的。但农妇忧郁的神情让门卫产生了某种警惕。但她坚称，她不是要告状，而是来找胡海清书记有事的。一个农妇居然知道公社书记的名字，而且直接要找他“有事”，门卫感到新鲜。一般的乡下农民，连大队支书也不敢找，在农民们眼里，公社书记就是当地的皇上，这个农妇的胆子如此之大，让上了年纪的门卫大爷有些匪夷所思。

让这个故事变得渐渐有意思的是，农妇手里，紧紧攥着一个皱巴巴的信封。门卫朝信封扫了一眼，虽然他文化不高，但“大学”两字还是认得的。一个农妇居然跟大学有瓜葛，真是人不可貌相。门卫不敢怠慢，于是，农妇顺利地见到了这个公社的最高领导：党委书记胡海清。

起先，她过于简单的陈述让胡海清书记一时摸不着头脑，但是，当他打开农妇递上的那个皱巴巴的信封，他就从座位上站了起来。

这是一张南京大学外语系的录取通知书。被录取的学生名叫沙祖康，是农妇儿子。因为家贫，凑不齐开学所需的二十一元费用，所以，当收到这张录取通知书后，母亲瞒着儿子，把通知书藏了起来。她暗地里奔波了两天，几乎跑遍了所有的亲戚，也找了村上稍微富裕些的人家，但怎么凑，也凑不齐那二十一元。1965 年的江南农村，虽然初步摆脱了“三年严重困难”的苦难，但时近“文革”，“阶级斗争”已呈星火燎原之势，贫下中农的政治地位很高，经济上却乏善可陈，农民不准搞自由买卖，物无其流，农贸就没有了市场。饥荒的尾巴，还在平原上窜动。

每一根烟囱下，都有一户人家，口粮是缺的，口袋是瘪的。

那么，你想干什么呢？书记问。

是啊，难道一个农妇想跟一个公社书记借钱吗？

农妇自己也说不清。《东方红》里天天唱：共产党是人民的大救星。既然人民遇到困难了，就应该来找共产党。

她无法估量，这个共产党的公社书记能不能成为她儿子的救星。

胡海清自己文化程度并不高。但他敬重有文化的人。这个地方从古到今，靠读书出头的学子，总是令人崇敬的。一个农家孩子被南京大学外语系录取，应该是件天大的喜事。如果在他的任上，眼巴巴看着这个名叫沙祖康的孩子因为家贫而辍学，那不仅是一种失职，也是他平生最大的耻辱。

故事走到这里，就发生了逆转。因为公社书记掌握着当地的一切资源。他抄起桌上的摇把式电话机，给信用社主任打了一个电话。以他个人的名义为一个贫困的学生担保，借贷二十一元人民币。这个数字，差不多是当时一个职员一个月的工资，可以养活两个人或支付三个人一月的饭资。

信用社，其实是国家银行在农村的金融机构。按照政策，当时国家并无开通对个人贷款的渠道。但是，公社书记发话了，虽然是以个人的名义，但实际等于党在当地的最高领导人发出了指令，但凡党的指令，那时统称“政治任务”，下级当然要照办，必须要照办。

二十一元钱，很快就到了沙祖康母亲的手里。

这个故事的核心不是沙祖康，也不是为了儿子读书、敢于找公社书记的沙母，而是抄起电话给信用社发布命令的书记大人。中国传统戏剧里最后出场的，都是主持公道、兼济苍生的青天大老爷。从古到今的励志故事，莫不如此。从这个角度去解读这个故事，尽管结局是好的，但作为一个文本，则有一种雷同的乏味。

好在，这个故事还有另外一个版本。

这个迟到了半个世纪的版本，直接来自沙祖康的口述。于是问题出现了，按照沙祖康的说法，他一生敬重的母亲，非但没有为了他上大学的学费去找公社书记，而且从一开始就反对他读书，甚至坚决不让他读书。这对我们的故事简直是一种颠覆。

我们来看看这位联合国前副秘书长在面对央视《开讲啦》栏目的采访时，是怎么说的：

> ……那时候谁都很穷，但我家是首穷，我们村上有两百多户，有两千多人。倒数第一名就是我们家。兄弟姐妹多，父亲是个残疾人，我是家里的老大，所以母亲是坚决反对我上学的。我还记得，每当我背着书包要上学的时候，母亲就拿一把扫帚，像个将军一样拦在门口，不让我上学。那时候我的父亲就冲到门口，把我母亲的手抓起来，喊，儿子，快跑！这样我才能去学校上学。

显然，传统文化在这里遭受了一次尴尬。穷困有时像一记粗暴的耳光，冷不防将那些庄严的经典打趴在地。好在我们的主人公自幼爱读书，由此内心渐渐强大，再怎么穷，也要读书。当时，江南乡村电灯尚未普及。沙祖康所居的村子，富裕人家已经点上电灯，但沙家中照明，仅靠一盏油灯。有时灯油断了，没有钱买，一家人只能在黑暗中度过寂寞的长夜。有一次，母亲给他一角钱，让他去小镇上买灯油。沙祖康好不喜欢，在他看来，那种在煤油灯下静静读书的感觉，非常美好。有灯油的那个夜晚，沙祖康不知不觉读书读了一个通宵，把一角钱灯油全“吃”掉了。怕母亲骂，他把一碗凉水倒进了油灯里。结果油灯怎么点也点不着。母亲以为是村上的小店在灯油里掺了水，拿起油灯就跑到店里去讨公道。店员当然不承认，说我们是正经买卖，怎么可能掺水？两下争执起来，最后沙祖康来了，硬着头皮承认是自己在油灯里倒了凉水。母亲气得哭了，罚他饿一天饭。沙祖康私下说，饿一天倒没关系，一天不读书才憋得慌。

幸亏沙祖康有一个不反对他读书的父亲。这一点非常重要。如果他父亲和母亲一样，那他就彻底没戏，沙祖康就不是沙祖康了。

据沙祖康回忆，他父亲早年在上海一家英国人开的公司做工，读过工人夜校。20 世纪 60 年代初响应政府号召，减轻城市负担，才举家迁回原籍宜兴务农。沙祖康居住的村子很大，沙姓却只有他们一户，其时江南农村宗族势力严重，沙家是外来户，居住的位置，处在村子地势最低的凹地，一旦河水上涨，首先遭殃的就是沙家。平时在村里，沙家是没有话语权的。有时母亲遭人欺负，常常一个人在河边哭。沙祖康的父亲总是让妻子忍耐。他腿有残疾，不能干重活。在沙祖康记忆里，父亲待人很和气，一辈子没有说过一句脏话，被人逼急了，顶多咕噜一句：小瘪三。但他对沙祖康的管教非常严厉。沙祖康回忆，甚至大年初一，父亲也要检查他的作业。但是父亲太穷，连奖励他五分钱一本的练习本也买不起。最慷慨的投资，是花三分钱给沙祖康买一张大白纸，裁成若干小纸片，装订成一本练习本。这薄薄的练习本沙祖康很快就用完了，但父亲告诉他，再没有钱给他买纸了。怎么办呢，父亲狠狠心，花两分钱买了几支粉笔，让沙祖康写作业时，在自家的门板上打草稿。但到了学校，还是没有练习本，这是少年沙祖康最大的苦恼。于是后来他学会了心算，在肚子里打草稿。在学校里，堪称沙氏一绝。

说沙祖康聪明，还因为他读书过目不忘。一本新书翻到完，基本能够背下来。考试前，和几个成绩好的同学相约，不准复习，不准看书，甚至把书收起来交给一个人保管，裸考。就是凭平时的学习功底，结果沙祖康总是考第一名。

但他由于经常被母亲拦在家里干农活，旷课太多，一度成绩直线下降，特别是数理化，缺课太多就会跟不上。农忙的时候，沙祖康更是要在地里帮着收割播种，于是期中考试成绩，沙祖康总是会掉下去很多。老师在课堂上批评他，父亲也会给他压力，跟他商量，这次成绩考得这么差，肯定要打一顿的，但打多少记，他要沙祖康自己报数字。这个瘸腿父亲真没脾气，连打孩子，也跟孩子协商。沙祖康不服：爹，你最多只能打一记，因为不是我不用功，而是妈要我在地里干活，功课落下太多，自然考不好。

沙祖康看到父亲突然扔下打他的竹片，背过身去哭了。

长大了他才知道，一般残疾人的内心，都有个“不甘”的心结。自己这辈子反正没希望了，但说不定儿子还有指望。打儿子，等于打自己的心，但是不打儿子，又怕儿子不成器。哭，是因为作为父亲能给儿子的太少了。

想来，但凡沙祖康母亲拦住儿子，不让儿子上学时，沙祖康父亲冲到门口抓住妻子的两只手、喊“儿子，快跑！”的举动里，或许还有“押宝”的成分，但更多的，难道没有一份骨子里对读书人的敬重吗？

父亲的眼泪给了他莫大刺激。原先，父亲每打他一次，他都在日记里有记载。武侠小说给了他少年很大的幻想，将来不被人欺负，就得有本事。但是父亲的眼泪让他懂得，爹妈多不容易。于是他开始冲刺，到了期末考试，他每门功课都是一百分。

高考到来的前夕，母亲显得特别慌乱。起先，不让他参加高考，拿到高中毕业证书就回家务农。她担心儿子真的考上大学，家里少了一个劳力，更没有一分钱给他上学。沙祖康哄母亲，说让我试试吧，这辈子也算考过一次大学，又不一定能考上。

私下里，沙母又对邻舍说，要是祖康真考上了不让他念，他会恨我一辈子的。说不定，祖宗在地下也不答应呢。

如果我们平心静气来解读沙母，就会知道她有多难。这个家庭，既然沙父是残疾人，那么，生活的重担就更多地压在了一个女人肩上。没有在饥馑的乡村生活过的人，想象不出那种贫困是什么感觉。当生活的负担压得一个拖儿带女的农妇喘不过气来的时候，当一户人家的饭锅里经常是清汤寡水，而孩子们个个伸长脖子、饿得嗷嗷叫的时候，你让一个母亲怎么办？如果眼前这个长子能帮帮她，分担一些田里的农活，多挣点工分，她也好多喘一口气。孩子们都是她身上掉下来的肉，让他们都能活下来而不是饿死，一家人都能吃饱穿暖，才是沙祖康母亲的硬道理。

沙祖康回忆，在他即将进入高考的一个多月里，母亲天天虔诚地在自家祖宗牌位前祈祷："祖宗啊，千万千万保佑，别让祖康考上大学啊。"

一个母亲，如此虔诚地求祖宗别让孩子考上大学，大概应属天下奇闻。

有些账，农民不能不算。在沙祖康母亲看来，省城是一个太遥远的地方。儿子一旦考上省城的大学，不但付不起学费、伙食费，连一张车票也买不起。她打听过了，从她家出发去南京，最近的路，是先步行十八里，然后摆渡到溧阳。当时一张溧阳到南京的长途汽车票，要三元钱，为什么选择溧阳而不是从县城出发去南京，是因为车费可以省下七毛五分钱。当时一斤猪肉才五毛多，七毛五分钱，就是一斤半猪肉。沙家过年也没有这么奢侈。而三元钱是个什么概念呢？那是沙家一年油盐酱醋的总费用。

让沙祖康母亲最不能理解的是，居然上大学后每个月伙食费要十三元五毛钱。这虽然不是个天文数字，但也是太大的一笔开支了。因为一户农民一个月的所有费用，除了口粮柴草，也不会超过一元钱的。

沙祖康参加高考时，肚子还是空的。连续几天考试，他只吃了几片南瓜。考完最后一场，他心里轻松，觉得考试题目太简单了。但脚下沉重，几乎迈不动步子。他太饿了。一脚踩空昏倒在地，半天不省人事。后来回忆此事，说幸亏当时已经考完，若是在中途昏倒，岂不完蛋了？

有人会质疑，这种事情是在江南发生的吗？像沙母这样的事例，不是对“耕读传家”的亵渎和颠覆吗？

还会有人搬出“穷且益坚，不坠青云之志”的古训。

在此，不揣冒昧地请教一下创造这些古训的圣贤：当饥饿、贫困的游魂天天在眼前逼近的时候，是读书重要还是先活下来重要？

或许，沙祖康母亲既不懂黄金屋，也不懂颜如玉，她只知道，活命是第一重要的。因为在她生养的七个孩子里，已经有两个被贫困夺走了生命。

沙祖康说，虽然家里瞒着他，但当时他很早就知道自己被南大录取了。他们村上，这一年共有四个同学考上大学，那几个同学考得还不如他，都收到录取通知书了。怎么自己的通知书会收不到呢？一贫如洗的家境让他必须保持沉默，装着不知道。因为，母亲心里已经够悲苦的了，为了这个家，她起早贪黑，日夜操劳，付出了全部的心血。懂事的他，一直在尽力帮家里干活，在这个特别贫困的家里，父母跟他还订有一个“合约”，他除了必须自己养活自己，还要分担养活一个妹妹。也就是说，他和一个妹妹的生活费用，要自己挣出来。沙祖康和这个妹妹一起养了许多鸡鸭羊兔。每天一早起来，他先安排妹妹去割草，自己给全家烧早饭，然后挑着粪桶走村串户，到人家茅坑里去捞蛆虫，然后喂鸭子，据说鸭子吃了这种蛆虫特别容易长膘。

直到把鸡鸭羊兔们全喂饱了，他才能到学校上课。[①]

等待录取通知的那些日子，他每天一早赶着一群鸭子去芦滩放养，到傍晚才回来。母亲回避着他的目光，而父亲粗重的叹息，像村前的老牛喘气一样深长。半夜里，他们以为祖康睡着了，夫妻俩开始吵架，核心问题当然是为了儿子读书。在父亲看来，哪怕拆屋也要让祖康念书，但沙母认为，念书，那是个无底洞，拆屋又能怎样，几间低矮的破房子，又能值几个钱呢？

沙祖康尤其体谅母亲。上中学后，他每天要步行近十里地去杨巷中学上学。母亲给他做了双布鞋，他舍不得穿，连冬天也是赤脚走路，到了学校附近的河边，把泥脚洗干净，裂了口子的脚浸到冰冷的水，钻心地疼。赶快穿上布鞋走进校门。这时候布鞋穿在脚上，感觉特别暖和。

想起当年筹借学费的那些日子，真的让人心酸。一个两千多人的大村，居然筹不满二十一元钱。那些穷亲戚，有的拿出几个鸡蛋，有的从兔子身上剪下一把兔毛。可是，这些原本可以换钱的农副产品，沙家并不敢拿到街市去交易，因为，那会被当作“资本主义尾巴”，会被无情地“割掉”。

---

① 20 世纪 60 年代中期，“严厉打击投机倒把活动”，已然在江南乡村层层铺开，按上边的“红头文件”，农民是不允许私养家禽的。但是，农民生活太苦，有良知的乡村干部，对此都是睁一眼闭一眼，如果上边来人查了，乡村干部会下达一个紧急通知，让农民把所有的家禽“禁闭”起来。他们非常清楚，农民家里最基本的生活费用，就靠鸡鸭蛋的私下交易。捉襟见肘的日子，没有这些家禽的接济，是难以为继的。

如果最终筹不满钱，那就意味着放弃。沙祖康当时做好了最坏的准备。做农民，他并不怕。体格健壮的他从小就会干各种农活。江南肥沃的土地，从来不曾辜负躬耕的人们。如果真的与南大擦肩而过，那农民沙祖康的出路不外乎有三条：第一，种田；第二，学门手艺，比如木匠、泥水匠之类，走村串户挣点小钱；第三，托关系，到公社农机厂，做一个不晒太阳拿工资的工人，但那希望是非常渺茫的，因为沙家没有任何村子以外的“关系”。

有一天半夜，沙祖康被母亲的哭声惊醒。

母亲含泪跪在祖宗的牌位前，双手合十：老祖宗啊，你们怎么一点也不帮忙啊，我一直求你们保佑，千万不要让祖康考上大学，可是他还是考上了，家里哪来的钱让他去念大学呢？

夜深人静，母亲居然还敢在堂屋里对着毛泽东的画像发牢骚：毛主席啊，说起来您还是我们穷人的大救星呢，您办的大学怎么这样贵啊，每个月伙食费就要交十三元五毛，您让他们吃鱼翅海参啊，您这个大当家人，难道不知道我们穷人口袋里有多少钱！这大学我儿子怎么会念得起？

说着说着，就像对着自己的长辈发火一样。

月光像凉水一样浸透了沙祖康的心。他知道，读书的事，或许只能放弃了。

但是，他发现父亲的精神状态开始不一样了。他瘸着腿，从村上走过去的时候，胸脯挺起，头颅向上，跟人家打招呼的时候，声音洪亮。私下里他对沙祖康说，儿子，你一定会上大学，爹卖血也要让你上！

当沙祖康的母亲正在对着祖宗牌位发愁的时候，沙祖康父亲偷偷地去了一趟县城医院，详细了解卖血的程序和价格。沙祖康父亲乐观地认为，天无绝人之路，实在不行，他还有一腔子血呢，他的儿子读书绝不会被贫困所扼杀。

一到夜晚，父母就为了沙祖康读书的事吵架。沙祖康不忍再听——那一句句话，都在剜他的心。

田野里的风，把这个令人扼腕的故事传遍了沙祖康的家乡——太湖之滨邮堂公社奖坫村一带。有一天，公社书记胡海清下乡转村，听到了这个故事。胡海清当即在田头找到沙祖康的父母，问清了缘由。胡海清说了一句话：明天你们到公社里来找我。

胡海清不光通过信用社贷款解决了沙祖康开学的费用，还郑重地以当地政府的名义，给南京大学出具了一个证明沙家“特困”的公函，让沙祖康一直享受学校“特困生”的待遇。

起先，沙祖康母亲还搞不懂什么叫“贷款”，后来知道，就是借公家的钱给儿子读书。她又在祖宗牌位前跪下了，说，老祖宗啊，都是你们的主意吧，现在我知道了，我拦不住祖康了。

有一件事，对她有深深的震撼：1966 年，溧阳闹地震，波及沙家居住的村子。沙家的房子被震裂了一道口子。沙祖康闻知后，寄回家八十元钱。当时这是一笔巨款。沙母非常担心，以为儿子借了高利贷。后来沙祖康告诉她，学校每月给他发十五元钱生活费。他每天只吃干饭和酱油汤，一天花费不超过两毛钱。这样就把钱省下来了。沙母的泪水里有心疼，也有疑惑，念书还挣钱，为什么国家待念书的人这么好。

多年后，沙祖康只要回乡探亲，除了陪伴父母，一定会专程去拜访胡海清。据说第一次去时，父亲要他给胡书记磕头，胡书记坚决不让，于是他给胡海清深深鞠了一躬。

外交官沙祖康出名，是很久以后的事。坊间之所以编造“沙母闯公社”的情节，大概是为了让一个励志故事带有更多的亮色，其骨子里不光是受传统戏曲的影响，也是当时意识形态的需要。而有意回避沙母不让儿子读书的情节，则从客观上粉饰了当时江南乡村贫困的真实情景。

许多年后，母亲在家乡病逝。临终前，母亲挣扎着要见沙祖康最后一面。其时，沙祖康正在北京和刚刚到来的美国代表团谈判，而另一个澳大利亚代表团也在等候会见。等到他忙完公事赶到老家，母亲已经咽气。他跪在母亲的遗体前痛哭流涕。然后，在母亲身边铺了一层稻草，睡了三夜。时在寒冷的冬天，他以这样的方式为母亲守灵，也略微减轻一下心头对母亲的愧疚。

沙祖康从南大毕业，顺利走向职业外交官的道路，一直走到外交部军控司司长、中国常驻联合国日内瓦办事处和瑞士其他国际组织代表团代表、大使，联合国副秘书长的位置。其间所有的一切，都离不开“组织关怀”和体制的力量。在国际外交舞台上沙祖康素以强悍、犀利、粗犷而著名。有关沙氏当年的“语录”，即便是在沙祖康退休后，也还在国际外交舞台上流传：

比如，军控谈判，跟美国人叫板：“我要赢你就赢定了，要不然你把我的尸体抬出去！”

与谈判对手狭路相逢时他说：“是汉子就真刀真枪亮出来！”

惹急了他会说：“有话快说，有屁快放！没时间听你弯弯绕！”

甚至，他还挥起拳头警告对方：“搞不搞提案是你的事！你等着吧，我一定揍扁了你！”其口气，好像在跟邻村的小伙伴打架。

西方人见了他头疼，称他是最不外交的外交官。客气的说法，那就是“鹰派”。沙祖康呵呵一笑，说，老子是农民外交家！是农派！

人们以为他是四川人，或者是湖南人。人称“沙辣子”。当人们知道他来自吴侬软语的江南，则感到奇怪。因为江南出绅士淑女，处处莺飞草长，鸟语花香，连叫花子都文绉绉的。人们并不知道，江南的水是刚柔相济的。江南水乡的语境里，逆水行舟是常有的事。一个在苦水里泡大，可以在冰天雪地赤着脚上学，而把布鞋揣进怀里的人，那种意志跟水滴石穿一样，是不可低估的。沙祖康说，我就是个农民，坚忍与粗犷的性格，是祖传的。

有记者问，您经常骂美国人，不怕违反外事纪律吗？

沙祖康说，我怕什么？中国人被外国人欺负的时间太久了，我是为国家争一口气，如果我错了，罚我回家当农民好了，我什么农活都会干。

他豪爽、粗犷。说话像嚼萝卜干，嘎巴绷脆。笑起来哈哈哈哈，仿佛芦滩里习习吹过的湖风，有一种刚性的儒雅。

支撑这种个性的根脉是什么呢？

小时候，他所在乡村小学的历史老师，是个鸡胸、矮个、瘦弱的小老头，但他讲课非常投入。有一次讲鸦片战争，鸡胸老师在讲台上捶胸顿足、泪流满面。台下的女生们哭成一片，沙祖康也哭得稀里哗啦。

要为中国人争口气啊。这是鸡胸老师留在少年沙祖康心头的一句话。

许多年过去，他总忘不了那个鸡胸老师。虽然矮小瘦弱，也是一条真正的汉子。

爱看武侠小说。爱打抱不平。从小就目睹了乡村宗族之间强者欺负弱者的行为。经常看到父亲和母亲受人欺负后，那种忍辱负重的样子，发誓长大了要做强者，要主持公道，嫉恶如仇，伸张正义，为天地立心，为生民立命，为万世开太平。

2001 年，沙祖康刚担任中国常驻联合国日内瓦代表团特命全权大使的时候，曾经礼节性地拜会英国驻联合国大使。此人非常傲慢地对沙祖康说，大使阁下，我们大英帝国对贵国的人权状况表示关切并感到忧虑。

沙祖康认为，对方此举严重违反外交礼仪，便反唇相讥：大使先生，看到您这张脸，您知道我此刻想起了什么？我想起了鸦片战争。当年你们强迫中国人民吸食鸦片，中国人拒绝，你们就发动战争。你们侵犯了我们中国人多少年健康权？你们占领我们的香港多少年？您有什么资格跟我谈人权状况？

沙祖康的“成名作”是处理“银河号”事件。如果说美国人给了一个机会，那国家也还得给一个舞台才是。正如大家知道的那样，1993年，美国人一口咬定中国的“银河号”货轮上，有两种卖给伊朗可以制造化学武器的危险品，中国领导人坚持说没有。但美国人不依不饶，在货轮行驶到公海上的时候，他们提出要上船检查。这件事看起来非常荒诞，好像一个外人被证明闯入过他家的客厅，所以他有权怀疑此人有盗窃嫌疑并且必须搜身。这件事，无论有无，跟美国人一点关系也没有。但美国人的概念里，全世界所有的地盘，都是他们的辖区，都是可以任意检查的。当时的中国，为了“韬光养晦”，还只能心字头上一把刀，忍一口气。查吧，让他查！外交部派出一员悍将，时任国际司副司长的沙祖康，担任中国政府代表，全权负责此事。沙祖康时年四十六岁，是当时外交部最年轻的副司长之一。当他接受任务前往处理“银河号”事件时，外交部国际司倾巢出动，来给他送行，这种场景前所未有。回忆这一幕，沙祖康记忆犹新：“我当时有一个感觉就是，风萧萧兮易水寒，壮士一去兮不复返。”

对美国指控的两种违禁化学品，沙祖康亲自调查，给船上货物的所有厂家打电话，得到了确实没有的保证。为了保证最终调查报告顺利签署，他事先预想了各种问题的处理方式。“搞一个糊里糊涂的报告，你说，你沙祖康干什么去了？你就去干这个糊涂事了？”沙祖康坦言，自己当时甚至做好了回家种地的准备。那个时候，他老是梦见他的残疾人父亲。父亲对他说：祖康，别太为难自己，大不了回家种地。

沙祖康身上，既有外交官的智慧，也不乏农民的狡黠。对付美国人，不能按正常思维出牌。当时沙特的天气摄氏六十度，美国人开箱时，还戴着防毒面具，穿着厚厚的防化服。打开一些箱子，怎么也找不到所谓的化学危险品，美国人不肯买账，用沙祖康的话讲，老美一直在胡搅蛮缠。任何一个中国人见到这一幕，都会很痛苦。老沙说：“你登上我的船，就是登上中国的领土，我没有请你上来，我船上也没有你说的化学危险品，你凭什么这样糟蹋我的声誉？”

气愤的中方船员搞了个恶作剧，把船舱里的电源掐断了。甲板以下的五层，原先都是有冷气机的。一断电，温度立马升到六十多度；到处黑咕隆咚，什么也看不见。美国人下去不久，就晕倒了好几个。此番情景，让人想起电影《地道战》里的日本兵进了高家庄。此后一个多星期，美国人在“银河号”上共打开七百二十八个集装箱，最终一无所获。到最后，美方人员的精神都快崩溃了。美国要求检查“银河号”的依据，是中央情报局给出的情报，检查的结果，表明情报完全错误，这让美国人颜面尽失。负责检查的美国国务院官员对此非常恼火，他们要通过一份报告书来表明：他们的检查是认真负责的，错误在于情报部门。因此据报道，他们的中央情报局二把手也被撤职了，受到了应有的处置。

唯一的收获，是交了一个“钢铁般”的名叫沙祖康的朋友。美国人崇拜强者，看不起懦夫，看不起虚伪和颟顸，他们觉得沙祖康这个东方人身上，有西方的斗士与剑客风范。

究其根源，沙祖康坦言，是他骨子里的农民出身使然，也有江南文化刚柔相济的底子。他的“个案”纠正了许多人对江南的误读，因为一说到江南，就是水做的风月，就是杨柳岸，就是红袖夜添香。其实，早先的江南也是尚武之地。东汉末年开始的北方人口大迁徙，改变了江南的质地。中原文化与长江文化由此发生了剧烈的碰撞与冲突，以一种惨烈的方式完成了彼此间的融合，江南就在这样的融合中逐渐成长起来，崇文尚教渐成风习。而刚烈的基因并未消失，从不多的文字记载中，我们可以找到这样一些信息，古吴越人英勇好战，且善于运用计谋。而南人比北人勤劳，也是不争的事实。

说到基因传承，沙祖康坦言，当是他的残疾人父亲。那份意志，是可以不输给甚至超越正常人的。只是到了沙祖康身上，表现方式不一样了，但骨子还是一个字：韧。这有点像江南的水，你只取一瓢的时候它是柔的，没有风的时候它也是柔的，但一旦有了充分的积聚，它就是波涌，就是漩涡，它拍岸的声浪是可以让岸颤抖的。

许多年后，沙祖康功成身退。他坦言，回望他的那个时代，“学而优则仕”是一条读书人绕不过去的路子。如果当年不读书，他就是农民沙祖康，他的名字只可能出现在村里的工分册和欠账单上。

谈及平生的遗憾，只有一件，就是沙家上上下下没有出一个博士。书香人家的标准，当然不是以博士硕士的头衔来划定的。但是，沙祖康的价值观里，跟许多成功人士相比，书还是念得少，学历还是低了。他希望他的孙子辈，能够出个把博士，为沙家争光，为国家效力。

二　上阵父子兵

说一个看起来与沙祖康浑然不搭的人物，丁俊晖。

前赴后继地读书，或入仕，或做学问，反正不能东张西望，不能走捷径，不能剑走偏锋。那何止是在沙祖康的时代，那是千百年来读书人获得成功的唯一铁律。

但是，时间走到20世纪80年代，中国进入了一个特定时期，可供中国人选择的活路与机会突然增多了。

冒出了各种各样的名人，其中就有一个丁俊晖。

换在过去绝无可能。他没有文凭，甚至没有完整地读完小学，一个学生所必须遵守的规矩，到他这里，全被破掉了。他经常落课，不参加学校的活动，后来干脆不上学了，但是他的名气走出了小城，成为一个家喻户晓的人物。

并不是哪个权威机构拿一个孩子来做的什么实验。早年在江南的一个相对闭塞的古城，打台球这件事，在很多人眼里，还只是一种很花钱的游戏，跟玩纸牌、麻将差不多。

自然，小丁的亲友团里，叹息和忧虑甚至争议，是不绝于耳的。

因为，丁俊晖并非不能读书。从小学一年级起，他年年都是“三好学生”。按理他应该一直“三好”下去，典型的成功路径是这样的：进入当地最好学校的“精英班”，不断在各种排名榜上拔得头筹，不断地拿奖，包括“奥数”奖之类。然后成为当地的高考状元，冲击北大清华，在未名湖畔或清华园拼得一席之地，然后出国镀金拿到博士。等等等等。

这里有必要先说说丁俊晖的父亲丁文钧。此公苏州人，早年作为“知青”下放到太湖边的古城北郊，后来就在那里成家。丁文钧平时内向寡言，凡事爱琢磨，有自己主张。当时他家住在古城城北的一条巷子里，丁文钧经营着一家烟酒杂货店。住家楼下有个露天斯诺克台球铺子，儿子丁俊晖放学后，总会在那里打几个球玩玩。起先丁文钧没有在意，他有空也在那里玩。大凡丁俊晖拿到球杆，几乎没有输过，作为赢家，他是不能下台的。那时的丁俊晖，个子只比球杆稍高一点点。作为父亲，丁文钧第一个发现了儿子在打台球上的天赋，那种灵异的手感，那种稳定的心理素质，那种对球势的判断，那种攻击对方决不手软的虎劲，都让他在一旁暗暗叫好。但他应该有过疑虑，“玩物丧志”这句话，一直是高悬在读书人头顶的戒尺。彼时的斯诺克运动，在江南一带还很新鲜，这种不伤筋骨的竞技，老少都喜欢参与，“小来来”的赌博是常见的，因为它暗合人的某种天性，说它非常容易与正儿八经的赌博之类挂钩，虽然有些危言耸听，但长此以往，打台球不可能不影响学业。坊间认为，学校里那些成绩下降的学生，几乎都与打台球脱不了干系。

但丁俊晖当时的学习成绩，并没有因为打台球而下降。他是那种平时不声不响，举止文静内心丰富的小孩，如果说，内向和爱琢磨，是父亲的遗传基因使然，那么，稳定的心理素质，或许是他天生的禀赋。起先，和他打球玩的还只是小伙伴们，后来，他的对手都是大人了，照样一个个败下阵去，让围观的看客击掌称好。如果我们能够重返现场，那种画面应该非常精彩：小城街角。彩色的台球。破旧的球台。球在一个五大三粗的汉子与一个三尺孩童之间滚来滚去。那阵势，犹如老鹰抓小鸡，看似绝对的优势，冷不防那老鹰却被小鸡猛一扑啄瞎了眼睛。显然丁俊晖给楼下台球铺子的老板撑了台面，只要他一出现，围观的人就多起来，台球生意就特别好。

一次，来家访的班主任老师表达了对丁俊晖打球的忧虑。无论如何，用太多精力打球，对做一个循规蹈矩、品学兼优的好学生，终究是有影响的。

于是丁文钧面临着一个抉择：收手还是继续？

收手，似乎是不可能的。丁文钧虽然一介平民，但他并不是个随波逐流的人。他自己也喜欢台球，这项运动不伤身体，可以开发智力，而且运动生涯较长。况且，他认为儿子喜欢的运动，大人不可以压制，而是应该参与。儿子打球时那份专注，那种精准，那种泼辣，让他非常受用。有时他会忍不住在旁边提醒，这个球应该怎么打。他手感不如儿子，但脑子好用。“用我的脑子，用你的手。”这是丁文钧最初与儿子的约定。

此后看到电视上有世界级的台球比赛，丁文钧便想法录下来，与儿子一起观看，反复琢磨。丁俊晖打台球获得的第一项荣誉，是无锡地区排名赛第三名。那一年，他才九岁。而对手全是成人。

有一个故事在坊间是这样流传的：有一次丁文钧跟一位江湖高手打球，最后只剩下一枚球。此球落位很刁，非常难打，俗称死球。对方说，这球你若能一枪命中，我愿意输一百万。此话其实他只说了一半，另一半，等着丁文钧去接。如果丁文钧说，好，我若是打不进，也输你一百万。这场赌球就开始了。

偏偏丁文钧说，我打球是玩玩的，赌球这种事，我不干。

对方说，江湖上都说你丁老板打球厉害，原本也不过如此嘛。

一旁看球的丁俊晖抢过父亲手中的球杆，说，爸爸，这球我来打。话音刚落，球杆出击，啪的一下，此球稳稳落入袋口。

众人惊呆。丁俊晖一把拉起父亲就走。

江湖凶险。丁文钧果断决定，借钱，自己开一间台球馆，必须以儿子的名字来命名：俊晖台球城。他要给儿子一个安静的、舒适的打球环境。

打球能有出息吗？能挣到钱吗？学而优则仕的原则是，好好念书，将来做官，做科学家，或者做企业家。总之要做大，要出人头地。而20世纪90年代初的中国体育项目中，还没有斯诺克台球的地位。各级体校、体工队，也都没有此球的一席之地。举世瞩目的奥运会，也没有斯诺克项目。

丁文钧并不觉得自己是在挑战千百年来根深蒂固的游戏规则。读书固然是件神圣事，成功的云梯总是在飘渺间游荡，一代一代的学子总是在争先恐后。但在他看来，并不是书读得越多，人就越有智慧。儿子的书包越来越重，有些课程是完全可以忽略的。至于地位，他觉得，人生在世最重要的，是要让自己做最开心的事。打斯诺克，能让他和儿子快乐。对于人生来说，快乐比其他要重要得多。

有一点是肯定的，上学和打球这两件事已经在打架。所谓分心，就是把有限的精力劈成两半，在两条都需要全力对待的战线上招架应付，疲于奔命。

丁文钧和儿子进行了一次重要的谈话。他说，世界上有几十亿人口，世界冠军只有一个。如果你想当世界冠军，那你就要吃几十亿人吃不了的苦，每一项运动都很艰苦，你必须付出。何况，我们尽了努力，也不一定能做世界冠军。因为，运气这东西太难了。也许我们会一场空。

小晖点头。说，我懂。

他对儿子说，从明天起，你每天上半天课，下午就回家练球吧。

那老师批评怎么办？小晖是个很乖的孩子。见到熟人，总是腼腆一笑。父亲的朋友都喜欢他，说，小晖啊，给我做女婿吧。小晖腼腆一笑：好佬。丁文钧回忆说，小晖小时候，起码有二十个以上的“丈人”。

校方当然有忧虑。这不是变相辍学吗？别的学生效仿怎么办？要打球，就去上少体校嘛，自己瞎折腾，能成功吗？一个优等生，岂不被毁了？像小晖这样的成绩，将来考个本一，读个博士，绝对没有问题啊。

但丁文钧已经决定了。事实证明，他是个内心强大的人，在重大的事情上，他没有惶惑。他认定自己所处的时代，是一个人人都有机会的时代，在江南这样的地方，在地里插根扁担都能成活，即便打球不能成功，最坏的结局，无非打工，只要肯努力，饭总会有吃的。

有人说，老丁你是用一种破釜沉舟的赌博方法在儿子身上押宝啊，你就没有顾虑吗？你还说自己不赌博，你这样做，不就是一次巨赌吗？

丁文钧说，其实人一生下来就在赌。你让小孩读书，全家人围着他转，每年付出那么多心血和学费，你就知道他一定能考上名牌大学？就一定是个对国家有用的人才？

丁文钧的朋友圈里，大都是主张让小孩好好读书的。只有大学毕业，然后硕士博士，才算成功。让成绩很好的小晖一天只读半天书，朋友们都觉得丁文钧疯了。

丁文钧内心有一番自己的道理：小晖不是不读书，而是不读死书。一个世界台球冠军的童年不能耽误在“读死书”上，让他读半天书，就是让他在学校里接一口气，这口气不能断，哪怕以后真的停学了，读书还是不能断。不过，丁文钧认为，小晖必须走自己的路，读书也是这样。

当然，很长的一段时间里，丁文钧无法把这些旁人听起来太狂妄故而太荒唐的话公之于众。但他内心非常坚定。

丁文钧场面上的观点是：不公平的上帝，给这个世道设置了那么多不公平的起跑线，我们干吗每件事要按照老天爷的吩咐去做。赌一把，冲过去，说不定上帝会高抬贵手。丁文钧的哥哥也是生的儿子。和大多数人一样，乃兄是按照传统思路出牌的，儿子从上幼儿园开始，一直读到研究生毕业，拿到硕士已经二十七岁了。丁文钧三十岁结婚，生小晖已经三十出头。江南民间有“早生子女早得福”一说，如果小晖走堂兄一样的路，那么读到硕士，丁文钧快要花甲之年。撇开“享福”不说，一个人快要三十岁才能出道，在丁文钧看来是有些晚了。所以，他必须让小晖走一条自己的路。

有一段时间，小晖打球时，只要父亲在一旁，他的发挥就欠佳。为什么？因为父亲太懂他，还因为父亲严厉。丁文钧说，我坐在人群里，你怎么会看到我的？这证明你不够投入，还证明你心理不够稳定。其实，小晖的心理素质够稳定的了，无论对手是谁，他基本是不瞅对方一眼的，抓起球杆，立马发力，如入无人之境。

小孩哪有不顽皮的时候？因为不听话，小晖被父亲打过一次。过后，丁文钧向儿子道歉，你是错了，但是爸爸打你，更错。有一次小晖跟同学扔石头玩，把一女孩的头皮擦破了。丁文钧买了礼物，带小晖上门道歉。事后他对小晖说，在英国，斯诺克是一项贵族绅士们玩的球项。你没有一颗绅士的心，就打不好斯诺克。

输了球，心情肯定不好。丁文钧教儿子，专门去想小时候那些开心的事。小晖说，想不起来。丁文钧就讲笑话，讲坊间流传的痴女婿故事。丁氏教育法，没有现成的教义。丁文钧就是爱琢磨。他一直有一份满满的自信，他的儿子，肯定和别人的小孩不一样。

半天上课、半天打球的丁俊晖如鱼得水。一个常见的场景是，灵活的小晖在不断变换角度挥动球杆，而身高马大的成人球手，往往不是他的对手，没多久就败下阵来。寂寞的感觉不是太好，小晖渴望跟高手过招。一次，丁文钧带他去南京奥林匹克俱乐部打了一次公开赛，小晖获得冠军，得了一千元奖金。这是小晖台球生涯里的第一笔奖金，这一年，小晖九岁。

父亲的台球城里已经没有可以和他对阵的对手。于是，丁文钧为儿子找到了一个新的练习场所：当时县城里唯一的一所青少年活动中心。据说有个台球教练很不错。

那一天，小晖回来突然哭了。问了半天，才知道他打球输给了那位教练。输给自己的老师还哭啊。丁文钧看着好胜的儿子，忍不住笑了。还有一次，他跟一位高手过招，打到四比三，看似稳赢了，但最后被对方翻盘，小晖输后哭了。丁文钧帮他收好球杆，安慰他，简直是大人欺负小孩嘛，以后你长大了，肯定打得过他。然后，带他去吃好吃的，一句也不提比赛的事，有些东西，要相信孩子自己会慢慢总结，不要急于给他下结论。

之后，他带小晖去上海看一场国际斯诺克球赛。其中一位选手是世界第一名将亨德利，丁文钧想让儿子跟他合个影。小晖却不要。说，我跟他拍什么照，将来我当了世界冠军，别人会抢着跟我拍照。

不久，那位青少年活动中心的台球教练找到丁文钧，说，我已经打不过你儿子了。小晖打球有天赋，宜兴太小，小池塘养不了大鱼，你应该让他到外地去训练。

丁文钧把目光投向了东莞。当时，那里是中国台球的前沿阵地，更是一个世界斯诺克高手云集的地方。一个惊人的决定：卖掉房子，全家去东莞陪小晖打球。家庭会议是这样开的，丁文钧拿出房契，还有之前的一些欠账单，早先开“俊晖台球城”，负债五十多万，卖掉房子，也未必能有很多钱带去东莞花用。也就是说，去东莞的日子会比较艰难。丁文钧的妻子陈习娟，一位朴实贤惠的当地妇女，说，你是当家的，你说了算。小晖呢，不说话。丁文钧问他，有什么想法？小晖摇摇头，说，我会努力。

一家人就这样上路了。

东莞八年于丁家，似一场持久而酷烈的抗战。当时去东莞是什么感觉呢？茫茫大海，一叶孤舟。丁文钧说。在家千日好，出门一时难。在老家时，山不转水转，无论熟人朋友，哪怕是陌生人，一说老丁，都会给他面子。丁总，丁老大，丁哥，丁叔。街头巷尾那些亲切随意的称呼，都被封存在故乡的记忆里。原先以为，人的财富，都在房子和存折上。殊不知，亲情友情才是人生最重要的一张存折。举目无亲、寸步难行的东莞，让丁文钧感知了太多的世态炎凉。他在台球界没有人脉，没有人知道丁俊晖是谁。有几位在这里待了多年的台球手，听说他们是背水一战来到东莞，都感到不可思议。因为，在他们的概念里，打斯诺克，是赚不到钱的，就算打个全国冠军，奖金也就八千块钱。丁文钧听了不语。他心里在说：那是因为你们打得不够好，所以赚不到钱，全国冠军算个什么？

最初的安身，是在东莞城郊的一处破旧民居里，一张小床，挤着丁家三口人。东莞的夏天特别闷热，蚊子多，床头床尾各点一盘蚊香，还是驱赶不了阵阵袭来的蚊群。但丁氏父子还是有一种按捺不住的兴奋。当时国内三位顶级的台球高手都在东莞，小晖可以天天跟他们切磋球艺。接下来的一个问题是，还上学吗？起先丁文钧认为，只要有可能，学还是要上的。跟在家乡时一样，这口气不能断。于是小晖就成了东莞某校六年级的一名插班生。但半年后，由于小晖经常出去打比赛，一请假就是一周甚至更长，小晖原先成绩很好，但打比赛落下的课程太多，老师讲新课的时候，小晖就听不懂了。这个情况让丁文钧最终下了停学的决心。但书一定要读，从此就在家请家庭教师，给小晖补习语文和英语。丁文钧的考虑是，语文一定不能放弃，那是母语；是中国人气质的内涵。英语尤其重要，否则将来如果真的能走向世界，怎么跟外国人交流呢。

这就是丁文钧给儿子设计的读书观。

于是从拮据的生活费里，狠心抠出一份，给小晖请家庭教师。五十元一课，每天两课，雷打不动。

老丁做事不喜欢张扬。别人说，你儿子怎么不读书啊，将来当文盲啊？老丁笑笑，心里说，你舍得每天花一百元给小孩请老师吗？

当时一家三口每天每顿的伙食费是两元。在一家台球俱乐部搭伙。没有任何收入，只有支出。丁文钧内心不可能没有压力。但他无心出去找工作，他给自己的定位就是丁俊晖的教练兼经纪人，尽管这个位置在相当长的时间内没有一分钱收入。但他必须坚守，从来没有半点彷徨。他给小晖设置的日程表是：早晨七点起身，跑步半小时，洗澡后早餐。九点去球馆练球，一直练到十二点吃饭。下午一直练到四点钟，家庭教师来上课，六点吃晚饭，休息半小时后继续练球，晚上十点钟休息。小晖睡了。他还不能睡，必须把白天的训练情况过一遍电影，然后，看着熟睡的儿子，他会在灯下给他写一封信，指出他训练中的进步和某些不足，然后轻轻放在他的枕边。这样儿子明天一起身，就可以读到。许多年后他回忆起这件事，还是觉得很有意义。因为，有些话，写在纸上让儿子读，比当面对他讲要好。他担心有时自己的情绪会影响到小晖的心理稳定，在他看来，小孩对大人的说教，会有一种天然的排斥和抗拒。但是读信，感受会不一样，那完全是谈心，孩子对文字的东西，会记得更深。作为父亲，他有一份满满的自信，作为小晖的教练，他还常常需要恶补。把欧洲斯诺克的顶级比赛录下来，反复琢磨。有一段时间小晖妈妈回宜兴老家，丁氏父子每天换下的衣服没人洗，丁文钧和小晖约定，两人各洗一天。轮到小晖洗衣服的时候，丁文钧在一旁教他，说，衣服最重要的是领子和袖子，但这两个地方也最容易脏。所以，一个人出头是不容易的，当领袖更是不容易的。看着小晖的小手笨拙地翻弄着衣服，几次他想夺过来洗，但是他忍住了，必须让他知道，生活是不容易的，这也是锻炼他的心智。

丁俊晖在东莞一路拼杀，慢慢有了名气。有一天，一个老板来找丁文钧，说他愿意出一百万，包下小晖。此人看到了丁俊晖潜在的商业价值。在第一时间里，丁文钧有点动心，说实话，这是他一生最穷的时候。来东莞后，囊中羞涩的感觉确实不是很好。但他只犹豫了几秒钟，便断然回绝了对方。因为，某些所谓商业性的比赛，其实更多的是赌球。那是个深不见底的江湖，会把小晖毁掉。丁文钧看重的是权威机构的比赛。眼睛紧盯着的是世界台球排名。他非常清楚，即便小晖将来成功了，也不会被“收编”，国家没有斯诺克运动的官方机构，任何级别的体育局或体校、体工队，都不会向他招手。一个体面而收入稳定的单位，是几乎所有中国人的向往，但丁文钧不在乎。他喜欢看武侠小说，欣赏金庸小说里的那些大侠，有绝顶的武功，心气高，姿态低，独自行走天涯，“德不孤，必有邻”，那是因为怀里揣着仁义和本事。小晖能成为台球界的大侠吗？天知道。

2002 年对丁俊晖来说，是个吉祥的好年份。5 月，年仅十五岁的他，为中国夺取第一个亚洲锦标赛冠军，并成为最年轻的亚洲冠军。同年 8 月 31 日，他又获得世界青年斯诺克锦标赛冠军，成为中国第一个台球世界冠军。10 月的亚运会上，丁俊晖以三比一战胜泰国选手素波森拉，夺取斯诺克台球单打冠军，改写了中国在亚运会台球项目上没有金牌的历史，并与队友一起获得亚运台球团体亚军。这一年的 10 月 20 日至 11 月 2 日，在埃及举行的世界台球锦标赛（前身为世界台球业余锦标赛）上，丁俊晖列第三名，平了老将郭华 1997 年世锦赛第三的最好成绩。12 月 15 日，中国台球协会向丁俊晖颁发了“中国台球特别贡献奖”。一下子收获这么多荣誉，丁氏父子有心理准备吗？丁文钧说，并不特别奇怪，这一天总会到来。不过，小晖比他想象的打得更好。小晖说，我没什么感觉，还跟在东莞练球时差不多。突然一下子什么都来了，挡也挡不住。说媒体是势利的，会让很多人不高兴。事实上，一种与生俱来的惯性，使得他们无暇顾及成功者以外的人，或者成功者背后的东西。值得庆幸的是，由于丁俊晖没有单位，所以就少了许多领导的“眷顾”，因为有时眷顾就是干扰。丁俊晖唯一的领导就是丁文钧。掣肘、嫉妒、排挤、内耗，在这里统统没有。游走在“体制”之外，父子俩有一份无拘无束的大自在。虽然，除了比赛的奖金，他没有领过国家一分钱，但丁文钧对这个世道还存有一份感恩。作为一名历尽沧桑的老知青，他曾经算过一笔账，如果时间倒流二十年，乡下人出个门，不但要备足粮票，还要公社的介绍信，否则，就会被作为“盲流”遣送回乡，哪里可能在东莞这样天高皇帝远的地方一待就是八年呢。

此时小小的东莞已经留不住丁俊晖了。有了三项以上国际级的荣誉，有了世界排名一百二十八位之前的成绩，他便可以取得职业球手的资格。英国在向他招手。2003 年，丁氏父子应英国台球协会邀请，参加大英斯诺克世界排名赛。离开东莞时，小晖很开心，但老丁私下里流泪了。他突然想到，小晖是个没有童年的孩子，他没有让孩子享受童年的快乐。小晖甚至不怎么会用钱，更不用说玩了。有人问他，在东莞的八年，最开心的事是什么？小晖茫然，想了半天说，放假。

2003 年 8 月，在欧亚大师对抗赛香港站和泰国站比赛中，丁俊晖两度战胜当时世界排名第一的马克·威廉姆斯。2003 年 9 月，丁俊晖正式转为职业选手。2004 年 2 月丁俊晖六比三击败世界排名第十六位的乔·佩里，闯入温布利大师赛十六强的精彩瞬间，让英国的老百姓在一夜之间认识并喜欢上了这个来自东方的台球少年。有英国人直言，丁俊晖的出现，让古老的斯诺克运动重现生机。

在此，罗列小晖东莞之后的成绩已经没有新鲜的意味。只要上百度，输入丁俊晖三字。各种荣誉会像雪片一样飞来眼底。但那些荣誉只是荣誉，并不带有小晖的体温。他的永不再来的童年，他的腼腆的笑，他输给世界高手奥沙利文之后的流泪，他得知母亲患了恶症之后肝肠欲裂的痛哭，因为牵挂母亲的病痛自己常常在球场上失手却不能对媒体坦言……都是“丁俊晖”以外更真实的丁俊晖气场或丁氏气场的被定格。

是的，气场。在丁俊晖看来，打一场球就是对自己气场的一次营造和修炼。因为斯诺克比赛的对抗性不像乒乓球那样快速，它可以让你像绅士那样，彬彬有礼地有相对的时间去琢磨对方的球路，然后决定自己如何出杆。丁俊晖说，人一上场就能感受到对方的气场。或是高些，或是相对低些，或浑浊或清朗。气场的相持需要一个过程，那是一种奇妙的感受，技巧在气场面前，只是一个殷勤而熟练的侍者，它不可能操纵气场而是被气场所操纵。有时它会变成一个灵异的巫师，或是一个传递关键词的助手，即便它成为百变金刚，它也只是为气场加分或减分。如果最终它能被气场所溶解，那便是它最大的造化。作为一个球手，能把自己的气场调整到最饱满的状态并且始终压住对方，那么，你一定是这场比赛的胜利者。

那么，情怀呢？情怀重要吗？

2013 年 4 月，斯诺克世锦赛正在英国谢菲尔德克鲁斯堡剧院如火如荼进行。然而 7.0 级地震继汶川之后再袭四川的不幸消息牵动了远在英国的同胞们的心。为了祭奠地震逝者，为雅安祈福，丁俊晖请求世界台联批准在他入场的时候取消音乐，并允许他佩戴黑纱上场。一位世界台联官员问他为什么？丁俊晖回答，祖国在遭难，我的心在哭。对方发现丁俊晖黑黑的眸子里有泪光，他在胸前画了一个十字，说，愿上帝保佑您和您的国家。要知道，这在世锦赛历史上尚属首次。世界台联的官员收到丁俊晖的请求后进行了紧急磋商，最终同意了丁俊晖的请求。因此，北京时间 2013 年 4 月 23 日下午 5 时，丁俊晖上场了，没有音乐，全场沉默。所有人看着一个东方青年默默地走到台前。他左臂佩戴的黑纱格外引人注目。少顷，全场静寂。丁俊晖表现不俗，在比赛的三个阶段轰出四杆破百，两杆九十八分，最终十三比九战胜英格兰选手马克・金，继 2011 年之后，时隔两年再次杀入世界八强。2016 年，丁俊晖更是闯入斯诺克世锦赛决赛，创造了亚洲选手的最佳战绩，观看当年世锦赛的电视转播的中国观众达到 2.1 亿。世界斯诺克协会主席赫恩认为，丁俊晖的持续成功，再加上中国庞大的体量及其非凡的场馆和体育设施，正催生着将长期统治斯诺克运动的一代明星。而丁俊晖是让斯诺克在中国变得如此受欢迎的根本原因之一，过去十年至十二年，他是中国斯诺克的旗手，激励了数十万中国斯诺克选手。

比赛就是生活。如果这一天不在比赛或在为比赛做准备，仿佛太阳就不会下山。这就是丁俊晖的人生。失去多少，得到多少，只有他自己知道。一场接一场的世界顶级比赛，会把一个球手打成一台麻木的比赛机器吗？赢了，别人就说你运气好；输了，别人就揣测你状态不好。一项又一项的世界顶级荣誉纷至沓来。那又怎么样？数不过来的高手，原先你碰破鼻子也不会遇到的高手，仿佛天上的星星，你得仰起脸来看他们，乔・佩里、艾伯顿、达赫迪、亨德利……这时一个个都出现在你眼前，和你握手，寒暄，费尽全力跟你比赛。你跟他们打球，跟在东莞练球时有什么两样吗？基本没有。甚至完全没有。当然他们不是空气，当然他们中有的球艺更老到，运气更好。但你的气场完全可以与他们相持，胜与败，有时就是一念之差。世界排名第五的英国选手肖恩·墨菲说，丁俊晖是中国的一线明星，论斯诺克选手在他们国家的受欢迎程度，几乎无人能超过丁俊晖，奥沙利文也比不过他。

在中国，有一句话是这样说的，你在平地上，看到的只是平地上的风景；你在半山腰，看到的只是半山腰的风景；只有当你站到山顶上，你才能吹到山顶上的风，看到山顶上的风景。

最重要的比赛总是惊心动魄的。小晖的妈妈别说在现场，就是电视直播也不敢看，心脏受不了。但丁文钧一点没事，如果在现场，他总会坐在一个不被人注意的角落里，小晖打出好球，他会轻松鼓掌；如果小晖发挥不够理想，他也不急，输赢不算什么，只要小晖状态是好的，什么都别怕。丁文钧的心脏不可能不是肉做的，那颗心脏里常常输出的是淡定。家乡人说，老丁总是悠笃笃的。搞不清他是怎么修炼的。

小晖十八岁后我就不管了。丁文钧如是说。

不管。并不是转身离去。或许那是最好的管。风筝在天上飞，线头能不在放风筝的人手里吗？作为一个世界冠军的教练兼父亲，无论他放得下还是放不下，丁俊晖都已经不再是那个小晖了。有一段时间丁俊晖状态不好，打球老是输。媒体不肯放过他，但丁俊晖说不出原因。后来大家知道了，他母亲身患癌症。丁俊晖私下痛哭，我就要没有妈妈了。最稳定的心理素质也会在即将失去妈妈的情况下失控。失控也是一种爱，和之后每次回到家乡陪伴妈妈，然后因为比赛又要离开妈妈时的偷偷痛哭一样，都是对妈妈的爱。

后来妈妈走了，他哭得更伤心。有一次在妈妈的房间里，对着她的遗像，小晖一哭就是半天。

为了妈妈，他可以输一千次。

丁文钧在老家的紫砂会所刚刚装修。他养壶，养鸽子，看似闲云野鹤。内心在想什么，没有人知道。会所很大，房间大都空空荡荡的，有一个房间里，放着一张簇新的标准台球桌，丁文钧说，这张球桌可以打国际比赛。

或许，那是他虚拟的国际斯诺克赛场。他往这里一站，气场就在流动。或许有一天，小晖回来度假，会把他最好的球友带回来，或者奥沙利文，或者亨德利，在这里杀一场。

如何看待小晖的成功？丁文钧笑了，时代好。我们这一代没有小晖他们幸运。要什么没什么，想干什么却什么也不能干。

那你不是鼓励别人不要读书吗，是不是有鼓励剑走偏锋的意思？

没有。该读书的料子，还是要读书。小晖也不是不读书，我最困难的时候，每天还给他请家庭教师呢。但我不喜欢那种死读书的体制，别人可以适应并且获得成功，小晖不行。

所以要感谢一个宽容的时代。放在过去，完全不可能。

至于名利，老丁说，人生下来，上帝就发给你一只麻袋，开始里面是空的，慢慢地，里面东西就多起来，到底有多少是有价值的，只有天知道。你要的越多，你的麻袋就越重，你就背得越累，最终你背不动了，那麻袋就把你压垮了。

然后他放鸽子去了。鸽群飞向天空的时候，他心情特别好，或许，那一刻他把自己的“麻袋”卸下了，他的心跟鸽子一起飞起来了。

六

渎边遗事

……荆溪则咽喉也，百渎则心也，震泽则腹也，傍通太湖众渎，则络脉众窍也。

——宋·单锷《吴中水利书》

一个湿漉漉的汉字，伴随着太湖涨潮落潮的水汽，袅袅地来到我们的眼前。

渎，本意指水沟、小渠，也用来泛指河川。不过，这个汉字走到太湖边，身份就变得殊异，因了潮水的起伏，它融入了一座又一座的村庄，在风雨与光照的配合下，甚至它变成了天光与地气；至少在太湖西岸，它不动声色地占领了起码一百座村庄，人们称其为百渎。

被水系分割的渎村，就像浮在水面的荷叶，村庄的名称，习惯以姓氏来命名，由此彰显族群的强悍，以及像水脉一样漫延的繁衍能力。比如蒋渎、徐渎、汤渎、葛渎，也有以水边的生物命名的渎村，比如茭渎、荷渎、藕渎、瓜渎。

后来，一些渎村消失了，冥冥之中大自然的法则无人知晓。不过，据说现今还留存着七十二渎，顾名思义的七十二座村庄，沿太湖一字排开，被这里的人们统称为“渎上”。如果从空中鸟瞰，就像一把撒落的翡翠，终是绿，还是翠。

一 农事

种田是农民的天命。

有勤快的农民，也有懒惰的村汉。过去我们说到乡村人群，习惯从道德层面去臧否一个人的好坏，却忘记了一个农民的德性，大抵与他脚下的土地有关。沙塘港村紧挨在太湖边，湖边的土地有一种别称，叫“夜潮地”，白天的土地经太阳一晒，干爽如香灰；到了晚上，太湖涨潮，水汽漫上来，悄无声息地渗入土地，等于把土地用湿毛巾洗了一把脸，如果那广袤的土地真是一张脸，那一定是水灵灵的，滋滋润润的。这样的土地，就是把一根竹扁担插下去，也会发出芽来。无论你种下什么，鲜活那是自然，茂盛也是常态，但土地跟人一样有脾性，它卖力，农人就得更卖力，要不然它就懒得理你。即便是肥得流油的土地，不伺候也会荒芜。所以呢，即使老天不催你干活，那地里的庄稼也在逼你流汗。

于是就有了一个结论，人的勤快，是被土地逼出来的。像沙塘港村这样的地方，要出一个懒人，真难。

【车水】

不是说夜潮地吗，怎么还要车水？

也是有旱地的。旱地也是不能荒的。总有水够不着的地方，车水的活计就来了。那种龙骨一样的木制水车，不干活的时候，显得那么笨重，像一群散了架的醉汉；一旦与水接触，便活泼如点睛之龙——或许早已淡出人们的记忆。有地方学者坚持说这是一种文化形态，遂让村里当年擅长车水的精壮汉子——如今已经老得门牙不剩——回忆当年的车水号子，并且演绎当年车水的情景。

老汉们坚持认为，车水是一份天下最苦的活计之一。而且，并没有学者们不断提示的那种“浪漫”成分。你想吧，早晨上工前，汉子们的早餐是乏善可陈的，至多喝一碗稀粥，或者半碗山芋汤，有的根本就不吃早餐，故而腹中是空的。而且中午的午饭很晚，是家里人送到田头的，基本没有什么油水，有限的力气需要积蓄而不是肆意释放。“浪漫”在这里没有空间，因为长时间的车水非常累，人基本上没有什么别的念想。农活不等人，水车必须日夜运转。换班的时间怎么设定呢？若是白天，在“车连头”的某一处，结扎一个草把作为标记，车水的汉子们用茅柴杆作为筹码拔筹，一般情况下，水车的“连头发皮”（一种零件）在车筒内转动三百六十回合，就轮班小憩一下。

如果是夜间车水，看不清“车连头”上的记号，就用唱车水号子的方式，唱到约定俗成的那一段，就换班休息一下。确实，唱着车水号子，可以让脚下的步伐一致，可以消除一点疲劳，特别是晚上，可以消除睡意。通常的情况是，被换下来的人，累得死狗一样，一句话也不愿意多说。就是在唱车水号子的时候，也是为了尽快地唱到换班的那一句，就像暗夜里赶路，生怕迷失了方向。

但地方文化学者们不这样看。他们认为，在毒日头的暴晒下，车水的汉子们肯定脱光了衣衫，露出乌黑而强健的躯体，他们的肢体语言是铿锵有力的，车水的号子是层层递进的，应该有悠扬的前奏，激越的起始，然后肯定有节节攀高的、你追我赶的场面出现。甚至他们光裸的身体可能会被前来送饭的姑娘或阿嫂们无意间窥见，或者是汉子们有意脱光了，存心让女人们来看的。然后汉子和女人们之间，会有嬉戏和打闹的场景，他们认为这才是田园牧歌，不但可以消除劳动带来的疲劳，还能增进男女之间的情意。

老汉们茫然地回忆，然后摇头，说哪有这样的事啊。第一，他们承认，当年脱光了车水的事情是有的，但更多的是晚上而不是白天，脱光的理由除了太热，还有怕汗水沤烂了衣衫。然后送饭的多半不是家里的女人，而是半大的小孩或七老八十的长辈。偶尔路过车水轱辘的女人也是有的，她会像什么都没有看见，疾快地从田埂上走过去，因为，一个女人的名声，比她的性命还要紧。第二，男人们骨子里是爱拿女人调笑的，不过充其量也就“口头腐化”一下而已。各种无关痛痒的荤话甚至脏话，其实与品德无关，老汉们回忆，有一次他们做过一个试验，一组人不说一句脏话，结果只能坚持干一个小时，另一组肆意地说脏话，一口气干了两个小时。后来村上有个知青，说干活时说脏话，可以在体内产生大量的“内啡肽”，而这种农民们并不懂的“内啡肽”，具有抵御疲劳甚至疼痛的作用。在那样艰苦的岁月里，“内啡肽”成了农民们最坚定也最给力的朋友。

对于特别的女子，比如特别漂亮的或者特别丑陋的，哪怕再怎么累，汉子们也还会展开很多想象。比如，李家的新嫁娘，妖娆得很，当她成熟的腰肢在田埂上晃来晃去的时候，男人们原本无力的脚下就生起了风，然后他们的喉咙不由自主地吼叫起来，说那是发情有点过了，但确实是自然而然的一种生理反应。对于胸脯特别丰满的女人，他们会喊水蜜桃或者香瓜，那是顾名思义的一种借代，还是比较含蓄的挑逗，也至少满足了自己的部分口福。眉眼花哨的女人，他们并不喊狐狸精，那太难听；喊味精，大家都高兴。其实那已经包含了狐狸精的意思了。彼时味精这样一种时髦的调味品，在江南乡村登场的时候，非常昂贵；难得在菜汤里放那么一星半点，也要等到客人来的时候。文化学者们总结道，所谓浪荡的心，人人都有，只是大家都有个笼子把它锁住了。笼子也有脆弱的时候，当一个超级巨大的气场滚滚而来的时候，笼子就变成纸糊的灯笼。

过于丑陋的女子为什么也会成为男人们口头的乐子呢？比如村上的瘸子阿香，走路一摇一摆的，脸上还有一个小时候落下的疤。文化学者们分析，这是人们审美深处的一种反弹，就像有的人就是喜欢吃臭咸水、臭豆腐、臭桂鱼一样。当地乡村的词典里，把这称作“丑讨欢喜”。

至于车水号子的内容，老汉们说，都是长辈们流传下来的，内容并没有特别的精彩之处，最大的遗憾是，由于年代久远，歌词什么的，他们大都忘记了，只能哼哼其中的曲调。他们补充说，本来就没有什么歌词，好多是临时瞎凑的。

学者们忙说，啊，那就是急就章啊，太精彩了，还记得具体的歌词吗？

老汉们说，记不得了，反正是见到什么唱什么，比如，有日头就唱日头，有月亮就唱月亮；有风就唱风，有雨就唱雨；肚里饿了就唱烧饼，唱猪头肉，脚下无力了就唱孙悟空。还有就唱：吃桃要吃水蜜桃，菜里味精鲜煞人。

学者们眼前一片雪亮。这两句前后不搭的词儿，反映了一个真理，凡是从口感、情感出发的东西，才会被人们记得牢。这个观点后来成为他们洋洋洒洒的论文的有力支撑。他们的文字，给后来的文艺编导们提供了创作的空间。有一天，沙塘港村的老汉们被请到镇上看戏，其中有个节目就是《车水号子》。帷幕拉开，一群肌肉强健汉子，青短褂加红头短裤，在乐声中起舞，自是激越雄壮，其间有窈窕女子上前撩拨嬉戏，男女追逐、打闹，舞台上桃红柳绿、碧水盈盈，好不壮观。

演出结束，有编导问老汉们感受。某老汉说了一句煞风景的话：车水若是有这般快活，那公社书记都不要做了，都来抢着车水了。

【蚕花姑娘】

从湖边走向桑园的田埂，称桑埂。忙忙碌碌穿梭在桑埂上的，多半是女人与老人。养蚕的女人，会被城里来的文化人叫作“蚕娘”。

原先，桑园里没有歌。一种解释是，女子在桑园里一边干活一边唱歌，会被长辈认为没正经。再说唱歌也要力气，早上喝一碗稀粥，出力出汗；太阳一竿子高的时候撒一泡大尿，肚子里基本空空的了。总之，干活时唱歌，付出的成本蛮高。

20 世纪 60 年代，有一部黑白国产故事片《蚕花姑娘》风靡江南。故事的主人公居然是桑园的养蚕姑娘。这部电影里有一首歌，被当时的人们认为非常好听。

鱼米乡，水成网，
两岸青青万株桑；
满船银茧闪光亮，
照得姑娘心欢畅。
……

有一天，居然公社的电影队来村里放映这部电影了，四面八方的人们像赶集一样拥向这里。第二天，桑园里就飘出这首歌了。因为唱的是养蚕的事，还因为实在好听，女人们在桑园里唱歌的时候，村上的公堂阿伯、平时一本正经的喜欢叱骂小辈们的六公公走过，居然没有开骂。关键是他孙女采芹也在唱，有人看到六公公呆呆地趴在一棵老桑树上，眼神直直地听着这首歌。后来六公公承认，女人们唱这首歌的时候，并没有耽误农活，他孙女采芹还说，唱歌的时候，摘桑叶的手劲更大了。

太湖边的七十二个渎村，村村都想要放这部电影，但每天晚上只能放映一次，轮到最后一个村子，岂不要等七十二天？有人想出一个办法，即几个村子同时放映，前一个村子放映完第一个拷贝，赶紧送到下一个村子，一个拷贝的时长是半个小时，当时的乡村还没有自行车，送电影拷贝的都是村里的小伙子，要腿长，跑步快，力气大的那种后生。虽然那是没有报酬的义务劳动，但也不是谁都能轮得上的。你想想，当一个村子的打谷场上挤满了观众，电影正看得来劲，突然银幕上一片雪花。灯亮了，放映员说要换片，大家一片啰唣。这时只见一个满头大汗的后生冲进场子，喊片子来了。大家不由得给他让出一条路。众目睽睽之下，这个后生突然就成了仅次于放映员的明星。

后来，这里的人们把几个村子同时放映一部片子，叫作“跑片”。

那时大家还不太习惯使用“轰动”这个词，但大家都在唱电影里的这首歌。养蚕女人的身价，竟然在歌声里被抬高了。甚至城里的姑娘，也想到这太湖边的桑园里来体验生活并且收获爱情。谈婚论嫁的时候，介绍人说，人家是蚕花姑娘呢！口气是蛮响亮的。

后来就听说，放映《蚕花姑娘》的那个电影队小伙子，真的娶了一个桑园里的蚕娘，就是六公公的孙女采芹。桑园里的爱情，显然沾了电影的光。

这个六公公，见到他的外貌，你会联想到茅盾先生的小说《春蚕》里老通宝的形象。事实上，六公公虽然无职无权，但他辈分大，村里大小事情，都要征求他的意见。他年轻时候干农活，是周围村里的第一把好手，他插秧，三个小伙子也赶不上他，要说养蚕，也没有谁比他懂得多。

显然，跟老通宝相比，六公公才不那么封闭保守、笃信禁忌呢。他思想比较开通，就是鼓励孙女采芹到城里去做临时工，后来，采芹在城里待不惯，回来了，六公公就教她养蚕。采芹养的蚕子白白胖胖，而且，从来没有什么病灾。女人们嫉妒地说，采芹啊，六公公究竟教了你什么诀窍啊？

采芹说，就一句话，把它们当自己的孩子。

说完这句话，采芹脸红了，因为她还没有结婚哪。

电影究竟只是电影。再怎么好看，歌再怎么好听，爱情再怎么动人，蚕娘们说，养蚕，哪有这般浪漫啊，那是天下女人最苦的活啊。

城里来的地方文化学者不太理解，不就是采采桑叶喂喂蚕吗？

且听蚕娘怎么说吧。

看似寻常的一日，农历四月初八，却是一个吉祥的好日子。村里会给养蚕的人家发蚕种。那是很小的一张纸，假如你的手一松，它会被湖风刮走。但这张十厘米见方的纸上，是两万五千条蚕的生命。它们的体积，比芝麻还小，也是一粒一粒的子，称蚕子。然后，第二天，蚕子要见光，平时连晚上都舍不得点灯的养蚕农户，在白天到来的时候，一齐把电灯打开了，这叫烘蚕子。蚕娘们回忆，早先没有电灯，这张蚕纸是放在贴着内衣的胸口捂着的，如果是少女或少妇，城里来的文化人喜欢管那个地方叫“酥胸”，他们相信那地方散发的能量一定比电灯大。也有的老蚕娘把它放在热锅盖上，借助锅里的温热来孵化。一粒一粒的蚕子最早是在纸上蠕动起来。它们正式来到这个世界，第一件事跟婴儿一样，要吃。于是天蒙蒙亮，蚕娘们就出门采桑叶了，带露珠的嫩桑叶，清风一吹，水珠没了，却更加绿莹莹的，是幼蚕们的最爱。

蚕食。这个原本温良的词，居然一直为史家所沿用，据说后来还是秦灭六国的专用语。这个比喻看似平和，如同蚕吃桑叶那样，一点一点，但结果很惊人，假如你是一条野心勃勃的蚕，将别人的城池看作桑叶，那么，不知不觉地，一口一口地，就被你吃掉了。

养蚕的日子里，人采桑叶的速度，几乎跟不上蚕吃桑叶的速度。那真是卧在竹匾里的千军万马，它们不急不躁，扭动着干净而儒雅的身姿，穿行在苍翠欲滴的桑叶中。它们显得格外白皙，于是蚕娘们送它们一个名字叫白小娘。它们吃桑叶的声音，起先像下小雨，沙沙沙的；后来，简直是压低了嗓子的暴风骤雨了，文人们送它们一个词：急管繁弦。看窗子外面皓月当空，室内却似风沙弥天，不知有多少部队在冒雨行军。

蚕娘们一夜要起来十多次喂蚕，说她们“和衣而睡”，是比较文雅的说法，实际上一个个蓬头垢面，她们自称“隔夜面孔”。天亮的时候，个个眼睛里都有血丝。

蚕卧在被木架子隔成一层一层的桑匾里，就像上铺、中铺与下铺。跟人一样，它们有的大，有的小，有的身强、活络，有的病恹恹的；喂蚕的时候，蚕娘把它们当成自己的孩子了，她们肯定记得，哪只匾里，有几条蚕是要特殊照顾的，宁愿自己多吃点苦，也不会顾此失彼。有的蚕娘几天几夜不睡，走路都摇摇晃晃的。

养蚕最关键的那几日，六公公会挨家挨户去转悠。他不用眼睛看，用耳朵听蚕吃桑叶的声音，就知道蚕宝宝健不健康。遇到病恹恹的蚕宝宝，他会果决诊断，只要你按六公公说的去做，那些蚕宝宝准保会获得新生。

反正，有六公公在，大家心里就不慌。

此地有民谚：日不歇夜不眠，三十六天见铜钱。古时的钱币是铜制，铜钱是百姓活命的依靠。虽然纸币已经用了几个朝代，老百姓还是觉得“铜钱”二字比较牢靠。三十六天不算太长，但这里的女人们养完一季蚕，人都要脱掉一层皮。不过你想想，通常集体的“分红”要到年底，家家户户的钱袋子是瘪的，如果你肯吃三十六天苦，蚕宝宝上山吐丝结茧的时候，躺在收购站抽屉里的“铜钱”就在向你召唤了。

桑园对于蚕娘们的最好回报，就是桑葚，如果是一棵老桑树，会结一担桑葚。本地方言，称它桑闷子，酸甜酸甜。它能把你的牙齿染得乌黑，有时你的衣领、脖子也染上了桑葚的汁水，此地人就说你是“乌风梢”——一种习惯蜷隐在茅草丛中的蛇，尾巴是乌黑的。这种蛇看起来可怕，但并不毒，如果捉来炖汤，则口感细嫩。

在城里来的做田野调查的文化学者看来，蚕的上山与吐丝，是养蚕最美的风景了。可这个节骨眼上，蚕娘们连气也不敢松一口。所谓上山，就是用干稻草绞成长长的草龙，铺在干爽的地上，让千万条蚕卧在草丛中，欢快地吐丝作茧。欢快这两个字，也是文化学者们强加给它们的，他们还说了一个词叫“千丝万缕”，作家知道了却认为缺乏温度，也不够生动。如果我们重返那个白小娘们吐丝作茧的现场，你会发现，白小娘们吐丝的时候，有一种舞蹈的节律，它们是不经意的，是挥洒自如的，用今天年轻人的话说，是充分的来电与放电。然后作茧的时候，它们是有章法的，不是急吼吼的，它们将自己包裹起来与这个世界作别的时候，是恬淡的，有一份从容的定力。然后雪白的茧子是纯洁的，说它们像雪花银子有些俗，但真的是一尘不染的尤物。

到这个时候，你才真正知道蚕娘们有多辛苦。有的蚕已经在上山，有的蚕却还在吃桑叶，老的老，小的小，你照顾谁好？一条蚕也不能落下啊。那样的长夜只有太湖里吹来的风陪伴，是黎明前最黑暗的时候，蚕娘们面前，有一丝一缕的光亮，然后织成一片片的光亮，她们把雪白的新茧轻轻地拎起来，摇一摇，茧子照在她们疲惫而开心的脸上，那种光亮与她们的微笑很搭配，丝绸的温软与质感，难道不是从蚕娘们的笑容开始的吗？

这里要写一写六公公的死。

那一年的黄梅雨季，天气爆热，忽又爆冷。春蚕大都遭了脓病。每天死掉的蚕，都是一大把一大把的。六公公变成了救护队长，因为每一家都要请他去救那些病蚕。他并没有妙手回春的手段，但他懂蚕，那些差不多快死的病蚕，是被他捂在胸口救活的。忙乱中大家都忘记了他的年龄，也忘记了他有多少个夜晚没有合眼了。

有一天早晨，六公公就无声无息地走了。他走那天，正是村里最后一批春蚕上山。大家就说，六公公跟着那些蚕宝宝一起上山了。

一天一夜，蚕娘们合力织出一匹白绸，让“上山”的六公公盖在身上。从此六公公不管上什么雪山雨山，都不怕了。

虽然养蚕真的很苦，但蚕娘们在养春蚕的时候，心里已经在惦记着夏蚕和秋蚕了。并不是她们特别喜欢白小娘，而是她们离靠养蚕持家的目标还有一些亏欠。修屋或造屋，出嫁或迎娶，还有生养、念书、看病、还债，等等，开门七件事哪样不用铜钱呢。来这里做田野调查的文化学者得出一个结论：如果说这里的男人是被夜潮地逼得做不成懒汉的，那么，这里的女人就是被无边无际的桑园炼成勤快的蚕娘的。这里的一个关键词是桑园。这是一片巨大的气场，如果做一个减法，把桑园减去，无法想象，女人会是什么个样子。

养完三季蚕的蚕娘们，在冬天到来的时候，虽然荷包里有铜钱了，但心里是空落落的，身子也都有些亏。说她们想念那些茧子，不知被运到哪里去了，做成什么衣服了，不知穿在谁的身上了，可能有些矫情，也不切实际。但她们会掰着手指，算计着春蚕开养的日子。也就是说，即便是歇着，也是为下一季养蚕积蓄气力。

难得的冬闲时光，她们又想起那部电影，那首歌了：

一把青蚕一把汗
一条蚕儿一颗茧
蚕儿肥壮人辛苦
换得丰收心里甜
满河小船忙运茧
好似白云飘水面
……

【捉肥记】

今天的人们说起太湖蓝藻，都是深恶痛绝的，但是在四十年前，它却是农民的宝贝。

那时不叫蓝藻，叫湖淀。专家说它的含氮量很高，是非常好的有机肥料。当年的太湖还没有污染，湖面上难得有小面积的湖淀集聚，渎边的每一座村庄都会组织人手去捞湖淀。但很多时候，出去捞湖淀的农船晃荡了一天，也捞不到半船湖淀。

捞不到湖淀，大家心里着急。因为没有污染，也就没有“环保”一词，如果这一天，外出捞湖淀的人们空手而归，大家就会对着清粼粼的太湖水开骂。显然人们是把太湖拟人化了：清汤寡水的东西，叫你长点湖淀出来就这样难啊。

空空的船舱意味着，即便是一个正劳力的工分，也要打八折。记八分工，对于在外奔波了一天的正劳力来说，是不公平的，但是毕竟没有捞到湖淀，谁也没有办法。

显然肥料是个大问题。渎边村的人们把目光投向了城里。

城里当然不会生长湖淀，但城里每天会产生太多的垃圾。市民日常生活里的很多垃圾，本身就是很好的肥料，比如煤球灰、蚕豆壳、笋壳、菜边皮、鱼内脏、馊饭菜等。

于是，村里派出了五吨重的木船（后来改为水泥挂桨船），由六七个人编成一组，向无锡城进发。

捉垃圾，听起来并不很雅，但事实上，这在渎边村是一项体面的活计。农民们可以借此进城逛逛，而且是无锡这样的热闹城市，再说这也不是很重的体力活，无非是肩挑两只筐，手拿一把笤帚，穿街走巷，一路观花。在旁人看来很是散心。

每次安排去无锡城里捉垃圾，生产队长总是颇费考量，大家都争着去。但并不是所有的人都可以去城里捉垃圾的，第一，你得脑子活络一点，会记路，如果你本身是个“阿木灵”（本地形容愚蠢的人的方言），一进城就迷路，还得找个人来伺候你，那怎么成呢？第二，你得会几句普通话，虽然无锡方言在环太湖一带是大略听懂的，但是，无锡城里居住着太多外地口音的人，语言上的障碍，肯定会对捉垃圾产生负面影响。第三，你得会跟人家搭讪，懂得交流，不然人家连门也不会让你进。

把时光退回四十年，符合上述标准的农民并不是很多，最后的筛选是狠着心肠来的。做个队长真不容易，人情面情，他都要照顾，但是也不能坏了做事的规矩。

虽然进城捉垃圾是干活，但是，只要是被派到这份活儿的农民都会换上干净一点的、补丁少一点的衣服。说他们像进城走亲戚，显然是夸张了，但他们的脸上确实挂着一种平时不见的神态，那种说不出的期待和谦恭以及隐隐自得，只怕连他们自己都搞不明白。

太阳还没有升起的时候他们就出发了。为了那一炉煤球灰，他们必须赶在城里的居民早晨起来生煤炉之前赶到，如果晚了，城里扫马路的环卫工人就抢先了。居民们刚把煤炉灰倒掉，他们就赶紧上前打扫，这样等于是替居民们干活，城里人当然是高兴的，凭良心讲，那时农民的地位并不很低，虽然囊中羞涩，但政治上属于“贫下中农”，和城里的“工人阶级”一样，场面上都是响呱呱的。况且，农民们大都一脸的朴实，是经过选拔才到城里捉垃圾的。城里人不但放心，有时还会指点他们，从这里走过那个巷口，还有几家是烧煤炉的，赶紧去，他们起得晚，煤炉还没有生；还有那家，你们就不必去了，这几天家里没人。

春天的时候，江南一带喜欢吃那种剥了壳子的青蚕豆，还有同样需要剥壳的鲜笋，一只笋就能剥出一大堆壳子；到了夏天，蔬菜瓜果特别多，到处都是黏糊糊的瓜皮果壳。这个产生垃圾的旺季，给城市居民逼仄的生活空间平添了许多烦恼。环卫所的工人每天只打扫一次，而且不可能深入居民家里。是农民们及时带走了这些垃圾，他们卖力的清扫，让眼前顿时清爽起来。所以城里人对前来捉垃圾的农民们是不反感的。有时，几天不来，他们反倒不习惯，怎么捉垃圾的农民兄弟这几天不来呢？时间长了，大家彼此也熟悉了，有时也拉拉家常，农民看到城里人家的收音机、缝纫机、闹钟（当时江南城乡的家庭标配），很是羡慕，他们不会用手去摸，但他们会瞪大眼睛去看。然后，看到城里人住的房子那么小，他们就会松口气说，我们乡下呢，就这点好，房子大，一个猪圈也有这么大呢，他们比画着，显得很自信。城里人并没有误会农民把他们不大的住房当作猪圈，反而说，是啊，你们吃的白米也比我们新鲜，空气也比城里好。那个时候，城里居民家里是不安防盗门的，窗子也半开着，有时候家里没有人，门就那么虚掩着，农民们大大方方推门就进去了，把堆在屋角的垃圾取走，打扫干净之后，他们顺手就关上了门，从来没有听到谁家少了什么东西。

彼此混熟了，农民们进城的时候，会顺便带一些地头刚择下的蔬菜，比如洋葱、萝卜、蒜苗、鸡毛菜，城里人特别喜欢。他们发现，农民捉垃圾的扁担上，还挂着一杆小秤。家门口的交易，其实已经不是生意了。江南的夏至，有吃馄饨的习俗，城里人认为，用鸡毛菜加肉剁馅，是最馋人的。所以，在相宜的季节里，他们对捉垃圾的农民兄弟也有祈盼。所谓各有所得，大家都乐意。

农民们的吃饭，一般用船上的行灶自己烧。但有时他们捉垃圾的战线拉得过长，赶到船上烧饭太误时间。于是，中午做饭的时候，农民们拿出刚脱粒的新白米，跟居民们商量，能不能借你们的锅灶煤炉煮一锅饭，我们可以多给你们一些米。

说实话，这种刚登场的新米，不煮饭闻闻也是香的，城里居民哪里能吃到，他们略加迟疑，就答应了。

于是呢，城里人家不大的饭锅，煮上了渎边村农民的新米饭。煮饭的过程这里忽略不计，生米煮成熟饭之后，农民装上几大碗，就告辞了。剩下的半锅饭，是他们留给居民的，作为酬报，这半锅米饭的价值当然不止几个煤球的费用，所以他们转身离去的时候，连声的感谢里并不附带歉疚。然后他们消失了。消失在小巷旮旯的深处，他们会找一个背风僻静的处所，蹲在街沿石上，安安静静地吃他们的午饭。这饭还冒着热气，搭饭的咸菜是他们自带的，有的还带了自家腌的萝卜干。居然，能在城里吃一顿热饭，看看城里的光景，听听喧嚣的市声，感觉自己也是城里人了。总之这一顿饭他们吃得既开心，又有尊严。

捉垃圾的活儿，一出去就要好几天，吃饭容易对付，晚上住宿只能在船上将就。春夏之交的天气，夜里也不怎么凉了，男人住在船尾，女人住在船头。夜里看看星星，扯些闲篇就各自呼呼大睡。等到船上的三个舱全部堆满了垃圾，就难分什么船头和船尾了。须知一层层的垃圾闷在船舱里，等于是在“焖烧”，最上面铺几张草席，人就睡在上面，开始觉得软塌塌的，倒也舒服，慢慢地觉得背心里发烫，原来是垃圾冒烟了，赶紧舀来河水，浇了半晌，大家才松了一口气。

可以出远门的活计，除了捉垃圾，还有樵青草。

20世纪六七十年代，太湖边的村庄还没有普遍使用化肥。田地太多，即使把所有路边和田埂上的青草都割下来，沤成有机肥料，也还是不够的。于是，渎边的村子经常派出青壮劳力外出樵青草。常州与无锡的郊区，那种城乡结合部的地方，通常是他们的首选。一般情况下，一支樵青草的队伍里，会有三个男劳力、三个女劳力，再加上一个男半劳力（比如上了年纪的老汉），也就是七个人的规模。配上一艘五吨的农船，一般要出去两三天，吃住都在船上。他们挣的工分，与樵得的青草斤量，是成正比的；不到船舱里堆满青草，他们不会回来。这个活计肯定不如去无锡城里捉垃圾那么抢手，但毕竟是出远门，又是集体行动，吃苦与乐趣也是成正比的，所以大家比较争先恐后。

走水路去常州和无锡要过太湖，遇上风急浪高的天气，载满青草的农船就有危险。1970年的夏天，一只满载青草的农船在太湖的风浪里差点被颠覆，农民张茂金不慎落水身亡。这个消息对太湖沿岸渎

渎边捉肥记（陈寿春摄）

村的农民们不啻是个沉重打击，此后他们外出樵青草就改变了策略。沙塘港村九十岁的杭金德老人保存着一个1964年的日记本，那上面有详细的记载：

1964年8月22日，全队妇女集中，自备干粮，凌晨3点集中到农船上，将船摇到漕桥、潘家桥、雪堰桥等地去樵青草，到这些地方时天已经大亮，大家分散各自樵草，到船上过秤。一般到中午的时候，船舱里的青草就满了，而所有樵草的人都步行回家，只留下三个水性好的汉强、春生、根大，摇着一船满满的青草，穿太湖回到沙塘港村。

接下来，杭金德老汉记录了一组当天割草的数字，以及他们获得的工分。

根娣484斤，月凤267斤，小大304斤，顺娣324斤，金伯308斤，杏芬27斤，芳芽128斤，顺梅347斤，菊英322斤，玉珍372斤，美琴285斤，美宝440斤，听娣332斤，仙大258斤，早元251斤。

按当时的规定，每百斤青草计四分工。这一年，村里每个整劳力一天如果按十分计算，价值是五角钱。那么，以力气比男人还大的根娣这一天的分值，她大约可以进账近一元钱。她很开心，这是非常高的收入了，当时一斤猪肉也才几角钱。一般情况下，就是过节，农户也不会舍得一次竟然买一斤肉的。但是，同样樵草却产量偏低的杏芬，由于肚子疼（后来她告诉别人，是“大姨妈”来了），这一天她连五角钱也没有挣到。

【村干部】

杭金德老人当年做过生产队长。你别小看这个乡村级别最低的芝麻官，手里还是有实权的。根据他的回忆，当年做个小干部并不容易，政治运动多，什么事先拿干部开刀。他有一个最重要的日记本，记录的全是当年村干部在“四清”运动中做自我检讨的内容。

杭连生（时任生产大队队长）自我检查：

1962 年用队里的钱借给蒋细狗 50 元，后办移交时，蒋还 25 元，还有 25 元以小农具租金代替。

和队里骨干集体吃喝，吃几次，并做一次单据。共吃掉 35 元洋葱款。

小舅子群生砌屋，私下给他队里的芦菲，价值十多元。

自己在机船上做轻工，给自己记 3 个工。

私拿队里的百合 20 斤，蚕豆 5 斤。

多拿麦粉20斤。

公社领导来开田头现场会，走时拿队里的芋头50斤送给公社几位领导。

自己家住队里的公屋，两年未付租金。

男女关系问题：我和崔某某好过，虽然没有发生肉体关系，但群众影响不好。

杭连生应该是比杭金德官级别高并且握有权力的大队干部。凭良心讲，他吐出的这些“错误”，看起来数额不多，但当年的十元钱，至少是今天的一千元，按照这个倍数，放在今天，那也是不轻的错误，至少性质是一样的。值得肯定的一点是他的认错态度，在组织面前，把给自己多记几个工分的事也坦白了，甚至连“没有发生肉体关系”的“精神恋爱”，也暴露无遗。这份供词证明当时对干部确实管得很严。

蒋坤元（时任生产大队会计）自我检查：

缺少阶级立场，敌我不分，大队食堂解散后，把一只轧面机卖给地主裘玉兴，只收他50元；还有一只轧面机，没有和其他干部商量，独断独行卖给了陈细大（穷困户），也只收了50元。

对阶级斗争观念比较模糊。如富农杭国章，只看到他干农活是把好手，没有看到他政治上的阴暗面，比如他污蔑有些干部下乡蹲点，是形式主义，加重乡村负担。

对四类分子杭孝堂放松监督，让他去无锡卖萝卜，助长他搞投机倒把，他帮大队买的600元桐油，完全失效无用。

1963年，开后门买来40斤化肥。没有交给公家使用，给雨生12斤，德荣12斤，富大6斤，我自己20斤。

1964年挪用大队仓库稻草20捆，修补自己的漏草屋，至今荡账，没有付钱。

另有粗木头一根，是三队仓库里的，坤生（队长）送来给我，我推辞不过，只付了3元钱。

1962年，做生产队会计时，帮翠芬多记了53斤青草，使她多得2分工。我和她谈过恋爱，因我娘说我们八字不合，就回绝了她，后来她嫁给瘸子王龙生，生活清贫，我心里不太好受，我这完全是资产阶级思想。

这个蒋坤元的"错误"，放在今天，一大半应该表扬。他对自己多占的一点点公家便宜，那样地痛心疾首，就连给昔日的相好多记两分工这样的事，也坦白出来。从字面上理解，他的住屋不但是漏雨的，还是草屋，作为一个手握经济实物权的乡村干部，换了别人只怕早就住大瓦房了。关键是，在强大的组织面前，人人都在掏心剜肺，他能不把自己的心全剜出来吗？

杭熙苟（时任生产大队副书记）自我检查：

帮四类分子杭孝堂盖草屋，还给他六尺布票。

叫伯军、坤生来帮我家种自留地，剥削他们的劳力。

1963年冬，参加赌博“小来来”，导致全大队很多人染上赌博的瘾。

1962年，到下朱街农具厂，打了大队证明开后门，买木头为父亲做棺材。

男女关系有四人，但只有一人发生过肉体关系。

贪污粮票40斤，山芋100斤。

开后门，是因为前门老是关着。当时的乡村还盛行土葬，为父亲买木头做棺材，虽然背了一个“开后门”的罪名，想想也值得。

然后，帮助四类分子。所谓“四类分子”，就是地主、富农、反革命分子、“右派”等。乡村基本没有“右派”，被“专政”的往往是地主、富农和反革命分子。

可是，再怎么专政，他们也是人啊，在一个村上住着，有的还是长辈。他们有困难，难道能忍心看着他们住的草屋漏雨吗？

叫几个村上人来帮干活，实际也是一种互助。怎么就变成了剥削劳力？朗朗乾坤，天地良心，又不是一个相互抹黑的时代，自己为什么要这样抹黑自己呢？

不知道20世纪60年代的“男女关系”是如何界定的。按照杭的说法，他只和一名女性发生过“肉体关系”，但却承认“男女关系”有四人。另外的三人，是怎么来确定的呢？

对此，杭金德老人给出了明确说法：男女授受不亲。这是古法传下来的标准。平白无故，你为什么帮一个女人多记两分工？还有，寡妇门前是非多。贫困的年代，一个村里总有个把寡妇，你千万不要因为寡妇生活困难，就单独上门去看望，即使你什么也没做，你也讲不清楚。

再有，但凡女人来找你说事，即使是在村部办公室里，你也要把门开得八敞，有窗子的话，窗子也要打开，免得被说闲话。村里的年轻人业余演文艺节目，作为村干部要走得远远的，为啥？唱唱跳跳，半夜三更，最容易出事。有的年轻媳妇，家里男人气量小，有时半夜鸡都叫了，女人还不回来，他抡根棒子就出门了；如果你村干部也待在那里，跟她们说说笑笑，那么好了，人家肯定不会放过你了。

那个时候，干部见了群众是敬畏的。

这样的一种生态，鲜见于记载。

附：杭金德1961年5月11日参加公社三级干部会议记录

陈书记讲话，传达中共中央关于农村工作的六十条意见，其中规定，太湖渎边的生产大队，允许社员在家边、屋

> 边、田边、河边、沟边、路边、塘边、坟边等“十边”地上种植作物，允许发展家庭副业，并将少量自留地分给社员，绝对不给社员扣上“资本主义尾巴”。

说起这“十边”，乡村的老人还有记忆。原来农民基本没有自留地，或者说，自留地少得可怜。20世纪60年代初的自然灾害，给当局是一个巨大的警醒，把荒废的“十边”腾出来让种植农作物，真是一个天才的构想。这“十边”的面积可大可小，上边的干部管不了这么多。于是渎边村的农民更忙了，但没有一个人叫苦，因为这“十边”上种植的收获，基本是他自己的了，所以渎边村的人们舍得辛苦，愿意辛苦。

二 村事

七十二渎村之首，当数沙塘港村。

有一首顺口溜这样说道：“港口十八村，村村十八巷，巷巷十八家，家家七八人。”

也就是说，这个村里还有十八个小村，由此派生出来的巷子和人家，都是以几何级数增长的。

在这里，向一条古老的通向太湖的河流——横塘河致敬。它以从容不迫的姿态穿村而过，在与太湖接口的地方，它还调皮地捺下一撇，感觉那是文人不经意留下的遗墨。

为什么一个湖边渎村里，会有一条热闹的老街？那是太湖里的捕鱼船遇到风浪时，抄最近的水路，将船驶进沙塘港附近的杨家潭或竺山内湖时形成的。最多时，几百条扯篷船一齐拥向这里。想想那是什么场面。这河岸上怎么也得有一条街啊，这是老天送来的客人。

人老了，街也老了。

扯篷船进了沙塘港，渔民们会放下一只小舢板，把捕到的鱼虾赶紧拿到老街上出售，然后再购买油盐酱醋针头线脑等生活用品。鱼虾变成的银子，很快变成了水岸小馆里的烹炸爆炒，变成了进行时的渎边故事。

【甜白酒】

很多外地的渔民到了这里，喜欢喝一个名叫老袁的白发公公酿制的甜白酒。那种酒用上好糯米，加一粒奇特药丸，鸽子蛋般大小，称酒娘。糯米煮成白饭，酒娘加入其间，很快它就发力了。甜，是纯正的那一口，比起苏州贩来的甜白酒，那是甜得腻答答；这里却是山歌一样的嘎巴绷脆的甜。再就是凶，喝酒的人知道，有一种凶叫作刚刚好，如同不讨厌的小娘子的那一股泼劲。如果喝的是二锅头，那是直来直去的凶，就如一拳打上来，面孔都要裂道口子；这甜白酒不一样，它是衣服一件件脱的，脱到剩下个红兜肚，不脱了。挠你的心。这样的一口甜白酒，居然渔船开走了，渔民们还忘不掉，撒网的时候还生生地想着，一回到沙塘港老街，就都扑向老袁的酒铺。

但是老袁这个人行踪不定。他没什么店铺，生意都在自己的住家进行，但他的家门一年倒有半年关着。他并不是在外闲逛，而是在采药丸的原料。因为他生意好，别人也想跟他讨要酒娘的配方。他倒不保守，悉数讲给你听，有时还写在纸上：须采一种太湖芦荡里的辣蓼草的籽，来做酒曲，与籼米一起用小石磨磨成粉，经过发酵、日晒等多道工序，才能搓出一个鸽蛋那么大小的药丸。不过，别人按照他的方法去做，那一味丸子就是差了那么一股劲道，要么太甜，要么太酸，或者凶得没有道理。

此地风俗，农历六月十九，家家户户要蒸馒头。这馒头也须用甜白酒来发酵。老袁很忙。过年时农家做米酒，就是个小门小户的人家，平时节省，米酒却不能省的。一做就是上百斤糯米。老袁的酒娘哪里够？谁让他的酒娘那么灵，又那么便宜呢，零售仅两毛钱一颗，批发呢，一毛五。天地良心。

一个人就怕出名，虽然老袁没有单位，背个褡裢袋到处走。但当年可以管他的部门很多，比如工商、税务，可以管他无证经营、漏税；“打击投机倒把办公室”可以割他的“资本主义尾巴”。老袁就跟他们打游击战了。他瘦瘦的身子像湖风一样刮来刮去，想要买他的酒娘的人总能找到他，想要找他麻烦的“公家人”却到处抓不着他。终于有一次，凑他回家看望老娘，几路人马一起“端鸡窝”，把他逮了个正着。那是冬天的一个晚上，河面上结了薄冰，他一副若无其事的样子，出门时顺手带了把扇子。工商人员骂他神经病啊，他说，你们把我关起来吧，给我管饭，一直管到夏天，我才高兴呢。最后工商人员要他写保证书，他写了一句话：我老袁保证不做不卖。但没过几天，他又在老街上卖酒娘了。再次被抓到，他还抵赖，说，我是讲过不做不卖，但我没说过做了不卖啊。某次，又抓他，是个夏天，他扛了一床厚棉被出门，说准备住到冬天。那天他破天荒发火：老子不做酒娘，六月十九你们用什么做馒头，过年不做米酒，鬼才上你家门呢。

果然。这年的六月十九。老袁失踪。老街市面上有各种酒娘，唯独不见老袁的。这就动了众怒了，老百姓苦水苦月，对难得的一个节日都比较重视，老袁的酒娘，想必是做馒头的核心，也是这个节日的核心。因为一个馒头的变味，人们突然变得沮丧而且愤怒。工商组的办公室被群众包围。问，你们把老袁弄到哪里去了。

没有人知道老袁的确切去处。不过，似乎没有人担心他会出什么事。没过几天他像一阵风一样回来了。他要的就是这个效果。

无疑老袁是个民间智慧人物。可惜他生错了年代。

后来报社的记者给他写过文字，不过他已经去世了，是他的儿子提供的材料，清明的时候，他儿子把那张报纸在他坟前烧了。居然有人闻到了甜白酒的香味。

【鹞子】

农历二月十九，是观世音菩萨的生日。每年的这一天起，老街上下的人们会到太湖边去放风筝。

此地方言，称风筝为鹞子。

是因为这浩荡的湖风，在春天到来的时候格外清爽，沙塘港的人们都喜欢这一口吗？文人的理解是放飞一种心情。其实，这跟太湖边航船的人家出行有关。旧时没有天气预报，到了有天气预报的年月，没有收音机。鹞子一上天，大家就知道刮什么风，风力有多大。该不该出门自己有数。

民间聪明的人多。湖风有时也像音乐，这里的人就在鹞子上装了笛子，风一吹，笛子自动就响起来了，四面八方都听到笛声，悠悠长长的，这里的人称鹞笛。民间传说里的鹞笛，却与慈悲有关。清明前放鹞笛给十八层地狱里的冤鬼听，告诉那些被打入地狱的冤鬼，春天来了，又一年过去了。

晚上飞上天去的，称鹞灯，那是在铁丝箍成的篮兜内，放进烧红的炭火，风一吹，炭火发红发亮，在漆黑的长夜里闪闪烁烁的，铁丝网兜洒落下一串串带尾的火炭屑，在夜风里像极了火凤凰的尾巴。天色很晚了，那些驾了船出去捞水草的、卖杨梅的、卖茅柴的、捉小猪的，如果哪只船还没有回来，那他的家人必定会为他放鹞灯的，那时的鹞笛和鹞灯，除了在催家人归来，也在为家人导航和祈祷。晚归的船只在十里水路之外就能听到鹞笛，那样漆黑的长夜，笛声传来，突然鹞灯一闪一闪，船上人的心就感觉到家了。

外地的渔家喜欢在沙塘港过夜，还有一个原因是，这里的民风比较厚道，不但有鹞灯给导航，还在一个叫暗山的地方（此处有暗礁）竖了两根高高的、粗蛮蛮的石柱，上面常年架了风灯，作为防止触礁的标志。

鹞灯和鹞笛，后来就慢慢失传了。

那是因为，制作鹞笛很费功夫，须取一种孵鸡竹，其柔韧性较佳，亦轻飘灵动。粗竹管用来做高音，风灌进去，其音深沉内敛、共鸣声宏大；细竹管的音质较为娇糯，如田头阿妹，嘤嘤盈盈，自是清灵婉转。此竹不易找到，制作也颇费功夫，当今人们做事，效益放在第一，制作鹞笛费时费工，无钱可赚，失传是自然。远去的不仅是手艺，也有日渐淡薄的匠心。至于鹞灯，那是农耕文明的产物，如今哪里还有炭火，取暖都是空调。船家的手机都有导航功能，船只上也配备 GPS 设备。鹞灯只能存活在老辈人的记忆里了。

但是这鹞子，却是一代传给一代，成为太湖渎边人家的一种精神陪伴，一道常年不衰的风景。

起先是放着玩，后来就有竞争了。我钱没有你多，房子没你家大，说话没有你牛，但我的鹞子比你家的飞得高，不相信，就拿出来比一比吧。

你有蝴蝶鹞，我有燕子鹞；你有八角鹞子，我有蜈蚣鹞。沙塘港人记忆里最长的鹞子，足足八十米，那真是一条巨龙鹞，系了十多盏鹞灯，八支对称的鹞笛。当巨龙吃到天风，在高天上飞舞的时候，人们有片刻的惊呆，感觉真龙附体，分不清天上人间了。

一个秘笈是，鹞子要飞得高，必须吃到天风。当地民间的语境里，形容人厉害，也有一句歇后语：此人吃到天风了。意思是得到了天助。什么天风，在气象学家看来，那都是大气流的影响。文人和道家不这么看。文人爱想象，比如陆游，早年来过太湖边。一只鹞子扶摇直上，他会写诗赞叹：纸鸢收线愁风恶，秧马掀泥喜雨蒙。堪叹今年衰更甚，苍颜纵醉不成红。道家是讲风水的，可以放鹞子的地方，气场必定清朗且开阔，为什么有的鹞子放着放着会摔下来，因为它的气场不对，它吃不到天风，它不能穿越高天上的流云。慢慢地，鹞子不但是起码的乡间娱乐，也维系着一种民间的匠心，更有农家心情的依附，平头百姓是终归吃不到天风了，就让这鹞子代他们吃天风去吧，当他们手扎的纸鹞真正飞到高天之上，他们在地上扯着鹞绳奔跑时，感觉如有神助。这种力量，除了老天能给，还有谁肯这样发力。这样的感觉，除了放鹞子，庸常琐碎的日子里，何处可觅？

【唱春】

此地三百六十行，没有一行是可以轻慢的。

唱春佬，属于早年乡村的一个活跃人物。后来我们在电视上见到的脱口秀，其实已经是他们的晚辈。不过，凭良心讲，唱春这个行当，在乡村的地位一直不高，他们是吃开口饭的，一双细腿，一副小锣和敲板，东村跑到西村，见什么人，唱什么词曲。他总要逗你开心，顺着你的心窝子唱。唱到你动心，他绝不让你扔几个铜板给他会觉得勉强。

没有人从心里讨厌唱春佬，这是实情。寂寞的乡村，有时像扣着锅盖一样憋闷，唱春佬一来，打谷场上的鸡鸭都撒欢起来，小河里的水都流得快了。实际上唱春佬进村的时候，功课已经做足，像这一行的人，眼尖，记性好，过目不忘。你以为他嘴里没遮拦，见到什么就唱什么吗？从来不是，他一步路也不会走错。哪个村上谁家在给老爷子做寿，哪个村上谁家造房子今儿个上梁，谁家女儿今天出嫁，还有谁家生了大胖小子在办满月酒，他都知道。

唱春分两种，一种是“送上门”，艺人穿村走巷，挨门挨户献唱，领取赏钱；还有一种是“送座堂”，那就有点说书的味道，起码是《牡丹亭》，或者是《孟姜女》，不是一时半会儿能够卷帘子的。当然价钱也贵。大半的唱春佬，只能送上门，通常是站在你家门前，若是你门前有棵石榴树，他就从石榴唱起，当然唱你是多子多福，但如果你家生了一窝女儿，他一转眼就唱篱笆上攀爬的凤仙花了，然后他进了你家门，先唱你家四代同堂，再唱你家勤劳致富；眼睛一瞄墙上有奖状，赶紧唱你家五子登科，然后看到镜框里的结婚照片，又唱你家龙凤呈祥。想想也不容易，嘴里从来不停，只有眼珠子到处转，现编词，急就章，基本上枪枪命中。主人面带欢喜，他就加重佐料，这叫

“加二奉承”，若是主人嫌烦了，他赶紧撤退。客气的主人会给几个赏钱，也有吝啬的主儿，米囤里抓几把米，或者给几个冷团子，唱春佬一样要受。

唱春佬还有一个不容易，就是心态好。这世间的冷暖炎凉，谁人有他心知肚明。但他出现在人们面前的时候，总是乐呵呵的。他给善良的百姓送去乐子，却不会给名声不好的乡霸唱出赞歌。他现编的词儿里当然免不了有江湖味道，也有牵强附会的段落，但核心总是惜福，里里外外都是良善，也倡导一种善恶有报、慈悲为怀的价值观。每到一个村子，他也要拜码头的，村里有的老学究，抠他的字眼，说他这也不对，那也不是。他就唱：大红帖子飘四方，自古就有唱歌郎，行行都有老师傅，学生我先拜老先生。乐得老先生手捋胡须点头大笑。

遇到跟他过不去的乡村痞子，他不慌不忙，现编一曲：花盆栽树根底薄，十指尖尖有短长，同是树木有高低，满池荷花开不齐。等于是认输，给自己台阶下，也是体面圆场。

有些词曲，不用矫饰，本身就是弥足珍贵的江南田园牧歌。那种温暖的情调，那种充盈的地气，还有只可意会不可言传的民间智慧，会让我们的专业歌者脸红。

农家乐（唱春调）

正月里来是新春　家家接灶挂灯笼

流星火炮震天响　龙灯狮子赛活龙

二月里来杏花开　推开南篙就开船
河泥舱里有饭菜　小鱼小虾味道鲜

三月里来是清明　修圩筑埂顶要紧
马兰荠菜包团子　豆腐咸肉烧嫩笋

四月里来秧苗青　男女老少养蚕忙
锄秧田来翻草塘　还要吃顿乌鱼汤

……

如今，连同那些田园牧歌一起，唱春佬也消失了。

【修桥铺路】

村庄的周围都是水面。

没有桥的年代，靠摆渡。很多摆渡是不收钱的，称义渡。

有模糊记载的明代，这里的摆渡慢慢变成了桥，仅一个沙塘港村的周围，就有二十多座桥。

那都是村上的有钱人捐资建造的。后来就有了一个规矩，也是一种公认的价值观：你有出息了，有钱了，修座桥吧，或者铺条路吧，要不你的钱再多，在村里也直不起腰杆。

此地出入最重要的一座桥，就是沙塘港桥。明代正德五年，由乡贤裴清等人修建。崇祯元年，邑人杭有德重建此桥。又乾隆十九年，邑人杭志泉、杭时夏、戴瀛洲等人再次重建。然后到了民国初年，此桥再度颓败，邑人奚仲莆站出来重新选址，再建此桥。这让人想起外国人修教堂，一座米兰大教堂修了五百年，一代一代前赴后继。修桥这件事，与修教堂有异曲同工之妙。教堂是外国人用来安放和摆渡灵魂的，中国人的桥梁活在俗世，说的是与人方便。这四个字，往深里说，直通传统文化的根基。一座桥站在那里，也有精神上的依附，励志和感召，都镶在一块块笃稳的桥石上。

水流到哪里，桥与路就延伸到哪里。老人们记忆里的符渎桥，是沙塘港连接欧毛渎村的必经之路。当时，七十二渎村的人，凡是要到浙江的长兴、湖州购买耕牛，都要经过这里。原先此桥是木结构的平板桥，非常简陋；农民们牵着牛走到桥边，牛犹豫着不敢往前，果然，一条腿迈上去，桥板就晃荡。只能把牛赶入河里，涉水过河。于是有人站出来建桥了。这种事情下手也要快。你不出来，别人就出来了。沙塘港村民戴葛明，在外地发财，回到村里就出资造桥，慢慢竟上了瘾。前前后后，他出钱新建、重建了十五座桥梁。钱放在裤袋里谁知道啊，钱多了也是个祸害，走路都要小心。造桥多好，方便了大家，口碑是流传的，一个人的成就感，被嵌入一座座桥里，等于跟着桥一起活，别人都走了，你还活在桥里，真棒。

陆路也是这样。从前渎边一条路，一直通向浙江长兴，路面全部用青石铺设。这在当时的乡村非常奢侈。这里的人都知道，清道光九年，村民杭席珍出面修了这条路，当时也有邑人跟进，所谓众人拾柴火焰高。后来被人们称为官路，但与官府无关。在蔬菜上市的季节，沙塘港村的农民，半夜两三点钟就起来了。夜潮地里生长的各种时令蔬菜，比如青菜茄子，长豆扁豆，萝卜百合，都是鲜货，一天也搁不住。还有渎上西瓜，一个就几十斤重。都要挑到街市上去卖，无论东西南北，都是十八里生活圈，想去有集市的地方，大抵都是差不多这点路程。所以从前这里有句话，叫天亮十八里。一副肩膀，一口气挑十八里，天就亮了。你可以换肩，但不可以歇担的，若你停下来了，别人的菜担子抢了先，卖了好价钱，你就歇菜吧。遇上下雨天，别的土路上黄泥沾脚，步子都迈不开，唯有渎边这条官路，青石板走得稳稳笃笃，此地方言称其为“滴爽”。

几十年后，村民裴效生父子投资五百余万，将这条路改建为十八米宽的黑色路面，汽车都能并排开几辆。人们怀念历代修路的人，嘴里不知烧了多少高香，有的人发狠起来就说，等老子发了财，也修条大路。

太湖水岸长达数千年邻里协作耕种水稻的历史，或许有一种文化上的惯性与暗示，它会鼓励人们关注他人胜过自我，事实上的农耕相互依存关系，一直被认为是该地区的文化价值。一项研究表明，江南人和北方人如果同时走进一家茶馆，经过一把妨碍他们走路的椅子时，江南人会小心翼翼地绕过它，因为他知道，这把椅子上有人；但是北方人却不一样，北方更为独立的种植小麦和小米的长久历史惯性，使得北方人对自己的关注会超过对他人的关注，那把被江南人绕开的椅子，肯定被他毫不犹豫地挪在了一边。

三　文事

【节场】

没有一个节日是平白无故的。过节就是民间记忆的接力比赛，一个老故事总是在被反复讲述，情节的丰富与曲折，都在讲述中不断完善与更新。

沙塘港这样的大村，肯定每年要有自己的节日。这里称节场。那是非常大的场面，节场那几天，四面八方的人群都会往这里赶，风雨无阻；人们又叫赶节场。

先是为了纪念一个古代的本地人，名叫黄泥郎。西汉末年，此人因救了东汉光武帝刘秀，被封为“黄二相公”。他长期生活在太湖边，有一手驾船的超凡神力，封了大官并不到任，还是在太湖边，救助太湖里的遇难船只。

一个口口相传的关键词是“赤脚黄泥郎”，而不是“黄二相公”。

遇难的船家只要大声呼喊前者，他就会飞快地踏浪而来救助。民间的解释是，必须喊黄泥郎，如果你喊他“黄二相公”，他得回去穿官服，蹬官靴，那岂不耽误时间？

所以，太湖里的船只每遇风浪，赤脚黄泥郎的名字会被叫得震天响。茫茫湖面，风急浪高，终得脱险的船家相信那是黄泥郎的神力，于是供奉高香，那是必定。一份救命之恩，储蓄在心里，等到节场到来的时候，肯定还得有所表示。

还有一个值得供奉的古人叫猛将，原为南宋抗金名将刘锜。他曾经率领八字军大破金兀术的铁浮图和拐子马，令金兵闻风丧胆，后受奸相秦桧排挤，被剥夺军权，贬为地方小吏。刘锜体察百姓疾苦，发力整治农田、治理水患，为百姓做了很多好事。他特别厉害的一招，是驱赶杀灭蝗虫，老百姓真要给他磕头。每年秋天，沙塘港一带普种萝卜，偏偏这时蝗虫肆虐，百姓毫无办法，无奈之下，只能请神拜佛。据说，寺庙里的猛将菩萨，就是刘锜的化身，又据说苏州姚径冈的猛将菩萨特别灵验，此地人就驾船走苏州，请来猛将菩萨。姚径冈的百姓不肯将猛将菩萨出借，驾了船来追，这里的人赶紧跪在菩萨面前许愿：若肯屈尊沙塘港，此后每年八月十五起，连做三天大戏敬奉于您。愿心一发，顿时风顺浪平，追来的船被远远甩在后面。此后猛将菩萨和黄泥郎都被供奉在当地的福善寺，据称后来果真很多年风调雨顺，旱地虫害也得到消除。

这个故事的注脚是，此地人赶这个节场，是为了奔赴一场与恩公的约会。平白无故地演三天戏，太奢侈了。但那是祖先对恩公的承诺，如果这三天里不看戏，不大吃大喝，不情感交流，不但对不起祖宗，对恩公那也是寡情薄义。被祭祀的两位恩公，一个在太湖上救危解难，一个在庄稼地里剿灭蝗虫，就是把普天下的酒，全部装了来请他们喝，那也是应该的。一年到头勤俭节省的农人，是用这个理由来摆平自己的。当然，他们心里明白，这酒最终都喝到自己肚子里去了。

于是，平时再寒酸的小户人家，在这个汹涌到来的节日里也会请几桌亲戚朋友来吃饭。忙得乌头黄汗的人们相互会打听：今年你家几桌？暗地里都是憋足了劲的。谁家请客的桌数多，证明他人脉广，朋友多。此地有句话叫：量大财大。你舍得请朋友，必定会有回报。若是哪家不请客，会被大家点点戳戳，你想想，连个上门吃饭的亲戚朋友也没有，这种人怎么可以共事，撒尿也要多离他三个麦埂呢！

厨子们在这个节日里变成了香芝麻油，谁都要往上凑。这三天他们的身价特别高。手艺也是在比试的，谁家请的厨子若是烧的菜肴味道不地道，那等于是塌主人的台，所以每个厨子都有自己的拿手菜。刘师傅有“清蒸太湖三白”（特指白鱼、白虾、银鱼）；王师傅有“红烧狮子头”；李师傅有“腻蟹糊”；张师傅有“蟠龙痴虎”。其实客人们最喜欢的还是家常菜，什么雪菜田鸡、蒜瓣泥鳅，什么萝卜煨老鸭、茄子烧筒鳝，等等，都是吃客们的最爱。

戏班子早就脚底痒痒。三天要唱六场大戏，平均一天两场。唱的是滩簧戏，本地人称锡剧，也有越剧来客串，传统的剧目有《珍珠塔》《五女拜寿》《杨家将》《庵堂认母》，现代戏有《霓虹灯下的哨兵》《红色的种子》等。名角儿来了，就等着票友私下请客。喜欢捧角儿的粉丝，还专门用冰糖熬了百合莲心汤，送给自己心仪的角儿补补气，润润嗓子。邻近集市的各式商号，都在往这里赶，老街被临时搭起来的店铺不断延伸。时鲜果品、服装布匹、玩具首饰、锅碗瓢盆、油盐酱醋、针头线脑的，一波一波浪头一样打过来，老街若是有肚皮，早就被撑破了。

外地人来这里走亲戚，一待就是几天。都说这里人情浓，好客；鱼虾多，吃食丰富，光景热闹。这个节骨眼上，光是甜白酒，怕是镇不住场面，有些外地的烈性酒，是亲戚朋友带来的。甜白酒在它们面前，充其量就是个撒泼的白小娘，定乾坤的事，还得烈性酒说了算。北边的西凤酒、竹叶青，还有洋河大曲，都想要唱主角，最后居然是被绍兴黄酒翻盘了。不管黄酒白酒，反正这会儿没甜白酒什么事了。这老街上，每天都有热心人士做统计，每一顿酒席被放倒的人有多少，都是谁。谁家的客人被放倒的越多，证明他待客越厚道。

八月十五是中秋节，每个屋顶下都在团团圆圆吃吃喝喝。此地人在一个节日里过两个节，让外地人钦羡。不过再怎么海吃，大家也只有一个肚皮。福善寺的祭祀活动一样不能少。黄泥郎和猛将菩萨端坐在佛龛上俯视打着酒嗝的香客们，无论他们虔诚还是潦草，眉目终是慈善。老街尽头几百个鞭炮同时轰响，然后就是开吃，几里地的长棚，都是一家一家接龙搭过去的，坐错了席也没关系。这是尽兴的三天，是陶醉的三天，是天皇老子管不着的三天。最新流行的说法，居然是“很文化的三天”。

【竺山先生】

福善寺是此地人们安放和洗濯心灵的地方，这句话太像文人讲的。在乡村的人看来，文人厉害，什么事被他们一写，咸鱼都能在水里游。但文人有时比较夸大，用我们今天的话说，叫“过度解读”。但是这里的人说到一个古代的文人，却是语气恭敬。他叫蒋捷，因为“红了樱桃、绿了芭蕉”两句诗太有名，史称芭蕉诗人，但此地人却称他竺山先生。这人厉害不？《宋词三百首新编》，他一个人独占数首。

如今你去沙塘港，已经找不到竺山了。一种场面上的解释，是这里的地壳在下沉，太湖水位却在上涨。但若你想去拜谒一下蒋捷墓，这个不难。他的墓很大，就在福善寺的围墙边上。不过蒋捷的墓前有些凄清，杂草多，青苔满地，福善寺旺盛的香火跟他似乎没有关系。你跟乡村的人打听，他会告诉你，蒋捷就是这里的人。他文章好，是南宋时考取的进士。因为脾气倔，不肯为元朝人做事，一支笔呢又不肯歇着，尽写些不合时宜的文字。所以他落拓，自己躲在竺山上。福善寺的住持和尚粗通些文墨，非常崇拜他，专门给他在寺庙里建了一个云阳山房。他也不要乡亲们养着，自己开个蒙馆，让周边村里的孩子都来跟他学文化。据说，离此不远的芳桥乡，北大校长周培源的先祖，也曾求学于蒋捷门下。

无非是才气加脾气，这是俗世对蒋捷的理解。每一个朝代都有不肯为当局卖命的角色。蒋捷的身世，文字几无所存。史志只说他祖上世代为官，家境是殷实的。这里要说的，还是行将消失的竺山气场。当年的蒋捷在此隐居，只有一个理由：作为一个南宋的士子，他痛恨元朝人。选择竺山，是因为这里是他家乡，远离喧嚣尘世，离太湖又近。动如脱兔时，驾一叶扁舟，在河汊港湾深处寻访故友；静如处子时，只闻纸上风雷，窗外烟波明月，全然不为所动。史传这位 1274 年的进士，大部分的时间都在动荡中度过：不肯做官，不肯为当朝写马屁诗文，不肯见庸官昏吏。蒋捷纵有一百个不肯，也抵不过一个情愿。他情愿在竺山上坐冷板凳，与天真的孩子们在一起，他的心是否有了依托呢？“白鸥问我泊孤舟，是身留，是心留？心若留时，何事锁眉头？”（蒋捷《梅花引 · 荆溪阻雪》）身在庙堂之外，心依然高远，高远到太湖尽头，还是要像一只扯篷船，翩然回头。

平时这周边村上的人轻易不敢上竺山叨扰蒋捷，但凡有什么大事，他们却愿意听听竺山先生的意见。与乡亲们在一起，他心情总是好的。“担子挑春虽小，白白红红都好。卖过巷东家、巷西家。帘外一声声叫，帘里鸦鬟入报，问道买梅花，买桃花。”（蒋捷《昭君怨·卖花人》）

蒋捷最可贵的东西，还不是他的禀赋，而是他的大寂寞。一个人即使活一百岁，与漫长的历史比，也还是很短的。他如果遇不到一个好的时代，或者遇到好的时代却遭遇了非常差劲的环境，他的才华再出众，也会被打趴在地，一生基本就完蛋了。好在文人跟政客还不一样，政客一旦没有权力就得歇菜，文人还有一支笔，还有一副傲骨，还有一个会思想的不肯低下的头颅。说蒋捷的气场，给这里的俗世留下了一个精神的参照，应该不会有太大争议。邑人虽然不懂得蒋捷，却还算敬重他，至少没有人欺负他，这给了他晚年些许的精神抚慰。逢年过节，蒋捷的门前会有些学子送来的礼物；逢上红白喜事，蒋捷总是能受到村里宗祠的盛邀，尽管十有八九，他并不会去。乡村的人对于“风骨”一词，总是理解为脾气倔强，什么“从来不向邪恶的权势低头”，这些都是文人的书面语言，在乡村，大家敬奉的原则是好死不如赖活；人在屋檐下，何必不低头。

蒋捷去世以后，战乱频起，他的坟墓几度湮没而难以寻觅，没有资料表明他有什么后人。前些年突然各级重视文化起来，蒋捷的名字便像出土文物一样变得金贵。他的词作在各种版本里穿越，出版社银子赚得不少，当地人却因想不出如何让蒋捷诗词为发展地方经济发力而犯愁。想必时间会稀释世上的很多原本应该珍惜的情感，也会无端改变事物的本来面目。但愿人们在福善寺向黄泥郎和猛将敬香敬拜的时候，不要再忘记，这寺庙的围墙边上，还有一处寂寞的坟茔，一个叫蒋捷的留下许多传世诗词的诗人，在这里长眠了将近一千个春秋。

当年他创办的云阳山房，收费低廉，几近义务；后来扩展成竺西书院。在他的身后，有远近名师在此，颇有前赴后继的势头。不但本地，无锡、常州一带的学子也慕名而来，所谓文脉悠悠，泽被后学，此是后话。

七 乡村无恙

一个好郎中，
满村寿星翁。

一 郎中救命

文人总爱说乡村是一首田园诗，说乡村是草色迷离的逍遥世界，其实有些过于浪漫。或许那是一种情怀，兼有隐逸、淡定的意味，像陶渊明。但与特定的现实相比，还是过于轻巧。不错，乡村的风光是很美，如果环境没有被污染，空气会很新鲜，河水也清澈，那是很有韵致。但是，如果自然灾害来了，如果病痛降临了，最束手无策的，就是乡村。尤其是疾病的肆虐得不到控制，生了病没有钱医治，夺命的残酷完全抵消了那种脆弱的美丽与无助的温情。

首先我们来熟悉一个地名：十里牌。它坐落在江南太湖之滨的古城北郊。江南一带的地名故事太多，版本也各异。一种去伪存真的说法是，古代的时候，此地牌坊林立，而且名头轰响。但是谁也敌不过时光，前后不过几百年，皇恩不再浩荡，长达十里的牌坊全没了，与牌坊没有关联的老百姓当然还在，只是朝廷不管怎么换血，百姓的日子只有一个苦字。此处应该有一个人物出场，时间则定格在1951年，此人是个书生，当地文庄村人，父母都是农民，他自幼体弱，药罐子须臾不离。长大了发誓行医，要为父老乡亲治病，洋学堂他没有念过，但拜的师傅江湖有名。专攻痔疮与烂腿之类，偏方秘不传人，称为当地一绝。当他出现在公众的视线中时，名气已经不小，常见的毛病基本手到病除。在十里牌小镇的文庄村上，开了一间吴济民私人诊所。原先进村只有一条小路，逼仄，弯曲；后来被众人踩宽了，可以齐刷刷地走几辆板车。

吴济民是此人的大号。但你问当地人吴济民是谁，都说不知道。农民们习惯叫他的乳名盘法。这一声盘法叫得知根知底，也体现了一种亲密无间。盘法这个名字，和春生、寿根、土宝、祥大……排列在一起，就像一根玉米秆上结的棒棒，是十指连心的关系。常见的一种景象是，吴盘法背着药箱，风雨不避，走村挨户地巡诊。他脚大，下雨的天气，农民一看田埂上的脚印，又大又深，知道是盘法来了。他走进村里，狗是不叫的，只摇尾巴，大狗小狗都认识他。

后来联合诊所挂牌，他的麾下集合了八个人，多半是近亲徒弟，当地有名的老中医居然也来入伙，认他人好，甘愿在他麾下吃饭。他是老板吗？话是他说了算，但对外的场面，特别是政府那边有什么事，都是他的一个外甥支应。

通常，我们想知道的很多往事，都在老人的嘴上；他们怎么讲，那事情就是怎么样的，我们没有一把尺子去丈量那些往事的真伪与深浅。但经验告诉我们，有时前人留下的一些数字，其靠谱的程度会超过老人的讲述。终于找到一本发了黄的医院院志，像一个忠实的哑巴，耐心地等了我们几十年，捧给我们的文字记载，大约是不愿意撒谎的。当然，打开它，如果不细细琢磨，会觉得乏味。就像农民种田，无非就是翻地、施肥、插秧、灌水、收割。但是，如果你懂得那个时代的世道与人心，你就会感到那些冰冷的数字下面的内在温度。

不过，映入眼帘的第一笔数字就让我们纳闷：

1952年，诊所共诊疗病人9 307人次，收入3 500元，支出3 400元。盈利100元。

如果按今天的眼光，这个诊所肯定出了问题，给将近万人看病，怎么会只赚一百元钱呢？

然而八个人里并无异议。因为农民高兴，都把他们当活菩萨。当时的诊所，就在吴盘法置下的私宅里，院志称其有二十余间，大抵都用来做了病房。诊所的隔壁，就是文庄小村，农民端着饭碗都可以来看病。有时吴盘法在吃饭，病人来了，捂着半边脸，龇着一口牙，说牙疼了半夜，耕田的力气都疼光了。吴盘法把吃饭的筷子调一头，插进病人嘴里，扳开一看，说化脓了。等我吃完饭帮你弄一下，然后，筷子并不换，还是调一头，继续扒拉着吃饭。

吴盘法最拿手的医术，当然是对付痔疮和烂腿。这两样毛病，恰恰是江南农村最常见的。出死力气的农民，两只脚常年踩在水田里，自然成了蚊虫与蚂蟥不肯放过的美食。干农活的人，腿没有不烂的；而压死担子的力气活儿，更让这里的农民“十男九痔”。

除了痔疮和烂腿，还有血吸虫病，民间称“膨胀病”，下田的人，很难不被藏身于一种钉螺的病虫盯上。吴盘法对此也极有办法，都是土方，住院二十天就可以治愈。

然后呢，病看了，药也抓了，该出院的也该走了，但是病人站在那里挪不开步子。一个常见动作就是挠头。一脸的无奈。没有钱。怎么办呢？吴盘法问清缘由，一挥手说，兄弟，大伯，走吧。回去活儿不能干了，还是要歇着啊。

也有病人说那可不成，立个字据，秋后收了稻子还钱。可是，到了秋天，稻子歉收了；又拖到麦收，家里老人亡故办丧事，哪还有钱还医药费。

问题在于，诊所不是公立的，没有一分政府补贴。医者的仁心，也不能悬在半空里，人都要吃饭。不过，没有人能够改变吴盘法。他见到患病的农民，总有一种天然的亲近，因为他自己就是农民的儿子。一边看病，还一边跟病人拉家常，此人泪点可能有点低，心容易柔软，听着别人的身世，自己落下泪来。这个病看下来，不但不收钱，吴盘法还自己掏钱给病人回去，当作路费，买补品营养。

诊所内部，有很严的规矩，什么“七要七不要”，贴在墙上，都是职业道德标准，每个人都会背的。其中有一句“要待无钱人和有钱人一个样”，这句话别的地方很难见到，农民们看到了特别温暖。

有时会治愈，常常给安慰，总是肯帮助。这三句话，吴盘法总要交待给新进诊所的徒弟。他说，这三句话不是他发明的，是一个美国医生刻在自己墓碑上的。我们这样的乡村医院，大病是肯定治不了的，但是，我们给病人的安慰与温暖，大医院不一定做得到，这就是我们的优势。

有一句话，他天天要问的，你安慰了吗？他有个观点，安慰就是药。

结果到了第二年，看病的人增加到一万多，诊所的利润却只有七十九元了。

掌声肯定是不断，但诊所基本上谈不上发展，因为没有钱，买不起设备。可能吴盘法们认为，好评如潮就是最大的发展。

院志的“大事记”里这样写道：

> 1954 年，诊所为 121 位烈军属和贫苦农民免收医药费 15 867 元，并向烈军属赠送毛巾 100 条，肥皂 100 条，火柴 2 箱。

寥寥四十六字，透露了很多信息。第一，免除的医疗费，绝不是一个小的数字。1954 年的一元钱可以买多少东西呢，那时的猪肉是五毛钱一斤，油条是两分钱一根，上等白米是一毛两分钱一斤。一万五千多元，房子都可以造十余间了。第二，在免除医疗费的名单里，郑重地把烈军属排在贫苦农民之前，不光看病免费，还掏钱给他们买毛巾、肥皂、火柴，这表明吴盘法们很有政治头脑，至少与当时社会的主流价值观是“接轨”的，当时的军属很吃香，逢年过节都要享受敲锣打鼓送喜报上门的礼遇；至于烈属，那更是全社会都要肃然起敬的。你不能单纯把它看作是拍政府马屁，而是吴盘法们在顺应当时社会潮流的同时，用这些举措来争取更多的人心。

二　潮流何能违逆

> 1955 年，诊所与唐俊乡和平农业生产合作社、苏亭乡文庄农业合作社订立“保健合同”，规定农忙季节每天巡回一次，进行卫生宣传，社员看病由农业社出具证明，诊疗费八折优惠，医疗费到收稻麦两季交还，受到社员欢迎。

“大事记”的这段记述很有意思。如果稍作分析，也不能完全把吴盘法们的良苦用心看作是慈善之举，事实上，吴盘法们内心也有焦虑。十里牌的地理位置，与县城只有十里之遥。当时的社会风气比较纯正，“贫下中农”的政治地位很高，县医院的身段也在逐步放下，不断有医生下乡来为群众看病。吴盘法倒不是担心县医院跟他抢生意，而是在技术与设备的较量上，他的诊所与县医院差距太大。所以他要扬长避短。县医院好比正规军，进村还要老百姓带路，打几枪就拔腿走了，哪里有他这样土生土长的优势。所以，应该把诊所与附近的农业社签署保健合同，看作是吴盘法们深思熟虑的一次主动出击。

与农业合作社签署保健合同，从文本上看，还真是一桩吃亏的买卖。但吴盘法们为什么坚持要做？因为他们吃准了农业合作社就是政府在农村的基层组织。当时的社会，私立机构正在逐步消失，吃皇粮成为天下人第一值得骄傲的事。吴盘法们的诊所虽然得到农民们的支持，但政府的态度一直比较矜持，至少是没有正式表态。与农业社签署合同，等于就是与政府挂上钩了。这是诊所在政治上的一大进步。

同时，合同里还有一句话，就是农忙的时候，诊所的医生必须每天到田头巡回一次，有病看病，没病看也要进行卫生宣传。今天的人读到这里，简直匪夷所思。如此折腾，不是跟自己为难吗？其实，不签署这个合同，吴盘法们也是这么做的。真实的情况是，一到农忙季节，诊所就门可罗雀。像吴盘法这样的秉性，你让他闲着，好比是让他等死。尤其是那么多的农民兄弟，他不但能叫出他们的乳名，还知道他们在什么季节容易犯什么病。他更知道，平时有点小病，农民是不治的，一是没钱，二是没时间，能扛就扛过去了，很多小病，扛着扛着就成了大病。所以，他必须带着医生们主动出击，一到田埂上吴盘法就来了劲，仿佛救护队到了打仗的前线。通常的情况是，带去的药，半天就没了，钱是一分也收不到，合同里写得明明白白，医药费到稻麦两季收获的季节再结算，还要打八折。其实，吴盘法们早就在这么做了，之所以写进合同里，为的是让农业社知道，诊所已经倾其所有了。

那么，到了稻麦收获的季节，诊所真的能收到农民们治病赊下的账吗？放在过去，还真的很难；现在农业社介入了，谁穷谁富，都在干部心头的一本账上挂着。如果真有人赖账，农业社干部会出来干预——除了特别贫困的户头，一般的人家，欠下了看病的钱总是会还的，农民们说，将心比心，吴盘法也要吃饭，病不能白看。就这样，诊所终于有了一点积累，置下了一些手术用的设备。

这一年诊所还有一件大事值得记述：职工的工资由评点折账制改成月固定工资制。其间也透露了一些内情，评点折账制，说白了就是每个人的收入，是根据诊所利润的多与少，根据每个人工作能力的强与弱、贡献的大与小进行浮动。这不是吴盘法的发明，而是民间社会的游戏规则。如果这一年诊所入不敷出，那大家的碗里就只能是清汤寡水。同时，“评点”的要害在于，可以把多干与少干、干好与干坏区别开来。这个规则，其实是应该坚持的，但是，当时连农业社也是大锅饭了，诊所再这样干，岂非汪洋中的孤岛一座？

改成月固定工资制，一是透露出诊所有了一些积蓄，抗风险能力有所增强；二是受到当时主流社会“一大二公”的影响。或许吴盘法们的内心深处，是希望早日被政府“收编”的。为了迎接这一天的到来，他们必须在自己的“旧体制”上下刀子。尤其是吴盘法自己，他的收入在诊所应该是最高的，实行月薪制，他当然还是最高，但肯定不如原来高了，他等于是给自己减薪。这是他发送给外界的信号，吴某人不贪财，吴某人恭候政府来接收。

秘而不宣的治烂腿、痔疮的偏方，吴盘法也献出来了。原来，所谓偏方，也就是一种看起来很普通的药膏，用鸡蛋黄熬的，其中要加几味中药，都是地头田边常见的草科之类。偏方就是这样一种东西，难者不会，会者不难。有时候，灵与不灵就相差一口气。吴盘法把方子公开，等于是堵自己的后路。如果我们揣摩他彼时的心理，除了焦虑，还能有什么呢？说他是做给政府看的，有点不公平；说他是为了手下的弟兄们有个好前程，那就是让诊所尽早纳入政府的体制，那才是真的。他还宣布，诊所的房产，也归公了，尽管公家还没有向他展开怀抱，但他已经做出了姿态。聪明的人都知道，私有制的机构正在这个国家逐步消失，要么自生自灭，要么脱胎换骨。

院志记载，这一年他们终于独立地完成了首例疝气手术。其语气好像成功发射了一颗原子弹。今天看起来，简直太小儿科了，但是，你把时光退回半个多世纪，在还没有通电的江南乡村，在条件设备过于简陋的诊所里，没几把钳子，也没几把手术刀，已经相当了不起了。

九十张病床，对于1956年的十里牌联合诊所接纳的三千零四十八个住院病人来说，实在是太少了。毗邻的安徽、浙江，甚至江西、湖北，都有病人辗转来这里治病。何至于那么舍近求远呢，一是这里的痔漏专科一刀绝根，名声在外；治烂腿的绝招更是家喻户晓。二是吴盘法人好，有口皆碑，而且收费特别低廉。远道而来却又住不下的病人，总不能睡到露天里。诊所隔壁文庄村的村民知道了，就把自己的房子腾出来，让病人住，还给病人烧茶煮饭。有一天，省报的一位记者路过这里，好生奇怪。怎么诊所的病人住到村民家里去了呢。村民告诉他，我们自己情愿的，吴盘法是好人，他把我们农民当心上人，他的病人都是我们的朋友。

省报记者好感动，回去写了一篇报道，惊动了省里的高官们。很快上边就来人调查。一份以省委名义签署的文件《十里牌联合诊所的调查报告》，肯定了该诊所的工作精神和服务态度。下发到各地区、县政府。之后，省里开会，要吴盘法去介绍经验，吴盘法坚辞，称口拙，也不是党员，让他的外甥去了，此人也是诊所的一把刀，人正派，他讲什么，不讲什么，吴盘法都放心。

吴盘法们期待的“收编”果然说来就来了。先是县里给了一张“一等联合诊所”的奖状。紧接着，诊所升级，改成了医院。由乡长兼任院长。于是十里牌医院迎来了历史上唯一不会看病的院长。大家知道，这只是政府的一种身段。起码是对省里重视的回应。也可以解读为医院须加强领导，同时也不要忘记那个时代的语境，因为医院的知识分子多，党员偏少，党对知识分子，当然是放心的，但历来在用的时候，也是要使劲敲打的。该院“大事记”上有载：这一年，政府划了七亩水田给医院，要求他们种试验田。还要求稻子的亩产量必须一千斤，麦子的亩产量必须四百斤。

让医生护士种田这件事，放在中国医院史上也可能绝无仅有。但政府很坦然，说这实际上就是给医院的补贴，也是对医院知识分子的考验。既然你们口口声声把农民挂在嘴上，那你们就尝试一下当农民的滋味吧。

医院里众说纷纭。有人提出，田可以租给农民来种。有人反对说，今天的农民，都是农业社社员，你当他们是旧社会的长工啊。于是就出现了这样的场面，那些肩不能扛、手不能提的白大褂，在看病的间隙，战战兢兢地赤脚下田，你可以想象他们站在水田里插秧的笨拙样子。吴盘法早年是干过农活的，但他有高血压，心脏也不太好。他往田里一站，谁也不会发牢骚了，吴盘法说，大家把它当作一种工作之余的放松，而且还可以提高收入，不是蛮好吗。好在有些医生护士，本来就是农民子女，这点农活难不倒他们。倒是周边的农民们看不过去，他们觉得政府也太绝了，为什么你们乡里的干部不划几亩田给自己种种？于是那七亩水田里的农活，常常被附近村里的农民偷偷干掉了。在这里，政府的心态有可能被农民误读，领导的好意或许包含很多，其中很冠冕堂皇的一项，就是他们所期待的知识分子思想改造，说让吴盘法们种试验田，其实是他们自己在种政治的试验田，如果成功，那就不是上省报，而是要上《人民日报》了。那种特定政治语境里的美好愿望是否在七亩水田里得到了实现，只有天知道。

不但让他们种田，政府还下达任务让他们炼钢铁。小高炉就砌在医院的院子里。没有人抵触，大家很兴奋，大概是因为新鲜、好玩，那时炼钢工人最吃香，给医生护士们下达炼钢铁的任务，至少表明，政府把他们当自己人了。但是，炼钢铁毕竟不是打针看病，院志老老实实记载：奋战了一个多月，一块钢铁也没有炼成。

虽然政府接管了医院，经济上并没有补贴。院志记载，一直到十年后的 1966 年，政府才象征性地支持了医院两千元。钱虽然不多，但吴盘法们非常激动，这就是皇粮了，虽然来得晚了点。从此大家都是国家的人了。这些年跟政府接触多了，吴盘法们才知道，政府的厉害，倒不是钱多，而是资源广、权力大。

想当初，政府刚接管医院的时候，吴盘法们就想试一下，能不能搭乘政府的顺风车，为农民做点事。比如，购一台 X 光机，政府能资助一些吗；又比如，彼时的江南乡村，春秋两季，天花、白喉、麻疹、血吸虫病还在肆虐，灾害是以悄悄的方式流行的，经常有人不明不白地被夺走生命。吴盘法们编印了大量的卫生宣传资料，想通过行政渠道，发放到乡村与集镇，让老百姓知道，怎样防范这些病害。

结果是，X 光机，不批，必须医院出资购买；至于卫生宣传，乡长同志批了同意。

卫生宣传资料文字简易，可操作性强；农民爱看，发下去很受欢迎。乡文化站还编排了文艺节目，把卫生宣传内容编成唱词，去各村演出，生产队当然高兴，送了很多锦旗。看上去红彤彤的一片，乡长同志很有成就感。他把吴盘法叫来，老吴啊，你看看，这在过去，诊所能做到吗？吴盘法老实地说，做不到。乡长同志笑了，老吴，你还有什么点子，说出来我给你办。

吴盘法不慌不忙从怀里拿出一张纸。说，这件事要是能办成，农民会给您烧高香的。

乡长同志发现，只要一说到农民，吴盘法就容易动感情，语调、声音都变了。

吴盘法的意思是，希望能够在全乡实现农民看病“半劳保”制度，社员每人每年交三毛钱保健费，凭卡到医院看病，医院免收门诊诊金等费用。

理由呢？给我一个理由？为什么要这样做？

理由？理由就是农民看不起病。吴盘法如实相告。

这事太大，乡长同志比较慎重。他要让会计算账，然后自己下去调研。当然，下乡调研这件事，他需要老吴陪着，吴盘法此时的职务是业务副院长，其实他是只看病，行政的事基本不管。但是，但凡涉及农民利益的事，他肯定不会放过。

于是吴盘法陪着乡长同志下乡了。

20 世纪 50 年代，乡干部下乡连一辆自行车都没有。只能靠两条腿走。他们走进一个村子，男男女女都放下活计过来跟吴盘法打招呼，有的叫大伯，有的称大哥，都像遇见了自己的亲人。村上的狗一齐跑来凑热闹，见到吴盘法，尾巴都使劲摇着，但对着陌生的乡长大人，却不买账地乱叫一通。吴盘法赶紧把领导介绍给大家，乡亲们见了领导拘束，搭理的言辞也有些欠热乎，在他们眼里，当官的就像天上的星星，跟他们没有多少关系。但吴盘法却是给他们治病救命的恩人。众星拱月似的，都围着他说话，无意间就冷落了乡长同志了，而且不懂事的狗还在驱赶不走地叫着，这让领导脸上有些挂不住。吴盘法觉得情况不妙，他只能亲自为乡长同志护驾。莫怪农民们礼数不周，而是他们见到吴盘法太激动了，他为村里的乡亲们看病，但从来没有吃过农民一顿饭。这次来了，可不能让他走，于是接待吴盘法，成为他们所到村庄的大事。按当地风俗，应该给贵客烧红枣鸡蛋汤。彼时乡村还较清苦，鸡蛋要攒起来换油盐，交孩子的学费，只有产妇坐月子才能享受。吴盘法心里明白，他们碗里的鸡蛋与红枣，都是乡亲们他一颗、你一颗凑起来的。吴盘法的吃不下去，是因为感动，还有忐忑不安，他知道这次下乡，严重得罪乡长同志了。他倒不怕得罪官员，问题是，他想为农民办的那件事，只怕要泡汤了。至于乡长同志的吃不下去，因素比较复杂，或许，他比较注意影响，吃农民的鸡蛋红枣，在当时已经属于口头腐败了。他原先是城里的教师出身，对乡村的环境还不太适应，比如碗筷之类，他怕不干净；或许，他过去下乡，只是由村干部陪着在田头转转，地点和环境，都是村干部选好的。这次不一样，他亲眼看到了农民最真实的生存状况，那种缺医少药的景象，让人惊心不已。然后他看到了农民们对吴盘法的拥戴，那都是发自真心的。虽然在第一时间里他确实有点酸溜溜，有点像煮麻辣烫，但最终还是很感动的。当然他不能太多表露，倒不是这会有损乡长大人的尊严，而是理智告诉他不能感情用事，农民看病半医保，这件事太大，中国几千年都没有解决，你一个小小的乡医院能解决？

但是，十里牌医院的院志记载，这件事最终居然办成了。时在1958年12月。也就是说，从这年的年底起，但凡十里牌乡的农民，每年只要交三毛钱，看病门诊的费用就免掉了。然后，农民看病的用药，采用平价。如果农业社证明病人确实贫苦，那就收平价的一半。这样一来，农民就不会因为没有钱而不去医院治病了。这个填窟窿、埋单的人肯定不是吴盘法了，而是政府接管的医院，其背后少不了财政的支撑。可以想象，农民们当时的心情应该是怎样的欣喜若狂，在没有温度的文字记载背后，吴盘法们为此庆贺了吗？他们应该开几瓶酒，难得地醉一次！同时，历史应该向那位乡长同志致敬，没有他的奔走与决断，吴盘法怀里拿出的带有他体温的那张纸，就只能是一张废纸。

三 非常年景

1960年灾荒的如期而至，让院志的记载变得过于简单：“粮食歉收，副食品基本无供应，灾荒严重。”但这一年的几组数字依然清晰，今天读来，触目惊心的力量依然。这一年的门诊与急诊人次，达 36 852 人，总收入 9.61 万元，而全年的支出，是 10.7 万元。超过一万元的亏损，是建立在病人比之前增加几倍的基础上的。也就是说，之前跟农民签订的保健合同不管用了；这个不管用，又是以更少收取农民医疗费用作为前提的。什么平价或平价的一半，更多的是无价。不但无价，还有七名医生护士无偿为病人献血。我们不知道那位乡长大人还兼不兼医院的院长，如果还在兼任，他一定拦不住吴盘法们为了救命，置医院的经营之道于不顾。当然，乡长大人一激动，说不定也会抡起自己并不粗壮的手臂，给那些身染沉疴的农民兄弟献上一份爱心。

然后，我们在字里行间找到这样一些信息：由于自然灾害造成的大面积饥饿，导致全公社四千余个男劳力中，有 1 892 人生了浮肿病，735 人得了消瘦病。而全公社数千名育龄妇女中，仅有 94 人怀孕。患子宫脱垂的则有 395 人。令人惊异的是，这一年停经、闭经的育龄妇女多达 574 人，劳动强度大、营养不良给女性造成的身体损伤，男人们往往难以想象。

饥荒与疾病，从来是一对孪生兄弟。1960 年的江南乡村正在院志里沉重地向我们展开它泛黄的图景。我们知道这个医院的医生基本都是土郎中，也没有什么先进的医疗设备。但吴盘法们没有束手无策。他们身背药箱，分头出发了。不夸张地说，彼时的每一座乡村，都是一个酷烈的战场。实际上，十里牌医院已经成了一座真正的战地医院。这样一个特殊年份让农民看病，竟然需要上门动员。因为很多农民出不了门，不是他们懒，而是他们没有攒足徒步走到医院的力气。十里牌附近有一座屺山，也不是很高；沿山拾级而上，就会见到一座庙，并不十分有名，香火却蛮旺的。然而那几年基本没有什么香客，不是香客们突然变得不虔诚了，而是他们爬不动山，也供不起香火，所以屺山庙里的菩萨们那几年也很饿。

然后十里牌医院的总动员是不言而喻的，救命要紧，有命就要救。老中医陈先生提出用针灸和中草药来救治那些常见的妇女病，这样见效快，成本也低，这是对农民最大的不难为。他就带一把银针，沿路采些草药，这个村子走到那个村子，有时候，就一针扎下去，人就舒服、活泛了。有一天他路过一片玉米地，其实那地里基本上没什么玉米，里面摇摇晃晃走出来一个人，没几步就昏倒在地头。这是一个生产队长，快两天没吃东西了。陈老先生就把自己怀里的一块干面饼给他吃，然后给他扎了几针。生产队长说话就有中气了，眉眼也鲜活了。但是他把吃剩的半块饼子放进口袋，说家里还有两个孩子呢。

从田头采来的草药，在医院的院子里堆成几座小山，几口大铁锅日夜煎熬它们，变成可以救命的汤汁。而浮肿病其实并不需要治疗，把饥饿填饱，人就有了精神。不过，让他们吃饱白米饭，那是不可能的；让他们喝上肉汤，那也是不可能的。让他们吃点带荤腥的东西，哪怕是一点鱼汤之类，是有可能的。十里牌医院旁边有一条清澈的小河，常常见到鱼儿在河底游弋。但摸鱼的人需要有下河的力气，找谁摸鱼，这是个问题。吴盘法个子高大，但有些体虚，脚背浮肿，血压也高。但他也脱下长裤下河捞鱼了。小时候他常在这里玩耍，或许那一刻让他找到了一点孩提时代的感觉。他一下水，很多人只好像下饺子一样，扑通扑通往河里跳。往后几日医院食堂里，飘溢的鱼香成为一些当事人多年后一讲起来就激动的美好回忆。那个时候，医生和病人吃饭的锅灶是不分的。有的病人买不起医院食堂的饭菜，往往会自己带一点粮食和腌菜。医院食堂热腾腾的蒸锅，向病人免费提供使用。医生碗里的菜，也会分让给病人吃。这一份温度，病人几十年后还记得。

有一天吴盘法从县城回来，居然带回一包奢侈的礼物：一小包绵白糖、半斤红枣、一块香皂。这是他以无党派人士当选县政协委员发到的福利。他把红枣一颗一颗放在鼻子前闻闻，说好香啊。然后把这些来自政协的关怀，送给了医院在这一年里唯一怀孕的一位护士。他像一位圣诞爷爷，非常兴奋，说，这样的年景，我们医院能有人怀孕，太不容易了。

这一年也有让人振奋的记录。6 月 12 日，县供电所开始向十里牌医院送电。院志的这一页郑重地记录了送电的时间：下午 6 点 30 分。所有的电灯在一瞬间光芒四射。太亮了，大家一时睁不开眼睛。有人看到吴盘法悄悄背过身子拂泪。然后，让人欣慰的消息也镶嵌在这一年的“大事记”中：医院主办“半农半医”卫生学校，让每个生产大队选派一名有一定文化的青年来医院免费学习。这就是后来盛行于江南农村的“赤脚医生”。

一些年轻的泥腿子在吴盘法这里进行了长达三年的强化训练。然后，医院给他们每人发了一个药箱。学员们临走的时候，吴盘法说了三个字，拜托了。

能放心吗吴盘法们，毕竟看病是件人命关天的事。据说吴盘法常常在梦中惊醒。他告诉身边的人，他梦见某某人了，由于他的误诊，用错了药，导致一个孩子当场昏迷。不行，他绝对不放心。他和同事们商量，派医院有经验的医生护士下去蹲点。所谓蹲点，就是起码住在村里三个月，而不是蜻蜓点水地下去转一圈就回来。当时的江南乡村之间差距很大。地处偏僻的村落，看病非常困难。越是偏僻的地方，越是要派有经验的医生去。医生在那里除了看病，还指导农民种植中草药，比如板蓝根、金银花，治感冒特别有效。在一个村里待满三个月的医生护士离开的时候，村里的农民一般都能识别十几种草药，头疼脑热的小病，自己拔一把草药就能对付。比如，路边的马鞭草可以治疗流感高热，还可以对付妇女的闭经痛经；荒坡上的元宝草，可以凉血止痛、通经活络；到处可见的凤仙花，过去是小孩和少女用来染指甲的，现在人们知道了，它还可以治疗蛇咬伤和痈疽。

说农民是天下最感恩的人并不夸张，医生要走了，惜别的泪水总是会挂满他们的脸庞。乡亲们执意要送他们，家里实在拿不出东西，就从地里拔几个萝卜，有的给几颗红菱，是河里捞的。长长的队伍，站满了一条田埂。那一幕幕能拍下来，会让今天的人们感慨万端。

省里的《新华日报》在关注他们。一篇题为《一座农民医院》的长篇通讯，占据了报纸的大半个版面。在一张黑白的不太清晰的照片上，一位医生正在田头为农民问诊。周围是簇拥着的群众。显然那是一个摆拍的场面，而那个医生并不是吴盘法。据说他害怕见到记者，他也不需要宣传，省报县报的记者去了十里牌医院许多次，但没有一次能让吴盘法接受采访。

吴盘法们还在 1965 年做成了一件让他们感觉最有成就感的事：

> 全县一共 44 个公社信用社中，有 36 个与医院签订了“医疗合同”，社员群众凭介绍信就诊，医药费归信用社结算。同年 1—9 月份免收困难户医药费 5 650 余元，免收最多的一人达 412 元。

历史没有记录一群理想主义的乡村医生在特定时刻的欣喜若狂。但数字却执拗地提醒人们，彼时医院的辐射力已经遍布全县的三十三个乡镇。在农民们的心目中，十里牌医院其实就是一个人，他并不是医术特别高明，但态度特别和蔼，他一点也不势利，待农民特别好，待患者如亲人。在相当长的一段时间内，农民来医院看完病，拍拍屁股就可以走人，信用社将帮他们垫付，然后到年终分红的时候，信用社再找他们算账。如果他们因为困难拿不出钱，那就先在信用社的账上挂着。有的就一次性减免了。以最保守的计算，那时的一元钱，其价值应该是今天的一百二十倍。按“大事记”的记载来看，受益最多的一个农民，至少被免单了六万余元的医药费。

> 1967 年，医院成立“文革领导小组”，开展“文化大革命”。医院工作受到影响。

或许院方并不认为这样写属于避重就轻。一件大家提起就闹心的事，能少说就少说几句吧。这是大家的普遍共识。至于吴盘法在“文革”期间受到的冲击，院志小心翼翼地略过了。

执意还原一个历史场景，除了是还历史一个公允，也还是对院志的一点补白。于是 1967 年暮春的一个夜晚正向我们走来。其时吴盘法已经被医院的造反派“斗争”了好多天了。今天我们来说“造反派”，其实就是一些当年的愤青，血很热，胆气很旺；当然也有居心叵测者，哪一个朝代没有小人呢。但愿是时间太久的缘故，我们已经看不清他们模糊的面影。

吴盘法的问题据说不少，主要的问题就是作风比较资产阶级，他居然很早就用电风扇了，他老婆看起来很朴素，居然还搽香水，还每天吃一个鸡蛋；平时吴盘法喜欢用小恩小惠拉拢腐蚀群众，骗取了不少贫下中农的信任；还有就是不突出政治，讲过很多反动话。比如，我国第一颗原子弹上天，他说这证明我们是强大国家，但还不是富裕国家。他竟然无耻地说，如果真的有一天，农民看病不要钱了，那才是富裕国家。然后，他从不或者很少学习领袖著作，老是用业务冲淡政治，而且常常把一个美国医生的话挂在嘴上，愤青们由此怀疑他是“里通外国”的美帝特务。

之后愤青们领略了吴盘法出乎意料的强硬。不过，他的强硬并不是针锋相对，而是云苫雾罩、东拉西扯。比如让他交待错误，他说着说着就说到病例上去了，好像他在做一场业务讲座。他也不是不讲自己的过错，比如，说到某年某月某日，某个十五岁的豆蔻少女，因流脑引起呼吸衰竭，送到医院已经停止呼吸了。他和同事们虽然尽力抢救了几十个小时，但还是没能够挽回少女的生命，这件事他一直深感内疚，那个少女特别可爱，她有过短暂的苏醒，还说了一句话，但最终还是死了。他深深感到失职、愧疚，为什么不能把她救过来，她才十五岁啊。吴盘法说着说着情绪有些失控，甚至嚎啕大哭起来，弄得斗争会无法继续下去。

只要有空，他就往病房里跑。开会斗争他的时候，他突然请假十分钟，因为他担心一个刚手术的病人会胸部不适。然后他突然对着愤青里的一个正在义正辞严地训斥他的年轻后生说，让你母亲来医院复查，她的胃出血不可能吃几服中药就好。搞得人哭笑不得。

白天斗争他的时候，病人们就在旁边等他，等他被斗完了，病人蜂拥而上。于是病人们就跟愤青们过不去了，小规模的肢体冲突时有发生。后来他跟造反派商量，是否可以改到晚上斗争他。

于是强硬而无奈的愤青们精心地挑选一个夜晚，打算用一个通宵来对他进行斗争。没有想到的是，风声被走漏，周边的农民们开始行动，很难想象那么涣散的乡村，连个广播也没有，在不到半夜的时间内，竟然集合了几千人的队伍。据说那天晚上有至少三千个火把将医院团团围住。他们高喊口号，以贫下中农的名义，要求医院把吴盘法交出来。

当时的社会政治结构，工人阶级排在第一，贫下中农排在第二，是不打折扣的硬通货。在许多地方，说自己是贫下中农，办事就不会遇到红灯。

一种尴尬的僵持，使得这个江南乡村的春夜变得扑朔迷离。农民们非常默契地推举了行动总指挥，并形成了营救方案，通向医院的各个道口被迅速占据。妇女们在精心熬制一锅山芋白粥，并且烧了一大铁锅洗澡水，她们要用这样的方式给吴盘法压惊。

有必要说一说那天晚上农民们手上的武器，主要是扁担，兼有锄头、铁耙等农具，以及不多的火油。说实话他们并不想烧毁这座医院，也不想跟医生们为难，而且他们知道医院就是吴盘法的命。但是他们担心造反派不理会他们，过于原始的冷兵器对造反派们也构不成威胁。于是只能靠三千个以上的火把来营造惊心动魄的氛围。

一种看不到希望的对峙，延续了两个小时。农民们手上的火油不多了，实际上他们把自己逼到了一个险境：只能攻进医院，与造反派们进行巷战。

沉闷而压抑的冲突过程在此略去。最后是吴盘法出来说话了。他站在医院最高的三楼老虎窗上，嘶哑而低沉的声音清晰地随风飘散：

> 父老乡亲兄弟姐妹们，我没什么事，你们赶快散了，全都回家去，明天还要干活呢！

吴盘法的突然出现，让有的人控制不住情绪，当场就哭了。

一位现场目击者在若干年后这样写道：

> 我偷偷地从三楼的窗子里看下去，天哪，在漆黑的原野上突然长出大片火把的森林，它们汹涌地起伏蔓延，慢慢地，四面八方地集聚过来，而我们的医院变成了一条在汪洋中颠簸的小船。医院的电灯突然全黑了，有人在黑暗中惊呼，电源被切断了。这个时候造反派发现事态完全失控。有人大喊道，北门被撞开了，南门也有人冲进来了。

吴盘法的声音突然高亢起来：

父老乡亲们，如果你们再这样，我就从这里跳下去。

田野里突然很不真实地静下来了。

相信最公正的史笔，也无法准确地描摹彼时医院内外冲突双方的心态。但是这个夜晚惊心动魄的一幕让很多当事人一提起它就心潮澎湃。然后奇迹发生了，人们突然像听话的孩子，火把的熄灭遮蔽了他们复杂的表情，然后他们像潮水一样迅即退去。

天亮的时候人们发现，医院周围几里地的麦田全部被踏平了。那需要多少双脚？谁也无法统计这天夜里集聚了多少人，风一样消遁了的农民们还留下了数不清的未燃尽的火把，它们后来被堆起了几座小山。虽然没有一架照相机拍下它们，但是几十年后人们一说起它们，那种原生的景象会扑面而来。

十二年后的一天，吴盘法接到一份发自县公安局的红头文件，文字不多，但很有力道，其中一个关键词是“改正”。过了五年，政府又以文件方式给了吴盘法一个说法，当年他将自建的医疗用房主动交予集体，并无一个正式说法，更无一分钱补偿。这一年是 1983 年，政府给了吴盘法七千元补偿。钱是不多，但含金量高；吴盘法很感恩，他觉得这是一个负责任的政府给出的一种公道，也是得民心的基础所在。按理他到了退休年龄，应该回家颐养天年了，但是他留下来了，医院需要他，病人需要他，民间给他的一个基本评判，并没有说他是包医百病的神医，老百姓说话是很形象的："只要你被他的手一摸，心里顿时就舒服了。"那实际还是安慰的力量。

四　迁徙未必逃遁

> 1993年10月，在宜城北郊陶瓷商城东，征地一万五千平方米，新建医院门诊楼等配套用房，当年医院迁入新址。

迁徙总是有故事的。有人把十里牌医院二十余年后的整体搬迁说成是一次坚守意义上的撤退。"大事记"没有记述搬迁背后的原因，或许那也有难言之隐。进入20世纪80年代，江南乡村社会结构的变化之大，后来的人们根本无法估量。首先是体制的松绑，让乡村的年轻人大量拥进城里寻找机会，一部分先富起来的人纷纷搬进城里。乡村的主角变成了老人和孩子。然后是十里牌乡政府把办公地点搬到县城的末梢，今天看来那是一种大胆的肢体语言。那个时代人们最害怕的已经不是饥饿，也不是政治运动，而是被商品大潮边缘化。乡政府因为有非常繁重的招商引资任务，迁至城梢，可以更好地接通县城的气脉，以获取更多资源与便利。有时就是这样的，政府在哪里，就会给哪里带来繁华与发达。十里牌乡政府迁走了，很快饭店旅馆车站的生意开始清淡，各种店铺见势不妙，也开始慢慢撤离；通向县城的公路变宽了，慢慢地私家车也多起来了，原先的十里地，好像只有一里地。医院周边的情况却不是很好，通往医院的所有道路因为年久失修变得坑坑洼洼，原先的一里地，仿佛有十里地。置身于运河之畔的这座老医院，过去周边是田园，附近有河流，有树林，有宁静，有安逸。进入 20 世纪 80 年代后，由于乡镇企业迅速崛起，周边机器轰鸣、浓烟滚滚，格局的变化与各种利益的博弈，给医院的生存发展带来了诸多忧虑。河水不再清澈，空气难有清新，突然富裕起来的人，心气完全变了，无论是对健康的要求，还是对医生的态度，跟过去大不一样。老一辈的吴盘法们虽然还在，但是他们面对的患者人群已经发生了深刻变化。农民们的腰包比过去鼓了，精气神也旺了。这让吴盘法们感到莫大欣慰。然后，痔疮和烂腿已经不再是乡村的主要疾病，各种癌症与性病的泛滥，却让吴盘法们在心理上有些措手不及。居住人群的格局也发生了变化，有时你走在路上跟人打听一件事，回答你的可能是四川口音，一问原来是外来的打工妹。不过，新格局带来的新困惑固然很多，但步入耄耋的吴盘法们对形势的研判，与接班继任的年轻人并无异议。他们同意搬迁的唯一理由是，医院必须为更多的病人看病。

医院的人回忆说，搬迁的那一天吴盘法老泪纵横。虽然他早就按法定年龄办理了退休手续。但事实上他没有真正退休过一天。在许多上了年纪的人心目中，吴盘法就是医院，医院就是吴盘法。

和乡政府一样，医院在县城的末梢找到一块地，风水想必是不错的。医院的名称还叫十里牌医院吗？其时市编委和卫生局已经下达文件，同意他们挂牌“宜兴市第四人民医院”。但是，他们在新招牌旁边，还是挂了原来的老招牌。之后不管哪一任院长当家，从来没有人想把这块老招牌摘掉。因为，老招牌站在那里，就是一个老熟人，一张老面孔，一个老朋友。从继承者的角度看，它还秉持着一种精神，一种责任，一种医者仁心的呼唤。

又过了几年，十里牌乡撤销，并入城关镇。但十里牌医院的牌子依然还在。

有必要说说吴盘法的最后岁月。他每天去医院上班，风雨无阻；县城里大医院有好几家，名医很多，江湖也太大。渐渐地他的名气有些式微，他最拿手的根治痔疮术，在城北地带还有些影响，但无法扩展到更多的地域。不过他的安慰式治疗还是魅力依然，十里牌医院的医患矛盾，是同等医院中最小的。他也知道，一个乡医院迁到县城来太不容易了，投入多，开销大，负债多，全社会都在赚钱，医院如果不赚钱，就不能购置先进的医疗设备，就会缺乏竞争，导致亏损、倒闭。他当年和农民们签订的“半医保”合同显然是行不通了，病人不交钱，你能让他看病住院吗？谁来埋单，这是个问题。

上了年纪的吴盘法困惑还真不少，读不懂英文的文献，不会使用电脑，这妨碍了他对很多新药的掌握与使用，但他一直坚持到八十岁还在医院上班。他晚年身患多种疾病，但固执的他不肯去其他医院就诊。他最后的病人是他自己，一种常人无法理解的执拗，让他在生命的最后关头，上演了一幕悲壮的自我抢救，他平静地指挥医生们给他输液，给他在相关的穴位扎针，他给自己开药方，让医生们给他熬药，给他输氧，最后他提出要安乐死，但是家人和医生们不答应，然后他拒绝用药，又在众人的劝说下接受治疗。最后他活了八十一岁。他去世时没有遗言，一缕安详的微笑定格在他布满沧桑的脸上，定格在 1994 年 8 月 15 日的早晨。

如果吴盘法地下有知，有两件事他应该是很高兴的。一是他去世七年后，十里牌医院在政府支持下改成了股份制医院，其性质，又回到了他当年办诊所时的样子；二是 2004 年，当地政府出台了“兴办新型农村合作医疗，实行城乡居民住院医疗保险制度”的政策，其中规定，凡是按规定参保的城乡居民，每年交纳不多的费用，可以享受一定比例的住院费用补偿。显然政府对最广大的底层群众长期以来“因病致贫、因病返贫”的困境是体察的。补偿虽然有限，但饭只能一口一口吃。吴盘法最牵挂的原十里牌乡的农民兄弟姐妹们，都搭上了这班车。

他有理由欣慰，因为时代总是在进步。但愿他能安息。

八 大地救赎

万物源于泥土，并终将再次化为泥土。

起先他是一个农民。最后他还是一个农民。

此话等于没说。在中国，有几亿农民，没有什么起先，也没有什么最后，谁都是一辈子在泥土里跌打滚爬。

是的。很久以来，一个农民无论活着还是死去，跟蚂蚁没有什么区别。如果一个农民想要在地里弄出许多动静，让大家关注，并且引起一阵轰动，可能性几乎等于零。通常的情况是，一个农民的生活线路，基本离不开村头田头炕头。这里说的是江南，没有炕头，但是有水牛。这里说的驾驭水牛的农民，名字叫潘根大。

农民潘根大已经死了二十年。世间万物，人是最容易被忘记的。人死了，灯就灭了。即便是潘根大村上的人，除了年岁大的，年轻人也差不多不知道这个名字了。

为什么还要提起他？

因为他的故事有点特别。

潘根大的“前世”没什么好说的。若是当年，你到他所在的红星村去问，潘根大是谁，人们就会用手指一指砖瓦厂的方向，说，不就是那砖瓦厂的厂长嘛。

是厂长也不稀罕。20世纪80年代开始，江南大地，到处是冒头的烟囱，厂长经理，像雨后的地苔，是一片一片的。一片树叶掉下来，会砸到三个企业老总头上。

问题是，上边突然不让潘根大当厂长了，这个“上边”具体是谁，年岁久了也不清楚了。当然潘根大并没有犯什么错误，他被告知，领导体恤他，让他光荣退休，这年他刚满五十五岁。

说一个五十五岁的农民退休了，在江南乡村是件很可笑的事。如果你愿意到乡下走走，你会看到七八十岁的老翁还在田边干活。

据说那时潘根大很牛。窑场上三个小伙子跟他对打，都被他撂倒在地。突然宣布他退休，不等于打他的脸吗？

老潘离开砖瓦厂的时候，一个人灌了三瓶白酒，人们看到他在田埂上摇摇晃晃的背影。说，一条汉子被阉了。据说那次他差点栽在河里。

不就是一个破窑厂吗，有那么值得留恋的吗？如果带你去砖瓦厂看看，你会发现，所谓的厂子，其实就是一座砖窑。烧砖的泥土，都是从良田里挖来。被挖成一个一个大窟窿的田地，样子有点难看，像一件好端端的棉袄，到处都是破洞。地被毁了，自然就再也不能耕种粮食。

放眼看去，田野上这样的窟窿很多。那座大坟包一样的砖窑，就像一张饿杀的大嘴，也不过二十年时间，吃掉的土地，竟有两百多亩。

听听是蛮吓人，但这笔账，其实从来没有人去算过。

并没有人想到，老潘“退休”后做的第一件事，就是先算那笔账。所谓被吃掉的两百多亩土地，是老潘在地头，用皮尺一点点丈量出来的。他为什么要这么做，当时还没有人知道。

有一段经历不能回避。在当砖瓦厂厂长之前，老潘还干过生产大队的大队长，对别人，这或许是一种威风的依附，但对老潘，可能是个憋屈的位置。乡村的政权，书记才是老大。如果书记强势，那其他人都是伙计。老潘终于没有熬到书记的位置，原因很多，其中有一个摆上桌面的事，是他的老丈人成分不好，据说这在当时比较致命。他和妻子的关系，一直不是很热乎，不知道跟这有没有关系。

老潘突然被撸了厂长位置这件事，即使在不大的村子里，也没有成为轰动的新闻，大家私下议论几天，就跟田野里的风一样消散了。人们只是看到，老潘有事没事就往城里跑。

各种各样的说法都有。说他会去城里租个门面开店，说他会去找关系圈一块地，再办一个砖瓦厂。也有说他在外面借钱，数目很大，估计要上一个赚钱的大项目。反正有一点大家都不怀疑，老潘爱折腾，他怎肯就此罢休呢，总要弄出点动静来，才行。

可是，后来人们看到潘根大扛着一把锄头下田了。并不是去他自家的责任田里，而是在村后那些被砖瓦厂挖了很多窟窿的抛荒地上，一个人孤零零地挥起了他久违了的锄把。

有人说，老潘啊，气糊涂了啊，你家的地在那边呢。

他也不言语。

每天太阳还没有上山，他就下地了，一直干到傍晚断暗时分，才一个人悄无声息地回家。

潘根大是要干吗？

逼急了，他终于说了两个字：复垦。

很多人把牙齿笑得掉在那片抛荒地上了。

神经啊，老潘。现如今责任田都没有人种，好端端的良田都抛荒了，有点本事的人都去了城里。你还在这里愚公移山，还想感动玉皇大帝吗？

老潘还是不言语。过去，他不是这样，嘴不肯饶人，再说，他怎么也是个厂长，没有人可以挑战他的尊严。

就这样，几个月过去了。乡村的政治舞台上，再也没有一个名叫潘根大的人。所谓政治舞台，无论大小，都是热闹且“务实”的，就是个跑龙套的，也自有出处。那些昙花一现的人物，总是在热闹里突然而迅速地没了踪影。

可是有一天，人们突然看到电视台的报道车开进了红星村。然后，潘根大扛着锄头从家里出来，一个扛机器的记者在后面跟着，再后面，还有几个人，有的举个长杆话筒，有的拖着长长的电线。这是在干吗呢？有瞧热闹的高喊：拍电视剧的来喽！

那几个跟在潘根大后面的报道人员里，有一个就是当年被县文化馆蒋馆长招进城的杨瘦人，此人写了几年小说，并未爆出大名。一个偶然机会，他的一部小说被改编为电视剧。在古城小小地轰动了一把，便奉召去电视台谋饭。时任电视台副台长兼专题文艺部主任。之前，杨台长是在某一天审片时发现潘根大的。有一个潦草的记者拍回一条新闻，说有一个农民在当了二十年砖瓦厂厂长后复垦土地，是一位退休不退志的惜土先进人物。

显然这是一条拍摄和制作乃至解说都很蹩脚的消息，画面很差劲，由于是摆拍，画面上的潘根大在镜头前很拘谨。但是杨台长在片子里发现潘根大的目光有一种很执拗的光亮。细细看，还有一丝不易察觉的忧郁。

杨台长一直想捧个大奖。苦于没有好的题材。这个潘根大头发油亮，声如洪钟。说他是农民，完全不像，白衬衣束在裤腰里，皮带还是皮尔·卡丹的牌子。这是当年乡村干部的典型作派，但杨台长还是发现他跟一般村干部不一样的地方，一张有棱角的脸上没有赘肉，也不见油腻，山根是笔直的，眉宇间，有着漫无边际的风霜。

有一种东西在杨台长心里咯噔一下，他突然觉得有戏。

如此，一种机缘的力量，催生了纪录片《农民潘根大》的拍摄。什么人老心红的惜土模范，一边去吧。在杨瘦人当时的观念里，中国几千年来最深刻、最不可胜言的关系，莫过于农民和土地的关系。日渐崩溃的乡村里，竟然走出这么一个角色，完全颠覆了杨某对传统农民的认知。这或许是一篇大文章。地方电视台出作品太难，除了视野的局限，题材的狭窄也是一个因素。好歹杨某还是个作家，虽然在电视台做个小官，心底却还保留着几分人文情结。

可是，开始杨某并不喜欢潘根大。他豪言壮语太多，没有几句是心坎上流出来的。举手投足之间，“村官”的味道很浓，尤其在吃饭的时候，乡村官场的那一套，他都很娴熟。那种真正朴素的农民语言，很难从他嘴里听到。

记得，杨瘦人曾经这样问他：如果你还继续在当砖瓦厂的厂长，还能想到来复垦吗？他朝杨瘦人看了看，反问他：杨台长，你住过草屋吗？

或许他流露出些窘迫了。他哈哈一笑，然后不假思索地回答杨瘦人：

> 我当砖瓦厂厂长之前，红星村的大半房子都是茅棚草屋，我曾经发誓，要让每一户农民住上瓦房。我离开砖瓦厂的时候，已经提前完成了这个愿望。至于复垦，那是我不当厂长了，闲在家里无事可做，村前村后转转，发现到处都是窟窿，都是我们烧砖取土挖下的。量一量，算一算，抛荒的土地居然有两百多亩啊，我心里很害怕，感觉把子孙的地都吃掉了。

几乎天衣无缝。

毁田的那笔账，老潘天天放在嘴上说。在不断自圆其说的讲述里，潘根大索性把自己的身段放到最低，甚至把自己说成是一个毁田的罪人，然后他说要以自己的余生，把二十年来吃掉的土地还给子孙。

口气，总是比较豪迈。20 世纪 90 年代的典型语言，都带有“文革”遗风，也都是通过各级官员来传播的。后来人们才知道，抛出“毁田说”之前，老潘认真做了功课。他一趟趟往国土局跑，咨询相关的复垦政策，关键是政府的态度，吃准了之后，他才实施复垦行动。一开始他并没有昭告天下，而是选择了极度的低调。那是他功课的一部分，是一种力量的养蓄。

他当然不会想到，他这种行动本身，恰恰击中了当时的“国情”的一根软肋。几乎所有城市的急剧膨胀，都是以乡村的急剧萎缩和凋敝为代价的。特别是在经济发达的江南，大量的农民仓皇离开土地，抛荒二字，已经成为共和国案头的一份急火而夹生的快餐。

当地媒体的胃口，一度被他吊得很高。估计潘根大比较享受。不过，最早的一些报道，还只是把他作为一个“惜土先进人物”来对待。也有跑题的记者，从“人老心红”角度来吹捧一番，这让老潘不太解渴。

抓典型是媒体的普遍特点，也是各级领导的要求。成为典型的人，日子往往并不好过。幸亏第一波的宣传，并没有形成气候，像一阵风，刮过就没影了。

王者归来——潘根大显然没有做到。那个他已经缺席很久的“舞台”上，依然没有他的位置。想想也是，即便是山大王，也得有一群喽啰。他没有。别看他在媒体上牛皮哄哄的，大家都不看好他。老百姓很实惠，一锄头挖下去，能挖个金娃娃，众人肯定一起跟他走。

就此歇手断无可能，开弓哪有回头箭呢。他心里失望，那是肯定的。除了没有人手，还缺钱。当时请一台 G30 推土机来地里干一天，要支付五百元。

此时支持他的，只有当地的几家媒体。那也不顶用，你不可能天天报道老潘在复垦，哪有那么多故事。生活不是在演电视剧。如果一定要把生活的进行时当成一部戏，那他肯定是男一号，老婆不支持他，于是女一号缺席；连子女们也不支持他，所以也没有“联合主演”的阵容；村里人看他笑话，开始还有吃瓜群众围观，后来因为情节乏善可陈，于是连“群众演员”也都鸟兽散也。他一个人，孤零零地站在坑坑洼洼的复垦地上，心头应该是有几分荒凉的。

“就连小店里的老板娘，也不肯赊账。老子酒都喝不成了。”他无奈地对杨台长说。

杨台长的记忆里，与潘根大交朋友，终究还是很愉快的。第一次带着摄制组和他见面时，杨送了他几瓶酒，他很开心。杀了一只鸡款待他们。待他们走后，他拎着几瓶酒满村头转，高声嚷嚷：电视台杨台长来看我，还送了我几瓶酒，太客气了啊。

可见他当时心里孤独。因为没有人支持他。

杨瘦人是个细心人。这么多年过去，还保留着当时的拍摄日记。

1997年6月2日，我们跟着老潘在地头拍了一天。今晚我们住在他家，随机拍摄了很多生活场面。半夜里，意想不到的一幕发生了：

……半夜里，我们睡得很沉。不知什么时候，跟我睡一铺的摄像夏涛把我推醒，“杨台你听，好像老潘在跟谁吵架？”

仄起耳朵细听，真的是老潘在楼下大声嚷嚷，口气凶巴巴的。这时，睡在我们对面铺上的录音师薛胜伟也醒了。我们三人悄悄下了楼，堂屋里亮着灯，老潘面对着墙壁，一个拳头在捶胸，另一只手，握着一只酒瓶，大声骂一句什么，仰着脖子喝上一口，他的舌头有点大，语音不清，一股浓浊的酒气在空气里弥漫开来。

那面斑驳的墙壁上，只有他的一个影子在晃动。

也不知道该怎么上去劝他。大家面面相觑。这时，老潘的老伴出现了，低声对我们说：“把你们吵醒了啊，老头子经常这样的，有心事就喝酒，喝多了就发酒疯。”

她也不上去跟他说话。仿佛他只是在跟别人闲聊，一切都无关痛痒。

突然想到，其实老潘复垦的心理压力是非常大的。最近这段时间，复垦需要机械设备挖土填土，没什么人帮他。钱也不够，经常要外出借债，老是空手而回。田里的农活不等人，化肥要钱，农药要钱，人手不够找帮工，更需要钱。村里人的闲话，一直尾随着他。“发酒疯”的背后，有多少酸楚啊。

杨瘦人骨子里毕竟是个作家。他发现要真正了解老潘并不容易。此人的内心，或许就是一个深不见底的潭子。他的厂长位置是怎么丢失的，他是如何跌倒了爬起来的，为什么要选择复垦？除了他对媒体说的那些话，是不是还另有隐情。为什么他那么孤独，村上人为什么不肯支持他？

所有这些问题，或许并不能都归结到那个“舞台”。杨瘦人知道他有被迫离开的失落，但他判断，或许也不能完全归结于那顶他后来真心不在乎的“官帽”上。人心与人性的幽微，是电视摄像机镜头所不能表现的，这让他有些无奈。想想还是作家厉害，而他自己，虽然离“作家”有点久远了，但他还不能忘记一个作家的社会使命，绝不能把一部人文类的纪录片停留在“宣传”的层面上。

春去秋来，老潘在泥水里滚打了大半年，庄稼成熟的季节到了。老潘竟然收获了十五万斤粮食，平均亩产达到一千一百斤。

不过，杨瘦人发现老潘怎么也高兴不起来。或许这成功的背后，也有难言的隐痛。后来知道，当时的粮价太贱，黄灿灿的稻谷，竟然是一个难以启口的草绳价。说谷贱伤农，伤的是农民的心。

一笔账算下来，老潘真正收获的，竟是一个巨大的亏空。

面对着电视台记者的话筒，老潘的豪言壮语显然不如往昔流利。然后，他回家，闷声不吭，在床上躺了几天。

这个时候，他的两个儿子出场了。他们心疼自己的父亲。劝他收场。名也出了，威风也有了，你还要什么？欠下的债，我们来还。其实有些债，儿子已经替他还了。却不敢对他讲。从此以后，儿子希望他钓钓鱼，打打麻将，活得自在些，这样的生活有什么不好呢。

可是，在老潘听来，说这些话还不如让他去死。不服输是天下男人的天性。他重新出现在田头的时候，又有了新的主意。在原来复垦的田地旁边，又开垦二十余亩荒地，扩作鱼塘。老潘跑到电视台，对着杨台长算了一笔账。二十余亩鱼塘，可以养几千斤青鱼草鱼，到过年的时候，本钱就可以收回，还有盈余。到明年，债务可以全部还清。

那一天，老潘显然又喝酒了，浑身的酒气像一个蒸笼一样散发开来。隐隐的不安，从这时候起，就在杨瘦人心头盘桓不去。他担心老潘走上了一条不归路。他貌似强悍实则无助，把自己的退路全部堵死，眼里只有压力，只有困难。仿佛他的命，就是为了压力和困难而活着。其时，无锡和省里乃至全国的媒体也开始关注老潘，他的见报率和出镜率在不断攀升，杨台长感觉有一种无可抗拒的合力，在把他往一条险路上逼。

1998年4月19日的《人民日报》头版，登了一张很醒目的照片，江南农民潘根大手持锄头在复垦土地。画面上的老潘，摆着一个威风凛凛的弓箭步，锄头高扬超过头顶。这张摆拍的照片很专业，是该报一位资深记者的得意之作，照片旁边还配了一篇短文《造田记》。内容当然是赞扬潘根大不辞劳苦复垦荒地的事迹。写作此文的记者当然不会想到，当时的潘根大已经走上一条不可逆转的绝路。

这一年的盛夏，江南沿太湖地区遭遇了百年不见的高温，杨台长的摄制组跟着老潘拍摄已经两年了，他的“复垦进行时”故事还一直在延续，杨某却为找不到一个最佳的结尾方式而内心纠结。

有一天，在高温四十多度的烈日下拍完他给鱼儿喂食的镜头后，杨台长告诉他，待天气凉快些，他想以老潘的名义，然后由电视台来出资，请市锡剧团来村里演场戏，然后呢，请他对看戏的乡亲们说几句话，感谢大家对他复垦的支持。这是杨某设计的一个“光明”的片子结尾，他希望以这样的方式，让老潘收手。同时，常识告诉他，片子要想获奖，“尾巴”必须是光明的，这在传媒界几乎人尽皆知。

杨瘦人记得老潘给了他一个勉强的苦笑。他的意思是，村上人没有几个是支持他的，干吗他要包一场戏给他们看？多别扭啊。以这样的方式结束他的复垦，是不真实的，事实上他也没有结束，这条命只要还活着，就不会结束。

一句话，他不想妥协。

那次谈话，杨瘦人突然有一种感觉，他想为自己活。别人的感受，外界的评价，他已经不再在乎。尤其那个一直在他心里挥之不去的“舞台”，已经被他真正地抛弃了。

但是，他要给杨台长面子。他似乎知道杨某的难处。一部片子拍了两年，一直没有个子丑寅卯。他要给杨台长一个交待。因为杨台长私下告诉他，上上下下都等着这部片子拿大奖呢。这个时候老潘完全把杨台长当成了朋友，再也没有一句豪言壮语了。他说，老弟，你也不容易，你怎么说，我怎么做，放心！

其时老潘已经走到生命的尽头。当时人们并不知道，由于常年酗酒，加上过度劳累，他貌似粗壮的身躯里潜伏着多种疾病，每天他只睡两三个小时，昼夜不分的他，在酒精的支撑下，奔走在高温笼罩的田头渠边。晴天一身汗，雨天一身泥。一个昼夜他要起来二十多次，假想中，有太多的坏人，在跟他捣乱。比如，任何一个在暗夜里走过鱼塘的人，都有可能被他怀疑是偷鱼的贼。

最后的一次拍摄，是在鱼塘边临时搭建的小屋，闷热得像一个蒸笼。老潘的言语有些含混，脸色赤紫，双目圆睁。送杨台长出来的时候，他说，没有钱，请不起帮工，刚才来了一帮安徽民工，要价太高，谈不拢。只能自己撑着慢慢干。

杨瘦人感觉他特别无助，心里难受。劝他，天这么热，还是要悠着点，多保重。

为了安慰杨瘦人，他说，总会有办法的。

他们约定，一周后天气就会转凉，然后锡剧团会如期来村里演戏，老潘一口承诺，届时他会发表一席讲话，绝不会驳杨台长的面子。

他扬起手，朝杨使劲挥了挥，说，老弟，你也保重。

然而，一周后，传来了老潘的噩耗。

1998年8月12日的日记，杨瘦人这样写道：

突如其来的噩耗，如晴天霹雳，老潘死了。

今天凌晨，人们在复垦地上发现了他的遗体，他的手里还紧紧攥着一个手电筒。

我们接到鲸塘乡广电站打来的电话，谁也不敢相信这是真的。可是青天白日，谁能开这样的玩笑呢！

……

未进潘家，已闻哭声，嘈杂的人群挤满了原本寂静的潘家小院。我们突然一步也挪不动了。

老潘直挺挺地躺在临时搁起的门板上，只穿一件汗背心，身上的泥斑还未洗去。他仿佛是累极了，小憩似的。

含着泪水，我们献上了第一个花圈。忍着悲痛拍下了众人哭灵的场面。我们又一次来到复垦地，来到老潘夜巡鱼塘、放水增氧、猝然倒下的田边。

他是在黎明前最黑暗的时刻倒下的，当时四野无人，连一丝风都没有。

摄像机不会流泪，它只是无声地记录。

我怎么也不会想到，老潘用他生命的句号，来作为我们这部纪录片的句号。这个句号太沉重、太悲壮了。

在老潘的采访素材里，杨瘦人找到一段同期声：

我死也要死在这块土地上。如果我复垦累死了，就让我儿子在这里竖块碑，上面写着：潘根大复垦在此牺牲，让子孙们再也不要破坏土地。

一语成谶。

这段话，成为一部拍摄了两年的纪录片的灵魂，把杨台长的摄制组摆渡到获奖的彼岸。

从 1998 年起，电视纪录片《农民潘根大》获了很多大奖。其中包括该年度的国家广电总局节目特别奖、中央电视台一等奖、第十七届中国电视金鹰奖，还作为中国优秀纪录片，去了加拿大国际电视节展播。

每一次走向领奖台，杨台长心里都有一种异样的感觉。所有的奖，都是用老潘的命换来的。老潘死了，纵然我们获一万个奖又怎么样，能换回老潘的命吗？有一次在西安领奖，老潘的图像出现在大屏幕上，仿佛一个真人在走来，杨瘦人顿时潸然泪下。半夜里睡不着，一个人起来到院子里，想起诸多往事，默默为老潘祈祷。

身在曹营心在汉。杨瘦人后来还是离开了电视台，重操旧业当作家去了。在他长达十年的电视生涯里，这确实是一部获奖最多的片子，但不是一部让他骄傲的片子，而是一部想起来就让他心痛、不安、难过的片子。

记得，央视播出这部片子之前，编导曾经约杨瘦人和老潘的长子潘国庆一起去做一个节目。在节目录制的现场，主持人问潘国庆，你父亲的死，你觉得突然吗？潘国庆说，我早就料到他会出事，但是，没想到他这么快就出事了。

在潘国庆看来，他父亲潘根大就是一个英雄气短、剑走偏锋的性格，任何事都是一根筋走到底。那样的复垦，在当时人人都想发家致富的年代，经济价值微乎其微。做点什么不行呢，偏要去复垦。为什么当时村里没有人支持他？因为粮食不值钱，所以复垦土地没什么经济价值，所以没有人会跟他走。潘家兄弟都是孝子，他们一直在暗地里帮父亲，当然，有时也会撒手，那是希望他歇手。他们认为，父亲的自信里有较多冒险的成分，这样的性格怎么会不出事呢。

二十年过去了，杨瘦人还忘不了老潘。他常常想，假如，老潘的那块复垦地，也像有些人那样用来圈个围墙做工厂，弄个“中外合资”的牌子，各种贷款会纷至沓来，把各种关系打通理顺，他不做事也是个“著名企业家”。君不见，过去很多年，我们这块土地上，有多少“企业家”昙花一现，肥了自己害了众人。明知不靠谱，追随的人却很多，官方给荣誉、担保贷款的时候，一点也不犹豫。出事了，鼻管一捏，也只能打碎牙齿往肚里咽。

假如，老潘的那块复垦地，像有些人那样做个大酒店，或者升级版的农家乐，岂不妙哉。很多感情是吃出来的。我们这个好吃的民风里，吃永远是第一位的。老潘会很吃香，而且一点也不会像复垦那样吃力，他只要说一声吃不消，朝野都会伸出援手，绝不会让他吃不了兜着走。

总之，老潘的选项太多，只要他不一个人去复垦。只要他“与时俱进”，哪怕他也挂个“快乐农场”，搞点“观光农业”或者“度假村”，以一种时下皆大欢喜的娱乐精神取悦大众，一定可以上下通吃，游刃有余。

时隔多年，作家杨瘦人突然悟到，老潘当年是跟一个浮躁的时代在对着干。一己之力，何其微乎。虽然，当时的媒体对潘根大表现出极大的热情，但功利社会的价值观摆在那里。说到底潘根大复垦太不赚钱，领导真正在乎的各种排行榜上，都不会有他的名字。他的价值，如果用钱来衡量，无疑是太卑微了。

由此想来，老潘当年挂在嘴上的那些话，未必都是豪言壮语。起先他是跟那个遗弃他的“舞台”对着干，等到真正地融入田间，他的心沉下来了，对脚下这块土地，他确实有一种真心的亏欠和疼爱。他的举动让人确信，农民与土地的关系，是一种血肉相连的关系。深怀感恩乃至崇敬之心，就体现在他们日复一日的躬耕之上，作为潘根大，身上还有难能可贵的、众人并不具备的“原罪”精神：一个农民，拼尽全力，在替我们的时代向老祖宗认错，用自己的一条老命，在向子孙忏悔。这样的自我救赎，真的并不容易。

想到这一点，二十年后的杨瘦人，特别难过，也特别惭愧。

还有一点让杨瘦人感到遗憾的是，当他重新审视这部二十年前拍摄的片子的时候，他发现自己当时并未能在老潘的内心以及人性的探索方面有较深的开掘。那个有些遥远的“语境”让他心生愧疚。如果让他现在来拍这部片子，他一定会拍得更好。但人生哪里有什么“如果”呢，只有数不完的“但是”在人生的各个坎上等待你的光临。

有一天，杨瘦人带着他原摄制组的全班人马去了老潘的复垦地。回望老潘最后的归宿之地如雷般沉默，一阵风吹来，麦浪如波涌般起伏，二百多亩复垦的田园张开臂膀，早已将一个叫潘根大的农民融入怀抱。作家杨瘦人觉得，这就是老潘的呼吸。这是老潘以另一种形式在活着。他又想，老潘最后倒下的时候想到了什么，听到了什么。他相信，老潘一定闻到了泥土和青草的气息。

杨瘦人后来知道，先是老潘的二儿子弃商从农，接过了父亲的锄头，然后，潘家两兄弟在父亲生前复垦的土地上，合力投资几千万元，造了一个“根大生态园”，或许，那未必是老潘心仪的模式，但他相信，这是两个忠诚的儿子，以此来祭奠他们一去不返的父亲的一种心念。

愿老潘的魂魄，会坚守属于他的家园。

愿他的心愿，终将在他的子孙手里实现。

第三部

风满楼

大雅与大俗，都是江南文化中不可或缺的要素。虽然有时它们做不到平起平坐，但在将精致、优雅、高深的文化旨趣，与日常人生的平实、普通、自然的文化趣味融合起来这件事上，却能做到心手默契、风雨并肩。当我们一起走向一种语境，对江南地域的文化现象细作检点，对隐藏于民间的风土、情怀、侠义、肝胆、宽厚、仁爱等传统精神细作描摹，在时间的流淌里校阅那些未曾忘却的善好记忆，并且解剖那些腐蚀健康文化肌体的瘤疾。我们便能获得一份文化上的自信、精神上的升华。而世风的变迁，人性的沉沦，只是山重水复的驿路中不断被穿越的迷津而已。

九

紫醉与金迷

寸土寸金，
终伏隐患。

紫色在中国，并不是从紫禁城出发的。

说那老子，骑一头青牛，去函谷关某地讲经，他气场大，由一团紫云推送着，清朗的瑞气自东方一路而来。那应该是一个有风的清晨，天是蓝的，函谷关那边有个善观天象的关令叫尹喜，突然看到东方紫气滚滚，知道是大人物来了，赶紧出关相迎，果然见一老者，长须如雪，道骨仙风，骑着青牛悠悠而来，虽然尹某人没有见过老子，但他知道这一定是老子无疑。一般的凡夫俗子，哪有这么大的气场。于是恳请老子留下来，请老人家做篇文章再走。古人写文章，全凭兴致，老子一高兴，随手就写下一篇讲“道”和“德”的文章，后来人们把这篇文章印成书，书名就叫《老子》，又叫《道德经》。

人们都知道，成语“紫气东来”出自这个典故。

很久以来，无论在幽秘的皇宫，还是在民间市井，紫色都是一路通吃的。

说的是紫砂，一种藏匿于江南宜兴丘陵深处的紫色砂土，据说世间独有，稀缺而珍贵。

说的是紫砂壶，最牛的一套九件，一壶，四杯，四托盘，九千两百万元。作者是顾景舟。

无论黄金白金，都不能与顾壶媲美。

是泥贵？还是工贵？还是顾景舟的名头贵？

世上有几个顾景舟呢？

且把顾老放一放，假如一把高端的紫砂壶价值一百万，那么它体积不满四两重的紫砂泥，每一两值二十五万吗？

于是就有了正方和反方的辩论。

正方的观点非常鲜明，值，当然值！他们搬出古人的一句诗：人间珠玉安足取，岂如阳羡溪头一丸土。

反方不以为然。他们搬出田黄、翡翠、鸡血石，说：这些珠宝原料，就是不加工也价值连城，但紫砂泥不成，它就是块矿土，如果不做成壶，它本身是没有多少价值的。然后，即便是一块上等原料，如果让一个学徒来做，世界完全变色了，一切都不对了。简直一落千丈，毫无艺术价值，自然也不值钱了。

正方：那么紫砂壶值钱的是什么？是工艺、手泽？是名人的附加值？

反方：都是。你说的这些，一样都不能少。

于是就派生出一堆问题。

一 证书

早先，紫砂壶是不用证书的。

最早，明代的时候，有名的壶手，如时大彬，壶制完后并不在壶底打上印章，而是在壶底镌上自己的名字。因为印章是文人玩的东西，紫砂壶不是官窑出品的，在它没有进宫之前，在它没有得到文人的广泛参与之前，地位并不很高。

几百年紫砂历史，从来没有“证书”一说。因为，每把壶的背后，都实实在在站着一个壶手，从来没有人怀疑，站在壶后的那个壶手是假的，也没有人怀疑，打在壶底的那枚印章是假的，更没有人怀疑，印章和证书是真的，但壶却是假的。

没有证书的年代，怎么看壶？

从前顾景舟看壶，一看泥色，是老泥，必然沉着，醇和，火气完全褪去了；比如乾隆时代的老泥，到民国时候就非常稀罕。明代的紫砂壶气势大，但胎泥粗，那个时代，不光冶陶设备差，制壶工具也简陋。二看款型图案，是哪个朝代的审美特征。比如乾隆紫砂壶器，表纹饰轻轻凸起，是将调好的泥浆，用笔渐渐堆画进去的。泥浆必须研得与墨一样细腻，而后用毛笔，一笔一笔画，有缺陷的中央，再加加

民国时代紫砂卖场一景

工。三看风格手段，每个壶手都有自己的手段，其中包含了习惯、手感与偏好。如果是名家，一定会留下浓重的气息。顾景舟一生给别人看过十几把供春壶，藏家都说是祖上传下来的老货。供春是明代正德年间人，史称紫砂鼻祖。虽然那些老壶看上去沧桑扑面，但顾景舟从来不相信是供春所制，为什么？首先泥料不对，明代的泥料筛选，没有后来那么讲究，杂质较多；其次，那时的古窑烧制，技术也还比较初级，窑火不很均匀，这些都会产生瑕疵，在壶上体现。最关键的是手段，当时供春手头并无制壶工具，他是靠一把调羹，以一双无与伦比的灵妙之手，不经意间完成了紫砂史上的开山之作，那种神来之笔，一般的手感是不可复制的。顾景舟确信，他所看到的那些所谓家传的“供春老壶”，皆是黄玉麟的高仿。黄氏乃晚清民初的制壶高手，他之所仿供春，几可乱真。但手段难免单一重复，气息虽然老到、高古，但绝无供春那样的稚拙天成，让顾景舟一眼就看出端倪。四，紫砂壶的图章款印也很重要。在溧阳为官的清代文人陈曼生与壶手杨彭年合作，从地位上看，两人是不对等的，但两人惺惺相惜，合作了不少传世佳作。陈曼生的创意，落实到杨彭年的手上，壶就出来了。也就是说，款型是陈曼生设计的，壶却是杨彭年所制，而壶上的铭文装饰，又出自陈曼生的刀笔。壶底的印款到底打谁的？两人肯定要谦让一番，最后当然是打陈曼生的印章，毕竟是县官兼文人的名头，杨彭年是个草根艺人，能跟陈大人合作，不但是高攀，更是一种造化。以他的技艺，在艺人圈里，充其量中上水平。事实上，是陈曼生提升了他。而陈曼生也是个明白人，不太愿意掠美，壶不是他做的，就不能用他的名字打印款。最后他选了一枚“阿曼陀室”的印章，那是他的艺斋号，也像今天的工作室，除了他，还有一群志趣相投的朋友。有时候朋友们在一起玩，合作出一件作品，就用这个印章来打。这样做，陈曼生心里就踏实多了。“曼生壶”一出世就很有名，成为紫砂史上的一段佳话；后来也变成一个收藏家争相追逐的宝贝，江湖上亦有不少赝品，其中最大的缺陷，就是底款用了“陈曼生制”，这些人根本就不懂陈曼生。所以也懂不了曼生壶。鉴品这些壶，凭的是眼力和修养，也需要一定的专业知识，而不是去查看什么证书，因为历史上的老壶，从来就没有证书。

在紫砂壶上配证书，是什么时候出现的呢？

时间推移到20世纪80年代，紫砂壶随着国门的打开，流向海外和港台地区；其中最大的去处是台湾。台湾的壶迷、壶商来大陆，都喜欢背个相机，看到中意的紫砂壶，先把它拍下来再说。然后请制作茶壶的工艺师，在茶壶照片的反面签名。比如，某收藏家在古玩行觅得一把景舟壶，但不知真伪；与顾景舟见面时，展示照片。顾景舟一见，很激动，说这是我30年代在上海时做下的茶壶啊。那时，彩照在大陆，还是个稀罕玩意儿，像顾景舟这样有文化、有情怀的大师，在这样的特定时刻，出于对台湾友人的尊敬，便会在照片背面签名时写下一段感慨的文字，或者一句暖心的旧诗，题头和落款的格式也很讲究。顾景舟书法功底好，早年写《灵飞经》，小楷独绝。台湾朋

蠡河边的陶器码头——紫砂壶从这里流向江湖（陈寿春摄）

友如获至宝，回去以后就用护卡膜封起来了。日后这把茶壶进入了流通，那么，这张有顾景舟签名题词的照片，就是最好的证书。

后来，有的紫砂艺人模仿此风，几乎每一把出手的茶壶，都会配有一张照片，文字说明就写在照片的背面。那种说明文字，看似简单，对紫砂艺人的文化水平也是一种考量。有的艺人笔墨功夫欠缺，私下里会请别人代笔；文化底子好的艺人，会坚持由自己亲笔书写。慢慢地，证书成为一种约定俗成的时尚。有时，买家和艺人会共同捧着一把壶合影，再由艺人在照片背面写下一段文字，大抵是壶的名字，用的什么泥料，制作于什么年月，有职称的，必定要写上，没有职称的，就用“青年陶艺家”或“著名陶艺家”，本分一点的艺人，也会标明自己是什么协会的会员，等等。紫砂壶的兴盛，在 20 世纪 80 年代，是以疯狂的形式出现的。从宜兴流向世界的紫砂壶，每天要数以千计。茶壶的包装在改进，开始是纸盒，后来变成红木匣子；证书也不甘示弱，那种照片背后的文字说明，显然已经跟不上“形势”的需要。能写一笔书法的老艺人，像顾景舟的徒弟潘持平，字好，也有文采，便用毛笔工楷，写在宣纸信签上，气场十足，看上去也很雅。更多的艺人拿不动毛笔，就在证书质地上下功夫，从道林纸到进口的玲珑彩丝纸。甚至不惜工本地弄来印钞纸，用暗码编号，配以锦缎的封面，里衬是艺人手持茶壶的近照，再盖上特制的钢印。为了证明一把壶，搞得如此隆重干吗？不好意思，这是一个镀金的时代，大家都这样；还有就是因为假壶出现了。买家被郑重告知，这个证书是防伪的，别人仿不了。这个细节至少透露出一个信息，做假壶的人，一出手就很厉害，不但壶仿得像，而且在证书上也用足功夫。

许多年后，当时流到台湾去的紫砂壶，又陆陆续续回到了大陆。三十年风水轮流转，受亚洲金融风暴影响，台湾经济不好，有些玩壶的老板成了穷光蛋，而大陆却出现了一个突然崛起的老板群体，他们原来是国有、集体企业的厂长、经理，通过改制一夜暴富，太多的钱让他们一时不知所措。怎么用钱，简直成为一个头疼的问题。紫砂壶不但是送礼的佳品，也可以作为洗钱的工具。从台湾流过来的名家壶，价格比直接到名家手里去买还便宜。为什么呢？首先是收藏界对这种壶很警惕，称其为“回流壶”，这个身份似有贬低的意思，因为回流的茶壶基本没有证书，它们去台湾的年份早，当时还没有证书一说，因为没有假壶，还因为彼此信任；就连茶壶照片背后的说明书，也不齐备。虽然这些壶都是名家所制，而且大多是年轻时的力作，绝对真品，但因为没有证书，就像一个人没有户口一样，难以存活，也不能获得信任。比如，你要送一把壶给一个对你有用的领导或客户，没有证书，你能拿得出手吗？所以在大陆的各种“春拍”“秋拍”中，这些壶屡屡不能拍出好的价格，而中途夭折。

以较低的价格收进“回流壶”的老板们，开始对紫砂壶一窍不通，只知道天下人都喜欢用它泡茶，而且可以升值。但是，壶没有证书，慢慢也成了心病。他们找到制壶的名家，想请他们补一个证书。名家也不是吃素的，从前他们穷，苦了半辈子才熬出头，对于想占便宜的客户，持有一种特有的警惕。一般情况下，他们不肯对自己已经卖出去的壶做鉴定，这个江湖太大，水太深，他们吃不准有多少人在仿他们的壶；如果是假壶，他说出来不就得罪人了？他一分钱好处没有得到，干吗做个冤家？手艺人怕事，只想守着太平日子赚钱。再有就是，有的壶出去的时候就不是自己做的，自己还去做鉴定，又不是演肥皂剧。至于写证书，有的名家态度就更直白：我给你补写一个证书，不等于我少卖了一把壶吗？老板一愣，半天才明白过来。那怎么办呢？名家吃准了对方的心理，说白了，你想配个证书，就是再去赚钱，就是拿去送礼，也是为了赚更多的钱。这个防线必须守住。于是说，我的壶，像这样的款型，一把三十万，等半年还没有货，要排队。这次老板听懂了，要证书可以，花钱买。这时名家不说话了。旁边的家人说，你花三万买一个证书，你手上的壶马上就活了，它立马值三十万；如果没有证书，要么你自己留着喝茶，否则它就是死蟹一只。

江南人不吃死螃蟹。有一句骂人的话：“叫花子吃死蟹，只只鲜！”说没有证书的名家壶是死蟹一只，未免有些刻毒，那是因为壶在别人手里。在这里，死蟹或活蟹的参照系是证书，有了证书的名家壶，马上就被激活，变成可以横行四海的大活蟹。

慢慢地，紫砂收藏者或做紫砂生意的人们达成了一个共识，一把紫砂壶的证书，地位跟壶是一样的。如果说，一把壶的关键是证书，那么，证书的关键是印章。紫砂艺人的印章跟书画家一样，各有讲究，每枚印章都有出处。在电子扫描技术相对垄断的时代，复制别人印章，不仅风险太大，技术上也有难度。“紫砂七老”之一的朱可心，晚年非常愤恨假壶，老先生不但耿直，也洁身自好，临终前做出一个令大家吃惊的举动：将自己的所有印章全部销毁。“世上再无朱可心”，想想也真够悲壮，宁可被人遗忘，不愿被人作假，可心老人以这样的方式跟世道抗争，然后慨然作别，应该是紫砂界的一面警钟。

同样是“紫砂七老”之一的顾景舟，却不怕别人假冒。他非常自信，1993 年他访问台湾时，至少有三千把“顾景舟”的茶壶等着他鉴定真伪。老先生那年八十岁，就是二十四小时不吃不喝不睡，也看不过来。有记者问，如何看待假壶？顾景舟回答：真的假不了，假的真不了。真壶日行万里，假壶寸步难行。言外之意，谁愿意假冒，就让他去吧。据顾景舟的徒弟葛陶中回忆，老先生的茶壶，原则上是不写证书的，因为，全部的精气神，都在壶上，不着一字，尽得风流，别人是仿不像的。他对自己的印章管理非常严格。不同的年代，所用印章各有不同，几乎每一枚印章背后都有故事。他还公布自己各个时期的印谱，这是老先生的一种智慧，除了展示自己，也提供给研究者、收藏者们一条正确的研究路径，让那些假印章、假壶没有藏身之处。在葛陶中看来，在什么壶上打什么印章，顾景舟都有讲究。比如，进入中老年之后，得意的作品上，用得较多的是来楚生给他刻的“景舟之壶”印章，徐悲鸿的学生黄养辉给他刻的一枚“景舟之印”，也是他爱用的印章之一；壶把梢上，常用自刻的小印“壶叟”；较大的洋桶壶，用的是“得一日闲为吾福”的闲章。但更多的暗款和记号，就只有他自己知道了。有时，除了印款，他还会用铅笔芯，在壶底打几个极细的戳，轻轻地，别人几乎看不出来。有的壶戳多，有的壶戳少。打印章和打戳的时候，徒弟是不该在旁的，更不该乱问。说来可惜的是，那些壶上印章的秘密，都被顾景舟带到另一个世界去了。

关于紫砂壶证书的江湖故事，可以写一本厚厚的大书。但说白了，也就那么回事。喧嚣的时代大江东去、泥沙俱下，你无法要求沾满名利的紫砂业不受社会雾霾的影响。是金子的，总归还是金子，大凡坚守职业道德的紫砂艺人，无论如何都会对自己的每一份证书负责，但肯定有少数浮躁的艺人倒在铜臭的商人脚下，因为诱惑太大。比如，有的艺人不但买了豪车，盖了豪宅，还建立了气势恢宏的艺术馆或工作室。你可以这样牛，为什么我不能？你的职称也不比我高，技艺还不如我呢，凭什么你的地盘要比我的大出那么多？攀比永远是一帖甜蜜的毒药，让某些原先本分的艺人像脱缰的野马，越跑越远。终于，有一天来了一个背着厚厚保险箱的人，箱子打开，是满满的、码得整整齐齐的百元大钞。不过，来者不是来买壶的，而是来买证书的。对，此人开门见山，直奔主题：某老师，我们仰慕您的壶艺，但您的壶我们就不请了，您的证书我们要。您只管在证书上签名，其他的事情交给我们来做，我们有非常好的团队，从制作、包装、营销、宣传，一个成熟公司具备的一切，我们都有。

起先，这个艺人胆子还没那么大，毕竟他还有一个本分的过去，从学徒开始，吃了多年萝卜干饭，一步一步走到今天，非常不容易。但是，钱在他眼前晃动，一下子有这么多钱，可以办多少事啊，真要靠做壶去积累，还不知要做多少年呢？再一个，又不是我一个，别人不也这样吗？对方并不催他：某老师，要是您有顾虑，过些日子我们再来。艺人担心地问：你们做的壶，能达到我的技艺水平？可不要砸我的牌子！对方笑了，轻轻取出一张照片，说某老师，请您鉴定一下。艺人一看，这不正是自己最拿手的成名作吗？看功力，还真的不赖，但肯定不是自己做的。这时对方看着他的表情，大言不惭地说了一句话：某老师，您放心，我们的壶手除了没有职称，绝对是大师水平。

因为大家信奉一个游戏规则，证书是真的，壶就是真的。所以，大家对证书的依赖，就把壶压下去了。虽然，今天的电子扫描技术完全可以乱真，但那些“成熟公司”还是愿意花不多的钱，从艺人手里买手签的真迹。在他们看来，这样做，把艺人的口封住了，就是正经生意，钱是干净的。至于壶的真伪，他们认为，自己手里的那些代工枪手，工艺娴熟而苦无名头，其技艺，绝对不比那些名头轰响的艺人差。

接下来就进入了程序，商谈证书的实际价格了。最后，那个证书的购买者还是提着那个沉甸甸的保险箱走了，不过，那里面已经不是钱，而是可以变更多钱的证书。

后来的事情就简化程序了。划款从电汇，发展到微信转账，哪还用得着什么保险箱。一般来说，一个陶庄的老板，如果他手上有十个“高工”的印章，他的日子就会比较好过。其间的运作故事，旁人难以知晓，只知道他左右逢源，天天请客，印堂发亮、眼袋松弛，他愿意打哪个，就打哪个。

坚守者的故事当然应该更多。我们有理由相信，在陶艺世界的旮旯里，有太多勤勤恳恳的紫砂艺人，在坚持用自己的一份良心创作每一把壶。比如，有一位顾景舟的传人，当虔诚的客户在买壶过程中希望他手写一个证书的时候，他能像师傅顾景舟那样予以婉拒吗？活在一个证书满天飞的时代，你怎么做到独善其身？

这位顾氏传人是这样回答客户的：壶，你先拿回去用，记住一定要泡茶，因为你如果坚持用它泡一周茶，茶壶的颜色就变了；再泡一周，茶壶的颜色还会变，到那个时候，你再来，我就给你写证书。

这段话如何解读？

按这位传人的说法，他每制作一把紫砂壶，从捶泥开始，都是顾氏亲授的传统全手工技艺手法。单说泥料，早先的紫砂泥料，虽然有杂质，但用全手工的捶泥方法，沉睡的死泥会被激活，肌理上充满了张力；用这样的泥料做壶，烧成后，壶的每一个毛孔都是开张的，用茶水一泡，壶体就开始发力，就像一个跑完一万米的运动员，体内的热量导致他充分发汗，同时大量地吸收茶汁。跟运动员不同的是，吃饱了茶汁的紫砂壶，色泽会慢慢发生变化，有一种内敛、沉雄、高古的味道，随着时间的推移，还会自然地生出一种黯淡的光亮，伴随着一种平和、温莹、笃静的气息。这应该是紫砂的肌理与持壶人的手泽相融合，在茶水的作用下，由时间做东，所产生的一种效果，有人称其为“包浆”，也有文人说这是一种温存的旧气。玩壶的人，最看重这一点；所谓紫玉金砂，应该就是从紫砂壶的包浆出发的吧。

现在我们搞清楚了，这位传人的话里，还藏着一些话。也就是说，你要真喜欢我的壶，你就得待它好，就要用它泡茶。紫砂壶，用即泡，泡是硬道理。如果你真的很虔诚，坚持天天用壶泡茶，一周后它就给你“颜色”看了，如果能坚持用到两周，它就会给你一个神情焕发的欢颜。如果你做不到，或者说，在你眼里它无非就是个价钱昂贵的礼品，那你去找别人吧，我只给懂我壶、爱我壶的知己做壶。其实，到了与壶须臾不离的境界，那壶早已是你的朋友了，你还在乎什么证书吗？

二 师徒

解开中国民间手艺的包袱，里面是千丝万缕的关系。但手艺这东西，最主要的繁衍方式，还是“师传徒承”。所谓根深叶茂，一棵大树再怎么粗，你得有枝叶吧，根有多深，叶就有多茂。树干与枝叶，就好比师傅与徒弟的关系。

排在“紫砂七老”之首的任淦庭，出身很苦，早年跟师傅学艺，颇多艰辛。但他对师傅很敬重。一日为师，终身为父，坊间流传的一个故事是这样的：任淦庭的恩师路兰舫在上海突发急病，眼看着就不行了，便捎信给徒弟任淦庭和陈少亭，要他们速来上海接他回家。按江南习俗，人不能死在户外，更不能殁在外地。任淦庭和师兄陈少亭赶到上海，师傅只剩一口气了。他们用棉被将师傅裹紧，驮在背上。到了苏州河边，租到一条专门装载结婚喜庆之用的“毛旗划船”，船家问：背的什么人，怎么话也不说？任淦庭说，我家师傅染了风寒，不舒服，他本来话就不多。船家有些疑心，这一行最忌讳载死人，怕以后接不到生意，兆头不好。但看到两个徒弟还附上去跟师傅小声说话，不好再说什么。上船之后，路兰舫就断气了。任淦庭和陈少亭忍住悲痛，一会儿往船舱里送茶水、毛巾，一会儿还跟师傅搭个话。一直到宜兴河埠，任淦庭把已经僵硬的师傅驮在背上，用被单蒙着脸。陈少亭还扯着嗓子说，师傅哎，咱们到家了，师娘包了肉馅团子在等你呢。直到跟船家结完账，等船开走，两人才放声痛哭。

这个故事好就好在“演戏”的细节。任淦庭一生是个老实人，从来不说一句谎话。这出戏没有预先编排，完全从感情、人性出发。说实话，就是待自己的父亲，也不过如此。这就是民国时期师傅与徒弟关系的真实写照。

徒弟的本事当真是从师傅那里学到的吗？这本该不是个问题。但事实上，早先的徒弟，开始就是师傅家的一个帮佣。进了师傅的家门，什么杂活都要干，勤快的孩子招人喜欢，师傅在干活，徒弟赶紧递上一杯水，顺便就站在旁边看，这叫用眼睛偷艺。如果师傅不想教你，就会随便找个什么由头，把你支开。并不是师傅存心不教，而是怕你日后夺他的饭碗。这很残酷，所谓绝技，就是别人都不会，只有你会，你的饭碗才有保障。偷艺可不是件容易的事，靠的是眼快心记，最重要的是悟性。

20 世纪 50 年代被省政府授予“技术辅导员”的紫砂界“七老艺人”，都是从民国的战乱中跌打滚爬过来的。新生的政权对劫后余生的艺人们青眼有加，其实还有战略上的考量。国库空虚，黄金白银都被老蒋弄到台湾去了。共产党两手空空，必须挖掘民间艺人身上的潜在资源，让他们给国家赚取外汇。荣誉可以尽管给，给他们多戴几顶高帽子，也是应该的。民间艺人在民间待得太久，新政权给了他们一种从未有过的归属感，这个时候都想着精忠报国。课徒，成了老艺人们的主打项目。这个时候他们拿着虽然不高但却稳定的工资，尊严感和安定的生活都有了，再也不怕徒弟抢自己的饭碗。谁不带徒弟，反而显得没地位。新的竞争已悄然开始，徒弟有出息，就是在师傅脸上贴金。时境不同，艺人们的心态也变了，都把徒弟当自己的孩子一样看待。徐秀棠回忆，当年他跟任淦庭学徒时，师傅什么都肯教他，就连生活上的细节，也不放过。比如，钱不要放在皮夹子里，要用解手的草纸包，即便掉在地上，也没人捡。对待特别喜欢的徒弟，任淦庭会悄悄塞给他一叠画在香烟壳背面的手稿，那是他的心血之作。可惜，当时没机会出版，后来大多失散了。有个徒弟偷了他家的东西，厂里要开除，他开始心里窝火，后来反而去求情，让他自行离开，并帮他另找了一份工作，等等。

任淦庭的仁慈，朱可心的温煦，吴云根的包容，王寅春的随和，裴石民的散淡，顾景舟的冷峻，蒋蓉的委婉，都是不可复制的风景，那种“范”儿，也是民国文化的延续。凭良心讲，这是紫砂有史以来最好的时期，一种难得的风气，延续了许多年。紫砂技艺绵延至今，无论如何绕不过20世纪50年代那一段美好时光。

紫砂手艺界对徒弟和学生，是有严格区分的。顾景舟的第一个徒弟是徐汉棠，当初，由汉棠的父亲徐祖纯出面。顾家跟徐家沾点亲戚关系，两家走动相当勤。而且，徐祖纯还是顾景舟当年出山的重要推手。这个面子，顾景舟不能不给。但收徒弟，对于师傅来说，也是有顾忌的，万一徒弟太拙笨，不是学手艺这块料，那就怨不得别人。所以，顾景舟让徐汉棠做一副“矩车”来看看。徐汉棠学艺心切，一口气做了十副。顾景舟一看，说汉棠这个徒弟我收定了。

学生的概念就宽泛得多。小一辈的学徒，偶尔来请教问题的，或者请帮个忙的，听过一次技术讲座的，都可算学生。师傅对徒弟，那是嫡传；对学生，只是泛泛而授。汪寅仙是朱可心的徒弟，当时就住在顾景舟楼下。顾景舟与朱可心关系一般，基本没有个人交往。但顾并无门户之见，大凡聪巧的年轻人，能入他法眼的，不管你是谁的徒弟，他都会教你。汪寅仙晚年回忆，当初学徒时，顾景舟经常把她和几个小姐妹叫到他的宿舍，给她们看民国前的老壶，教她们怎样赏析；有时，还给她们讲几何三角制图原理。几乎是一种癖性，不是他的徒弟，却被他发现做错了什么的，他一样会上前批评，然后教他怎么做。他不会考虑，这个人又不是我的徒弟，干吗我要多管闲事。每天转工场时，他看到一个打得不错的茶壶身筒，就会不由自主地停下来，这时他的眼睛里会自然流露出赞许，制作这个身筒的人，是不是他的徒弟，并不重要。而看到某个艺徒工作台上放着一把不合格的水笔帚，不容分说，抓起来就往窗外扔，然后扬长而去。

朱可心却不一样，任何一个徒弟做了壶来向他请教，他先说好佬好佬，然后非常和蔼地指出，哪里还可以改进一下。

顾景舟则绝少表扬徒弟，即便你做出一把不错的壶，他也会冷着脸，帮你找出十条八条缺点。开窍的人，如醍醐灌顶；懵懂且脆弱的人，心理上一时会扛不住，脸早就绿了。但顾景舟对于已经学到他“手法”的人，不管你是不是他的徒弟，私下里，都会把一些做壶的关键尺寸传授给你。

制壶的“尺寸”，实际就是一种秘不宣人的“秘笈”。一把壶的各个部位，是否呼应、协调、和谐，都是由一个个最合理的“尺寸”构成的。

尺寸，往简单里说，只是一组数字、线条、符号；往高深里讲，好比魔法，人人眼里有，人人心中无。你看到一把非常好的成壶，觉得它的整体是那么和谐，且有着迷人的手感。但是，它在制作状态时，各个部位的具体尺寸，却是无法知晓的。顾景舟做了一辈子壶，摸索出了一整套的“尺寸”。包括泥料的收缩率是多少，泥料干湿度的掌控，以及壶体各部位的搭配，线条的走向、成型的角度，在他给出的“尺寸”里，都有权威的诠释。其准确性，一丝不苟，不容置疑，因为，“尺寸”里的每一个数字、每一根线条、每一个角度，都经历了无数次实践，包括千度窑火的冶炼。

最后，浓缩在一串数字里。

甚至，他会亲手给这个得他真传的人，做一件“得用”的制壶工具。因为，光有尺寸是不够的；因为，好壶是好工具做出来的。

“得用”是一句宜兴方言。内涵是丰富的。得，得手、顺劲、应心；用，不仅要好用，还要耐用。

那种看似平常的尺寸，那种小巧实用的工具，从今天看，都是顾氏衣钵的一部分。特别是他亲手做的工具，不但实用，而且精致，本身就是一件艺术品。得到工具的人，俨然会有一种“传人”感，好像过去的武林中人，得到宗师的剑谱或头陀的木棉袈裟。岂止是珍藏，关键时候亮出来，就是一种身份，因为工具上面还有顾景舟的印章。

几十年后，当年受到恩惠的人，几乎都成了大师，提起故人，除了激动，还有骄傲，在他们的记忆里，顾景舟对那些没有得到秘笈或工具而心生抱怨的人，曾经说过这样一句话：某人没有学到我的手法，就是把尺寸和工具都给了他，又有何用？

最严厉的一句话是：跟我的人，有文化者得我艺，没文化者得我技。

旧时江南习俗里的逢年过节，徒弟上门给师傅拜节，是天经地义的。然后，师傅要请徒弟们吃一顿饭，既是一种回馈，也是师徒们精神上的一次会合。物质匮乏的年代，平时徒弟家包了馄饨，请师傅来吃一顿，师傅就会蛮捂心；过中秋，徒弟包几个月饼，买一斤红糖、半斤乌枣，送到师傅门上，那算是奢侈的节礼。就是过大年，也就是多拎一个咸猪头而已。师傅会说，大家都难佬，心意到了就好。

慢慢地到了当下，行情变得大不一样。一般来说，师傅的名头决定排场的大小。生意场上有句话叫“本大利大”，你舍得投入，得到的回报也多。如果你拜的师傅是个震天响的名人，那没有个三五十桌，怎么也说不过去。倒不是师傅爱摆阔，而是他徒弟多，朋友多，人脉广。就像一棵大树，你给他个鸡笼，怎么罩得住。拜师是件大事，要举行庄重的仪式，师傅的所有徒弟以及亲朋好友都要请到，共同见证一个庄严而隆重的时刻。

既然师傅是名人，那也不能找个默默无闻的人来主持。业界大佬当然最好，但大佬太忙，分身乏术。通常情况下，一个没太过气的明星，就能把场子撑起来，或者，德高望重的退休老领导倒也价廉物美，您不用给他备稿，老人家为官几十年，功底扎实，余热也正旺，脱口秀满堂彩。如今的请客吃饭，基本就是一场演出秀，喝酒要喝到高潮迭起，必须请些歌星来热闹一下，也有的紫砂艺人不爱张扬，体恤徒弟烧钱，那也要请当地的歌手来给大家助助兴。

席间，徒弟要向师傅、师娘敬茶，行三叩九拜大礼，并向他们赠送礼品。现时的礼品真是个无底洞，一两万的包包，皱巴巴的，不懂的人还以为处理品呢，还是要投其所好，师傅、师娘喜欢什么，徒弟就送什么。当然，师傅也要回赠礼品给徒弟，通常是自己的墨宝，不管它是不是宝，既然是师傅的手迹，早晚是宝。然后，师徒要交换拜师和收徒帖子，这个很重要，口说无凭，立字为证。师傅的责任和徒弟的义务写在一个折子里，墨蘸饱，漆黑晶亮，让大家的一颗心都落了地。这么一顿酒宴折腾下来，徒弟的腰包瘪下去很多，但心里是高兴的，想自己一棵无名草，栽在一座名山上，即便现在不是，将来说不定还能成为一景呢，漂泊的心终于有了归宿。

师傅的心里也并不亏欠。比如一根稻草，捆在青菜上，就是青菜价，捆在螃蟹上，你就是螃蟹价了。

此后师傅家等于多了一个人，师傅家有什么事情，徒弟一定要冲在前面的。比如，师傅要外出办展览，跟班徒弟要打前站，徒弟们要像众星拱月一样围着，捧场、协调，大小事务，争先恐后。有的徒弟，比师傅子女还贴心，从开车、通联、护驾、接待、应酬，有时奋不顾身地代酒，并打理身边一应事务，师傅还真的离不开他。于是徒弟前面多了两字：跟班。这个跟班徒弟，必是师傅的心腹。人心都是肉长的，师傅出书，也会留一定版面给徒弟们，在后面跟着。这表明他枝繁叶茂，后继有人，也让徒弟们共享昌荣。

徒弟不仅可以跟着师傅好好学艺，还可以用师傅的人脉，比如，名片上可以印“某某某爱徒”，在某些公众场合，也可以用某某某徒弟的名义，实际上他一脚踏进师傅家门，就已经在享用师傅的人脉资源。徒弟要出一个新品，师傅要给他打样，徒弟要出个作品册子，师傅要给他作序，至少要给他题个词。徒弟要评职称，师傅要给有关方面打个招呼。

徒弟收多了，就像林子里的鸟，有的叫得妩媚，有的啭得激昂，也有闷声葫芦，嘴笨，不会讨悦。但最终，手艺这东西，还是要看手上功夫。壶站在那里，自己会说话。出息大的徒弟，自然是壶厉害，钱便来得快，自然手面也阔绰，对师傅也殷勤。也有出息不大的徒弟，也努力了，也尽心了，但造化和运气不怎么光顾他。这跟作家一样，不出名的时候，退稿总黏着他，赶也赶不走。一旦出名，一抽屉、一麻袋的废稿马上复活，都可以上头条，放个屁也被誉为芝麻香。壶这东西，也跟名气绑着，名气上不去，壶价就缺钙，怎么也爬不高，囊中自然渐渐羞涩。眼看着就要过节了，怎么给师傅拜节啊？别人都是茅台、五粮液，自己总不能弄箱本地酒吧。但养家活口的钱，就像割肉一样，不是心疼，而是割了这一刀，下一刀在哪儿呢？最终，不去也罢，反正师傅也忙不过来，反正师傅也不太用正眼看自己。你不能说师傅偏心，而是自己不争气。

有一天突然收到师傅的一条短信，请各位徒弟吃饭。他那是群发，不提姓名，没有送礼的徒弟，怎么好意思去蹭饭。就是去了也难受，别人都那么阔，那么牛，自己只能装傻。如果师傅心里真的轻慢自己，那也是活该。

慢慢地就不来往了，慢慢地这一份师徒之情就淡薄了。

早先拜师傅，那是从一而终的。如今，有的人壶已经做得相当不错，但他师傅名气不够大，俗话说，馒头大不过蒸笼。于是他还会去拜一个名头更响的师傅。这叫“转益多师”。原先的师傅心里多少有些不痛快，但这是当下的行情。慢慢大家也接受了。还有一种人拜师，他并不是来学艺的，用他自己的话说，是白相相的；江南方言里，白相就是玩。从老板到收藏家，似乎只有半步之遥。有钱加上有闲，玩起来就四通八达。并不是老板有钱就任性，他是对某位紫砂名人比较崇拜，手里也收了他一些作品，这时如果拜他为师，感情上就更贴近，以后再收他的东西，就是徒弟收师傅的作品了。关键是，拜师之后，他的身份不一样了，从他嘴里发布的有关师傅的消息，应该都是权威的一手货。以后再游走于江湖，说话分量就加了砝码。之前他收藏的所有师傅的作品，肯定都是真的，以后再收藏的，那就更是真的。

对于紫砂艺人来说，收这样的徒弟，并不吃亏。如今的社会，需要打交道的地方太多，某些紫砂师傅过去穷怕了，受的委屈太多，好不容易熬到紫砂的盛世，年纪也有一把了，再不好好享受，水牛都过河了，还能拔到几根牛毛？在他们的价值观里，有尊严的生活通常是这样的：想看戏有人送票，想出行有人开车，想打牌有人陪搭，想喝酒有人埋单。如果收下的这个徒弟有实权、实力，能帮衬师傅，想师傅所想，那就是好徒弟。吃紫砂饭的人，总是希望社会上的五行八作、头头脑脑都来关心紫砂，喜欢紫砂。茶壶玩久了，也会上瘾，所谓学艺，那只是个说法。一把壶可以玩，可以喝茶，可以赚钱，可以交友，世界上哪有这样既高大上又接地气的玩意儿？所以，壶迷很多，越来越多。有一次，笔者参加一个师徒聚会，发现某师傅的徒弟群里，居然有法官、律师、医生、银行高管、餐馆老板、车模小姐，等等。有一个故事是这样说的，某紫砂师傅，经常光顾某歌舞厅飙歌。一日，师傅不乐，叹气，歌厅老板问，师傅何事郁闷？师傅说，上边批给他一块地，用来盖工作室，无奈那地盘上有几处坟茔，给了很不低的价钱，但坟主们死活不肯迁走。歌厅老板交游广，黑道白道都有朋友。说，那好办，交给我吧。但事成之后，师傅要答应我一个条件。果然，不到一个月，事情办妥，所有的坟茔全部迁走，费用比原来的预算还节省一半。师傅大喜，说怎么谢你。老板慢慢说出那个条件，原来他有个宝贝女儿，长得也是花容月貌，但自小娇养，做事高不成、低不就，年纪也不小了，想拜到师傅门下学艺，以后也好嫁个好人家。师傅听了半天，知道要紧的是最后那句话，歌厅老板不缺钱，但社会上对这一行有偏见，其实这一家倒是做的干干净净的生意。只有拜了师，入了行，千金的身份才会漂白。师傅心善，人家又帮他办成了大事，自然一口答应。之后那千金也不怎么来学艺，礼物倒送得勤。师傅长师傅短的，小嘴蛮甜。师傅说，丫头啊，你以后怎么生活，不如在我这里学点真本事。千金说，师傅，您不晓得，我爹最看不得我吃苦。他要是看见我整天捏着个泥巴，心不要疼死才怪。您要是可怜我，就给我题个斋号，将来我租个门面自己卖茶壶，也好有一口薄粥喝。师傅还是心善，二话不说，依了。过后不久，那歌舞厅隔壁，就开了一家紫砂礼品店。师傅题的斋号做成很大的金匾，挂在门额上。千金正坐堂，她的一个新身份：某某师傅爱徒。因为有师傅的题字撑着，千金的处女作价格还真不菲。开张之日，前来捧场的人非常多，师傅当然来了，师傅一来，别的徒弟也来了。大家都说，长江后浪推前浪，一浪更比一浪强。

如此说来，拜师是一件奢侈的事。太多的人拜不起师，但又不能不学艺，那怎么办？且看紫砂之镇的旮旯里，有不少外地来此淘金的学艺者。他们年轻，心怀梦想。有的还上过工艺学校，能凑合几笔书画，当然都穷得叮当响。只能租借于背街小巷的破旧小屋，两个馒头对付一顿午饭，早出晚归。学艺的路飘飘荡荡，紫砂不是童话，神秘的面纱撩开，大家都在讨生活。一些本事了得却无职称名头的娴熟艺人，空怀绝技，正待价而沽。他们不收徒弟，但愿意教学生。教会学生一个茶壶品种，收五千元。学生在这里学到了技艺，交钱走人，干干净净，两不相欠。但是，一个艺徒光学会做一种壶，根本混不到饭吃，你再想学，那就再交五千元，有位赵姓的安徽穷学生，囊中实在羞涩，连一顿两个馒头都难以为继。他运气不错，遇到一位心善的陈艺人，让他留下，帮作坊里干点粗活，大到帮接送陈艺人上小学的儿子，小到去窑上送坯取壶，这样的“勤工俭学”，干下半年，不但学费免付，还给他提供一顿免费的午餐。小赵人勤快，出手快，一两年下来，壶做得颇有些眉眼了。陈艺人说，以后你做的壶归我，抵学费。我再教你新的品种。小赵想学本事，自然一口答应。壶做出来，不让他打自己印章，陈艺人说，打你的印章，西北风都没有喝。那么打谁的？小赵自然不好多问。不管怎样，陶都这地方山温水软，紫砂界还是仁厚的人多。陈艺人确实待他不错，新品种一个一个教他。关键是，他平时眼尖，嘴甜，认识了许多陈艺人的客户，名字、电话都记下了。有一天，小赵在一个茶壶展览会上，突然看到自己做的壶了，当然，那茶壶底部，打的不是他的印章，但他自己做的壶，就像自己的手指头一样，一看就有感觉，一直连到心里的。

于是，一天，他跟陈艺人说，我想自己干了。一条鱼总要游进大海。陈艺人一愣，说，好啊。表情看上去不太情愿。但小赵的心已然养大，他要走自己的路了。做壶之外，除了陈艺人的客户圈，他自己也结识了一些朋友。

你真的要走啊，陈艺人似要挽留他。并且说，如果他留下，他会考虑给他加适当的薪水。

小赵心里说：加薪又如何？我总不能一辈子做您的枪手吧。

深深地，给那个教他技艺、给他吃饭却不在乎他是否叫他师傅的陈艺人鞠了一躬。说，虽然您不是我正式拜下的师傅，但您真的是我人生的恩师，但我不能一辈子在您的屋檐下讨一份生活。就此别过，恩师，恩师！相信我，我会好好混。

他转身离去的时候，陈艺人追上来，说，做壶先做人，人做好了，不怕做不好壶！记住了啊。

小赵心里呵呵一笑。师傅啊，咱们相忘于江湖吧，我会比您混得好！

三　名头

名头的背面只有一个字：熬。

论资历，在早年的“七老艺人”中，顾景舟只排在第六。在相当长的岁月里，任淦庭和朱可心，一直是紫砂的两块招牌。但凡紫砂界有什么抛头露面的好事，基本与顾某人无关。特别是朱可心，处处跑在前列，客观上处处压着他一头。顾景舟只能隐忍。有时江山不是打来的，而是等来的。艺人跟政治家一样，拼到最后是拼寿命，谁活到最后，谁就是泰斗。时过境迁，排在首位的任淦庭早在 1968 年去世，吴云根则在“文革”闹得最凶的 1969 年死于非命。跟顾景舟性情较近的裴石民、与顾景舟自小就是邻居的王寅春，也都在 1977 年驾鹤西去。朱可心寿命长，1986 年才去世。但 1983 年的可心老人已经体弱多病，平时足不出户，已然淡出紫砂界的舞台。留存的老艺人里，比较活跃的除了顾景舟，还有一位擅长花器的蒋蓉，她比顾景舟小四岁，论名望，仅在顾景舟之下。但蒋蓉的徒弟大都是女性，老实且本分，基本上没有被提拔当干部的。她为人谦和低调，总是说自己文化不高，加之进入晚年腿脚不便，社会活动的半径并不很大。她自己也从来不去跟顾景舟比什么高低。

数十年的苦熬，也是一种挣积分，那是要用岁月来打底的。顾氏传记《布衣壶宗》详述了顾景舟一生从纤夫、橹公到舵手的生命历程。其中最重要的一点，也是一个熬字。顾景舟曾经说过，一个紫砂艺人，从学徒到成才，起码要十二年。其中，三年打基础，等于吃萝卜干饭；五年是临仿、创作、再临仿的循环；后四年，可以创作自己有个性的东西了，但还是要临摹经典作品，如此往复，以形成更深的体会。

顾景舟的一番话里，最重要的是“起码”二字。

他还有一句话：要毁掉一个艺人，只要半年。

这话说得独绝。让许多人听了不太高兴。因为，紫砂手工艺，本身就活在民间的旮旯里，一把壶打开，也是一个偌大江湖。神通是可以各显的，谁也吃不了谁。有一坨泥，有一双不太笨的手，谁都可以活得蛮好。

时过境迁，顾景舟已经不在了。但他留下的那句话，像一根桩子，像一个惊叹号，矗立在紫砂的旷野里，许多人可以绕过它视而不见，但其实，每一个人都是绕不过的。

说时过境迁，首先是窑炉的变化。当年的龙窑，除了前墅的那一座，如今已基本绝迹。而被命名为国家级文物的前墅龙窑，其象征意义，远远大于实用意义。由此，我们有必要重温一下龙窑当年的威风：

龙窑，是宜兴古代陶工的非凡创造。它的形状，确如一条匍匐在山坡上的苍龙。在“龙脊”的两侧，均匀地分布着填放燃料的鳞眼洞。黯淡无光的陶坯，在千度以上的窑火中，渐渐变得通体透明。在窑工们的眼里，这都是一个个有灵性的生命。窑火点燃了，这时你会闻到一阵阵松针的清香，并不是窑的周围有松树林，而是松枝被用来做烧窑的柴火，它们一捆捆地被堆放在窑的两旁，像埋伏在堑壕里等待冲锋的士兵。

如果是有风的日子，窑场上到处弥漫着松树特有的香气。老师傅们奋力将松枝填进鳞眼洞。它们一进入火口，瞬间就变成了白色的精灵，然后像飞蛾一样，在火中狂舞，然后，飞快地化烟化灰。老师傅说，用松枝烧出的窑器，釉水光润而发亮，且经久耐用。

紫砂器不用上釉，但如果给它以足够的窑火，它的成色就会变得古朴内敛、温润如玉。

（徐风：《一壶乾坤》之《陶都气场》）

龙窑值得被怀念的，还有那种仪式感。因为这窑火烧起来，历代大有说法。有时火烧得好，一夜东风，顺顺当当就是一窑好货；有时没来由地就烧不好了，那一窑美器，不是裂的，就是塌的，满眼次品。人们便以为，在那烈烈的窑火背后，还有一双巨大的不可捉摸的魔手。今天的人们还可以通过“黑匣子”之类的秘器来解读一场灾难的缘起，但我们的古人只能虔诚地双膝跪地，他们的膝盖并非那么缺钙，而是他们对于那些还不懂的东西心生敬畏，无论是对自然界的巨大力量还是对心造的那些神灵鬼怪，他们总是郑重设祭，而窑场更不例外。烧窑前要在窑头设供祭之品，其中，猪头鸡腿鲤鱼之类，是不可缺少的主打。窑工们虔诚地磕头祷告。在龙窑建造前，窑主必得请风水先生选看位置，选黄道吉日动土奠基，设三牲五鼎祭土地山神，请德高望重的乡绅来主持祭礼并唱读祭词。那祭词半文不白，意思却通融而实在：上天敕封火德星君，下界敬尊南方菩萨。甲子某年某月某日某时，某某龙窑点火，窑主某某某跪拜叩首，焚香祷告，恭请临佑，享我烹尝，佑我兴旺。

然而，龙窑还是被淘汰了。

因为龙窑烧制陶器的成品率较低，因为窑工的劳动强度太大，因为一般窑工都是短寿夭折，活个五十来岁，就算长寿了。所以，龙窑退出历史舞台，似乎也是一种宿命。

而今天的陶器烧制，大都改成了液化气窑，还有一种体积较小，可以放在家里，用计算机控制的电炉。窑炉的改革，大大提高了成品率。但紫砂艺人也不用精益求精了，为什么？前辈们做壶，拿到龙窑里去烧，都是一次定终身。一座龙窑的窑位就那么多，紫砂壶在进窑之前，装窑大师傅是要把关的。他拿起你的壶坯，就瞄了那么一眼，说："哟，某人啊，你这个壶不行啊，烂壶啊！"装窑师傅说话是权威，没有人可以反驳的。既然是烂壶，就不应该进窑。所以紫砂艺人到了窑场，都非常敬畏装窑师傅，他们非常珍惜一个烧壶的窑位，因为千度成陶之后，想修补就再无可能了。

而现在，大可以把心放回去。电炉既干净，又环保，温度准确，窑温可以通过电脑控制。一把壶烧到六百度的时候，可以让它停下来，不烧了，等它冷却，这个壶坯虽然已经定型了，但泥质还比较嫩，一看壶口壶盖，发现某个地方好像还不太行嘛，这时还可以再修补，用工具磨掉一点，加点泥，再弄弄，刮刮，等它干一干，第二次烧制，一下子烧到一千两百度。成了，一把好壶出来了。不过这样一来，紫砂艺人就不需要绝技了，就像"一抓准""一招鲜"的绝迹一样。

于是我们面临了一个问题，一把好壶的标准，到底是什么？

工艺精到、比例对称、拿捏方便、口盖严密、出水爽利，这些都是常人眼里一把好壶不可缺少的条件。但是，方家认为，一把真正的好壶，首先应该有气度，有灵魂，有风骨。缺少了这些，就像一个人，虽然五官端正，但没有精气神，无异于泥塑木雕。

从工艺精到的角度看，今天的艺人完全超过了古人。这是工艺的进步，也是时代的需求。但是，说到气度、风骨、灵魂，那就不是一回事了。

过去的紫砂艺人，生活在一种相对悠闲、封闭的生活状态当中，那个时候没有职称可评，没有大奖赛可参加，也没有拍卖会博览会展销会，做壶就是为稻粱谋，家里今天有米，他心里就一点不慌，我反正有吃的，有手就有命。看白云悠悠，享清风明月。他不会那么着急要去赶一把壶，他今天早上没有什么事，就在作坊里做壶，心里是笃笃悠悠；有朋友来了，他就把做了一半的壶放进防干裂的套缸里，沏一壶茶，跟朋友一起喝。要是到吃饭的时候，朋友还没有走，那么去买点小鱼小虾，打半斤黄酒，两个人小酌，喝完以后就是下午了，伸个懒腰，小街上去转一圈，听听坊间的传说，人蛮开心的。回到家一看天色还早，又把活儿拿出来做做。他那种放松、悠闲的心态都是由心传手，传递到了壶上，壶就跟他的心一样舒展、悠闲。不像我们现代的艺人，这个月是西湖博览会，下个月还有广州茶博会，忙完又赶到武夷山了，再下个月又要评职称了，现在是个助理工艺师，如果把助理那两个字拿掉，变成一个工艺师的话，我这个壶价又上去三千，心里面很煎熬，很着急。壶坯刚上手，刚做出那么点意思，一个短信来了，一看，今天晚上有个饭局，是某老板请客，这个老板买起壶来厉害，一出手就是几百万。心想，今天晚上这个机会要争取的。虽然时间才下午三点半，但心里已经躁动了。今天晚上要去聚会的话，身上衣服这么邋遢恐怕不行吧，稍微要准备准备，洗个头啊，上街吹个头发什么的，说不定宴会上碰到有身份的女士呢，要注重形象才是，毕竟还是个工艺师嘛。这会儿他哪里还有心思做壶啊，三天下来，壶坯放在套缸里动也没动。心想，这样吧，索性找一个枪手来做做吧。反正对门的张三也是这样，隔壁的李四早就这样了。这样就造成了一种状况：一些有名的人并不怎么做壶，做壶的人却没什么名。枪手一族非常旺盛，像地下游击队。他们不需要青纱帐，有一坨泥，哪里都可以开工。

替那些紫砂艺人想一想，他们也难。社会风气如此，各行各业如此，凭什么要紫砂艺人出淤泥而不染？消费社会的惯性，导致紫砂的商品属性不断膨胀，原本朴素的手艺伦理，岂能不出现问题？信仰本是精神的、情感的，是内在的，当下却以金钱的方式爆发式地呈现。过去几十元一把的壶，现在卖到几百万，甚至几千万元一把，它的精神意义被物质意义湮没了，当一种物质超出它原本的价值后，必然导致它原本属于的伦理崩溃，带出的是社会关系与世道人心的变化。

紫砂一直在民间，当年做紫砂壶的艺人，由于时代因素，大部分文化不高，有的是读不起书，有的是考不上学堂，还有的找不到工作，那么就只能待在家里做壶。这个圈子自古以来就不缺乏心灵手巧，不缺乏迷人的手感，但缺少一种人文风气，缺少一种内敛、自省、警醒的精神。物质年代，金钱是大家头顶的太阳。有艺人说，你们文化人不也这样吗？谁得了诺奖茅奖鲁奖不在拼命印书？凭什么说我们手艺人这样那样？

最终，大家都承认，名头是个好东西。它在现世最大的好处，是跟利益捆绑在一起。就紫砂而言，名头大，壶就贵，追求名头的最大化，亦即利益的最大化，对于当今的紫砂艺人来说，几乎是天经地义的。但有一个问题比较头疼，这个年头，高铁可以加速，邮件可以快递，婚姻可以速配，爱情可以速成，为什么艺人的名头要熬那么多年，在他们看来，这没道理嘛。

于是，刚学徒的青年艺人，就自动变成了青年陶艺家。名片上如果不密密麻麻印着某些协会学会的头衔，就会感觉单薄得慌。当然要装修个小作坊，请名人写一块“某某斋”“某某阁”的匾额，跟个什么名伶，最好什么大师拍张合影，放大，往店堂里一挂，自己肯定是文化人，是艺术家了。说什么心浮气躁，难道单是紫砂艺人的专利？整个社会不都是这样吗？说什么静不下来，坐不下来，难道还有一块安静的土地吗？常态，永远是常态。说什么不读书，难道不是因为太浪费时间吗？谁让读书这件事比做壶还烦？有那闲工夫，多推销推销自己算了。那么多的展览会要上，还有博览会，还有拍卖会，还有博物馆。这些地方不去占领，何谈名头？没有名头，这个社会怎么混？蛮好的壶，就会沦为草绳价。一个入门的小艺徒，就应该早早确立打进博物馆的理想，谁说这不可以成为中国梦的一部分。最好三天以后，他的作品就一夜网红，被某博物馆收藏。至于某些博物馆极可能变成杂货铺，跟他没有关系。

有反其道而行之的人吗？居然有。有艺人公然宣称，终生放弃职称、名誉之类。不跟主流社会的价值观玩。唯以壶为天，唯以壶为命，别的，什么也不尿它。担心的人自然有，啊，鸡蛋可以往石头上撞吗？没有了名头，壶不就是烂稻草吗？

“放心，饿不死！”刚满五十岁的柯艺人如是说。早先他也是好人家的孩子，一度还走进某大师的工作室学艺，当然他还够不上大师的徒弟，甚至连徒弟的徒弟也称不上。但是，能够近距离地接触大师，并且有可能得到大师的指点，对于一个刚出道的年轻艺人来说，这已经是前世修来的造化。

问题是，他跟大师处不来。也不是大师不喜欢他，更不是他有什么地方得罪了大师。而是他老是喜欢忽发奇想，而且，一双手爱闯祸。比如，大师在教徒弟做壶的时候，他在旁边瞄了一眼，发觉大师的手法好是好，但是繁琐了些，教条了些。当然他不敢吱声，但轮到他自己做的时候，一双手就不听话了，完全按照自己内心的想法，而不是按照大师教授的手法，走了一条歧路。有人看到了，惊叫了起来，居然违反了天条，这还了得！

徒工们的习作壶放在一起评比。除了大师，所有的评委一致评他第一名。

后来的结果是，他离开了大师的工作室。轮到他申报职称了，评委们似乎很默契，他得了零票。然后，他走人。所有的路不知道为什么都被堵死了，但天无绝人之路，民间太大，赏壶人太多，东方不亮西方亮。自此他宣称，柯某人无职称，无名头，所做之壶亦无证书，想要便买，不想要走人。

一度被人叫作“柯三无”。

好在真正懂壶、爱壶、玩壶的人，只看壶不看别的。壶就是艺人的命，此话不假。柯艺人把自己的命做进了壶里，那壶上处处是他的印记。说一把壶好，说到以命相抵，无论如何太严重，但是，柯艺人的壶真的是这样：浑朴天成，苍凉高古。仿佛已经有几百岁的年纪。尤其壶嘴和壶把，都像是从壶里长出来的，而不是安上去的。

柯艺人的理想是，我的壶就是要跟别人不一样。哪怕跟一千把茶壶放在一起，别人也可以一眼就认出我的壶来。我的名头就是没有名头，我的证书就是不用证书，如果别人不能从一千把壶中认出我的壶来，那我就去死，去死，一定去死。

柯艺人没有死。他活得好好的，他每天做壶。陋宅方七日，世上已千年。社会的主流媒体从来不会关注他，他没有推特、微博、微信，甚至很少使用手机。但他的壶，如今很贵。甚至比某些主流社会的制壶名家还贵。天下太大，爱壶人太多，真正懂壶的人，不会去计较名头、职称，也不需要那一纸证书之类，他们只认壶。真正的好壶可以打开他们的心扉，让他们膜拜。去哪里打听柯艺人以及像他一样的艺人们的消息？去哪里见到他们的身影？当然不能去博览会、展销会，有一天你一心一意走进民间的旮旯深处，你会听到柯艺人们的心跳，那是他们无声的宣言，一种大默如雷的巨然轰响。

十 海棠并不依旧

跟没谱的人要谱，
被嘲笑的肯定是你。

一 鱼与龙

满大街都是书画家。

这话是一个外国人说的。丹尼斯·刘，一看名字我们就知道，这是个外籍华人。这没办法，人家还就是以外国人的身份，“研究东方文化，从事书画交流”——这两句话被他很醒目地印在名片上。此公在京津一带熟悉许多文化大腕，经常出现在著名的拍卖场所；平时则住在上海、苏州，也会到常熟、太仓、江阴、宜兴这样的充满活力的所谓县级城市走动。

这个人的出现，权当是为我们的文本提供了一种视角。很显然，那或许并不是一个高屋建瓴的角度，但他看到的一切是已经或正在发生的现实。

“满大街”是哪里？刘先生的意思比较宽泛，江南的一些发达市、县，书画风气甚浓，到处都是一样的。刘先生还用他曾经到过的北方作参照物，比如河北沧州一带，到处都是习武馆所，下雪的天气，酒幌，草垛，原野，满眼都是林冲火烧草料场的氛围。当地人告诉他，自古燕国至明清，多代王朝建都于幽燕，沧州乃畿辅重地，为历代兵家必争。各朝各代多次战争在此频发，民遭涂炭而生计维艰，须掌握攻防格斗之技方能自救图存，故镖局镖师武馆之类，遍地丛生。一位做学问的教授则给他讲述了北方与江南的区别究竟还是在文化。比如，北方文化的价值观主要来自墨子，它的最高理念是“先质而后文”，或者说，食必常饱，然后求美；衣必常暖，然后求丽；居必常安，然后求乐。

而江南这厢风月无边，是一种由诗情贯穿的日常生活。比如，文人雅集，不在饮酒，而在以酒催诗。即便是粗粝的生活，一旦有了诗情的引领，也会变得有滋有味。所以才会有柔风细雨里书香墨韵，有数不清的诗词雅舍、书画、收藏、交易会所斋馆，挨挨挤挤，成为一种独特风景。

他顺口举了一例：某江南县城的一条南北大街，在不到一百米的范围内，就有如下景观：

沧浪书画馆。书香墨韵艺术馆。大德书画交流中心。墨海艺术馆。一泓书画研究院。琴剑艺术中心。琳琅艺术珍藏馆。奇珍阁书画馆。清韵墨宝馆。贤吾书画院。大德艺术展览馆。藏爱书画馆。聚珍阁艺术沙龙。艺痴书画工作室。一修画廊。垦荒者艺术工作室。海天艺苑。冬青书社。传壁斋。抱梅山房。湖镜画室。圭斋书印。小爱有疆艺术沙龙。孟夫子书画辅导中心。居易堂。八经阁。九雅书画。六砚斋。琴鹤画馆。颂墨庐。藏云楼。十妙斋。白云堂。双清阁。大生堂。弘石书画工作室。归砚草堂。冰壶书馆。南岳印社。定斋书画。大涤艺术精舍。安晚庐（老干部书画活动中心）。

刘先生发出的一声浩叹背后，一定有若干个问号。比如，那些体面的画廊或书画交易场地，并没有想象中的火爆，有的店铺是冷冷清清的；没有那种旷达疏朗的风雅；而集聚在此的，并不全是想象中的名头轰响的艺术家，而是一些到处活动的江湖艺人，还有一些将名家润格背得烂熟的商人。

有人告诉他，千百年前这里就是繁华的书画码头。顾恺之、董源、巨然、黄公望、倪云林、文征明、沈周、唐伯虎，你随便推开一扇民居的门扉，总能在客厅墙壁上看到几幅名家或准名家的字画。刘先生下榻的旅馆房间里，更有一些花花绿绿的小册子，说来说去，书画是这里的根基、气脉、魂魄，就像贾宝玉脖子上的通灵宝玉。

刘先生的兴奋被点燃了，他好像到达了一座金矿面前，虽然他还没有找到进口，但他分明听到了金币哗哗的响声。此人身段柔软，学问一般，交际极广；命好，少时生在上海。长大，突然有一个失联几十年的姨妈从海外空降。居然没有子女，居然很有钱，居然要他前去继承遗产。最后他变成了丹尼斯·刘。

七混八混就做了文化。奇怪得很，这些年浮在水面上做文化的人，大都不是安安稳稳做学问的人。文化与学问，原来是二而一的，但在当下，大抵已经剥离。一说谁谁在做文化，大家就不约地会心一笑。刘先生当然也出过几本书，大都是在香港出的。刘先生看上去白白净净，英语水平不会比中学英语老师差。是有文化的商人。还是美籍。理应他不缺钱。但钱这个东西是不嫌多的。况且赚钱总是跟成就感绑在一起。刘先生从上海出发，在常熟、昆山、太仓、宜兴一带交了些朋友，或许，从商机的角度看，这一带经济发达，台商多，乡镇企业多，离上海也近。要说文化底蕴，出过翁同龢这样的两代帝师，徐溥这样的四朝宰相，还有金圣叹、钱谦益、柳如是等名流人物。够牛的了。

后来，他在上述的某个县城，结识了一对屈姓兄弟，无意间帮他打开了一扇大门，也回答了他所困惑的一些问题。

这对兄弟，早先都是做企业的。但刘先生认识他们的时候，基本上已经金盆洗手了。兄长老屈在当地，场面上大家已经不叫他屈总，而是称他屈主席。名片上他有很多头衔，但最醒目的，是当地一个文化协会的主席，而且这个协会的脉络一直通到北京，各级主席，都是名头不小的人物。而屈主席属下的艺术馆，却不在那条闹哄哄的大街上，而是在郊外一处僻静的处所。占地十余亩，白墙黑瓦，垂柳青青。堂号：脉望山庄。由京城某书法大腕挥毫，据说一字三万。毫无疑问，在当地，他也是个文化名人了。

屈主席的老弟，大家叫他屈老板。此人平时不声不响，有点阴沉。有几次，屈主席请刘先生吃饭，他陪席，话不多，酒量极大，而脸越喝越白。刘先生问他做什么生意，他笑笑说，歇歇玩玩，炒炒股票。

以刘先生对大陆文化生态的了解，他知道有相当多的“协会”属于皮包性质。他以为屈先生喜欢这一口，在见过几面之后，就提出，他可以帮他在海外弄一个世界华人文化协会的理事或名誉理事这样的职务，如果屈先生手上确实有书画实力相当的高手，他还可以帮他们搞到大师的称号。当然，会有一些费用，属于赞助性质，不过并不很多。刘先生一再表明，他是个做文化的人，虽然也涉及一些生意，但决不做坑害朋友的事。

没想到屈主席一口回绝了。

他说他不需要。又说当然不是钱的事。

他顺手拿过一张纸，画了一个金字塔的图案。说这就是大陆社会的结构。然后他在金字塔的各个部位，标了一些文字。刘先生瞪大眼睛看了半天，大有恍然开悟之感。他想跟屈主席讨要那张纸，却被他顺手撕烂了。

屈主席随手画下的社会结构图，一定非常精妙，这里按下不表。只是，有一点他却不懂，当然他也不屑懂，那就是他脚下文化土壤的基因与流变，它的前世是什么样子，为什么会有今天这种样子。因此，“做文化”在他心里其实还是做生意。他没有必要知道，往前推算几百年，这块土地上引领文化的，是一个非常活跃的文人士大夫阶层，他们才是地域文化的核心。所谓士农工商，士是第一位的。宋代以来的士，提倡“以天下为己任”，如果用现代观念做类比，我们不妨说这句话蕴涵着“士”对于国家和社会事务的处理有直接参与的资格和权利，对于社会的重大事件，士阶层必须发出自己独特的声音。但几百年后，这个阶层消失了。因为过去折腾得太久，把大家穷怕了，全社会都在急吼吼地发展经济，所以文化就变成“搭台”的伙计，经济才是“唱戏”的主角。所以屈主席花个几万块钱，就可以在全市某书画展上成为主办单位之一，如果他肯再多出几万块钱，还可以独家冠名，比如可以用他庄园的名字，叫“脉望杯”。他可以风风光光地跟市领导一起剪彩，可以发表讲话，还可以在电视上绽放一张体面的笑脸。

难道，这不是屈某人对文化事业的贡献吗？

屈主席坦言，他不嫖不赌，就喜欢收藏些书画。这个地方的人，光有钱没用，还是要有点文化。书画为什么热？因为那是看得见的文化，是可以触摸把玩的文化，是可以交易升值的文化。说白了，那就是钱。他祖上也是大户人家，到爷爷这辈，家道才中落。过去做企业，到处搞关系，跟领导打交道。你给人家送钱，等于是害他。送幅字画，比较优雅。慢慢地他就结交了些书画界、收藏界的朋友。这一行风险不比做企业小，但是人体面。像他这样五十出头的老板们，大都没什么文化，做企业不行了，产品要更新换代，连个说明书也看不懂，非常麻烦，而且金融环境也不好，银行里贷不到款，三角债像一团乱麻。做文化多好，体面，不存在产品积压的问题，容易接近领导，体面的场合总是少不了你。

比如，屈主席案头放着一些书画展的请柬，太多，而且时间上大体冲突。这个年头，刚画了三年的小青年就在办画展了，刚退休没三年的老干部也在办画展了；还有某名家的回顾展、某准名家的巡回展、某老板的收藏展；还有某校的联展、某社区的群展；等等。

看上去都是花钱的，怎么会赚到钱呢？

屈主席没有告诉他答案。

之后的一段时间，刘先生跟着屈主席进行“实习”，终于懂得了一点点做文化的门道。

二　包与装

屈老大负责包装书画家。江南一带，喜欢书画的文人墨客太多，但能够进入收藏级别的书画家显然太少。屈老大的理论是，要从娃娃抓起。这句话过去被广泛用在不争气的中国足球身上。但这里的“娃娃”却不是小孩，而是潜质不错但没有名气的中青年书画才俊。

屈主席手里的娃娃，想必可不是一个两个。此地撒网捕鱼的人，有句口头禅：十网九网空，一网就成功。

比如，有个“娃娃”是一所职业中学的教师，擅长国画花鸟；屈老大把他的作品，请沪上某书画大师看过，认为底子不错。屈老大开始对他进行包装了。先是给他弄一间工作室，起个斋号；然后让他的作品打进省级展览，这并不容易，一个书画大省，可以进入省展的作品实在太多，光凭熟人打打招呼，没用。屈老大用的一招很灵，买那些掌握入展生杀大权的大佬自己创作的书画。跟他们见面的时候，他不是来求办事的，而是一个看上去憨厚、虔诚、颇有实力却山水不露的收藏家。他是专程慕名来买他们的真迹的。很快，书画大佬们的手机“好友通讯录”里存下了屈某人的名字。接下来大佬们在屈主席的盛情邀请下，下来“接地气”了。于是他们很自然地就在屈主席宽敞的庄园里见到了那些待包装的“娃娃”，酒酣之余，他们真心发现，这些“娃娃”其实作品不错，没想到屈主席一个民间人士，却在默默无闻地做着原本应该是政府文化机构做的事。要不是自己下来接地气，差点就被湮没了。人才是他们发现的，进省展当然没有问题，而且还有奖项。屈主席的正宗茅台还点燃了大佬们的创作热情，宣纸铺开，泼墨勾彩；润格当然要付，但打下的折扣，已经只是屈主席当时买入他们作品的半价了。都已经是兄弟了，还谈什么价格。大家发现，价格在这里变成了一个善于作法的巫师，它无处不在，却又无处可寻。

趁热打铁，“娃娃”们火线加入了美协。紧接着，屈主席在相关的报纸买版面，请文人主刀，浓油赤酱地宣传他们。

到这个时候，屈老大已经小有收成了。前些年，当地一个获得省级奖项的省美协会员的作品，便已进入了初级的礼品级别。就是说，你拿着“娃娃”的一件作品，去托人办事，人家基本会给面子的。虽然不能跟股票的原始股相比，但屈主席一句极诚恳的话还是很打动人的：这幅画领导可不要送人，自己玩玩啊，三年之后，它会翻个大跟斗给您看。

就是说，将来它会很值钱。

现代社会，我们时常会发现，对几乎所有物品，甚至人的描述，都要通过他（它）的价格或潜在价值来说明问题。比如我们赞美一只手表，不是它的走时准确，而是它高昂的价格和升值的空间；我们赞美一处海滩，不是它的景致美丽，而是它惊人的不断攀升的地价；我们急于送给孩子的不是他们所要的快乐，而是昂贵的学校和贵族的身份。

看来屈老大认定了“钱可以买名，名可以卖钱”这条古今通吃的法则，便是当下做文化的一张路条，那么他很快就发现一个问题：省级的池子还养不成全国级别的大鱼。文化圈里流行的一句话让他特别受启发：既然做文化，就是变条狗，也要到京城去做。

他要把特别有天赋的“娃娃”送到京城去进修，目标是打入名家工作室。

丹尼斯·刘终于有了用武之地。之前他几乎成了老屈的一个门客，屈主席待他礼如上宾，却从来对他没有什么要求。但是他发现，自从他带着老屈去过一趟京城，认识了有限的几位大腕之后，老屈上北京，就不要他带路了。刘先生发现屈主席其实社交能力真的很棒，比如钓鱼台、人民大会堂，甚至紫光阁，他都进去了，回来后双手一摊，说，星星还是那个星星，月亮还是那个月亮；不就那么回事吗？

有一次老屈请“娃娃”们吃饭，喝高兴了，说，你们遇上好时代了，好好写、好好画，所有的大门都为你们打开了！

之后，京师捷报频传，在屈主席来说已经不是什么稀罕，而是一种新常态。一幅书画作品，出手时如果附一份上述某个机构的收藏证书，那无疑是打了金印的级别。

那些运气不错的“娃娃”，进了所谓的名家工作室，仿佛全被打了金印。“某某某弟子”的身份，迅速被印到了名片上。仿佛一下子就跨到了成功者的行列。京城的名家太多，不免鱼龙混杂。传统意义上的名家是有谱的。如果我们把某些名家放到中国古典传统文化的明镜下辨认一番，就发现了许多缺失。儒家主导下的精英教育里，经、史、诗、文、书、画，都是打通的学问。博与约、通与专、一贯与多闻，之间必须保持一种动态的平衡。“道通为一”“惟达者知通为一”

（庄子《齐物论》）更是把“通”的重要性推到了极致的地步。如果综合儒与道两家的观点，那么，“以通驭专”是比较适中的路径。王维的“诗中有画，画中有诗”，是艺术史上公认的美谈，白居易的《琵琶行》则说明音乐可以通过诗歌而表达得曼妙动听。由此类推，书法与绘画，应该是中国艺术传统的结晶。

按这样的参照，今天的某些名家至多还只能算是个熟练的书画匠。尤其在精神上的高度，跟古人比，还有着望尘莫及的距离。可想而知，在这些名家的工作室里，“娃娃”们学到的只是肤浅的技巧，而缺乏精神的陶冶。功利性则无处不在。据一位“娃娃”透露，屈老板给他跟名家学习的时间只有一年。就像肯德基，小鸡喂养四十天，就要进烤房。这一年的时间里，老板让他专攻猴子。什么意思？猴侯谐音，如果画一只大猴子背着一只小猴子，那就叫《辈辈封侯》。相应的题材还有《马上封侯》《步步封侯》《封侯挂印》等，都是以谐音、隐喻来讨口彩。老板说千万别小看这只猴子，官场里数它吃香。另一位“娃娃”则是专门画鸡的，鸡者吉也。有幅画叫《大吉大利》，画面上一个渔童，一手抓着一条欢蹦乱跳的鲤鱼，一手拎着一只芦花大公鸡。谁也不会拒绝这个祝福吧。还有一幅《冠上加官》，难度有点大，笔墨要在鸡冠上传递神韵，这些都是“娃娃”们的功课。接下来还有《一品当朝》，古代官吏分九品，一品为最高官职，而仙鹤的别称叫“一品鸟”，此鸟迎着朝阳而立，寓意仕途顺达。此画据说特受欢迎。此外还有《一路连科》《紫气东来》《指日高升》等。反正，不是升官就是发财，不是子孙发达就是延年益寿。这些寓意本身无可厚非，但被绑架在一个急吼吼的社会价值观上，便无异于走向了恶俗。

三 苦悲

陈丹青回忆吴冠中的文章里，说到这样一个场景：20 世纪 90 年代，某某美术馆成立多少周年纪念会上，老少咸集，轮番捧场，轮到吴冠中发言时，他操着浓重的宜兴口音，大声说道：

> 我们这样的大国，这样的美术馆，我感到苦悲！

吴冠中是宜兴人。宜兴口音里，可与苦，音很接近。苦悲，就是宜兴方言版的可悲。

吴先生的观点是，太多的美盲在扑向美术，占领美术，消费美术。

陈丹青这样写道：

> 底下掌声雷动。讲完后，吴先生目光炯炯扣紧自己的左右手，向前平伸——不是武林打手的那种抱拳——对全场

每一角落频频致意，好像预备捉牢台下所有人的臂膀，颤动着，摇撼着……

又譬如新世纪初全国美协主席职位空出，他是无可置疑的前辈，候选大佬之一，结果又说煞风景的话，弄得四座哑然。他说：我要是出任主席，头一件事，美协解散！这“解散”一词的宜兴腔，音同“加塞”，倘若狠狠地念，便十足吴冠中风神了。

（陈丹青:《草草集·记吴冠中先生》）

太多知道吴冠中的人，只注意他作品的润格不断在刷新着“天价”，却不知他一以贯之的凛然风骨。学校让他招博士生，主事者请他给墙上张贴的考生作业评点几句，他颤巍巍巡看一遍，毅然说道：“我一个都不招！”主事者说：“那么，吴先生您看是不是给打个分啊？”他应声叫道：“最多六十分！”

现在还有谁，能像吴冠中这样讲话？

陈丹青感叹：留法的前辈到底不同。

其实，在“留法”的背后，更有江南士子秉持的风骨精神在。

这让我们不由地怀念一句遥远的口号：“为艺术而艺术。”

最初那是法国人的发明，它汲取了德国美学的要义与精髓，又除去其繁琐的细节，以精炼的法语铸造成一句响亮的口号，成为当年法国唯美主义运动的一面醒目的旗帜。

这句话跟中国“游于艺”的传统，有异曲同工之妙。关于“游于艺”，各色人等，理解是不 样的。有人认为，游就是玩，艺术是玩出来的，而钱穆先生是这样解释的：

> 孔子时，礼、乐、射、御、书、数谓之六艺。人之习于艺，如鱼在水，忘其为水，斯有游泳自如之乐。
>
> （钱穆：《论语新解》）

这里的“游”，乃是指人的精神或心灵的一种特殊活动，并假定人的精神或心灵能够修炼到自由而超越的境界。

也就是说，如果达不到那种境界，就不能称为“艺”。

不能称为艺的“艺”，却每天在庙堂与江湖的某些地盘漾着灿烂的笑脸，与商机交媾，价格不菲且不断攀高，成为一张卡，一张证，一份厚礼。派生出的，是另外一番风景。与当下“市场经济”某些领域里的风景一脉相承，非常搭配。

“娃娃”们有了些历练，可以上拍卖场了。屈主席教导说：这是必定要经历的一关。要不然，你给出的润格有什么依据，凭什么那几尺烂画要那么多银子？

又说，只要是千里驹，就会有伯乐出来相认。

可是，那么大的一个气场，“娃娃”们坐在那里，心不免怦怦乱跳。天晓得，谁会把真金白银押到他们的涂鸦之作上面。而屈主席安静地坐在会场的角落里，连手机都不看。奇迹正在悄悄地发生，当“娃娃”们的作品开始亮相的时候，拍卖师的口吐莲花并没有遭遇冷场，有那么几块坚定从容的牌子，一路咬紧，互不相让，一会儿浪尖，一会儿谷底。制造着峰回路转，演绎着柳暗花明。关键是，竞争者中还有来自台湾的收藏家，还有外籍华人，太牛了！当最后的角逐以一串惊喜的数字尘埃落定的时候，“娃娃”们发现，他们可爱的屈主席已经提前撤退了。

虽然是一场彻头彻尾的“自摸”，但作为目击者的刘先生，还是由衷地佩服屈主席的导演技能。他觉得，内地搞经济的老板，大都具有政治家的气魄，因为不懂政治就当不好老板，而拍卖场上的“自摸”，实在是小菜一碟。

别忘了丹尼斯·刘的视角里，还有一个屈老二。

曾经，刘先生在与屈老二茶叙时，请教过一个问题：主办一个画展，最要紧的环节是什么？

屈老二反问：在国外呢？

刘先生不假思索地说，当然是画家作品本身。

有领导参加吗？

领导？国外可没有大陆这么多领导，而且老百姓也不会把领导太当回事。艺术家更是独立的。

屈老二呵呵笑了。我们跟国外的时差太大了。

刘先生很快明白了他的意思：画家的作品当然重要。但是，如果一个重要的画家办展览，没有重要的领导来捧场，那还能算重要吗？一个再烂的画展也会有领导来，比如，退下来的领导，或者级别偏低的领导。而重要领导没有来，证明这个画家也相应地不太重要，一个不太重要的画展，会有让人惊喜的一切吗？

毫无疑问，什么层级的领导出席，几乎是书画展成功的最关键因素。

那么，如何能请到重要的领导呢？屈老二说了一句成语：水滴石穿。

领导，生下来就是领导吗？当然不是。领导还不是领导的时候，身段也很低，大部分都在逆境里滚打。开始领导只做到很小的官时，能有几个人看到他日后的造化呢？江湖上，总是雪里送炭的少，锦上添花的多。像屈老二这样的人，吃的是眼光的饭。什么意思？他能看出领导将来有多大“发头”。那是一种什么样的眼光啊，比买一只有巨大潜力的股票难多了。用“包装领导”来形容这一行，有些危言耸听，但事实是，当领导还做得很小的时候，当领导仕途不顺的时候，当领导需要有人拉一把的时候，屈老二出手了。这话听着有点离谱，他又不是组织部，怎么知道该什么时候出手，出什么手。其实简单，你跟他交朋友就是，你什么也别问，你就是支持他，用钱，用物，用关系，无条件支持他。只问耕耘，不问收获地支持。

然后领导就慢慢做大了。然后领导真的把你当兄弟了。兄弟坐到一起，就无须防备，就不用客气了。中国人讲究知恩图报，兄弟有今天，绝对不可以忘记过去。领导还用起了一位领袖的语录：忘记过去，就意味着背叛。

当一个金碧辉煌的书画展在礼炮和气球的升腾中拉开帷幕的时候，领导们庄重地举起锃亮的剪刀向着礼仪小姐们拉起的红绸带洒脱地剪去。当尾随在领导背后的各路江湖大仙蜂拥而入的时候，一个书画展获得成功的各种要素已然落地。领导总是迈着稳妥的小碎步，在策展人的陪同下，在摄像机镜头的投射下，面带微笑，略略抬首，目光炯炯。有时他会在一幅书画前小停片刻，若有所思，继而若有所悟，莞尔一笑之后继续往前。领导懂书画吗？这其实不是一个问题。中国特色的领导，总是善于在战争中学会战争，在游泳中学会游泳的。他可以今年分管工业，明年分管农业，过了两年，还可以兼管环保、审计、金融、保险等。难道你要领导在上述行业先行培训，然后再去分管吗？这样说来，领导的悟性一定是很高的。而且，谦虚的领导总说自己是外行。比如观摩书画展，他们虽然在众人簇拥下走走停停，偶尔也会有若干提问，但绝对不会说出一句外行话来。这就是做领导的水平。而且，他的表情看上去是谦和的，带着虚心讨教的神态。他大概未必知道，凡是他驻足留意的地方，或者说，被他多看了几眼的那些画轴，很快就被人争先恐后地贴上了小红条。行内的规矩表明，这些被贴小红条的画，已经有主人了。领导们看完画，并不停留，他们大多非常注意影响，一般不会留下来接受主办方的宴请，也会真心婉拒礼品礼金之类。即便弄张字画玩玩，也要看是什么人，一般是不收的，秘书会出面，礼貌而坚决地代为拒绝。当然也有拗不过情面的时候，你不收，他就说你嫌他画得不好，看不起他。遇上京城来的大腕，你不肯收，不但是不给人家面子，简直有失礼仪。还有一种情况，别的领导收了，你不收，就不太好，进退两难的时候，收也是顾全大局。说大了，还是对书画事业的一种支持呢。社会上有些雾里看花或者隔岸观火的人，总是习惯地把领导妖魔化，总认为，大凡参加画展的领导，过后肯定会有一两幅代表作品送到他门上。说这种话的人，其实还不太懂官场。相当多的领导，还是有抵御诱惑的能力的。一般来说，不分管文化的领导，大都很自觉，轻易不会去参加什么书画展。至于分管的领导，那是他的工作，遇到重要的展事，他不参加，岂不是失职？如果是主要领导参加的书画展，那肯定不是他心血来潮，而是上级领导打了招呼：某某书画家到你地盘上去办展了，这个人不错，名头那么大，一点架子都没有，上次还捐了一幅画给某博物馆呢。你有时间关注一下。

既然上级有指示，下级当然要执行。所以，那个原本稀松平常的展览，一下子就被打了鸡血。媒体宣传的力度相当大。不过也有例外的情况，比如，无论你怎么宣传，当地人对这个名头轰响的书画家就是不吃，观者寥寥，冷清得很。领导就比较着急，觉得没有把上级托付的事情做好。这时就只能动用行政资源，通知几个实力较强的企业老板兼收藏家去关照一下。来而无往非礼也，峰回路转的结果让书画家很感激，说秀才人情半张纸，送幅字画做个纪念吧。领导很为难，他真心不想收。但此人是上级介绍来的，你不收，就是不给上级面子。这样时间长了，领导的手边，也就积累了一些书画，他也不知道这些花花绿绿的纸头到底有多少价值。有时看着也心烦，因为外面有人误解，认为他手里好东西肯定很多，真是天晓得。他不知道该怎么处理。这时候，屈老二就出现了。

其实，在一个书画展进行的过程中，你肯定见不到屈老二的影子。但他又几乎无处不在。比如，什么领导到场，其间的讲究，只有屈老二知道。他会通过被自己包装过的领导，去动员对出席书画展有用的领导。说不定，上级给当地领导打的电话，也是他策划的。一个民间人士何以有那么大的活力？原因很简单，因为这个社会的一切领域里，权力的杠杆作用无处不在。没有领导到场的地方，几乎就是盲区。而权力的背后是人、人情。世态炎凉，是说人情的靠不住。也是对人情的依恋。民间的词汇里，说一个人很寡情，是很重的批评；说一个人绝情，几乎是一种惩罚了。

帮领导解决心烦的问题。就是屈老二们的职责。那些书画，一部分属于应酬之作，废纸一篓而已；还有一部分，虽然名头不太大，但正如日中天，升值空间巨大；还有为数不多的，风头正健，好比一线的当红小生，立即可以变现。要知道什么是好的，才会分辨什么是不好的。而值钱的书画，应该在变成真金白银后才被证明。做领导的并不知道，那些已经变成钱的书画，已经沾上了他的体温或者气息，变成了“被某领导喜欢过的”东西，或许它原本并不怎么值钱，但从他手里流出来了，藏家和需要送礼的人就以为，原来领导喜欢这个书画家的东西啊，由于这个领导位高权重，所以，经过他手的书画也就有了气场。有些书画家，原来一般般，但在一段时间里突然特别吃香起来，大家不知道怎么回事，就是因为有领导喜欢他的东西。于是过了一段时间领导发现，屈老二帮他处理的一些书画又陆陆续续回到他的手里，都是在各种偶然的场合，作为“礼尚往来”收下的。因为熟悉领导的人知道他很硬气，钱是坚决不收的。大家也知道，给领导送钱，等于送他下狱。弄张字画玩玩，不犯法，还是高尚的艺术交流呢。开始领导还弄不明白，这是怎么回事？怎么这些字画都是似曾相识的？人有点私心是难免的，屈老大包装的那些书画家，凡是拿得出手的，都已通过屈老二，潜移默化地让领导喜欢上了。这种事情是让人蛮有成就感的，有一天他趁领导高兴的时候，就说开了：谁让您老喜欢他们呢？您现在可是在引领收藏字画的方向呢，您喜欢的，才有价值。大家不跟您走，跟谁走呢！

四　刻骨与铭心

走遍江南，几乎全民喜欢书画。这地方文脉太厚，要想俗，也俗不下来。做文化的人，都是老师；名头大些的，必称大师。吃个饭，人家还要请你到上座呢。有个老板是做墓园的，人勤恳，赚了钱想做点事情。但人们嫌他挣的是死人钱，不跟他玩。中国人对“死”总是忌讳的，不像外国人，祖先的墓园可以挨着自己的住家。中国人不行，人死了，就去了阴间，而不是外国人讲的天堂。死人住的地方叫阴宅，虽然也有讲究风水的一套，但活人总是要千方百计回避的。此人有做文化的心，也有实力，但没有门路。在江南这块土地上过日子，光有钱，尊严是不够的，有钱没文化的人就是土豪，是被人用来取笑的。名气和影响，还是要来自文化。后来他也认识了丹尼斯·刘先生，给他指点了一条光明大道。先是做已故文化名人的衣冠冢，让那些漂泊天涯的名人魂归故乡，让墓园提升了一把文化档次，很快吸引了社会的眼球，“名人之后”们也很高兴。然后，又获得名人后代的授权，不惜重金，为一位已故文化名人建了一个宏伟而现代的艺术馆。他知道江湖凶险，自己一直很低调，从不炫耀。抛头露面的馆长也是请别人当的。真金白银投了很多，搞了不少书画展览，基本是名头轰响的级别，大都属于公益性质，不赚钱。有人问，图个什么呢？他直言，不图什么，就是让自己内心有个喜欢的地方，大把的钱也是纸做的，名人字画虽是纸上的烟云，但比钱有意思得多。他无意把自己打扮成一个收藏家、文化人，有人误解他，认为他是花钱买身份，甚至认为他是在洗钱，他不屑做解释。江湖上寻常看不到他，偶尔会在某个书画展的边上露一露面，但从来不发出声音，通常只留下一个模糊的背影。江南地带，像他这样的人很多，不在乎外在的“名声”

是因为内心很坚实，底线很分明，对人生也看得很透。不知不觉，他们成了文化的传承者，他们把挣到的钱通过一种心灵释放的方式还给了社会，于他们自己，也是一种人格的成全。

当丹尼斯·刘先生知道了江南诸地“做文化”的许多故事与细节，再走进那条鳞次栉比的书画街上，内心就有一种莫大的感慨。有些门楣车水马龙、张灯结彩；有的招牌下冷冷落落、半开半闭；有的则已经大门紧锁、蛛网盘结。放眼看去，几家欢乐几家愁，似乎全部写在门脸上。繁与荒，成与败，一命系在人脉。什么经营理念，什么服务态度，都是枉然。一位书画店的老板娘告诉他，做书画其实跟做饭店差不多。一般来讲，你手里有一个处长的关系，或者，你巴结不上处长，有两个科长的关系，就能维持下去。人脉就像雪球，总是越滚越大。但是，对于许多人来说，连雪花都看不到，怎么去滚雪球，更遑论越滚越大了。

刘先生还在当街的一条巨大横幅下让人拍了一张照。横幅上写着：打造书画一条街　夯实地区文化领头羊地位。“打造”和“夯实”这两个词，向来是被时下的人们用在重大经济项目上的。谁来打造？谁来夯实？力量源自哪里？当然是政府，因为它掌控着社会的一切资源。既然文化就是GDP，各地都在狠抓，各级政府都不肯怠慢。那么，政府推动文化，无论思路还是观念、手段、路数，难免跟搞经济如出一辙。给政策，给方便，一句话：给力。书画一条街就是打造出来的文化风景，至于风景能够延续多久，有多少成效，有多少实际意义，暂时可以不做评估。这个年代流行的一句话是，改革可以允许失败，但不能不改革。逼人的形势也在要求领导们尽快从外行变成内行，一些补课是必要的。哪个游泳高手是站在池子上面学会游泳的呢？一种经过实践被证明非常有用的补课方式是，屈老二悄悄请来领导喜欢的书画家，通常是在一个僻静的会馆布置一个私密的笔会，埋单的人是屈老大，但他并不出面；里外张罗的人，只有一个屈老二。他是一个不声不响却无比盛情的人，书画家在安静的环境下，在领导面对面的关怀下，手里无端有了仙气，笔墨早已被激情蘸饱。这样零距离与书画家接触，让领导的鉴赏水平有了飞跃般的提高。

做文化的感觉真好。

当“做文化”以圈地、造馆、造园的名义在各地如火如荼地进行时，它背后的地产逻辑则若隐若现。比如，屈氏兄弟以创建文化产业园的名义圈一千亩地，充分享受了做文化的政策，然后，做不做文化，怎么做文化，先放一边再说。然后，造一些可塑性很大的房子，你可以说它是文化产业园，也可以说是书画城，或者游戏城、影视基地，今后改一改，还可以做成联排别墅。反正刮什么风，就扯什么旗。贷款多不怕，没效益也不怕，关门更不怕。就像一个任性的孩子，闯了祸就大喊一声：我爸是李刚！屈氏兄弟背后的“李刚”们不但要面子，还要政绩。经他们的手签字、剪彩的文化项目怎么可以一落千丈呢？他们会带着屈氏兄弟跑银行，跑相关的企业。关键词：救命，输血，盘活，实在不行的话，转产。这段时间领导肯定比屈氏兄弟压力大，辛苦之类就不用说了。道理很简单，万一屈氏兄弟垮了，相关的一切都要垮，那就是多米诺骨牌的效应在当地重现。而政治的最大一张牌是维稳。因为稳定是可以压倒一切的。

无论作为一个直接的目击者，还是一个间接的聆听者，刘先生内心的落差都非常大。跟屈氏兄弟相比，自己简直是小儿科，无非是靠着屈氏兄弟打打招呼，主编了几本书：什么《海内外书画名家大全》《当代全球华人书画名家大辞典》之类。卖版面的方法已经太老套，挨家挨户地跑，体面和尊严都受到了损伤。虽然赚了一些钱，也交了一些朋友，但毕竟很有限。他不可能有屈氏兄弟那样的气场，因为他搬不动任何一个领导。最重要的是，他对大陆社会的了解，还停留在皮毛的级别上。在他看来，屈氏兄弟一点也没有收手的意思。如此折腾下去，他们得到的最大回报还将有多少？这一点，刘先生恐怕永远不会懂得。因为从他的概念出发，金钱的世界里，只有金钱最重要。其实，在中国，最重要的永远是人情。因为只有人情才能撬动权力，而权力在缺少制约的情况下，又能最大限度地派生出金钱。冰冷的印章一旦敲下去，就变得温情脉脉。付出和回报，永远是正比。在这个气场里，掌权者没有错，无论他分管什么，他都是在做政治。经济是手段，环保是手段，维稳是手段，文化也是手段。都是为了发展经济嘛！做文化，既然是产业的观点，依靠民间资本，调动吸引民间企业家的积极性，这就是政治。在市场经济面前，文化就是用来被投资、被打造的。这也是政治。作为一个话题它并不新鲜：从汉代开始，学术一旦与利禄相结合，文化的一切领域便很难维持它的独立性，而成为通向政治的走廊。近代以来，政治一直处于整个文化体系的中心位置。所以传统社会的人才，几乎大部分被集中在政治周围。文化也好，经济也罢，政治才是最后的目的；做领导的放下身段，和企业家收藏家打成一片，这也是一种政治。如果再回顾一下历史，我们发现，商人的地位从来没有今天这么高。在唐代，商人是没有资格参加科举考试的；宋代稍稍放宽，父亲若经商，站一边去，但儿子可以考。尽管列朝列代总有官僚愿意跟商人穿一条裤子，但商人不能成为社会的中坚力量，这是社会的共识，皇帝只与士大夫共治天下。明代的时候，盘踞在扬州的盐商要修建园林，拍皇上的马屁，让他下江南时有个舒适宽畅的园子好憩享快乐。挥金如土的商人们请来了文人策划，那种姿态是仰望性质的，文人来了，他在这边看看，在那边想想，说出的一番道理，土豪只有点头、照办的份，然后文人挥一挥衣袖，不带走半片云彩。他的“派”在那里，土豪只有膜拜的份儿。文征明有个曾孙叫文震亨，写了一部《长物志》，这本书不单讲室庐与花木，还涉及禽鱼、书画、几榻、器具，兼及衣饰、舟车、蔬果、香茗之类，笔调非常闲散，他讲述的，是一种生活美学和操作法则。什么是“宜”的，什么是“不宜”的，怎样使用这些器物才是雅的，怎样又是粗俗不堪的。用我们今天的话说，如何使用美，消受美，维护美。透过对这些美器、美物的不同消费方式，我们看到了社会对精英和大众如何进行划分，不是谁有钱就有地位。那种晚明时代的风雅，对后世的园林、住宅、建筑、鉴赏、生活，是有较大影响的。文人的地位，就是这么树立的。而让没有文化的商人来做文化，占有大量文化的资源，然后大肆浪费，实际上是对文化的践踏，也是文化的倒退和悲哀。由于我们太想发展经济，一度把金钱作为唯一的追求目标，把文化当成了一支拐杖或者一根杠子，不经意间，有专长的文化人不知不觉变成了抬轿的轿夫，当某些地方的文化以繁盛的场面呈现的时候，我们却见到了另一面的荒芜。

屈氏兄弟寻常是山水不露的。破例的一次，屈主席大人接受了一家媒体的采访，语气里颇有委屈：我们用自己的有限资金，盘活了本地的民间文化，培养了一批书画人才，活跃了民间收藏市场。这难道有错吗？被我们带动起来的收藏家越来越多，但有人总说他们是土豪。如果你把他们革去了，那拍卖会上谁来举牌？就靠那些穷酸文人吗？搞收藏总要交点学费的，你买股票还跳楼呢。无论如何投资书画总比赌博强。这个社会，没有我们，你试试看。

最后的那几句，他想了想，打电话给记者，让给删掉。

也并不是所有的书画家会被屈氏兄弟搞定。也有“不合时宜”的书画家，宁愿被呛水，被淹死，也要跟这个社会的某些潜规则斗一斗。一孔姓画家，自齐鲁来，高髯，面黑，修身，有仙风道骨之貌。此公在曲阜、泰山一带修炼多年，得孔孟之道。据称他极为崇拜当代的一位已故书画泰斗，特意到他的江南故乡来办个画展，称其为“膜拜之旅”。此公囊中羞涩，到了这个繁华码头，只能住在一个街道居委会办的简易客栈里。当地的美术馆馆长，是个热心人，先看了他的画，一惊，肃然起敬。说，笔墨老到，格调沉雄，意境高古。赶紧动员他转移到当地一家五星级酒店，并与酒店老板见面。老板看了画，吸半口气，跷起大拇指，立刻安排其免费入住。孔画家不明就里，以为得了贵人相助，本来肚中油水枯竭，便大碗喝酒，大块吃肉，一份梁山好汉般的快活，不在言下。到了第三天，老板来跟他谈，请他在酒店某楼的宴会厅画幅大画，大约二十几米长度，五六米宽度，报酬是免他半个月住宿及餐费。孔画家一听，沉下脸来，说，你把俺当画广告画的了？俺还是搬到小客栈里去住吧。老板笑着劝他，先生的画好是好，但先生没有得过大奖，百度上也搜不到您。所以，我请您画这幅大画，实际上是帮您提高知名度。这么大一块面积，若是做广告，我得收多少钱？您知道，都是哪些腕儿来这里吃饭吗？孔画家袖子一甩，说：不谈了，就此别过。但是，酒店保安不让他走，说他白吃白住几天没有结账。孔画家说，又不是我要住的，是你们请我来的。话不投机，双方竟有些肢体上的牵扯。美术馆馆长赶来协调，私下跟孔画家说，送张应酬画给他算了。孔画家说，我的画，每一幅都是认真画的，没有应酬之作。蒋馆长是个厚道人，对酒店老板说，算了算了，记在我的账上吧。

终于，在馆长的帮助下，数天之后，孔画家的“膜拜之旅”画展悄然开展。看上去这是一个相当别致的画展。没有开幕式，也没有彩旗、气球、花篮、红地毯，更没有前来祝贺的领导，连起码的画展宣传折页也免去了。来看热闹的人很不习惯，孔画家倒无所谓，说，一来俺没钱，二来也讨厌那些花花绿绿的东西。既是画展，还是要凭画说话。之前美术馆馆长曾给他了一些建议，比如，即使不搞开幕式，当地的一些码头还是要去拜一拜的，馆长给了他一份名单，但没有得到他的响应。馆长还建议他见见屈氏兄弟，他答应了，但见面只聊了几分钟，就谈崩了。他告诉馆长：想包俺，俺又不是小姐。而且条件太苛刻，把俺的画当烂梨了！一连几天，画展上冷冷清清。当地书画界的一些角儿都没有露面。收藏家们倒是在观望，看看有什么大鱼跃出水面。而孔画家把自己的润格开得倒不低，而且不讲价。没有人来捧场，孔画家并不急，天天白开水就馒头充饥。馆长倒有些急了。对于美术馆来说，展览场地每一寸都是钱。画家卖不出画，美术馆就没有分成，也丢失了人气。馆长几次提醒他要通融一些，孔画家或许听不懂，也有可能是听不进。有一天下午，馆长紧急通知孔画家，说有重要领导要来看展览，要孔画家候陪。馆长再次告诫他，这其实是一个起死回生的机会，一般的书画家不可能有这样的运气。

孔画家好像听懂了馆长的潜台词，他答应配合。但偏偏孔画家来了一批捧场的老乡，都是在本地打工的，其中有个老者，还是孔画家的堂叔。那天领导来得很晚，这很正常。通常画家应该在展览厅的入口处，静候才是。由于领导太忙，一直不见踪影。而孔画家等了半天，以为领导不来了，就跟着他的老乡去吃饭了。他的手机因欠费停机，馆长满世界找不到他。事后也不肯送幅画弥补一下，把馆长弄得很尴尬。最后画展结束，孔画家一幅画也没有卖掉，自然交不起场地租金，这才狠狠心，答应以画抵现。馆长到底心善，有意想帮他。但偏偏这时遇到了一件麻烦事，有人向他的领导举报，说他之所以不收孔画家的场地租金，是得了他的好处。馆长委屈，为了洗清自己，表示不能用“以画抵现”的办法了，一分钱也要付现金。孔画家囊空如洗，馒头已经啃了半月。而手头的画，他看得比命还重，一幅也不肯低价相卖。最后，他去医院偷偷卖了几次血，又跟打工的老乡借了一些钱，才付清了展馆和小客栈的费用。离开他心仪的泰斗故乡前，他特意去凭吊了泰斗故居，磕了三个头，烧了一炷香，了却自己的一个心愿，想到这场“膜拜之旅”画展的租金，是用自己的一腔子血换的，他很开心；这块地方留给他的记忆，也够刻骨铭心的了。

十一 君有癖否

从这一口里喝到人生的至味。

一 秀才人情

一个名叫唐寅的人走在黄尘滚滚的驿道上。此时，1498年的春天，他还不是后来民间笑谈里的风流才子唐伯虎。在姑苏通往金陵的赶考途中他还得风餐露宿。正史里的唐寅在这一年的考试里运气不错，三年一度的乡试榜上，他的名字高居榜首。门，一下子打开了，拿下金陵，才有可能前往京师参加会试。这一年的经历对于他来说非比寻常，他一激动，在会馆里刻下一方印章：南京解元。

但是，唐寅的好运气并不长久，次年他赴京会考，因牵涉一起科场舞弊案而被革黜。于是，一扇门砰然关上，另一扇门却悄然打开。

唐寅的才情与命运不是本文的重点。他从苏州到南京赶考的背景，倒是应该说一说的。

朱元璋定鼎南京后，对割据苏州的张士诚政权觊觎良久，最终在1367年前后攻下平江城。老朱这个人好报复，建国之初，他对苏州、松江地区采取了各种严厉的制裁，迁走了大量的地方富贾，清洗张氏麾下的文人墨客，就像一口鱼肥荷香的池塘，把水抽干，把鱼赶尽。剩下的小鱼小虾，你们还折腾得起来吗？说老实话，古代的皇帝最提防的是文人，所谓文化艺术，都摆脱不了权杖与金钱的夹击。有钱人走了，有名的文人被抓了，真是树倒猢狲散，好端端一块富庶之地，变得萎靡不振冷落凄凉，早先兴盛的姑苏画坛从此满目荒芜。明朝的政治中心已然北迁，苏州自然就远离了朝廷。后继的当政者对这块曾经的肥肉进行了重新评估，他们认为，肉当然还是块肉，但绝对不是那么令人馋涎欲滴了。手一松，“肉”滚落到一边，原先滚烫的苏州自此偏安一隅，不再是舞台的中心。其实，对于文化艺术而言，有时不被“重视”并非坏事，说不定还是好事。从此苏州终于得以休养生息，事实上，只要执政者对哪个地区放过一马，那里就会迅速展现出各种生机。

苏州地处太湖东岸，这个地方有水无山。画山水画的文人们把目光投向了离此不远的阳羡古城，那里是太湖的西岸，南面与浙江的天目山余脉接壤，有大片秀美的丘陵山水，逶迤而古秀，苍茫且明丽，非常适宜作写生之用。从地缘上说，阳羡离当时南方的文化中心南京不远，又处于长江三角洲的腹地，与当时的吴门画派、云间画派近在咫尺。关键阳羡有仁厚且崇文的乡风，文人墨客在那里不但能够释放困倦的精神，还能得到尊严与体面。从科考的阴影里解脱出来的唐寅，极喜游历自然山水，赋性爽朗、豪放不羁。他第一次到阳羡，便欣喜不已，随性写下这样的诗句：

千金良夜万金花，占尽东风有几家；
门前主人能好事，手中杯酒不须赊；
碧纱笼罩层层翠，紫竹支持叠叠霞；
新乐调成蝴蝶曲，低檐将散蜜蜂衙；
清明争插河西柳，谷雨初来阳羡茶；
二美四难俱备足，晨鸡欢笑到昏鸦。

唐寅有一方自刻之印："江南第一风流才子"。他无论走到哪里，袖子里只藏一支秃笔，诗酒风流，看似随便涂上几笔，实则秀润峭利、清隽生动。秀才人情半张纸，你把他伺候好了，他一高兴，不给你画画，也得给你题两句歪诗。江南沿太湖地带，自古以来就有收藏字画古玩的风气，其中一个原因就是来这里的名公巨卿、文人墨客多。很多厉害角色是从北方迁徙而来，光是晋室南渡，江南就接纳了两百万人之巨。有些人来了就不走了，在这里封妻荫子，做快活神仙，也带动了一方风气。有实力的收藏家与吴门地区的画家们关系融洽，客观上为这些画家提供了学习古代书画的平台。明朝的皇帝个个喜欢字画，文人必得精通碑帖之学，方能立住脚跟。有本事的秀才，当然要在民间大展拳脚。像沈周、文征明、唐寅、徐渭、仇英、唐顺之、董其昌、文嘉等人，都在此间游历写生、结交朋友。一支笔，不但能管一张嘴，还能约起一帮粉丝。他们到了阳羡，会不约而同地直奔一个地方，古城里的吴氏会馆。主人名叫吴仕，拥有巨无霸级的家产，号称“田万亩、山万峰，园以畦记，泉池以泓计，树株以千计，牛羊以千计，僮指千记”。除了城里的房产，在城南郊外还有“南樵”与“渔隐”两处别墅。此人虽然家财万贯，却不是一般的土豪，从来谈笑有鸿儒，来往无白丁。从他父亲吴纶开始，就喜欢结交各路文人墨客，文人墨客来了，他会指点他们去哪里的山水写生，并提供必要的后勤保障，连带路的书童，不但勤快，也有书卷气，断文识字那是一定的。书画家采风回来，就住在吴家创作。吴家客房多，厨房也大，每天要摆多少桌呢，除了主仆，光是江湖走动的客人就要五六桌。

客人住久了，总要回报一下主人。笔墨也有江湖，有一种“应酬书画”指的是客人在异乡的随手涂鸦之作。但是，到吴家的书画家肯定不会随便应付。一是吴家待客厚道热诚，堪称无微不至；其二，吴家的人眼光厉害，像吴仕，本就是进士出身，官至四川省布政司参政，著有“颐山诗稿十卷”，文字笔墨相当不错。所以像唐寅这样的文人到了吴家，一方面是主人礼如上宾，另一方面，客人的答谢笔墨半点不敢含糊。如果在给对方画画时，不经意间超常发挥，获得一幅意想不到的精品甚至妙品的时候，情况就有些微妙。唐寅会婉转提出，此幅乃神来之笔，他二十年内未必能超过，是否可以先借给他，他以后再还。主人经他这样一说，哪好意思再说什么煞风景的话，不过，就此放过一个讨要名作的机会，也是于心不甘的。是夜良宵，笙歌燕舞加上琼浆佳茗，唐寅的风流倜傥完全被打开，灵感与手感一起进入最佳状态，乘兴又画了一幅《潇雨竹石图》，竟然比方才画的那幅更加精彩。这如何是好？总不能再跟对方借了吧？而主人是何等的聪明，早让下人准备了一个厚重的红包，送到唐寅下榻的客房。钱这个东西，依附在情义上，它就是情义的一个秤砣，可以把人心都融化。

吴家的名声不需要额外的吆喝，来过的人，走的时候几乎个个难分难舍。江湖上，口即是碑。有的书画家一时手头窘迫，或者要筹一笔钱办家里的大事，也会把私藏的传世作品转让给吴家。比如沈周，这位与唐寅、仇英、文征明并称“明四家”的大画家，与吴家的交情也是非比寻常。弘治己未年，他应吴纶之邀游历阳羡山水，之后在吴家画过巨作《张公洞图卷》，并赋长序及诗记之。他把自己精心创作的阳羡山水题材《罨画溪诗画卷》送给了吴纶。他喜欢吴家，不仅是因为主人的古道热肠，而是他能在这里看到很多稀罕的传世书画珍品。而且吴家给予了他一片清朗气场，屡屡触发他的创作灵感。一个能够传世的画家，总有一个属于他的创作福地，对于沈周来说，除了苏州，就是阳羡。

有一天，他无意间透露，元代画家黄公望的《富春山居图》在他手上。吴纶很激动，很想一饱眼福，当他真真切切看到这幅稀世珍品时，眼泪都流下来了。以吴纶的实力，买下此画当不成问题，开始他并不知道，沈周此时因欠了别人的债，手头颇窘，囊中羞涩却又不便言明。但是，真诚的朋友之间总是容易沟通的，吴纶对沈周的际遇非常同情。说，此画就算我替你代为保管的，将来哪天你要把它拿回去，尽管吩咐。于是两人说好，一旦沈周经济上有所好转，他可以把画赎回去。吴纶出价很不低，最后沈周离开吴家的时候，囊中的银子太过沉甸，吴纶命一壮硕小童陪同沈周上路，一直送到苏州。

吴纶为什么待沈周如此厚道？一是主客之间性情相通，二是吴家认定沈周是一位可以传世的大画家。待这样的画家好，于吴家，确是发自内心。天下文人的眼睛睁得很大，说吴家是做给别人看的倒也未必。但吴家就是要在江南地带摆这么一个台型。所谓天下归心，并不是君王的专利。一个有实力的民间收藏家，是不会有眼无珠地放过任何一个值得敬重的文人的。

原先沈周家境是好的。据说他的曾祖在元末依靠垦田致富，并且与王蒙有交谊。但是到了他这一辈，虽然还有自己的族田和宅院，抗风浪的能力却已经大大减弱。说他经济上一直在剜肉补疮，并不是对他的揶揄。最终他并没有积蓄到一笔足以把此画赎回去的银子，或许这是他心里的一个痛。好在此画在朋友手里，他还可以经常前来养养眼，消解一下内心的症结。他一生给朋友画了很多精品，比如给自己的老师杜琼画过《东原图卷》，为他的朋友吴宽画过《东庄图》，还为他的亲家徐有贞画过《桂花书屋图》等。这些作品最终都散落在江南重要的收藏家手里，他并不心痛。画师就像泥瓦匠，造的好房子都是给别人住的。作为吴门画派的宗师，他与阳羡的渊源很深，交了不少朋友。他很崇敬苏东坡，曾寓居在蠡河边的蜀山东坡草堂，兴之所至，也有诗文记叙自己的山居心情：

麟阁功名拂袖还，解将玉带换青山；
至今山下松风响，犹讶当时振佩环。

一幅名画的易手，在收藏圈子里是常事。但《富春山居图》分量太重，收藏江湖上的目光一齐投向了湖滨古城的吴家。此画在吴家客厅里一挂就是五十年，说它是吴家的一种标配应无异议，不过吴家的好东西太多，像王羲之的第七代孙智永的《千字文》，就在吴家的书房里随随便便地放着，至于赵孟頫的《松荫会琴图》，倪瓒的《江亭山色图》之类，在这里都不算什么宝贝。这几十年里吴家接待了多少南来北往的文人墨客，没有人能说得清楚，反正三天两头高朋满座，不是琴棋和谐，便是书画墨香。吴家子孙也颇兴旺，吴仕的孙子吴正志，与松江人董其昌是万历十七年同科进士，于是董其昌与宜兴也有了缘分。吴家有座朱萼堂，上下楠木结构，自是器宇不凡；当年吴仕愤于奸相严嵩当道，辞官回乡，隐居不仕，此居史称吴仕楠木厅，后来就成为吴家接待贵客的场所。早先吴正志在外做官，仕途磕磕碰碰，一会儿刑部主事、饶州道推官，一会儿光禄寺寺丞、江西湖西道佥事，后来他效仿祖父，辞官归田。与名士侯方域、高攀龙、董其昌交往甚密。董其昌在吴家，感觉非常不错。他游历广，识见多，真心服一个人，并不容易。一高兴，就给楠木厅题了个“云起楼”的匾额。文人们聚在一起，无非把盏吟咏、挥毫作画。诗肯定要写的，一个文人，若真喜欢一个地方，却没有留下几句诗，那他的情商肯定有问题。董其昌在阳羡诗写了不少，大抵是到此一游，打油的成分居多。但他的画作很认真，平心而论，那种根据写生得来的原创作品，并不是攀附风雅的一般文人能为的。收藏圈子里一致公认，董某人这段时间画得最好的作品，应该是《荆溪招隐图》。荆溪是宜兴的古称，史料认为，此画是董其昌专门为吴正志画的，今天的艺术史学者们还在喋喋不休地争论，说“荆溪招隐”到底是指官场落魄的吴正志归隐老家，还是提醒朝廷不应埋没这位满腹经纶的隐士贤才，这些其实都不重要，重要的是，董其昌懂得吴正志，或者说，他画的虽然是山水，其实那都是吴正志的肌骨。此画也代表着当时江南文人士大夫们的精神趋向，而吴正志继承的收藏，包含着一种与官场文化格格不入的民间精神。所谓遗世独立、不受污蚀，都可以在画上找到出处。

二 那双手

光阴荏苒，时光在催着人老。吴家的人，一个个行将离去。《荆溪招隐图》和吴家传代的《富春山居图》《千字文》一起，传到了吴正志的儿子吴洪裕手里。接下来的故事，基本上已经家喻户晓，但民间的讹传版本也太多。事实上，吴家在“国变”的动乱之年，难免遭遇劫难，但这几幅字画，跟吴洪裕的性命一直捆绑在一起。后来吴洪裕病危，万贯家财于他如浮云过眼，但《富春山居图》他是要带走的。收藏是一种毒药级的癖好，像吴洪裕这样的人，是坚信人有来世的，下一辈子他肯定不干别的，尤其不想做官，如果让他选择，当然还是要做收藏家，或许他与仙逝的父辈已经在隔空对话中达成共识，《富春山居图》他必须带走，这不仅是他的意愿，也是长辈的嘱托。至于带走的方式，必须在他眼皮下完成，他甚至不相信儿孙的承诺，什么给他陪葬之类，到那时他已经双眼一闭翘辫子了，人间发生什么事，他怎么知道？阳间给阴间的人送钱，都是用焚化的方式，所以他相信，能亲眼看着这幅画焚化，就一定能在阴间看到它的复原，归属权一定还是他的。

就在此画即将付之一炬的时刻，有一双应该被历史记住的手飞快地用力一甩，从火中抢出此画。此人一生无甚记叙，但因此一事，便彪炳青史。他就是吴洪裕的侄子吴静庵。天知道那一瞬间是哪个仙家点拨了他，或许也是冥冥之中祖先们的一次发力，按这个思路想象，吴家的祖先们在阴曹地府的意见并不统一，“带走”的一派坚持要将此画带走，“留下”的一派也极力将此画留下。最后的一刹那，一股无可抵御的力量爆发了，连吴静庵自己事后也奇怪，仿佛有一个巨大的轰响在他头顶扩散，又有一只魔手在指引着他，还有一个冥冥之中的声音在告诉他，此画上有吴家几代人的精神依附，必须留下。旁人则认为，这个世界从不缺乏传世的丹青巨作，但《富春山居图》的被烧毁，应该不仅是吴家的损失，而是中国书画史乃至文明史的损失。

正如后来大家所知道的那样，画轴的中间烧出几个连珠洞，断为一大一小两段。此时吴洪裕已经气绝，撒手人寰，吴家老小悲从中来，涕泪嚎啕，都又为这样一幅吴家命脉级的镇宅之宝终于幸存而感到欣慰。雨过天晴的感觉非常不错。无论如何，这也是吴家的脉息，是来路与出处。不过当时他们哪里想到，这幅断为两截的画，后来给这个纷乱的世界平添了很多恩怨故事。它们分别叫《剩山图》和《富春图》，江山易手，珍宝易人，本是世事无常的特征，今天这幅画在你的手里，你不过是它的临时保管员，它能给予你的乐趣是暂时的，但给你的烦恼却是无穷的。无论在皇帝手里，还是在庶民囊中，都断不了物是人非的结局。

最后，骨肉分离的两幅画，一幅在大陆，一幅去了台湾，如此隔岸相望，在两相依依的期盼中，派生出太多唏嘘与喟叹。

明中期以后，江南一带的官府收藏逐渐流散于外，私人收藏普遍增多。清玩的风气盛于前朝的一个原因是这里的经济比较繁荣，读书人多，科举派生的士绅比比皆是。某种程度上说，中国的传统文化在乡间的传播，正是靠各地有实力的乡绅来完成的。流氓一旦坐了江山，不从的士子就只能隐忍乡间，在“白相”中虚掷年华。不经意间，老祖宗的文化就保存下来了。常熟有个瞿绍基，祖上是力田为本的殷实之家，不需要依附官场来获得尊严。几代人都不肯做官，有了钱就买点老东西玩玩。瞿家的藏品里，有出自唐代的铁琴与铜剑各一件，连当地百姓都知道，那是瞿家的命根子。它们跟人一样，有自己的房子，就叫“铁琴铜剑楼”，五代传承，威名八方。瞿绍基这个人癖好藏书，且性情良善，道光癸未年常熟大水，河道尸身漂浮、惨不忍睹，瞿绍基出资收尸八百余具，一一妥为安葬。他后来修学堂、筑城造桥，银子花了不少，但他自己却非常节俭，一件破大衣穿了三十年，走在路上风一吹，棉絮飘飘，在当地传为美谈。读书人上茅房带本书读那是自然。瞿先生走路也能看书。他书房很大，名字叫“恬裕斋”，祖上留给他很多经史图籍，他并不满足，一直在花力气收藏苏州以及周边地区的古本典籍。到嘉庆年间，瞿绍基藏书已历十余年，积书十万余册。所谓藏书之道，先分经史子集四种，取其精华，去其糠秕。经为上，史次之，子集又次之。瞿氏藏书多宋元珍本与孤本，大多世所罕见。如《周易注疏》，国内收藏只此一帙。有的藏书家只重版本，自己并不读书，瞿绍基首先是个读书大家，笔头也勤快，十余年间在这些珍贵的书本上留下大量题跋识语，极具研究价值。一般学者哪里做得到？常熟籍的两朝帝师、状元宰相翁同龢两次造访藏书楼，见到北宋版本《史记集解》，前后《汉书》《旧唐书》《龙龛手鉴》等，至为感叹。还有罕见的汉碑五十余种，均为稀世珍品。说实话，翁同龢学问虽深，但这里的很多典籍，他却没有看过。按说他对碑拓研究颇深，但当他看到东汉时期的《耿勋碑》，非常激动，认为能收藏如此珍贵的碑件，是常熟人的骄傲。此碑为汉隶，书势自然，古意扑面。主要记述当时武都郡守武都耿勋政绩。可惜已大半剥蚀，字迹不清。少部分字迹为后人重凿。尽管如此，翁同龢还是爱不释手，反复品读。此时翁大人应该有感慨，瞿家的人几代不愿出仕，这藏书楼即是他们的精神支撑，也是一种乱世中的精神超度。说瞿家人活得没有翁体面，那是恭维；但他没有瞿家人活得快活，那才是实情。

据说，当时瞿绍基见宰相大人如此宝爱此碑，便有意转赠。但翁同龢称万万不可，夺人所爱是不厚道的，他清楚自己在这里的一言一行，今后都是民间故事里的细节。于是正经写下借条，一再致谢而将此碑借阅半年后归还。

铁琴铜剑楼藏书保存五世，就其经历之久而言，仅次于宁波范氏天一阁藏书，而精品之多，实可称为海内私家藏书中最完整的宝库。此楼在常熟地面上矗立了百余年，其间为避战乱，七次迁徙，筚路蓝缕，在风雨飘摇的乱世，收藏是件弄不好就要掉性命的事。别人眼睁睁地看着那么多的好东西进了你的家，心里能好受吗？窥私欲这个东西，有合适的条件就会膨胀。你的稀世珍宝，让我看看行吗？看过之后，还想上上手呢。看也不让看，就会让人憋气，产生无数联想。瞿家人太明白这个道理。滔滔乱世，白相宁画古玩，心情与兴致俱无，他家就收古籍珍本，闭门即深山，但闻古书香。与古人对话切磋，这才是读书人最大的乐趣，风险自然也小。就让这个世界把瞿家人当成一群书呆子吧。一般的人，眼睛就盯着珠宝古玩，对于读不懂的古书，即便是当地的蟊贼，也有三分敬重，总是会放过一马的。没曾想，此楼作为读书人精神上的一种依托，对当地文脉的延续，起到了推波助澜的作用，漫漫的长夜里，楼台上的一灯茕茕，又何尝未抚慰过太多的寒窗苦读的江南士子们寂寞的心灵。

三　风卷葵

这便是民间的江南。

一种普遍的价值观认为，一座宅子，哪怕就是个寒窑，如果没有一两件镇宅之宝压着，那房屋的根基恐怕会不牢靠的。人的身价不是藏在枕头里的那几件金银首饰，也不是招摇过市的鲜衣怒马，而是祖上传下来的几件老东西。那是一个家族的来路出处，吸附着祖上的智慧、阅历与温度。哪怕深藏于老宅墙壁的夹缝里，它的光泽、气场也会衬托主人的气质。虽然衣着寻常，却掩不住温雅厚笃的光彩，那种大家公认的从善如流的气度里，肯定有一些古朴雅致的东西撑着。

没有情怀的人大概成不了收藏家。即便他喜欢收藏，买进卖出，那他也只是一个做收藏生意的商人。所以，情怀这个东西，比进入收藏这一行所需要的眼光和实力、胆魄还重要。早年江南紫砂窑场上有个大老板叫华荫堂，收藏古玩甚多。尤其对紫砂古器颇有研究。有一天在路上，一个汉子拦住他，给他一把肮脏不堪的紫砂壶，说家里揭不开锅了，华老板开开恩，好歹将此壶收去，给些粮米让家人度日。华荫堂一看，竟是清代女艺人杨凤年的传世之作“风卷葵壶”。问，此壶你是如何得来的？汉子说，前些日子，蜀山南街杨家老宅卖给一个外地人，翻修时雇他去做短工，此壶是从一堵老墙里拆出来的，又不是金，也不是银，这种黑乎乎、脏兮兮的茶壶，窑场上不要太多啊，扔在那里谁也不要。他就捡了来，说不定是个古物呢。华荫堂说，你想要多少钱呢？汉子狠狠心说，给他全家吃顿饱饭就行。华荫堂随手就给自家的粮行写了一张条子，供应这个汉子全家一年的口粮。

“风卷葵壶”是中国紫砂史上一件划时代的作品。制作者杨凤年是清代嘉庆年间人，也是有记载的第一位紫砂女艺人，她哥哥杨彭年，与陈曼生合作紫砂壶，成为紫砂史上一段佳话。此壶用天青泥制成，紫檀色中略略泛蓝，其造型体貌反映了风中锦葵的婀娜仪态，尤其是风的感觉，一种奔放不羁的姿态，似有形，又无形，被女艺人用一根根充满动感的线条勾勒得惟妙惟肖。从那些蜿蜒流转、亦动亦静的块面看，仿佛看到锦葵的枝叶在风中舒展摇曳。更兼高超的捏塑、贴塑功夫，既有光素器的厚重稳笃，又有花器的妩媚灵动，它打破了光器与花器楚河汉界般的隔阂，堪称古代紫砂传器中的翘楚之作。

华荫堂见到它的第一眼时，心就激动得几乎要跳出来。这样的一件紫砂宝物来到他眼前，真是一种前世修来的缘分。他誓言绝不亏待它，并交待家人，将其当作全家性命一样宝爱。抗战爆发后，日本人占领了蜀山窑场，当时日军的一个少佐，是北海道的一个收藏富家之子。他四处打听“风卷葵壶”的下落，华荫堂闻知消息，赶紧把它送到乡下的亲戚家，藏在老屋的夹墙里。后来日本人来找他，华荫堂不卑不亢，从容应对。称此壶原先确实在他家，前些日子逃难，家中被蟊贼洗劫，此壶也被偷走了。他还请日本人帮他破案，说谁能找到此壶，谁就是壶的主人。一番言辞，头头是道，说得日本人拿他毫无办法。华荫堂的信念是“但使国宝永存吾土”，我中国人的好东西，凭什么要让你日本人抢去。

“风卷葵壶”在乡下的夹墙里一待就是八年。日本人投降后，华荫堂赶紧将壶请回家中。但是好景不长，某一日，来了一位南京国民政府的高官，由县长大人陪着上门，号称要用一块战国时期的铜镜换他这把壶。华荫堂知道这一关难过，只能使“苦肉计”，让其老母在家中嚎哭，称此壶就是她的老命，壶走之日，必是她亡命之时。华荫堂说自己是个孝子，逼死母亲天理不容，遂取出一把清代制壶巨匠邵大亨的掇只壶，送给那位高官。至于铜镜之类，华荫堂一看就是假冒货，退一步说，即便是真的，他也不会接受。

几十年里，这把壶跟着他渡过了各种难关，也给予他无穷乐趣。静夜之时细赏此壶，感受那种无可言说的形体语言，仿佛天地之间的灵气全被此壶收尽。甚至能够感受到一百多年前，那个女艺人制作此壶时的凝神屏息。每一次欣赏它，于华荫堂而言，等于是让一颗饱受沧桑的心，暂避于一处乱世里的安逸殿堂，且信步闲庭，神思飞翼。这可不是守着一堆金银的土财主能够体会的。

最惊险的一次，是“文革”初期，“红卫兵”突然闯进他家，要搜查“四旧”。紧急关头，华荫堂将“风卷葵壶”塞进院子的垃圾桶里。“红卫兵”们搜了半天，就是不见“风卷葵壶”，问来问去，华荫堂坚称此壶早已被打碎。说实话，这些“红卫兵”都是巷子里他看着长大的孩子，有的是窑工后代，也有紫砂艺人的子孙。以华荫堂横跨几个朝代的阅历，在一群毛孩子面前波澜不惊，那是一定的。但他心爱的书画藏品，譬如唐寅、仇英的山水画精品，吴湖帆、傅抱石的字画，都被付之一炬。说此刻他内心很平静，这可能吗？不过他并不怨恨他们。这一劫虽然风狂雨暴、来头不小，但他思量，必定持续不了太久。果然，到 20 世纪 80 年代，风气完全改变，改革开放来了，文化人重新抬头，收藏家受到尊敬，珍稀古玩也可以公开流通。像华荫堂这样的陶瓷工商巨头，字画古玩、茶壶家具，一生收了不少。他觉得，好东西和懂的人分享，也是一件开心的事。有时在谁的手上，真的不那么重要。左手得来，右手送出，于华荫堂是常事。民间对文化的尊重，很多都是通过你传我、我传他的方式，然后大家来宝贝它们，呵护它们。1983 年，宜兴成立陶瓷陈列馆。华荫堂听到消息，决定将“风卷葵壶”捐给政府，同时捐出的，还有杨凤年的另一件作品“竹段壶”。他子女多，这件事动静太大，虽然他主意已定，也要开个家庭会议听听小辈们的意见。当时外面有人听到风声，愿意出十二万将此壶买下。那时人们的月薪，普遍都是三四十元；一套城里的商品房，也就万把元。所以家庭里也有不同声音，这么值钱的东西，为什么非要捐掉？即使不卖，也可以放在家里啊，镇宅之宝没了，这心里能踏实吗？华荫堂说，现在社会上很多人开始崇拜金钱了，不少人盯着这把壶，一直放在家里，对你们是个祸害。即使你们不卖它，你们能保证子孙不卖它吗？如果哪一天，华家的子孙把它卖了，我半生的心血也就一起被卖了，只有捐给国家，才是最安全的。

把心爱的藏品捐献给国家，是一个收藏家走到最后的必然归宿，要达到这种心胸，是要经过多年的风雨淘洗。华荫堂活了一百零三岁，晚年做得最多的一件事，就是把身边的好东西或捐或送，且不需要宣传。所谓生不带来，死不带走，是民间最朴素的财富观，华荫堂称他长寿的秘诀，就是养心。其前提是必须开心，如果送一件东西给别人，自己很痛心，或者看到好东西在别人手里，自己很憋心，煞费苦心最终没有得到，自己又很闹心，那就必然要折寿。他还有一个长寿的秘诀就是人必须有癖，古人也说人无癖不可交；他收藏的历史长达九十余年，收进的每一件东西，都让他内心快乐。他告诉朋友，收藏老物件，就是收藏记忆，也是收藏岁月，乃至收藏生命，收藏灵魂。欣赏自己的爱物，就是把物还给物，使其成为本来意义上的物。这样的时候，世上所有的烦恼俱被忘却，就像一个孩子吃到一样好东西，是欢蹦乱跳的开心。

四　毒药甜蜜

实际上，对于民间收藏者而言，一种叫“癖”的东西，早就不动声色地钻入他们的骨髓了。换个说法，收藏是一只美丽的鸟笼，收藏者就是笼中的那只鸟，进去了就很难出来。此话有点难听，道的却是实情。苦与乐，富与穷，盛与衰，在收藏者那里是随时切换的。但一条不归路上，没有一个人会吃后悔药，哪怕死在收藏的路上，也是悲壮且心甘情愿的。旧时江南，几乎每一个地域都会有几个收藏的大腕，引领着一方的风气。1949 年以后的相当一段时间内，社会变革，就不再有富甲一方的大收藏家了，但“小来来”的民间收藏者还是在社会的皱裥深处享受着收藏的喜怒哀乐。过去中国文人的收藏都是小圈子的把玩，并不与公众发生联系。圈子是隐性的，也是稳定的。好圈子里没有坏东西，坏圈子里没有好东西。这两句话道出了民间收藏的实情。文化人讲物以类聚，人以群分；老百姓说绸不搭布，穷不搭富。贫困的收藏者们往前挪一步，都是艰难的。早年阳羡古城里有个名叫骆一侯的穷光蛋，祖上也是大户人家，到他这辈就败落了。他穷到什么程度呢，连一条睡觉的被了都没有。他所在的居委会看不过去，就救助了他一件棉大衣，这件大衣虽然是粗布，但很厚实，白天出门御寒，晚上可以充当被子，可是，这件大衣没穿三天，就不见了。骆一侯居然用这件大衣跟人家换了一只破碗。非常寒冷的天气，骆一侯鼻子都冻红了，双手捧着那只碗，逢到熟人就跟人家喋喋不休，说他弄到了一件好东西。不知是激动还是受不住寒冷，他的浑身都在哆嗦。在骆一侯看来他做了一件大事，这只碗，名叫青花缠枝花卉碗，是明代成化年间官窑出的精品，是有人从浙江长兴那边带过来，地面上不大见到的。他花了一件粗布大衣的代价跟人家换，完全值得。可是他家里人知道了，简直要集体发疯。民间的价值观里，一个男人总要养家糊口，担起一家之主的担子，否则，就是一个败家子。他母亲一气之下，就把他关在门外，晚上不让他回家。骆一侯只好捧着那只碗，在古城的巷子里东走西逛。他家对门有个小刘，名叫洪希，受他影响，也喜欢收些旧时的破破烂烂，这一夜他只能跟小刘打个招呼，跟他一个被窝了。小刘后来在古城里开了一家青云阁古玩店，把收老东西当正经饭吃了。骆一侯那天晚上跟他讲了半天那只青花碗的来历，几十年后他的记忆还很清晰。骆一侯告诉他，为什么这只碗上的颜色那么淡，是因为当时的成化皇帝性情柔弱，他不喜欢色彩强烈的东西，反而对疏淡、柔弱的东西感兴趣。古时最好的东西都是给皇上用的，他喜欢什么，就会影响一个时代的风气。成化年间，一般没有大的瓷器，这也跟皇帝的性格有关系，他性格弱，不喜欢屋子里摆个大件东西，觉得小一点的物件摆着好看，心里踏实，也安全。所以他判定，这只碗的来历应该是对的。此时的骆一侯好像穿越到了明代，他仿佛是皇宫里的一个讲解员，神态跟平时完全不一样了，很牛的那种，睨视天下的那种。小刘像听故事一样完全入迷了，由此他知道，人能够认识一样老东西，肯定是获得了通向老东西的秘密精神通道。他确信，玩物是可以怡情的，也是可以励志的。后来他自己的故事，简直就是骆一侯故事的续集。骆一侯本来也可以不那么穷，但是他总是那么不合时宜，该干什么，不该干什么，完全跟公认的价值观拧着干。比如有人看中他手里一样东西，他偏不肯卖，因为他看不起那个人，虽然他手里有几个臭钱。可是有的人请他喝顿老酒，搭酒菜只有半个咸鸭蛋，几颗茴香豆，他却吃得很开心，一高兴就把自己费了九牛二虎之力弄来的东西送给了对方。当地对老骆这种人，有个不雅的骂名，叫“十三点”，是脑筋搭错的意思。所以他一直翻不了身。他收的老东西，主要是陶罐、铜镜，也有明清的瓷器之类。人们经常看到他头戴一顶破凉帽，怀里只有一块三分钱的麻糕，哪里有什么建筑工地，他就往哪里钻。干吗？这叫蹲守。有时候，说不定就挖到一件老东西了，但凡见到地下的坛坛罐罐，根本就不需要干活的民工叫他，老骆眼疾手快，像饿虎扑食一样上去了。但是，东西不是他挖到的，有的民工知道他好这一口，所以并不那么好哄，他必须掏点钱，从民工手里把东西弄回来。他这个人，一点也不会装，有时看到一件老东西，自己先尖叫起来。民工一听他尖叫，知道是好东西了，死活不肯松手。老骆手里没有钱，就去医院卖血。他人长得瘦弱，估计有病，所以到后来，他的血医院也不要。最后是民工们妥协，这些破烂除了骆一侯，谁要呢？有时候，给大家买个西瓜吃吃，东西就拿走了。这古城里一直没有古玩市场，所以骆一侯收的一堆破烂，只能选几件，放到大人巷口的健康浴室门前，搁在一张骨牌凳上，自己像一只老猫那样守在那里，一蹲就是半天。他肯卖的东西，基本无人光顾，没有人知道它们的价值，什么南宋的涡纹梅瓶，北宋的影青釉瓜棱执壶，他在那里自言自语，有谁能听得懂呢，最终只能在一个极小的圈子里转来转去。后来骆一侯很无奈，就把那些东西捐给了政府。当时的领导忙着搞运动，对这些旧破烂不感兴趣，事实上他们也不懂。对于骆一侯的行为，他们当然要给予一下"口头表扬"的，那个年代不作兴物质奖励。所以骆一侯一分钱的奖励也没有。那些捐献的老东西，就随随便便搁在机关的仓库里，江南地带雨水多，可怜骆一侯节衣缩食换来的心血，没过多久就发了霉，到年终大扫除的时候，机关里的小年轻发现，仓库里哪来那么多破烂东西啊，单位即将要发的年货，都没有地方搁呢。有些年轻人是"红卫兵"出身，脑子里没什么东西，胆子倒很大，所谓无知者无畏，也不请示领导，就把那些东西作为垃圾处理掉了。到了垃圾场上，一些守株待兔的捡破烂佬蜂拥而上，有些东西转来转去，又回到骆一侯手里。他很纳闷，这些东西他不是捐给政府了吗，怎么又到他手里来了呢？他脑子有时很难转弯，对政府始终是相信的，有了好东西，他还是捐给政府，虽然只有几句口头表扬，那也是对他的肯定。有一次，他从家里的一口旧皮箱里，翻出一件南宋岳飞的书法真迹，这下不得了，到处给人看。消息走漏到了上海，来了几个据说是某某大学的专家，收下他的岳飞真迹，给他发了一张奖状，外加一只簇新的脸盆和一条香喷喷的毛巾。当时大家都要学雷锋，不作兴金钱奖励，脸盆和毛巾，属于比较时髦的标配。虽然心里有点失落，但被上海专家几句表扬话一说，在短暂的时间里，他是蛮开心的。

老骆一生很潦倒。虽然他寿命不短，熬到了改革开放，但是他手头的藏品，捐的捐，送的送，等到古玩字画市场开张的时候，等到这些当年被大家当作垃圾的东西值大钱的时候，他手里基本没有什么好东西了，对这个迅速膨胀的物质社会他显然缺乏准备，好多事物看不惯也读不懂，那些收藏大款，动辄几十万几百万吃进一样假东西，又把假东西包装一下卖出去害人，既让他喷饭，也让他激愤不已。

现在再来说说家住老骆对门的刘洪希。因为住得近，三天两头听老骆吹牛，看他的宝贝，所谓近朱者赤，他受老骆影响是很大的。最初他在建筑工地上当小工，并没有工钱，工头给他的报酬，是允许他在挖墙基的时候，如果挖到什么破罐子、旧铜板之类，都可以归他。有时连续多天颗粒无收也是常事。有一次他在拆一座老宅的时候，捡到一个瓷枕。老骆告诉他，这是个好东西，年代应该是宋代的。宋人喜欢瓷枕，古书上都有交待。瓷枕上还有两行字：众中少语，无事早归。什么意思？老骆端详半天，说这是古人的生活态度，人多的时候要少说话，在外没什么事就早点回家。老骆在讲这些的时候蛮开心，所谓收藏的乐趣，就是读懂藏品，并且能与藏品对话，而且有忠实的听众，哪怕只有一个刘洪希。这在骆一侯来说，比吃鱼吃肉开心多了。瓷枕上的两句话，对洪希影响很深。他于是知道，没有知识，就不会有眼光。嘴要多问，东西要多看，记性要好，最要紧的，心不可贪，要静，要稳得住。慢慢地他也上瘾了，有点积蓄，就从别人那里买点老东西玩。他家境也不宽裕，记得自己结婚前，父亲只给他二十元钱，办酒席肯定不够。当地有个风俗，即将结婚的男女，上海是要去一趟的，在外滩边上勾肩搭背拍张照，买点大白兔喜糖，买几件新衣服，就算搞定。但二十元钱去上海显然不够，他和未婚妻商量，就去趟苏州吧，扯几尺布，吃顿像样的饭，买两斤喜糖，一样高高兴兴。选了一个好日子，他和未婚妻搭早班长途车到了苏州，观前街上的百货商店还未开门，旁边的一家文物商店倒是大门敞着，洪希刚走进去，就被柜台里的一把紫砂老壶吸引住，这是一把罕见的大红袍朱泥扁壶，泥色红润发亮，气息殊异，似有窑变的韵味，造型大气饱满。洪希让营业员将壶取出，让他细细近观。营业员看他土里土气的样子，手里打着毛线，假装没有听见。经洪希再三央求，她硬邦邦地回了一句话：二十块钱一把呢，你出得起吗？洪希气不过，遂将口袋里的二十元钱放在柜台上，营业员才表情鄙夷地把壶放到他眼前。细观此壶，不但工艺精湛，品相也十分完整。洪希认定这是一把清代嘉庆年间的老壶，看底款，作者名叫邵正来，是嘉庆道光年间名声很响的壶艺高手。营业员不耐烦地说，买得起就买，买不起不要浪费时间。当时洪希有些尴尬，二十元钱放在柜台上，买也不是，不买也为难。这时他的未婚妻开口了，你要是实在喜欢，就买了吧。洪希说，真要买了，不但没钱给你扯布，连吃饭的钱、回去的车票钱也没有了呢。未婚妻说，新衣服不做也罢，不吃饭饿一顿也没关系，回去的车票钱我有。洪希心里热乎乎的，一横心，一咬牙，真就把壶买下了，营业员见他真的要买，又听到他未婚妻的一席话，马上改变态度，还说了一声对不起。就这样，洪希和未婚妻的结婚之旅，该置办的东西一样未买，捧一把紫砂老壶，两个人饥肠辘辘地回到家里。

二十余年后，洪希已经人到中年。这是他人生最艰难的一个节点。父亲得了癌症住院；他所在的公司面临改制，停发工资已经两年；唯一的女儿正要结婚。洪希这个人倒是贫而不贱。当时有个台湾收藏家，听说他家里有一把大红袍老壶，连续一周天天登门，欲以六十万元人民币买下。当时的六十万，不是一个小数字，但洪希没有动心，他妻子也觉得，此壶是他们夫妻的情感见证，哪怕吃糠咽菜也不能转卖。父亲的病情日益加重，医院的催款通知像鞭子一样，抽得洪希到处借债。甚至他自己一天只吃两顿，早饭基本不吃，省下两根油条钱给父亲买药；偏偏这个节骨眼上，一个圈子里的朋友，把一幅徐悲鸿的《四喜图》带到他的眼前。

此前，洪希已经收了不少字画古玩，在当地收藏界已经小有名气，但收藏徐悲鸿的画，他还一直没有机会。从这幅《四喜图》的题款、用纸、技法、墨色、气韵看，当是真迹无疑。十八万的价格也不算很贵，出手的朋友也是一时拮据，等米下锅。说洪希动心了当真不假，一个收藏家，面对他心仪的藏品，就是用他的命去换，也会毫不犹豫。徐悲鸿是宜兴人，洪希很崇拜这位家乡出去的现代书画巨匠。当时他认为，收藏茶壶，必须有顾景舟的；收藏字画，不能没有徐悲鸿的。此事他不敢跟妻子商量，但吃准了的事，他会赴汤蹈火去做。讨价还价的谈判总是艰难的，最后商定，他以陈大羽、盖茂森各一幅四尺对开精品画作，加上林散之的一个书法斗方，再加上八万现金与之成交。那八万元，他借了两分息的高利贷，等于给自己雪上加霜，虽然没有把命搭进去，但也是割肉煎心了。

收藏就是这样，博弈的双方拼的是实力，玩的是心智。像这一次，买方和卖方都没有钱，割爱的一方，其实是动摇了自己的底线，将一幅自己的宝爱贱卖；割肉吃进的一方，则抬高了自己的身价和实力，他敢吃进的底线是对徐悲鸿的信任与崇拜，像他这样的顶级大画家，傲世独立，其价格必定是扶摇直上的。

事情过去十年。有人出六百万买他这幅《四喜图》，他当然不肯。非但不肯，还以更大的毅力，以盯牢十年之功，在重庆吃进徐悲鸿另一幅大八尺巨幅《四喜和鸣图》。此时的洪希，已然咸鱼翻身，事业有成。虽然重庆收藏家屡次婉拒出售悲鸿之画，但他懂得稳扎稳打、步步为营的道理，这十年里，他年年飞重庆，与那位收藏家会面。吃吃饭，聊聊天，花点小钱，装装糊涂，收收对方的不值钱的小东西，等于每年送点钱给他用用。目的还是为了悲鸿那幅巨画。他还在重庆托了圈子里的朋友，替他盯牢那位收藏家，家中是否有重大变故，是否置业，身体是否有恙，子女是否出国或者婚配，平时跟什么人来往，缺不缺钱用，等等。这些都要打听跟踪。一直等到第十年，机会来了，收藏家的宝贝女儿要出国留学，需要一大笔钱。他得到消息，赶紧飞过去，请收藏家吃饭。洪希回忆，那顿晚饭安排在离收藏家住宅不远的一家饭店，吃完饭，夜已经深了，收藏家客气了一句，去我家喝茶。洪希顺杆爬梯，一口答允，于是就去了收藏家的府邸。茶过三巡，话题自然落到那幅画上。这一次，收藏家的口气显然不同了，说美国的学费真贵，千金去那里读书，一年要六七十万。洪希知道他老婆下岗了，他自己倒腾点古玩字画，手头并不宽裕。趁机就送了一个不小的红包，说女公子能去美国读书，大喜事啊，恭喜恭喜。然后话锋一转，女儿要富养，你可千万不能让千金在美国的餐馆里打工啊，危险得很，天晓得美国佬会对中国美女做出什么龌龊的事来。千金念书的钱，一定要给足才行。凭良心讲，你守着那幅画，让千金在美国受苦，将来你把画传给她，她也不会领情，还不如变现，让她在美国过真正的天堂日子。

说了半天，收藏家真的动心了。于是开始谈价格。洪希的经验是，混搭打包。就是把对方一些不值钱的东西搭在悲鸿巨画一起，混淆对方的价值概念，让对方感到自己的一些不值钱的垃圾也被拿走了，心里有一种占了便宜的快感。这时候洪希才发起总攻，把打包的总价格压得很低，然后耐住性子，让对方一层层地还价，最后洪希把情感的秤砣压上去了，说，兄弟啊，你这些垃圾我都替你吃掉了，就看在我跟悲鸿大师是同乡的分上，也要放我一马吧，我可是等了你十年哪，如今的年月，一个男人追求女人，能等十年吗，一个女人等他的男人，能等十年吗？说这话的时候，洪希眼泪也下来了，是真真切切的眼泪，绝不是偷偷上的眼药水。一个埋在他心里十年的理念是，虽然徐悲鸿属于中国甚至世界，但是他更是老家宜兴的骄傲，能把悲鸿大师的画请回宜兴，他就觉得自己立了一功。

收藏家在最后一刻还真的被感动了。他说，这事太大，我要征求一下老婆意见，你明天一早再来吧。洪希怕夜长梦多，此时必须乘胜追击，便站起来斩钉截铁地说，兄弟，成不成就在今晚，你把娘子叫起来，给我个准信。明天一早我就回去了。收藏家被逼得没路走了，只好把老婆叫起来。重庆的冬天很冷，此时已经是半夜。收藏家的老婆在美梦里被叫醒，披着衣服起来，冻得瑟瑟发抖，嘴里一直在抱怨，老公在她耳边说了些什么，她似乎什么都听清楚了，也好像什么都没听明白。朝那堆破烂东西扫了一眼，说烦死人了，半夜三更的，让他拿走吧。洪希一听，赶紧卷包，付下定金，说余款明天一早送到。

捡便宜，光靠运气不行，更多的要靠眼力和决断的勇气。有一年刘洪希带着他的老弟应邀去了南通郊区的一个乡村。有个当地的姚老板在上海做钢材生意发了财，当时正赶上上海某城区的大拆迁，姚老板收了很多老家具。把乡下十几间仓库堆得满满当当。但他基本上只是一个人民币爱好者，说喜欢收藏，也只是攀附风雅，他其实只想知道，那些收来的破烂货里，哪些可以变现，哪些只能当柴火。他听说洪希先生是江南知名收藏家，感觉此公的到来，应该是发财的机会来敲他的门了。他给洪希打开一间间仓库，只见洪希目如雷电，却闭口不言。有一间破烂堆得最多的仓库，洪希进去后突然不走动了。他闻到一股淡淡的、若有似无的香味，确切地说，是黄花梨特有的清香。他不动声色地让弟弟支开姚老板，从裤兜里掏出一把鬃刷，蘸了点唾沫，对着眼前的一张落满污垢的梳妆台使劲一擦，眼前顿时出现了黄花梨特有的纹理，鼻子附上去一闻，真的是那种久违了的，微微的降香。什么叫降香？老刘对此有研究，李时珍的《本草纲目》里写到，一种木料，拌和诸香，引领鹤降。有提脑清心、镇痛降脂的药用价值。那种香味，又好似淡淡的兰花香，极为清心爽肺。这样的味道只有仙境里才会有，所以仙鹤才会降临。轻轻摸上去，那种润滑的手感，真舒服。有一种亮晶晶的琥珀纹理在台面上游走，再细看，还有最珍贵的“鬼眼”镶嵌其间，不懂的人，还以为这些像黑点一样的小东西，是瑕疵呢。不得了，这是一件清代的老东西，只是浑身污垢，正如美人落难，芥草不如，不知前世做了多少孽。洪希盯牢了它，却并不立刻发力，而是东拉西扯，先用不多的钱，收了姚老板一些小破烂玩意，什么仿清代宫廷的花架、假紫檀笔筒，还有一只明知是假虎丘的所谓黄花梨官皮箱——是古时官员用来放文书信札的。然后装作被什么绊了一下脚，脚步移到那张梳妆台前，不经意地扫了一眼，说，这张破台子放在这里碍手碍脚，不如也打包给了我吧，姚老板看不出他脸上阴晴圆缺，问，多少钱？洪希叹口气说，两千元，就算我补贴你的。这时的姚老板赚了一点小便宜，蛮开心，想，两千元也是大钱啊，反正他也是收破烂收来的！洪希怕他反悔，赶紧叫老弟叫来一辆拖拉机，将那张梳妆台拉走。走到村口的时候，姚老板对他说，那边有一户人家在盖新屋，据说泥瓦匠发现用的一块脚手板，台面很阔，因为上面堆满了泥浆和污垢，却不知是什么料子。您能否去帮看一眼？他跟着姚老板到了现场，上前用手一刮，暗喜，居然是海南黄花梨。纹理清晰，手感绵密滑腻，堪称极品。真正急煞人。他断定这是一件明代的折叠式平头案，独木板，无拼凑，品质极为珍贵。他跟造屋的主人扯着闲篇，发了几支中华牌香烟给众人抽，大家的情绪顿时高涨起来。那时的苏北地区，打工者能抽到十块钱一包的“红南京”已经很过瘾了。就这样七缠八搭，最后以一千八百元钱成交，皆大欢喜。

多年之后，那张黄花梨梳妆台，有人开价两百万，洪希却不为所动；那张被用来搭脚手架的海南黄花梨台面，也有人开价一百五十万，他也还是不动心。收藏家并不是不肯出手卖自己的藏品，但凡依附着特殊经历与故事的物件，已经是自己人生的一部分，怎么可以割舍呢？

得了便宜固然开心，但民间收藏的风险何尝不大。洪希的收藏生涯里，有一次惊险的浙江之行。一位姓胡的老板朋友告诉他，他老家浙西那边有鸡血石矿，搞古玩的人很多。洪希带了两万现金，跟着胡老板去了浙西。也是一个冬天，雪下得很大，到了县城，雇了一辆三轮卡车，朝山里进发。进山的路全被大雪覆盖，三轮小卡车慢慢腾腾在山旮旯里转了一天，快断暗了，目的地还没有到。洪希感觉不对，不想往前走了。胡老板向他解释，他老家这一带自古就是这样，山势险峻，民风彪悍，但确实有好东西。最后终于在晚上八点多，赶到了胡老板介绍的古玩村。进到一个大宅子，草木结构，像梁山水泊里的聚义厅。主人非常客气，酒用做旧的古坛子装着，酒碗也是拙劣的仿青花器。大盘鸡倒是热气腾腾、香得真切，洪希其实是海量，此时却称自己不会喝酒，只喝白开水。好客的主人也没有办法。喝酒的时候，几个打扮俏丽的美女，脸上的白粉很厚，也看不出多大年纪，围在洪希身边，轮番提供各种服务。但洪希正襟危坐，目不斜视。也不是他特别古板，而是感觉味道不对。江湖上的女人就这样，你不碰她，她拿你没办法，一旦你碰了她，麻烦就来了，十张嘴也讲不清。终于熬到了看货的时刻，主人让手下端上来几件瓷器，说是南宋官窑的老货。这时的灯光似乎暗下去了，但洪希眼尖，第一眼就看出是假的。但此时他绝不能说半句不恭敬的话，否则会招来麻烦；也不能问价格，因为你一问价格，等于交易就开始了，你不买个大的，也得买个小的。他只说了一句话，抱歉，瓷器我不懂。好的，你不懂瓷器可以，字画懂吧，几个美女抱来一堆挂轴镜片，在他面前摊开，洪希扫了一眼，假的，全是假的。只好说，我还想看看别的东西。主人倒还爽气，说没关系，换个地方再让客人看看。于是洪希赶紧告退，换到另一个宅子，一看，有珍珠玛瑙鸡血石，也一样。假得太离谱，连高仿也见不到一件。这天夜里，胡老板带他换了四个地方，全是假东西在那里等他。记得，最后一家态度有些蛮横，说你这个人，我们好吃好待，居然油盐不进，是个橡皮人啊？这时洪希突然明白，什么古玩村，他们其实是连锁的造假集团。这时胡老板也出来干预了，他毕竟是本地人，翻过一个山头，就是他的老家。他厉声用本地方言把对方骂了一顿，虽然话难懂，但毕竟都是吴语系统，从意思里揣测，胡老板肯定把对方的祖宗全骂光了。骂完了的胡老板带着洪希就走，这时已经子夜时分，大雪已经封山，外面倒是白晃晃的，哪里还辨得出什么道路？胡老板建议到他附近一个亲戚家借宿，洪希坚决要走，一分钟也不肯耽搁。沿着出山的方向，虽然走几步一个趔趄，但他爬起来还是继续往前走。连声说对不起的胡老板居然没有逃走，还在后面跟着。在厚厚的雪地里大概走了两个多小时，他们终于来到一个小山镇，居然奇迹发生了，有一辆送客的出租车，刚把客人送到这里，正要回头，洪希赶紧扑上去，趴在车头上，此时他的身体几乎散架，人完全虚脱了。

上了车，惊魂甫定，洪希才满头虚汗地问胡老板，你怎么会把我带到这里来，你跟他们是一伙的吗？胡老板抱歉地说，我离开老家也十几年了，没想到这些年会变成这样。不过，只要我在，他们不敢碰你一根汗毛。你不是都看见了吗？

按照他的述说，他老家这一带开鸡血石矿，已经有几百年历史。经常死人，有的是被石头砸死，有的呢，是因为偷鸡血石，被老板活活打死。干这一行就这样，因为艰险，是玩命的活儿，矿工的工钱很高；但矿工必须光着身子进入矿区，穿上矿上特制的没有口袋的工作服。干完活出来，也得光着身子接受检查。干吗这样？怕偷。因为鸡血石是很贵重的东西，诱惑太大。尽管这样，还是会有矿工变着法儿偷。一旦被抓到，就往死里打。所以这里死个把人不当回事。胡老板承认，今天夜里遇到的所有人，都是一伙的。制假造假，他倒是有所耳闻，但是已经形成连锁的性质，却是他没有想到的。地方上强调发展经济，这里到处都是深山老林，招不来商；没有别的财路，迷这一行的人太多，来钱太容易。有的村里，男女老少都干这个。

洪希感觉自己已经死过一回了。对胡老板说，从今天起，我没你这个朋友了，你滚吧。

二十年后，洪希在一个偶然的场合见到胡老板。此时对方身份已经不是“收藏家”，名片上的头衔，印的是“国家特级诗书画家”。谈起当年的往事，彼此哑然失笑。胡老板说现在他的老家已经不做古玩这一行了，全都改成了高端民宿，那里风景好，空气好，土菜新鲜，什么时候一起去玩玩。

洪希心有余悸地说，哦，改成十字坡了，该不会卖人肉馒头吧，我的天。

这个世界，没有回报的事基本是无人肯做的。所谓苦，也是一种人生投资。像洪希这样，过去吃卜的苦，化瘀沽血，后来都变成了收藏秘诀。苦尽甘来的人，才配谈自己的失败。吃下的毒药，也能以毒攻毒，转换为成功的砝码。那些老东西放在家里，即便一件也不出手，哪怕天天喝薄粥、嚼菜根，心里也是踏实的。知道洪希的人，都不敢小看他。收藏圈子里，也知道他是个爷们。这本身已经是一种很高的社会回报了。

五　脚印

可是还有一种收藏，在常人眼里没什么价值，既不能流通，也不能把玩。钱，倒是一把一把地花，没成功的时候，整个社会都是斜着眼看他的。太湖边的一个新庄小镇上，有个退休教师储敖生，此公的前半生，一直走背运，年纪轻轻被错划成一种当时很糟糕的“派”，被“监督劳动”了二十年。等到苦尽甘来，改正，老储已年近半百。就像一个乘客，被原先坐的那趟车撵下来，等了很多年又给了他原先的那张车票，他还能找到那辆车吗？被落下的二十年光阴，跟谁要去？说老储憋着一股气，也不算过分，短暂的人生只剩下一个尾巴，往下的余生里，他能做些什么？他骨子里大约想扳本的，给自己写了一句座右铭："在这个世界上留下一个有益的脚印。"往昔的苦日子里，实在无聊的时候，老储喜欢收集点旧请柬，都是别人扔下的。收藏这两个字，在他苦楚的前半生里还挨不上边。安定下来的日子和被恢复的尊严，却让一个饱经沧桑的乡村教师在闲暇的时候，把目光投向了民俗收藏这一行。

为什么不收书画古玩？一是老储囊中实在羞涩；第二，他一直在乡下，视野也有局限。但他平时受民风民俗的滋养颇多，也有这方面的资源，小到一双婴儿的虎头鞋，贱到一张被人家扔掉的旧请柬，还有什么晚清时的一张结婚证书，民国时期乡绅人家结婚的迎亲礼单，抗战时期新四军留下的一张借条，"大跃进"时期吃食堂的一张饭票，"文革"期间"红卫兵"画的百丑图，都是老储眼里的宝贝。就说收藏请柬这件事，看起来容易，但往深里走，也是举步维艰。比如，听说某村办企业老板，在京城跑业务，弄到一张前任国务院总理的国庆招待会请柬。人家是拿回来显摆的，他上门去讨，自然要吃闭门羹。多跑几趟人家就不耐烦了，你算老几？凭什么要给你？老储卑而不贱的笑脸有时也会僵住，这个世道的一羹一饭，全有来路出处。但他强大的内心从来不会在乎别人的刻薄和势利。两条不怕跑的老腿还算配合他，反正是到处拜访，打听消息，有了门儿就进去，进不了转个弯，托人求情还是要进去。讨一张有价值的请柬，真的并不容易。比如说，蒋经国宴请国民党老兵的请柬，你说牛不牛，更不用说毛泽东和周恩来的请柬了。当时寄一封信只要八分钱，老储用天女散花的手法，向全国各地的文化机构一次寄信就是三百封。广种薄收，几年下来老储手里的请柬相当可观了。老储明白，光收请柬是难成气候的。他有限的积蓄却在提醒他不要把战线拉得太长。但是，见到好东西怎能不收呢？三百元一张的清代国子监《监照》，一千元一张的清代毕业文凭，买不买？当然要买，但是老储买了这些东西，原本清汤寡水的生活，就会愈益窘迫。一天的伙食费，只有几分钱。别人问，你买这些东西干吗？人家收点老家具、老字画，还可以变个现呢。老储说，我收藏的是历史。这话让有些人听到了并不肃然起敬，有的还笑到满地找牙。什么叫历史？你这些破破烂烂，无非是沽名钓誉，跟历史有一毛钱关系吗？老储不理会。有一次在无锡一个收藏家那里，老储从一堆破烂里找到一份折叠的旧文稿，小楷写得极工整。对方看他喜欢，就出价三十元让给他，老储囊中只有三十五元钱，讲好了是给妻子买一件毛衣当生日礼物的。收下这个旧文稿，只有五元钱了，连个背心也买不到啊。老储很内疚，就用这五元钱给妻子买了一把牛角木梳。妻子依然很开心。老储虽然是个语文教师，研究了半天，也不知道这个落款为赵秉忠的旧文稿到底是个什么东西。后来，他在《中国历代状元录》一书里找到了赵某人的名字，原来这竟是明代状元赵秉忠的殿试试卷，一下子这东西身价百倍了，害得老储激动得牙疼了一夜。

总之是穷搜。永远没有停摆的一天，只要有一口气。其实老储从来没有觉得自己苦，相反，他一直认为自己是这世界上最富有也最开心的人。每一件收藏品就像一个扎紧的包袱，潜伏在凡尘中的某个旮旯里，等着一场与痴迷者的邂逅。它的被打开，会充满神秘。有时是传奇，有时是喟叹，有时则是悲哀。在老储几十年的藏品里，有那么一些，虽然不是价值连城，却是他认为蛮有意思的东西。

一件是古代花钱买官的见证——户部执照。清廷选拔官员有两条途径，一是科举取士，通过层层考试，由举人、进士身份任职的官员，称“科甲出身”，那是正宗的货色；另一条是“捐纳”，明明白白写清楚了，就是花钱买官。乾隆初年，捐一个地市级的“道台”，需要一万三千一百二十两银子；捐一个知县，就便宜得多，仅三千七百两银子。捐了官，户部要发个凭证，这就是户部执照的来历。

按理，官员应该归吏部管理，怎么由管钱财的户部来发执照呢？按照老储的理解，吏部不可以卖官，否则官场就乱套了。户部呢，本身就是钱进钱出的部门，卖官的事，由他们在操作，钱一到，直接就进了国库。清朝公开卖官，是因为国库空虚。想来，这跟我们今天意义上的买官卖官，完全不是一回事。

作为一项“国家行为”，这买官卖官在当时不但不是什么可耻的事，相反，才路与财路都得以广开，它是透明的，虽然会让一些蝇营狗苟之徒混进干部队伍，但大清的皇法摆在那里，你不合格就废了你。而一些原本没有机会的民间才俊，花钱做官，有个让他一展才华的舞台，也不枉了人生一场。

老储收藏的这件户部执照，品相已经有些残缺，但大体格局还是完整的。从字面上看，咸丰四年，也就是1854年，有一个名叫杨立纲的山东青州府临淄县人，在向户部捐铜局捐了一百四十四吊钱之后，获得一个“从九品”的职位。

执照上这样写道：

> ……户部为遵旨，事据俊秀杨立纲，山东青州府临淄县人，年二十一岁，身中等，面赤无须，令遵例捐从九品职衔，捐京钱一百四十四吊，所捐银两于咸丰四年十月二十五日交户部捐铜局收讫。

有意思的是，这个执照还有一个附页，上面开列着杨某人曾祖父、祖父、父亲等三代人的姓名。大约有担保连坐的意思。至于“身中等，面赤无须”之类，大约是怕别人顶替假冒。执照一式两份，官府留档一份，本人保管一份，中间有骑缝印章和编号。

从九品是清代最底层的官员，基本没有什么实权。职与级的区别在于，前者是实职，后者只是一个待遇。不过，一个二十一岁的青年，一步跨到“从九品”也不容易，毕竟是正式干部了，当然他要走的路还很长，还要花钱。如果有一天他的钱能进到某位关键官员的口袋里而不仅仅捐给国库，那他就上了做官的快车道了。因为按规定，花钱捐的官，一般不会给实职，只是一个名誉。至于如何从虚职走向实职，这超出了老储的研究范畴。查阅资料他才知道，当时清廷卖官也是无奈，太平天国闹得很凶，还有南方的“天地会”、北方的“捻党”都在滋事造反，朝廷到处发兵，已然捉襟见肘，只能大肆卖官，以作贴补之用。

老储的藏品里，还有一件清代同治年间的卖身契。把一个人的身体当商品卖，这在旧时并不稀罕。文字在这里的表述，连起码的矫饰也没有。

官　契

立卖契文约代理人曹康，因族兄曹胜不幸亡故，族嫂告借无门只好改嫁，家中业产亦不足抵债。为曹赵两家相安无事，经亲友说合，将曹胜十三岁女儿曹芬卖给曹胜之债主赵润有，过门之后所欠银二十五两一笔勾清。曹芬到赵家当奴做妾，任其安排。但如要卖给他人或烟花，族人有权阻止。空口无凭，特立卖契文约，一式两份各执为凭。

接下来是中人的姓名和曹康的签名与手印。

这居然还是一份官契，上面有太平县衙门的官印。还有一个相当于今天的发票一样的“契尾”，既然盖了官印，衙门就要收税。契尾上写明，此契收税银一两六分，其税率合百分之六。

从契约来看，当时买卖人口不但是合法的，甚至是官府财税的一个渠道。古时女孩，十五岁称“及笄”，那是一个约定俗成可以出嫁的年龄。但这里的曹芬只有十三岁，一样可以给人“当奴做妾”，没有人说一声不可。可见未成年人在那个社会，根本不可能得到什么保护。契约的底线是，买主赵润有不能把曹芬转卖给他人或妓院。但是，制约他的力量非常脆弱，仅是一句“族人有权阻止”，哪里拦得住赵某人像转卖一件器物一样，随手把曹芬甩给别人呢？

这份卖身契的品相非常完整。老储从一个收藏家那里花了两万元才把此件搞定。两万元在老储这里已经是巨款，因为他仅靠退休金生活，自己与老妻多病，除了起码的生活费用，他几乎在收藏上倾其所有。有一次在收藏途中低血糖休克，倒在乱糟糟的车站上，幸亏有好心人才把他救起。

有一年，朋友告诉他，在山西运城，一个民俗收藏家手里，藏有一封清光绪十九年的休书，价格并不很贵。当时老储正在收藏古代妇女身世系列的藏品，听到消息，冒着高温酷暑，赶到运城与收藏家见面。时光过去一百多年，这封休书的色泽还很鲜艳，老储怀疑是赝品，后来请圈子里的专家鉴定，确凿无疑才放心。

古时男人，对自己不满意的配偶，至少有七个理由可以一纸休书就打发女人回家。这七个理由分别是无子、淫乱、不孝顺公婆、口舌多、盗窃、嫉妒、患恶疾。所以，老储解读手里这份休书，心里真的很难过。

光绪十九年某年某月，被休之妻景氏，河南温县赵家堡三甲人，光绪十年逃难来到山西，婚后生一女。休书上说她有盗窃行为，但没有说明是盗何人之物，也没说是偷了什么东西；又说她不守妇道，喜欢挑拨是非，凡事不能忍让，多嘴多舌，搞得家里鸡犬不宁。于是，一纸休书，就打发她卷铺盖了。

休掉一个女人，理由竟然如此简单。但支撑这份休书的，却是一个家族乃至当地的官府，因为休书上有族长的签名和当地官府的大印。

于是老储写了一篇文章，控诉封建社会对女性的无端摧残。他还这样假设，说景氏盗窃，一个贫困的村子里有什么可偷的？或许她嘴馋，偷吃过邻居挂在篱笆上的番茄或者黄瓜；说她凡事不能忍让，或许她为人正直、性情刚烈。不守妇道这句话太重了，可以要一个女人的命。男人为什么这样狠心下手休她，或许是她不会生育？或许是只给他生了个女儿而不是儿子？可是，老储又设想，景氏还可以再生啊，男人为什么不给她机会？急煞人，善良的老储百思不得其解。他不知道，支撑男人的，不但是族长签字和官府大印，还是一个社会普遍认同的价值观。

有一段时间，老储迷上了古代的土地契约文书，俗称土地证。长期在乡村生活，他感觉到土地是农民的命根子，因了土地而引起的纷争，代不绝书。他发现，无论哪个皇帝当家，土地证都是最讲究的。别的证照都会在流传中残缺，唯有土地证，只要是存世的，几乎都是完整的。这证明，土地证实际比人的生命还重要。所以老储在获得一张久远年代的土地证时，其兴奋程度就像得到了那片土地。一张小小的土地证上，透露出很多信息，这些信息本身就是知识。比如，明代朱元璋甫一登基，便用二十年时间在全国进行大规模的土地丈量和人口普查。即使是零碎小块的土地，也绝不放过一处。这就形成了具有历史意义的鱼鳞图册。老储得到的一份鱼鳞图册，上面详细的编号、面积尺寸，该土地的形状图画，非常详细；那个朝代的幽秘气息，依稀还粘连在这份地契证书上。它的背后，是几代人的汗水开垦与辛勤收获。每一个字都斟而酌之、小心翼翼。而清代顺治、康熙、雍正、乾隆年间的土地证，由于土地政策的不同，税收比例的区别，在证照的文字、表述上均有差异，满族人统治的汉民族，在一份地契上变现出的逢迎与世故，让老储细细读来颇费思量。

圈子里外的人知道老储好这一口，吊他的胃口，成为一些人的乐趣。让他一趟趟地跑，让他絮絮叨叨地说好话，让他不厌其烦地找领导打招呼，反正让他折腾。收藏界的旮旯里，人性的幽暗永远像磷火一样若暗若明，老储却是金刚不坏之身，有些东西他视而不见，有些东西他装糊涂。但凡看中的东西，却寻死觅活也要得到。为了一个高尚的目的卑贱地活着，正是老储很多年来的真实写照。为什么有那么大的力量支撑他？或许是他把人与物件之间的隔膜打通了，这世上的精神，都是从物体中产生的，对于旧物能够秉持一种持久的审美的人，最有可能接收到旧物上释放的精神密码。这个过程是艰辛的，也是迷人的。

到老储年满八十岁的时候，他的一双从来不辜负他的老腿不听话了。几十年的积累，他的藏品可以堆满几个仓库。书出了好几本，又大又厚；名誉也纷至沓来，在他生活的地域，如果有人不知道老储是谁，那绝不是老储没有名气，而是那个人太孤陋寡闻。捧场的人当然很多，媒体也经常发表扬信，赞誉的文字都烫了金边。开始他很受用，但耳边说来说去总是那几句话，听着就有些麻木。政府很给面子，腾出不止一个地方，给他建立收藏馆。对照他当年立下的格言，那个留在世上的“有益的脚印”应该是很清晰了。说白了，所谓脚印，就是青史留名，奋斗一生的人，钱可以没有，但名声不可湮没。老储的名头很多，但他心里并不是很快乐。为什么呢？没有人知道。他的子女都很孝顺，也都安居乐业。当然不可能像他那样东跑西颠，省下饭菜钱去搞民俗收藏了。老储过去读了些书，都是儒家的道理，无非是修身齐家，然后治国平天下。他倒并不是要子女们干惊天动地的大事，但是，留下“脚印”是必须的。但是，孩子似乎都只关注着自己的小日子。一种相反的观点是，你自己的一生已经这样艰辛了，难道还要我们和你一样风餐露宿、吃糠咽菜吗？什么留脚印啊，你出名，我们可不想出名。我们已经很“修身”了，各自安居乐业，也算“齐家”了，后面那两句话，说出去别人还不笑掉牙齿啊。

有一天老储突然反思，自己这辈子，真的没有给子女们留下什么。他所有的藏品都捐给了政府。曾经有外地的老板，愿意出几千万端下他的所有藏品。他不肯。天知道，子女们会怎么想。话说回来，他这一生，等于一直在磕长头，五体投地、义无反顾。乡间有句俚语：磕了九十九个头，放一个屁，等于前功尽弃。老储再傻也不会那样干。

但是，四顾茫然，他一以贯之的精神，真的没有一个人能够并且愿意传承下去。他终于知道自己为什么不那么快乐了。

在他生命的弥留之际，他的脑子突然变得非常清晰。他的所谓精神，一直被一种甜蜜而剧毒的“癖”捆绑着，其间有悲苦，有快乐，有追求，更有不死的欲望。它们相互交替、裹挟、发酵、再生，支撑他在这个世界颠簸了几十年。让他既欣慰又难过的是，他企图收藏这个世界，结果连冰山一角也未能穷尽。最后，这个世界悄悄地来收藏他了。他以为，自己这个老东西，品相还算不错。

十二 原野上的荒腔走板

那些动人的歌哭里，有我们的生命底色。

一 做剧与看剧

那一天原野上的风刮得很大。深秋转换初冬的季节，裸露的田塍显得深沉而苍凉，寒气在慢慢集聚，夕阳已经放弃了最后的发力，变成一个模糊的发育不良的鸭蛋黄，渐渐沉到了地平线下。唯有村庄上空的炊烟是温暖的，就连它的悄悄弥漫，也显得安逸迷人。伴随着人气和鸡飞狗跳的声响，以及鸟儿归巢前的聒噪，一个平常的黄昏，就这样不打半点折扣地走向夜晚的深处。

如果不是一支文艺演出队的悄然到来，这个乡村之夜，便将是一如既往的寂寞而萧索。江南大地的版图上，有无数这样的村落，黑夜的降临就像一个休止符，消解了白日乡场上的喧闹声响，就连一片树叶掉在地上的声音也非常清晰。而村前的河浜里，突然一阵鼓乐齐鸣，一条扯着红旗的木船由远而近，翩然而至，鼓乐手们站在船头船尾，每一个人都挂着笑脸，演奏的动作都是潇洒而熟练的，让人感觉到，他们很专业，不像是一副临时搭建的草台班子。此时村上的男女老少都围拢到河边上看热闹了，他们发现，村里的几个锣鼓手早就守候在岸边，在木船靠岸的河埠，他们也开始吹吹打打，既接应着木船上的鼓乐，也颇具迎接贵宾的仪仗队风范。

木船刚靠岸，乡亲们便蜂拥上去，帮着演出队搬运道具和帷幕，这样的一份默契用不着有人指挥。轮不上搬东西的，也在一旁瞅个新鲜。这个场面会持续很久，因为队长还要宣布，二十位演出队人员，将分到十五户人家去吃晚饭。名单是早就定好了的，但队长每宣布一个，场面上还是会引起一番波动。叫到名字的，欢欢喜喜地把客人领走了，没有轮到的人家，脸面上有明显的失落。但无论如何，一个让乡亲们难得欢欣开怀的良宵，正在拉开它简朴而热切的帷幕。

这是半个世纪前江南乡村的一个场景。如果让一位九十六岁的长者周锡芝来回忆，他会执拗地提示，当年六田圩村的文艺演出队所到之处受到的欢迎程度，完全超过了以上文字的表述。当时他是六田圩村的书记，在他的记忆里，演出队上岸的时候，岸上不但有锣鼓欢迎，村上人鼓掌声音还是蛮响的，显然这让队员们非常受用。那时没有饭店，队员们都是被分到各家去吃饭，显然预先已有安排，但现场还是有争抢的。比如张家会问李家，你家什么菜？李家会豪气十足：炖鸡蛋，萝卜丝烧鱼。当时乡村的饭桌上，能有这两道农家菜是很牛了。然后，张家突然冒出一句：我家还杀了一只鸡呢。李家不吭声了。杀一只鸡，在当时是一件太隆重的事了，就是过年，也未必能每家杀一只鸡吃啊。说着，客人就被张家领走了。想想，这演出队的规格也有点偏高了。

周锡芝老人还说出一个别人未必知道的细节。当时演出队有个带着吃奶小孩的年轻女子，叫玉儿，她是演出队的主角，她上场演出的时候，孩子就只能交给一个有奶水的母亲。然后在演出的现场，会有两三个以上的奶娘围着这个孩子，轮流抱他，给他喂奶，这些奶娘都是村上哺乳期的大嫂，是奶娃志愿者，也都是爱看戏的铁杆戏迷。

夜幕降临了，演出开始了，是在村头的打谷场，一个土台子上。场上早挤满了人，土台子附近的树上，也有人趴着。今晚先上场的剧目是锡剧《双推磨》。报幕员一说出口，台下就沸腾了，也不是什么新戏，说的也就是一个寡妇和一个单身汉的那点事。但大家就是爱看。说这个戏当时风靡江南并不夸张。大家都喜欢戏里的女一号，寡妇苏小娥，她是温柔的，又那样无助。人长得好，偏偏没有了男人。台下的男人们看了，哪里只是恻隐之心啊，心早就飞到台上去了。这个苏小娥靠磨豆腐为生，孤苦伶仃是肯定的。一天傍晚，她到河边挑水，没提防，水桶给一个匆匆忙忙的过路人撞翻了，此人名叫何宜度，是地主张某家的长工，人很忠厚老实，他辛苦劳作一年，张某竟把他的工钱给赖掉了。回家路上，他想着老娘正饿着肚子，年关又到，一个钱都没有，急得心慌意乱，不小心便把苏小娥的水桶给撞翻了。这一撞，戏来了，苏小娥知道了他的急难，很同情他，就把他请到自己家里去，还拿出五十个小钱给他过年。作为一个寡妇，她做到这样，在当时社会，非常不容易。因为寡妇门前是非多，一般男人哪敢造次。何宜度不一样，他一个老光棍，反正就那样了。这个男人看起来木讷，其实一点也不傻，力气都出在最要紧的地方。而且呢，台下那些看戏的妇女，还就是喜欢何宜度这样的男人。勤劳之外，脾气又好。你看他帮她干活，挑水、推磨、灌浆、烧火……事情做起来不急不忙，多好啊。换了今天的人们，一眼就看出来了，其实他就是赖着不想走，套磁。但当时的观众只愿意相信他是真正的憨厚。苏小娥一个人平常要忙到二更天的活，在何宜度的帮助下，不到半夜便全部做完了。可是，豆腐磨完，何宜度没有理由再待下去了，便提出要走。说他是欲擒故纵倒也未必，毕竟夜深人静，男女在一起怕不太方便。但此时苏小娥已经被他吸引，哪里舍得他走。于是请他喝了一碗豆浆，又借给他一件棉衣穿上。这是一件重要的道具。寡妇家里哪来男人的棉衣呢，分明是她那死鬼男人的。她已经把对方当成自己人了。于是对何宜度说了一句真心话：“你我都是苦根生，应该互相来帮助！”这个“帮助”就是一起过日子了。何宜度只干了半夜义工，就得了一个大便宜。这是今天人们的评估，但在当时，人们却认为，这是天作之合，两个好人应该这样走到一起。何宜度家里太穷，最后他答应把老娘接来，跟苏小娥一起生活。今天的人看到这里，又会说何宜度太寒酸了，连个房子都没有。但在当时，人们不看重这些。男人背着老娘到女方过日子，反而是一种反封建的时尚。这一对有了真诚爱情的青年男女，终于冲破了旧礼教的束缚，幸福地结合在一起。

这一出戏，当时人们的解读跟我们今天是不一样的。一个孤男，一个寡女，干柴烈火，一点就着了，却把他们包装得那么可怜兮兮。关键在于，它歌颂了妇女解放，也保护了自由的爱情。之前戏台上的寡妇，从来都是哭哭啼啼，哪有苏小娥这样光彩照人。戏里的每一句台词，都接通着地气，台上在唱，台下都跟着哼哼，唱词通俗易懂，大家都会背。如果演员不小心唱错了，台下就会有人不客气地站起来大声纠正。然后是动作、造型，夸张的程度，嗓音与眼神，都是有讲究的，这出戏，县里的剧团到村里来演过，那便是一份经典的参照，在乡下人眼里，那就是顶级的，方言称这叫“煞顶”。因为乡亲们不太可能看到县以上剧团的演出。所以每一句唱腔，每一个动作，当然是以县剧团为准。所以，真要是哪天来个草台班子，把观众的心情唱别扭了，台下一定会不买账的。即便是最宽容的乡亲，也会吝啬他们的掌声。凭良心讲，这天晚上的演出队的水平，在乡亲们看来是够得上专业的。那个苏小娥一出场，很多男人的哈喇子下来了，眼睛瞪得有铜钱大。女人们也说不出一句挑剔的话。那天有幸把她接到家里吃饭的人家，当然是村里的队长金生了，这是女一号的待遇，也是一份当队长的特权。据金生队长媳妇发布的消息说，她得过县里的演出金奖，而且，她不化妆的时候，比化妆还好看，有点像电影明星王丹凤，双眼皮有韭菜边那么宽。虽然她有个吃奶的孩子，但真的就跟一个“大小娘”一样，这里的方言，习惯把黄花闺女说成是“大小娘”。

这天夜里的节目，《双推磨》是主打，但那只是一个小戏，后面还有锣鼓说唱《王老二进城》、三句半《巧媳妇与笨阿婆》。都是小节目，说的都是村里家外的新人新事，虽然鸡零狗碎，但蛮好看，一点不比那些大戏差。也有悲苦的段子，女人死老倌，老来丧独子；寒天吃凉水，黑夜走残桥。台上在唱，台下在哭。这叫什么？借人头哭自身。活在这世上，哪个人没有半桶苦水？这样的时候哭，一点也不显得矫情。开开心心地哭过之后，人就特别舒坦。

也有出差错的时候，比如，王老二唱着唱着，嘴上的胡子掉下来了；然后，笨阿婆的围裙穿反了；等等。但这些都没关系，观众们还是一致夸赞，这些节目真好，演出队的人像城里来的，不比县剧团差啊，个个有礼貌，拉胡琴佬、笃板鼓佬、吹喇叭敲锣鼓佬，都蛮有水平。这是一支什么样的演出队呢？虽然村上人早就知道，今晚这副班子，是三十里水路以外的六田圩来的，但他们现在有了新的评估，这是一副完全可以挑战县剧团的班子。该死，为什么我们这么大的一个村子，拉不出一支像样的演出队呢。

二 念想与欲望

六田圩在哪里？不就是那个在滆湖边的大村子吗？然后我们把时间切换到白天。于是我们发现这个演出队的全部成员都在田里干活。也就是说，他们无一例外是这里地地道道的农民。按照彼时的行政级别，六田圩只是江南水乡徐舍地区的一个生产大队，这个地方四周都是水域，几十里荷田芦苇水草，连风也是绿的。村庄是浮在水面上的岛屿，进出都是行船。这里的人都好个嗓子，也不知道是不是河水格外清甜的缘故。民歌之类，这里有点多的，但光唱民歌，肯定不过瘾。锡剧是这里的地方戏，老祖宗名叫周奎大，早先锡剧叫“唱滩簧”，是站在长凳上唱的，百余年前，周奎大带着徒弟一路卖唱，居然把滩簧戏一直唱到大上海的小弄堂里，开始是摆地摊卖唱，后来就壮着胆子，到三马路的“天外天”茶楼里占了一张台面，甚至一度在“大世界”这样的娱乐中心轧台型。不过好景不长，“大世界”老板黄楚九去世，由大佬黄金荣接手。一些小戏种被踢出门去，锡剧也未能幸免。也不光是周奎大们在唱，锡剧内部的流派和山头很多，都在拼命抢地盘。周奎大们感觉，锡剧还是要回到老家去发展，常州无锡一带，喜欢锡剧的人非常多，为什么要在上海为了一口饭跟别人打得头破血流呢。

于是锡剧回家了。虽然它没有昆曲、越剧那样的名气，但也有类似水磨腔一样的曲调，其间奥妙与花头蛮多，软糯中有刚烈，欢愉里有悲伤，也是蛮迷人的。一个地方，有方言，就会有以方言展开的戏曲，这不但是人们生活里的彩头，也是人生情感倾诉的道口。通常的模式总是小姐落难，公子讨饭；好人受苦，仙人下凡。如果公子最后没有考上状元，和小姐的姻缘没有成全，奸臣没有伏法，观众是不肯散去的。做剧的人们必须给他们一个交待。尤其是在吃不太饱、穿不太暖的年月，人们在精神上更加经受不起挫折，哪怕是虚拟的团圆，也是抚慰心头的一帖良药。锡剧就这样世世代代传唱下来，成为一个地域男女老少必不可少的一道精神饭菜。

六田圩村上有个周家祠堂，是空空荡荡的旧房子。每到夜晚的时候，周家祠堂的汽油灯就亮起来了。村上的青年男女，饭碗一扔就往这里赶，他们把排练节目叫作“练剧”，把演出叫“做剧”，看戏当然就叫看剧。若要问这里的人做剧的历史，他们会毫不含糊地说，祖祖辈辈都喜欢做剧的，一直做到了今天。不做剧，空闲的时候怎么过，还不憋死啊。

实际上，晚上的“做剧”和日后的看剧，是这里的人白天拼死干活的一份念想。也就是说，在最累的时候，想到还能有做剧和看剧的生活，这心里就有了一份疏放和轻松。或者说，只有做剧与看剧的时候，才是他们最开心的生活。为了能够好好做剧与看剧，他们不在乎白天拼死地流汗出力。即使是白天把力气都干完了，晚上只要周家祠堂的汽油灯一亮起来，他们的精气神就来了。

说这是一个地方的风气，也是因为背后有巨大的民间支撑。广袤的原野上，潜伏着人们的精神诉求。如果我们愿意来做一项田野调查，以 20 世纪 60 年代中期某个冬夜的八点钟为例，看看一个村子里的各色人等在做些什么，我们就会知道，这么一个纷繁的人间，在明月高悬的夜晚，竟如草木一般的寂然无声。

第一类，七八十岁以上的长者，在这寒冷的冬天，晚上约莫八点的时候，乡村的老人已经上床睡觉了。为什么这么早？因为江南的冬天，屋子里没有取暖设备，被窝里是最御寒的；没有夜生活的晚间，念想之类也会寡淡。早先乡村的晚上还有麻将和一种叫“游湖”的纸牌游戏，但没有输赢的麻将和游湖是没劲的。有输赢就变成了赌博，政府是特别禁止的。这样的夜晚当然也可以聊天，当地人叫“嚼死胡”，熬到很晚。但是，老人们的晚饭，也就一碗稀粥加半根萝卜干，你不让他们早点睡，坚持到夜里七八点，已经撒两次尿了，肚子里比较空泛。饭后百步走，活到九十九。那是长期喝稀粥的人群口头流传的健身诀，为什么只走百步？因为肚子没有油水。多走路腿就发软。20 世纪 60 年代中后期之前，乡村连电灯也没有。老人们早睡，也是为了节省灯油。

老人们总是企盼夏日的早早到来。因为，只有在炎热的夏季，在每家门口的晒场上，在用竹床或门板支起的乘凉世界里，老人们才有可能成为被儿孙们环绕的主角。火炭一般的夜晚，屋里根本不能睡觉，所有的人都在晒场上沐浴黑夜里微风的流光。此时在老人的缓慢的讲述里，乡间流传的善恶故事，忠孝礼义的各种传说，小镇茶馆听来的《三国》《岳飞》等段子，甚至根据民谣传说改编的各式口头版本，都在萤火虫飞舞的夜幕里渐次打开。每个人屏气凝神而又兴味盎然，只觉得时光飞逝，不知不觉驱散了夏日的漫长。那种讲述，带来了乡村世界的平衡和安宁，也有善恶有报的价值观的潜移默化，而长辈的尊严和海量识见，足以在他们的讲述中让小辈们心悦诚服而五体投地。故事结束时，讲述的老人总是能得到一碗山芋汤的待遇，这是小辈们烧给他吃的，没有糖，但加了一点自酿的桂花蜜，还是蛮香的。

第二类，四五十岁的中年人。上有老、下有小的他们，冬晚七八点钟的时候，男人在整理农具，镰刀和锄头是需要磨的，种子是需要筛选的，什么地块种什么庄稼，都在男人心头盘绕着。还有些小农具，需要修理，什么裂了口子的簸箕、漏了水的粪桶，等等。如果还有空余时间，他会搓些草绳，缠成一个绳球，家里田头会有用处。然后他会出门，习惯地做一个仰望星空的姿势。地道的庄稼人都懂得一点天象，哪块云里是风，哪块云里有雨，他心里有数的。明天是个什么天气，对地里的庄稼是有利还是不利。然后他还要去猪圈、羊圈、鸡窝看看，这是一次真正的巡视，他手里连一把手电筒也不拿，但即便是闭着眼睛，支起耳朵，鼻头嗅嗅，他也能分辨出，哪只羊在嚼草，哪头猪在贪睡。有时他会跟畜生们聊聊天，但更多的是训话，无非是多吃多睡多长肉。反正冬夜的男人很忙，但所有的事情都是他自己找的，这些琐碎的事情里，或许有他的乐趣。说这是他常年不变的娱乐生活也真难为了他。但如果村里有剧看，他肯定会把这些扔下，哪怕是邻村在做剧，就是跑个五里八里，他也会去。这个时辰，他家里的女人还在围着锅台转。刷碗，烧猪食，喂猪喂羊喂鸡，如果暂时没有破旧的衣服需要缝补，那她也要在灯下纳鞋底，男人和孩子都比较费鞋，她一双手天天夜里纳鞋底，也跟不上他们费鞋的程度与速度。她有乐趣吗？天知道，她在灯下干活时也会哼哼，什么《小白菜》，什么《珍珠塔》，还有《王贵和李香香》，都是年轻时唱过的。这表明，她年轻的时候也是会做剧的，但生过几个孩子，她就不做剧了。倒不是因为她的腰身变粗了，脸上长皱纹了，而是心情不一样了，太忙太累，都是托词。上了年纪的乡村妇女，如果还扎在大姑娘小伙子堆里，家里的男人会答应吗？别人的眼光也会不一样。她只有等待机会，如果村里的打谷场上难得来做一场剧，她肯定会带着孩子去看，即便一场老电影，哪怕是放映过几十次以上的《地道战》，她也会非常兴奋地期待。但这样的日子太少，她的主要舞台，还是以锅台为半径的，有时候她的歌只能唱给鸡鸭猪羊们听，它们的叫唤就是褒奖她的掌声。

第三类，二三十岁的年轻人。假如以六田圩为例，夜晚七八点钟的时候，周家祠堂的门窗都在发颤，空气里有强烈的荷尔蒙气息，如果划根火柴，空气都能燃烧。锣鼓正以喧天的方式，替代他们释放青春的激情，琴声悠扬，轻歌曼舞，与窗外的月色很搭。无论上边发不发文艺汇演通知，他们会抓住春秋两季以及年前的空隙，到这里来练剧。演出队的构成，多半是村里的民办教师，城里来的下放知青，当然本村的姑娘小伙是主打，还有外村嫁过来的新媳妇，本来就是文艺骨干。一嫁过来就进了演出队，等于让六田圩捡到一个宝贝。这些人构成了文艺演出队的骨架，而年轻人的倾情投入，还因为他们正是谈婚论嫁的年龄，漫漫的长夜，你让他们去哪里谈情说爱？当然，广袤

田头演出（陈寿春摄）

的原野会向他们提供一切可能，而情感的孕育，还需要演出队这样特定的环境。

无论练剧、做剧，所有人都是义务，生产队从来不计工分，也没有任何形式的补贴。但这些从来不是问题，没有一个人在练剧做剧的时候，会提出他需要经济报酬。那时候的人，说到钱就会脸红。而且，有一度，六田圩演出队的名额居然非常金贵。想进演出队的人太多，因为演出队经常可以应邀到外地去演出，这是六田圩村唯一一个与外界接触、显示自我的机会。去别的村里演出时，受到的尊敬和待遇，很让人羡慕，就像电影里的八路军进村一样。特别是有一次，演出队应邀到溧阳县的沈家村演出，接待很隆重，公社书记都出面了，演出结束后，对方还请每个队员吃了一大碗肉笃面。那是什么待遇啊，肉笃面，就是用切得雪薄的肉丝，放在面条里，加上雪里蕻，用文火笃，再浇上麻油和酱油。有的人生下来还没有吃过。一张嘴，鲜了半夜，回来一直讲，眉毛都鲜脱一半了，急煞人。

但是，一条演出船外出，上去二十人就已经超载了，再说，人太多了，对方村里也不好接待，所以名额紧张。打进演出队，就成了当地青壮年的一项标配。有人发现，在演出队里待久了，出门办个事也比较容易，知名度高了，谁都高看一眼。女人们还发现，在演出队做剧，可以延续青春，人不太容易老。如果嗓子好，身材没有变形，又有知名度，就可以在演出队一直待下去。但是对于一般人，淘汰率是很残酷的。有决定权的人不是生产队长，而是演出队的“四大金刚”，他们分别占领了导演、文场、道具、后勤的位置。一个主角的确定，没有哪个人可以独立拍板，就是一个配角，也是要“四大金刚”坐下来商定的。而且，一个主角某一天身体不适，或者有急事来不了，谁也不惊慌，因为谁都可以顶上去，等待机会的人太多，然后顶替的人在台上大放光彩，大家觉得他比原来的那个还好，事实上原来的那个就被淘汰了。被淘汰的人不肯走，宁愿搬道具，甚至摇船，点汽灯，说不定哪一天他还有咸鱼翻身的机会。

到了 20 世纪 70 年代初期，江南乡村流行演出“样板戏”，那是八个现代京剧的总称。锡剧自然站到一边去了，大家学京剧的热情非常高，其中最有名的《红灯记》《沙家浜》《智取威虎山》，你到乡村里去走走，谁都会哼哼。不过，六田圩村当时演的是歌剧《白毛女》。唱惯了锡剧的人，居然唱歌剧，而且唱得相当不赖。那时的六田圩很红，到处都来请。每一个村子都要演样板戏，已经成为政治任务。且说这一年公社发了文件，要求每一个生产大队要演出样板戏，演不了大戏的，也要演折子戏，并且还将举行汇演评奖。于是附近的村子都动起来了，时不时来六田圩取经，也有把六田圩的人请到自己村里做导演的。滆湖边有个李家村，工分值很低，那一年最穷了，一个劳动日只值七分钱。但是，李家村却要演一台全本的《智取威虎山》。他们郑重地到六田圩来拜师，这里的人好心劝导，就演个折子戏吧，比如《打虎上山》。演全本戏，代价太大。一句话把李家村的人弄得不高兴。什么叫代价太大？是啊，我们村是穷出名了，但是我们人穷志不短哪。就是大家砸锅卖铁，这台戏也要演。于是六田圩真的派出了一个“导演”，名叫周方大，此人有文化，不但唱功好，还会翻跟斗。因为《智取威虎山》有很多武打戏，你连跟斗都不会翻，怎么教别人？有一天晚上，夜很深了，周家祠堂照例还在练剧，周方大来了，他刚从李家村回来，说起那里排练的情况，连声说，罢了罢了，我们六田圩，哪里是他们的对手。大家说，不至于吧。接下来方大说了一番话，说得大家真的坐不住了。

原来这李家村的人，都有点“一根筋”。也不知道他们是跟谁憋气。竟然举全村之力在练一部大剧。演男一号杨子荣的，是个退伍兵，据说在部队干过特务连，他一口气可以翻十个跟斗，而且不喘大气。然后，演反派一号座山雕的演员，竟然有六十多岁了，此人退休前是金坛县剧团的炊事员，别看他是个做饭的，做剧倒是蛮灵，原来他老早就是演员，犯了“生活错误”才去做饭的。居然他也有硬功夫，那种三百六十度翻旋起来的“燕子撇水”，他一口气会来好几个。完了，咱们六田圩哪有这样的人才。再说道具，他们把村里最粗的一棵老榉树砍倒，做了几十支木头枪，把各家的蚊帐收起来，改做成奔袭威虎山小分队战士穿的斗篷。他们没有钱买化妆的胭脂，就把篱笆边的凤仙花采集来捣碎，熬出一种搽在脸上鲜亮鲜亮的胭脂来。演反派那些角色，没有油彩化妆，就用锅底灰抹在脸上；“解放军”和“土匪”的军装，都是村里妇女连夜织的土布做成，她们把南瓜汁和几种草头放在一起熬，熬出来的颜色，就是军装的颜色。他们的琴师特别厉害，就是那个夜校的瘸腿先生，他有一把京胡，是从苏州亲戚家借来的，声音特别好听，又响亮，小喇叭一样。总之为了做剧，李家村豁出去了。

练剧和做剧的故事在原野上流传了很多年，连同那些不着调的荒腔走板和青春不老的故事。周锡芝老人的回忆里，那年冬天的公社汇演，李家村演的《智取威虎山》和六田圩演的《白毛女》并列第一名。李家村当然举村狂欢，自家酿的米酒喝了大半夜。但六田圩的人却有些失落，说是并列第一，李家村还是排在他们前面。这个“并列”的做法，其实是给六田圩一个面子。论做剧的实力，李家村当然不是他们的对手；但是，李家村的那股全村爆发的激情，男女老少拧成一股绳的劲道，那一种不服输的精气神，却超越了他们。那一年，由于自然灾害，六田圩每个劳动日的工分值也只有两毛五分。但比起李家村，已经很厉害了，你想想，在李家村的田里干三天，只值在六田圩干一天，还不把人气死啊？但是，只挣七分钱一个劳动日的李家村人，在乡村的舞台上却找回他们自己失落的尊严，这其中的奥秘，只有老天爷知道。

三　痴与迷

从六田圩向南行走四十里，就进了苏浙皖三省交界的一个繁华山镇，名叫张渚。因为富足，人心也良善，岳飞当年在此屯兵十年，兵壮民安，有口皆碑。通往浙江和安徽的山路，也被古时的人称为茶马古道。这里看戏的风气更盛，戏班子也多，南来北往的客商口味庞杂，京剧、越剧、昆曲、黄梅戏，都有自己落脚的处所。能在山镇上长久居住，要么有手艺，或者有生意的买卖，唱戏和看戏的人，囊中是不羞涩的。他们称自己是票友，上了年纪的资深票友，会被别人尊称为先生，也叫名票。做票友，光有兴趣还不行，还需要实力。山镇上有个艺林剧社，很多年红红火火，并不是喜欢唱戏的人就可以加入的。剧社的人，都见过世面，所谓世面，就是舍得花钱到上海去看戏，去拜名师。比如有位堵某人，家里在张渚街上开了好几家店铺。祖辈几代，都是票友。他儿子堵小开，从少年起，就好这一口。他唱叶盛兰的小生，颇有几分乱真。每年要有好几次，他背着铺盖，去上海看叶盛兰的戏。为什么背着铺盖？据他说，是叶盛兰的戏票难买，都是要半夜排队的，冬天的夜里很冷，他把铺盖往售票处的门外摊开，人卷在被窝里，舒舒服服睡一觉，这样一点也不伤元气。还有一个缘由他不肯对别人说，看完戏，他还是用这个铺盖，到火车北站的某个角落里缩一夜。他不是很有钱吗，为什么这样吝啬。其实到他这一代，家里已经不那么有钱了，囊中的一些碎银，还要派更大的用场。他的愿望，是跟叶盛兰同台演个角色，过一把戏瘾，他最喜欢叶老板的《群英会》，当然要在天蟾舞台或者黄金大戏院这样的地方，叶老板演周瑜，他不敢演盗书的蒋干，那戏份太重，但演个鲁肃，戏份不多，又体面，又能跟叶盛兰搭戏。他愿意的。人活一世，能做成一件自己最开心的事，也就值了。

但是，这种机会并不容易，必须要耐心等待。先是花钱疏通天蟾舞台的经理，然后跟叶老板身边的人接触，让叶老板先看看他的台风扮相，包括唱功，能不能凑合鲁肃这样的角色。如果觉得还行，戏份也不会给他很多，但同台是一定的。即便是鲁肃这样的角色，对方要价也并不低，一般的行情，他上台跟叶老板搭一段戏，要出三担白米的价格。其时民国年间，一担白米五块银元，他过一把戏瘾，也就几分钟，就要花去十五块银元。这样的机会，并不是把银洋交出去就能得到，你得等；要等到跟叶老板搭戏的演员生病，或者有急事，总之是不方便上台，你才有机会上。这要等多长时间啊，不知道。你想过戏瘾，就得付出代价。堵小开年轻的时候，常常在上海一待很多天，回来的时候，人们看到他的铺盖脏兮兮的，有点龌龊；感觉他不像是在大上海看戏，倒像是在“下只角”的某条弄堂里讨饭。但是，堵小开不慌不忙拿出一张他和叶盛兰搭戏的剧照，王开照相馆洗印的，真真切切是他，太牛了。堵小开说，叶盛兰身上那副行头，价值八万大洋，众人听得眼晕。所以堵小开在山镇剧社的地位一直雷打不动。只要说起跟叶盛兰搭戏的事，他轻声细语，不慌不忙，说那天先是跟叶老板在上海飞达西餐厅喝午茶，上的点心是戚风瑞士卷、抹茶相思饼、芒果摩芬，最后一道意大利薄饼，极脆且香。大家听得馋涎欲滴。然后堵小开话锋一转，说，你们知道，每天有多少人想见叶老板吗？那个队伍排过去，不说一里地，也有三百步。然后说到叶老板的风度，说他面如冠玉，唇如涂朱，一袭笔挺的法国西装，完全是个翩翩佳公子。

他这个人，待自己有些吝啬，五分钱一块的麻糕、脂油萝卜丝的，他说不好吃，三分钱的麻糕里，只有些切碎的细葱，他说很香，实际上还是省那两分钱。待别人，那是很大方的，大凡剧社排什么戏，只要吱一声，该出钱就出钱，该出力就出力。可能是入戏太深，自己走不出戏里那些让他崇拜的角色，平时说话，冷不丁冒出一句戏文，也有人说他酸文假醋的，做人和做戏有些混搭。

这里经常有外地的戏班子来演戏，京戏、越剧、滩簧戏、黄梅戏，有意无意之间就在这里打开了擂台，都有被迷倒的票友捧场。无论哪个戏班子，到了山镇上，都要来拜一拜堵小开的码头，给他送票。他有时会请名头大的戏班主角吃饭，然后买上几十张票，分送给剧社的同仁，这就是够哥儿们的捧场了。

堵小开们除了演戏，让自己过戏瘾，还做一些慈善方面的事。比如，剧社到某个地方去演出，舞台下就有乞丐跟着，有的根本就是冲着堵小开来的，脂油渣一样破烂的黑棉袄上，扎一根稻草绳，一把鼻涕一把眼泪。谁让堵小开心太软呢，银子就是这样撒的。有一年，张渚山里山洪暴发，淹死很多人，有的人家屋顶都没了。艺林剧社一连义演三天，给灾民捐款，堵小开演《群英会》里的周瑜，毕竟是跟叶老板搭过戏的人，演小生的各种功夫，比如扇子、袍带、纱帽、翎子、靠把，他一样样都蛮上格式的。追捧他的人多，让他下不来台，日场加夜场，演得大口吐血。

新中国成立后，艺林剧社上演的都是比较革命的剧目，比如《一件棉袄》，就是讲的民兵抓特务的故事，还有《夺印》，是讲的乡村阶级斗争。堵小开人长得比较清瘦，演工农兵不太像，特务和地主反革命的角色，没有人肯演。他就说，我来吧。他最出名的角色，是《沙家浜》里的刁德一。好多人说，比《人民画报》上刁德一的剧照还神。走在街上，他嘴里叼着根白烟嘴，再接一支烟，像衔着一根小白棍。屁股后头跟着一群小孩，喊他：刁德一！刁德一！他并不恼，走出一段路，突然转身，从口袋里甩出一把糖果，小孩们趴到地上疯抢，他呵呵一笑，迈着方步，稳稳笃笃而去。

因为有堵小开们，有艺林剧社，山镇的人们看戏的胃口，一直被吊得很高。三天两头有戏看的日子，想来是滋润的。一般的草台班子，不太敢到山镇来啰唣。都知道有一个跟叶盛兰搭过戏的堵小开，还有一个很厉害的艺林剧社呢。一直到堵小开们唱不动戏了，艺林剧社也还没有解散的意思。接上来的角色们，居然还算争气。有个小裴，在山镇上开饭店，为了让食客高兴，大家吃饭的时候，他就开唱，也不用话筒，嗓子是真正好。有一次堵小开去吃饭，他唱了一曲京剧《春秋亭》。堵小开扔下筷子叫好。然后，把他拉到一边说，小裴，你还是要拜师，至少要到省里，拜一个程派的名师。小裴很听话，真的去省京剧院，拜了第三代程派青衣、京剧名家钟荣为师。回来后，天天到山镇背后的高墩岗上去吊嗓子。后来小裴在山镇上唱得很红，他的饭店生意好煞，每天要翻台，很多人来吃饭，宁愿排队等，说这里的饭菜价廉物美倒是其次，关键是一边吃饭，一边可以欣赏到小裴那程派青衣的正宗唱腔。有人说，听梅兰芳的戏，等于吃鸦片；听程砚秋的戏，却好比打吗啡。小裴学程派，因为有名师指点，颇得真传。其腔调高出则如天外游云，低唱则似花下鸣泉。一米八的大高个儿，单听声音，绝对不像是个庞然大物，而是个美妙妇人，端的是简淡蕴藉，洒脱雅致。

因为有堵小开们倡导的风气在，小裴开饭店挣的钱，大半花在剧社和慈善方面。钱这个东西，小裴有个理念，挣一百元，全部给自己用，那是死钱。如果把一百元拆开，四十元用来作饭店经营的本钱，二十元做慈善，二十五元给自己花销，还有十五元投给剧社，那一百元就会有三百元的效益，饭店生意没有办法不好。后来剧社发展成戏曲协会，大家公推小裴当会长。他甫一上任，就要排演越剧《梁山伯与祝英台》。原来，离山镇不远的祝陵村，传说就是祝英台的娘家，至今还保留着她的读书台和衣冠冢。所以，听说要排演这出戏，小裴真心舍得花钱，颇有堵小开风范，光是一个演祝英台的女主角，他就给她做了八身戏服，光是一顶凤冠，就上千元。山镇上的裁缝他看不上，都是到苏州戏曲服装厂定制的。剧组在他的饭店排练，吃饭当然由他包了，本来楼下的大厅可以放十几桌酒席，他硬是要隔出一个排练厅出来，等于每天少收入几千元，他蛮开心的，桌子少了，饭店生意反而更好了，他就赚一个口碑，但没想到，口碑这东西一转身又变成了钱。他说，用在自己喜欢的事情上，钱才是钱。光是排一出《梁山伯与祝英台》，就花了八十多万元。他蛮开心。

最见不得的事，就是乞丐在他的饭店里讨饭。早些年，乞丐一出现，他就把他们叫到楼上，先让他们吃饱饭，然后给盘缠，让他们走人。可是，有的孤儿没地方去，吃饱了饭更不肯走了。最多的那几年，他一共收留和帮助了十三个孤儿。有一年冬天快到了，孩子们脚上的鞋子还是破的，有的还打赤脚。于是有一天，山镇上出现一支浩浩荡荡的队伍，由小裴领着，到了鞋子店门口，小裴说，你们自己进去选吧。孩子们一边选鞋，一边哭，都叫小裴爸爸。小裴说，看戏看多了，就觉得戏台上演的，都是身边的人，身边的事。我自己也是苦出身，帮别人，不就是帮自己吗？

小裴过戏瘾，离不开一个叫小毕的琴师。这个小毕倒不是他雇的，而是一条街上彼此投缘的弟兄。小毕九岁练琴，在县城文艺学校练的童子功。后来都称那地方叫“小京班”。小毕的一把京胡很厉害，看上去像老古董，其实是他自己做的。琴把子乌黑发亮，是紫檀木削出来的，琴筒上的蛇皮，是小裴饭店里提供的。张渚山里有一种大蛇叫“乌风梢”，肉质鲜美，清而不腻，或清炖，或红煨，或椒盐，或油炸，总之是小裴店里的金牌菜，生意特别火爆。剥下来的蛇皮，就归了小毕做京胡。有人说，小毕是开琴行的吗，那么多蛇皮，该做多少把京胡啊。此话倒是不假，掰着指头算算，过去十几年，小毕一共做了一千多把京胡。有这么多的人学京胡吗？倒也不是。就因为小毕的京胡做得好，完全是工艺品，不会拉琴的人，请一把回去，挂在墙上，既辟邪，也蛮有文化味道。当地人有个讲究，大凡乔迁新居，或者布置洞房，都得求件东西辟邪。京胡上有龙有马，蛇称小龙，蛇皮就是龙鳞；弓弦是马尾，而且京胡拉起来高亢洪亮，一如清气满乾坤，铿锵且遒劲。按堵小开的说法，京胡拉的是中国气派，是中国人的精气神。人们呢，也就取个意思，让自个心里乐呵一下。然后，附近剧院开张，开台戏也必得京剧，热闹，煞气重，可以镇住妖魔。大凡艺林社的京戏，必是小毕操琴，那一把京胡啊，拉得荡气回肠，余音绕梁。琴师不能抢戏，讲究衬、托、垫、带，与演唱者配合得严丝合缝。小毕的京胡重在伴情，注重内在情质，其工尺弓法一出音，即能触动演唱者的情感。其快弓密集，如狂风骤雨；其慢弓舒缓，似闲庭信步。就是不懂戏的人，听他拉琴，也能让一颗浮躁的心静下来，有一种安神的感觉。

后来，当地人把小毕的京胡称为“龙马精神”，谁家有个什么喜事，都要请一把京胡来撑个台面。不过小毕后来对小裴店里提供的蛇皮不太满意了，因为张渚山里比较潮湿，乌风梢的皮质显得偏软一点，音质就缺少厚度。他打听到长沙的乌风梢最好，皮质坚韧，做出来的琴，音质浑厚。小毕一拔腿就去了长沙，他在深山里打听，终于找到了好用的蛇皮。然后，又听说做琴弓的竹子，数福建的粽叶竹最好，遂又跑到福建长汀，买了六千根粽叶竹。后来听说湖南邵阳的箭杆竹做琴弓也不错，又一口气扑向邵阳。殊不知小裴戏瘾来了，没他操琴怎么行，电话一打，人去了内蒙古，干吗？琴弓上的弦，是马鬃做的，此刻他正在内蒙古大草原上选马尾巴呢。急煞人。

山镇上谁都知道，小裴唱戏离不开小毕。只要小毕的京胡一拉起来，他就像被打了鸡血，立马变成另外一个人。这一对宝贝，走到哪里，都是上宾。反正作为山镇名人是绰绰有余了。不过，对小毕的操琴功夫，艺林剧社的老先生们也有看法：毕竟是自学，没有名师指点，光靠小京班学来的那几把刷子，要见更大的世面，肯定是不够的。堵小开去世的前一年，给小毕介绍了一个老师，是溧阳县京剧团的夏云老师，江湖上都知道的一位老琴师，年纪并不很大，但资历很深。一把京胡到了他的手里，那叫风声鹤唳，荡扫千军。有一次，夏云老师从溧阳坐长途汽车来山镇看小毕，车到半路，也就是西渚白塔那个山旮旯里，突然抛锚，走不动了。夏云老师那天带了一台笨重的磁带录音机，五十多斤重的铁盒子。那时也没有电话，当时倒有一班返回溧阳的车，但是，想来想去，夏云老师决定徒步跋涉去张渚。他长得比较瘦削，一件旧白衬衫，等于撑着一个衣服架子。从白塔到张渚山镇还有几十里地，要翻两座山，你想想，那么一个瘦弱的人，扛着那么重的铁箱子，又不能有半点磕碰，不等于要他的命吗？小毕后来回忆说，夏云老师的肩膀上，都是血印子，那件旧白衬衫，都是一道道的血痕。干吗夏云老师要扛那么重的一个老式录音机呢，那是为了让小毕能听到最正宗的京剧名曲。接到夏云老师的那一幕实在太感人了。他头上都是汗，擦破皮的两个肩膀已经扛不了那个铁箱子了，就用两只瘦骨嶙嶙的手，把箱子紧紧地捧在胸前。小毕于是懂得，做戏也好，操琴也罢，为人是第一位的。这是夏云老师给他上的第一课。

后来小毕的京胡名气很大，那是夏云老师把真本事都教给他了。尤其是一种类似穿云裂帛的“炸音”，就凭着两根弦，里外扫荡，发出一种磅礴的排山倒海的气势。有几年，他给京剧名家宋长荣操琴，在江湖上走动，一个个城市漂来漂去，名气是有了，钱也不缺。但颠沛流离的江湖生活，让他感觉颇为不爽。梨园是个名利场，有些角儿他看不惯，估计别人也看不惯他；时间长了彼此都不自在。加上小裴隔三岔五催他回去，他无心恋战，遂向宋长荣老师告辞，回到了他的山镇。这个时候，小裴的饭店因为一些七七八八的原因也歇业了，他跑到张渚山里，承包了几百亩山地，搞起了多种经营。有票友戏称他是“清风寨主”。一走进寨子里，几百只爬坡土鸡四处飞散，“寨主”在干吗？当然是唱戏。日子要过，戏更要唱的。唱给谁听，鸡鸭鹅两千之众，都在凝神屏息。清晨起来，小裴站在山坡上吊嗓子，小毕呢，操把京胡，坐在溪水之畔练琴。两人一掰手指，合作唱戏也有二十年了，只要在一起，总是蛮开心。人生就是这么风风雨雨，但是有戏唱，有琴拉，命就还算不坏。后来小毕在山镇上开了一家琴房，好多人带自己小孩来拜师父。小毕不肯多收，小孩有没有出息，他抓起小手看一眼就知道。他的琴房很牛，上课的时候，除了学生，所有人必须离开。第一课，不讲琴，讲夏云老师扛着五十多斤重的录音机，翻过两座山岭来山镇看他的故事。小毕说，琴就是人，是人的精神，京胡就是拉的中国精神。他的学生，参加香港国际器乐大赛，没留神就得了特别金奖，他觉得也就那样，没什么了不起。甚至说，还没在家里拉得好，还是小家子气。他做的京胡，名气愈来愈大；北京上海的琴师也赶来定制，总是没货，得等。一把上好的京胡，得做小半年。其实小毕已经是老毕了，他做京胡，越做越慢，仿佛要把时光留住，让你感觉，他做的京胡，压根儿就是一把老琴，就像一个世纪老人，嗓子是沙哑的，但是一旦高亢起来，会把你的心气往上提，看高天上的流云，赏西山上慢慢下沉的落日，彩霞还在燃烧。让你心里有一种激动过后的舒坦。紫砂艺人做壶，底款都是自己的名字，小毕的京胡不刻名字，但打开琴匣，那琴上全是他的气息，有点清雅，有点孤高；那种手感，那种腔调，会把你带到一种高古的境界里去。

四 “战上海”

对台戏。在民间语境里，这是个“拉仇恨”的词。但最早，它竟是江南民间的一种极开心的娱乐。说的是一个与张渚山镇遥遥相望的古老水码头鹅州镇，这里看戏的风气可一点也不比山镇差。旧时的鹅州，因为紧靠运河，金黄的稻谷，雪白的蚕茧，碧绿的蔬菜，大船小船装着，穿梭一般在河面上。南来北往的客商都往这里赶。河街两岸，店铺挨着商家，空气里都是银元哗啦哗啦和算盘噼里啪啦的声音。“小无锡”的美誉，让鹅州的每一寸青石街皮冒出油来。每年的清明过后，目连戏登场，要一连演上几天。目连是当地孝道文化里的一个孝子角色，传说他下地狱救母，给母亲送的白米饭，总是被看门的小鬼吃掉。于是用山上的一种灌木枝叶的汁水，将白米染成乌米，小鬼一见白米饭变成黑乎乎的，以为发霉变质，遂予放过；如此，母亲便有了饭吃。于是清香的乌米饭，就成了民间的孝子饭。山上染乌米饭的寻常灌木，也有了身价，乌米饭引发的乡愁，给文人墨客的书写提供了经久不衰的可能。所谓的目连戏，也就是在乌米饭飘香的季节，拿目连说事，让大家痛痛快快过几天戏瘾。旧时演戏，都是街上有钱的戏迷出钱，张渚山镇有堵小开们撑台面，到了鹅州，也有刘姓老板等一圈票友，轮流做东，把无锡常州一带有些名气的戏班子请来。对台戏，当然是大家最爱看的，比如，开牛肉铺兼营饭庄的刘老板从无锡请了一副戏班来演《玉堂春》，开杂货店的郭老板便从常州也请了一副戏班子，演的必须也是《玉堂春》。两个戏台子搭在一起，同时揭幕开锣。看戏的观众，爱看谁就看谁。对于同时演出的两个戏班子来说，这哪里是演戏，分明是十足的煎熬。台下的观众，太容易分心，手心手背，各人自爱。谁演得不好，观众就把脸别到另一边去了，这厢掌声连天，那厢冷冷清清。名声传出去，戏班子还怎么在江湖上混？所以演员们都是战战兢兢的，拼了老命，也要把戏唱好。唱对台戏的晚上，戏班子的人会组织自己的亲友团，从老远的地方赶来，安插在观众里帮着吆喝，胸脯都拍得赤紫。起先观众们不买账，演得差劲的班子，戏台上会有水果皮、甘蔗头之类的东西光顾。戏还没有演到一半，台上的演员，因为卖力，也因为紧张，大冷的天，戏袍子都被汗水浸湿了。台下的观众就有些不过意，面子总要给的，不就是多拍拍手吗，人家出来走江湖，这口饭吃得也不容易。也有演得旗鼓相当的班子，就像拔河，你拉过去，我又拉回来。做观众也真难，两边的戏都蛮好，一边是花旦漂亮，一边是小生英俊，真难分伯仲。一个脖子转来转去看，真酸哪。看到伤心处，两边戏台上的小姐都在落难，心软的观众，眼泪哭得不够用。这戏看得，真正吃不消。你想想，一副巴掌给两台戏拍手，没一刻闲着，回家一看，手掌心红红的，居然有点麻，嗓子也叫哑了，这看戏看得，真把自己给投进去了。所以，这鹁州的人，一到看目连戏的时候，一连几天，仿佛人人都在参与做戏。

看目连戏的日子是如此的舒泰。生活在这里的人，把它看作平淡生活里最值得期待的念想。除了外地的戏班子上场，本镇的票友们，会凑成几台折子戏，搭台演出。本土出品的戏，才是目连戏落幕前的高潮部分。几乎每一年，鹁州地面上都会推出个把票友新人，就像我们今天的选秀，一曲成名，满街好评。这人一夜之间就是鹁州明星了。南街牛肉店的刘老板自己不会唱戏，他倒是擅长“笃板鼓”，这个身份很不低，实际是琴师和响器部分的指挥。刘老板家有个掌上明珠，人称洁心小妹。十一二岁的年纪，就会唱马连良的《借东风》，一上场，活脱脱一个少年版的诸葛亮。她一上场，一个造型亮相，台下的掌声喝彩声就如雷如电。一个美少女唱老生，嗓音清朗且老成持重，还善用鼻腔共鸣，唱腔线条委婉，酣畅中见俏丽，细腻中见洒脱，真可谓声声悦耳、甜净醇美。活脱脱的马老板真传。观众们都以为，这是一个天边飞来的俊少男子啊。第二天一早，人们在街上看到她，却是袅袅婷婷一个美少女，象牙一样的白皮肤，穿一件竹布旗袍，笑起来文文静静。都诧异，这就是昨天晚上的小诸葛吗？分明是天上掉下来的林妹妹呀。

刘老板的板鼓笃笃蛮有劲道。但只要他的千金上场，手头的方寸就有些乱。为啥？因为洁心小妹知道父亲在笃板鼓，心下便忐忑。父亲平时溺爱她，但对她在舞台上的一句台词、一个台步却非常严苛，演戏的时候她老是朝戏台旁的乐队席位偷看，女儿台步走错了，他一急，眼睛也散光了，板鼓自然笃错。这成了坊间谈笑的一个段子。千金是刘老板的心头肉，他常常带着宝贝女儿去无锡、上海的大戏院看戏，有时一看就是几天。店铺的生意，多挣少挣也无所谓。父女俩都喜欢马派。卖牛肉的店堂里，居然就架一台留声机，专放马连良的唱片。所以刘家的牛肉店门口，总是人头攒动。他也不做什么广告，生意却从来不坏。有人给他编了两句词，蛮有意思：刘记牛肉搭马腔，脂油拌饭半街香。

脂油拌饭并不是一道菜，只是在苦日子里大家向往的一种小康生活。

后来听说，马连良在北平珠市口草市胡同兴建了长顺兴戏衣庄，刘老板不惜重金，给洁心小妹定制了好几副行头。后来她成了大名鼎鼎的锡剧名家梅兰珍，当时尚在苦海里挣扎，与父亲流落在鹅州一带唱堂会，也是饱一顿饿一顿，且居无定所，只能在人家的祠堂角落里搭两张铺。刘老板让梅家父女住到他家，吃饭就在自家的饭铺里吃。后来梅兰珍成名了，还老是念刘老板的恩，常常给他送戏票，请他到无锡看戏。

有一回，无锡一个有名的戏班子的班主看中了洁心小妹，想带她走。她倒是愿意，但刘老板坚决不肯。说，爱唱戏，爹供着，吃唱戏饭，爹舍不得。洁心小妹还不懂父亲的心，她只要有戏唱，在哪里都无所谓。她吊嗓子的地方就在自家临水的吊脚楼上，一大清早，总有几条船聚在她家的吊脚楼下，干吗？听她唱戏啊。她吊嗓子的时候，原先平静的水面上有波纹荡漾，水鸭子都噤声了。她并不知道，有一个眉清目秀的少年小郜，其父据说是个老革命，中粮公司的干部。这小郜原先在苏北某县跟长辈生活，后来跟父亲来到鹅州，苏北与江南的文化差异有点大，他特别喜欢听这里的地方戏，而洁心小妹的京戏，竟是无所阻挡地占据了他的心灵。他常常在自家吊脚楼上驻足谛听。有一天，他把自己做的一只纸鸢放飞到她家的吊脚楼前，那纸鸢竟懂得少年的心思，低低地飞到洁心小妹跟前，坠落在她的脚下。然后，少年有了去她家取回纸鸢的理由。后来，少年出现在乐队的席位上，为洁心小妹伴奏。他的一手京二胡居然拉得蛮灵光的。但他从来不跟洁心小妹套近乎。几乎每次演出结束后，都会有倜傥的少年给洁心送礼物，那时小镇上还不时兴送鲜花，但胭脂盒和檀香扇，以及舶来的香水之类已然流行。少年总是朝那些簇拥的人群瞥一眼，夹着他的胡琴，悄然而去。

后来有一天，少年突然造访。也不是特意去洁心的家里，而是精心选择在一个静悄悄的午后，在洁心家的吊脚楼下。他知道洁心喜欢在临水的河埠边放一张骨牌凳，坐在上面看书，哼戏。他与洁心的交谈很简短，只是说自己要去参军，考上了重庆的炮校。洁心说，重庆啊，那么远。少年突然塞给她一张自己的黑白照片，也不说什么，转身就走了。

无疑这是那个时代的年轻人表达感情的典型作派。后来，少年看到在欢送新兵的秧歌队里，有他的洁心小妹的身姿，在飞舞的红绸和喧天的锣鼓声中，洁心的笑靥让他陶醉。

此后洁心的生活平平淡淡。在20世纪五六十年代的日子里，无论她当女工、职员、护士，她都没有离开业余演戏的舞台。有的单位想要她，就是因为她是“特长生”，她的一副金嗓子，会给单位带来知名度。而且，只要她一唱起来，单位的气氛就变得特别好。当然演戏不是她的工作，但却是她日常生活的基本动力。她喜欢站在舞台上的那种感觉。没有舞台，她就在宿舍里对着一面小镜子唱。当地新编的京剧《四喜临门》《金锄头》《模范姐妹》，都会有一个为她量身定做的角色。据说她经常收到一沓沓的求爱信，但周遭从来没有她跟谁谈恋爱的消息传播。那个把照片塞在她手心里就转身离去的小邰，参军后连一封信也没有给她写过。但是，她从来没有怀疑，照片上的人一定会回来。这个信念支撑了大约五年。有一天，也是在她家吊脚楼的河埠边，那个小邰从照片上走下来了，站在她的面前，大盖帽下，一双清朗的、多了些深邃的细长眼睛，冲着她笑。

然后，她就跟着他走了。去随军。离开年迈的父亲，离开从来没有离开过的吊脚楼与河埠，不是去重庆，而是去了比重庆更远的广东汕头某海岛。她唯一能带走的，就是她那些唱不完的曲目。她新婚的丈夫小邰不过是个平凡的中尉，人很内向低调。不经意的一次欢迎军嫂的招待会上，她起身清唱了一曲马连良的《武家坡》，惊倒了四座不算，还把一位当天上岛检查工作的将军吸引来了。将军也喜欢京剧，特别喜欢马连良的唱腔。他点了一曲比较冷僻的《甘露寺》，一般的票友不太会唱。洁心一笑，润润嗓子就唱了起来。这种无伴奏的清唱，据说是最见功夫的。将军听罢，率先站起来鼓掌，走到她跟前，双脚并拢，向她行了一个庄重的军礼。这一下把她和小邰吓坏了，将军的军礼，在部队，是非常崇高的礼仪。将军那天晚上破例豪饮，说，我们的部队里，这样有才艺的军嫂太少了。他建议，应该让邰中尉的妻子到每一个守岛连队去慰问演出。

像一阵强劲的旋风，“洁心大姐”宛若一尊飘来飘去的艺术女神，让这个寂寞海岛的每一座军营沸腾起来了。她唱，她尽心尽力地唱，她爱那些淳朴的战士，他们都是她丈夫的亲爱弟兄。她心疼他们感动时的眼泪，珍惜他们赠与的每一个芒果和椰子，甚至一支牙膏、一个水杯。开始她并不知道，在这里她居然有了一个绰号叫“战上海”。

《战上海》是此间风靡全国的一部战斗故事片。称洁心大姐是“战上海”，应该是彼时军人们最认可、最钦佩的一种赠与，可见“洁心大姐”的威力和影响。有时她去军人服务社购物，一路上总是有太多的军人驻足向她敬礼。走在她旁边的丈夫郜中尉，显然气场不如妻子强大，但他不急不躁。他个子不是很高，但很挺拔，明星般的妻子被众人的目光簇拥着，他不抢戏，也不气馁，自己默默走在后面，和妻子保持着一米半的距离，看上去更像一个跟班或保镖。这样的距离一晃就保持了半个世纪。当年的郜中尉居然保留了一打日记本，上面是妻子每一场演出的记录，在什么地方，多少人参加，唱的什么曲目，观众是什么反应，等等。

1964 年 12 月 1 日

洁心就要结束她的随军生涯，明天回老家参加新的工作了。今天晚上，洁心为守备二营官兵演唱了折子戏《大红袍》。演出很成功，前后有七次鼓掌。演完后，洁心说，站岗的哨兵看不到她的演出，她要到哨位上去给他们唱上一曲。陈副政委说，战士站岗的时候不能分心，不同意她去。洁心坚持要等到晚上 10 点，那几个战士下岗后，再给他们唱。我说不行啊，那时已经吹了熄灯号，大家都休息了，你还怎么给他们演唱呢。洁心很遗憾，晚上翻来覆去睡不着，说，那几个战士一定很难过，其中那个欧阳班长，也喜欢唱京戏，他上岗前还跟我说，可惜看不到大姐的演唱了。我本来答应给他们几个专门演唱的。

1989年11月4日

洁心和我商量，从自己的存款里拿出一笔钱（这钱本来准备老夫妻一起出去旅游的），她要和几位志同道合的票友一起筹备“大钟剧社”。此事已经筹备几个月了。这个剧社顶住了来自社会上一些人的压力，说什么花钱出风头，年纪这么大了，还涂脂抹粉，还这样妖娆，等等。洁心说，我唱戏唱了几十年，一不为名，二不为利，就为了自己喜欢。别人怎么说，我当他们是空气。

今天晚上，新建造的官林镇剧院请我们去演“破台戏”。洁心唱了《四郎探母》。上台的时候，不知怎么的，她的右脚崴了一下，踝关节很痛。顿时浑身是冷汗。但她坚持住了，因为今天是当地新剧院的第一场戏，是很讲究“兆头”的，她无何如何不能塌这个台。她每走一步台步，都钻心地疼，后来她说，右脚几乎麻木了，可是她终于坚持下来了。她演唱的过程中，有四次掌声，谢幕的时候，还有女青年给她鲜花，我的老伴真不容易，下台后我把她的靴子脱下来一看，整个脚踝都肿了。可是，她流着泪居然说了这样一句话：活到今天最开心，痛到这样还能唱戏！别人说，刘阿姨您太辛苦了，她说，有戏演就不辛苦，没戏演才心苦。

从八岁唱到八十岁。鹅州吊脚楼下的洁心小妹，唱着唱着就变成了洁心大姐，一直唱到天涯海角的军营；然后，洁心阿姨唱着唱着，青丝熬到白头，变成洁心奶奶。八十岁的洁心奶奶依然有梦，有一天和老郜散步，走到东氿水岸新建造的保利剧院，那个伟岸时尚的巨大建筑，派生了她的一个梦幻，她想进去演一场戏。她知道这太难了，场租之贵，对她可能是个不能承受的数字，进去看过戏的人说，里面太豪华了，一张戏票要三百元。

老郜后来的日记本上这样写道：

2017 年　农历九月初九日

今天是重阳节。洁心的梦实现了。是市老年大学演唱团特邀她到保利剧院演出的。她上台唱了马连良的《空城计》《捉放曹》，观众长时间鼓掌，她又唱了《借东风》。说实在话，她唱得真好。中气那么足，最后一个造型干脆利落，一点也不像八十岁啊。我在台下不知不觉流泪，女儿把手帕给我，我都不知道。

有谁知道，她在台上唱一分钟，我在台下要帮她忙乎一小时呢。几十年来，我的一个不为人知的身份，就是妻子的私人助理，这个不是吹牛，我还是堪称优秀的。她在台前，我在幕后。洁心所有的演出服装道具，都由我在负责收纳、管理。一件一件，加起来有上百件之多，连她自己都搞不清楚。每次演出，我会把一只大拉杆箱带到演出现场。老生的髯口和翎子，都是很难保管的，我独创了一套办法，比如翎子不能折叠，又容易倒毛，我就将翎子插在泡沫塑料上，然后套上一段比翎子稍长的塑料硬管，再在管子上标上箭头，每次都要按照箭头指示的方向拿放，才不会倒毛。老生的穿戴最复杂，演出时，我要给洁心穿衣，里里外外要好几套，换场时还要及时帮她更衣。还要给她戴头套，戴帽子。戴帽子有讲究，松紧要合适，要正，还要固定住。穿靴子也有讲究，老生的鞋子底厚四寸，如果不固定好，人在舞台上容易发生意外。洁心是女老生，脚小，为了让她穿得合脚，靴子是我托鞋厂的师傅帮她特制的。所有这些，别人都不知道，我也不想让别人知道。我有这么一个爱唱戏的老伴，心里很知足，很骄傲。想想自己的人生，这风风雨雨的几十年，要是没有老伴的演唱相伴自己的心灵，真不知会是什么样子。我真盼洁心能一直唱到九十岁，一百岁。我也希望自己能一直活在她唱的戏里。

“世界大舞台，舞台小世界”，不知道全世界的戏剧观众里，有没有像“中国票友”这样痴迷、衷情、持久的程度。他们的投入，轻则以兴趣，重则以生命，都是发乎内心，功名利禄则全然抛开。粉墨登场时，整个人入乎其内，其间有个中三昧的妙悟心得，也有性情释放的酣畅淋漓；无须刻琢而逸取自在，无须怡养而闲情天成。光阴荏苒，岁月不居，尽管中国的传统戏曲已然走过了它的鼎盛与辉煌，而今红氍梦断，云水声寒，然而江南大地深处的荒腔走板，依然寄寓着普通百姓以生命传承的从容与优美、乐生与抒情，慰藉着世道不公、时运不济给苍生带来的种种心灵创伤，也慰藉着太多现代人躁动而怅惘的心灵。

戏，正在演着……

2016年7月—2018年8月　宜兴　铭泽园

2018年9月修订　宜兴　宽斋

2018年12月29日三稿　宜兴　铭泽园

2019年1月2日定稿　宜兴　知竹草堂

2019年3月27日再改于宜兴宽斋，潇潇春雨中

参考文献

陆文夫：《老苏州·水巷寻梦》，重庆大学出版社 2015 年版。

宜兴市建设局编《阳羡古城揽胜》，方志出版社 2008 年版。

《四库全书·忠肃集　湄隐园记》，清柔隐逸译。

庞敬国等主编，汤阴县史志编纂委员会编《汤阴县志》，中州古籍出版社 2004 年版。

宜兴市史志办公室编《万历重修宜兴县志》点注本，方志出版社 2017 年版。

陈宝良：《明代社会生活史》，中国社会科学出版社 2004 年版。

宜兴市岳飞思想研究会、宜兴市档案局编《岳飞在宜兴》，文汇出版社 2016 年版。

中共宜兴市委党史地方志办公室编《中国共产党宜兴市历史大事记》，中共党史出版社 2001 年版。

徐朝夫：《无梦的河流》，哈尔滨出版社 2010 年版。

《〈清明上河图〉在宜兴》，徐建亚撰文。

宗伟方主编《闲品阳羡》，广陵书社 2008 年版。

（宋）苏轼：《苏东坡全集》，邓立勋编校，黄山书社 2005 年版。

袁行霈、陈进玉主编《中国地域文化通览　江苏卷》，中华书局 2013 年版。

王建国主编《清代以前教育的起源和演变》，《书香宜兴》，宜兴市政协文史资料第 39 期。（内部资料）

《周铁镇志》编纂委员会编《周铁镇志》，凤凰出版社 2008 年版。

张焕明、史国兴主编，《太华镇志》编纂委员会编《太华镇志》，江苏古籍出版社 2001 年版。

杜乃立主编，《高塍镇志》编纂委员会编《高塍镇志》，方志出版社 2005 年版。

雷群虎主编《无锡特色文化》，苏州大学出版社 2006 年版。

丁帆：《江南悲歌》，安徽教育出版社 2016 年版。

胡晓明：《文化江南札记》，华东师范大学出版社 2007 年版。

刘士林编著《江南文化的诗性阐释》，上海音乐学院出版社 2013 年版。

宜兴市史志办公室编《光宣宜荆续志》，方志出版社 2018 年版。

蒋碧微：《我与悲鸿——蒋碧微回忆录》，岳麓书社 1986 年版。

储建平、盛晓奇主编《储敖生收藏人生》，中国文史出版社 2009

年版。

徐风主编《名人笔下的宜兴》，天津人民美术出版社2005年版。

庞欢主编《馆藏常熟》，上海文化出版社2009年版。

《十里牌医院院志》，2012年版。（内部资料）

《沙塘港村志》，2017年10月编。（内部资料）

冯乐心：《鹞笛》，文汇出版社2018年版。

杭金德先生1961年、1963年工作日记本。

《和桥镇志》编纂委员会编《和桥镇志》，方志出版社2018年版。

余英时：《文史传统与文化重建》，生活·读书·新知三联书店2012年版。

余英时：《朱熹的历史世界：宋代士大夫政治文化的研究》，生活·读书·新知三联书店2011年版。

余英时：《中国文化史通释》，生活·读书·新知三联书店2012年版。

《桑园单氏宗谱》，单挺昌提供。

蒋云龙主编《千首古诗咏阳羡》。（内部资料）

陈丹青：《草草集》，广西师范大学出版社2014年版。